山东青年文学名家文库
山东省作家协会 编

XINGFU DE
YITIAN

刘玉栋 作品

幸福的一天

山东文艺出版社

图书在版编目（CIP）数据

幸福的一天 / 刘玉栋著 . -- 济南 : 山东文艺出版社 ,
2020.3

（山东青年文学名家文库）

ISBN 978-7-5329-6001-9

Ⅰ . ①幸… Ⅱ . ①刘… Ⅲ . ①中篇小说－小说集－中国－
当代 Ⅳ . ① I247.5

中国版本图书馆 CIP 数据核字 (2019) 第 273207 号

幸福的一天

刘玉栋　作品　山东省作家协会　编

主管单位　山东出版传媒股份有限公司
出版发行　山东文艺出版社
社　　址　山东省济南市英雄山路 189 号
邮　　编　250002
网　　址　www.sdwypress.com

读者服务　0531-82098776（总编室）
　　　　　　 0531-82098775（市场营销部）
电子邮箱　sdwy@sd-press.com.cn

印　　刷　山东临沂新华印刷物流集团有限责任公司
开　　本　700 毫米 × 1000 毫米 1/16
印　　张　17.25
字　　数　260 千
版　　次　2020 年 3 月第 1 版
印　　次　2020 年 3 月第 1 次印刷
书　　号　ISBN 978-7-5329-6001-9
定　　价　48.00 元

目　录

雾似的村庄

谁知道这棵枣树活了多少年？别瞧它不起眼，又干又丑的，也没结多少小枣，可提起它来呀，还真有些说头。你知道咱这个村子叫齐周雾。多怪的名，这也是有说头的。

传说是燕王扫北的时候……燕王扫北，你这个学生娃子准知道，多大的事儿，能不知道？没听说过，真的没听说过！唉，也许燕王并不像人们传得那么厉害。可在咱这片儿，燕王朱棣的名字却无人不晓。燕王扫北，见人就杀，无论男女老幼，一概不留。传说燕王的大军是在一个早晨经过村子的。军队翻过离村子不远的那条土坝子时，天地间突然就起了大雾，整个村子被那团大雾包围着，燕王的军队从村外的枣树林中浩浩荡荡地穿过，竟没有发现这个村庄。更叫人奇怪的是，那天早晨，村子里鸡没叫犬没吠，虽说是军队穿过枣林时的马蹄声把村里的土屋子都震得晃晃悠悠。就这样，村里的人都幸运地躲过了那场灾难。从那以后，这个村子就叫齐周雾了。传说燕王在这棵树下拴过马，理由是军队过后，有人在这里捡到一只奇特的白铜铃铛。据说铃铛发出的声音特别清脆悠扬，能传出十几里路，耕地的牲口听到铃声后，也会停下来抬着脖子往这儿瞅呢。什么？你说那只铃铛啊，早就不见了，现在活着的人谁都没见过它。

哦，不是今年的雨水多，每年的这个节气，都是一个样。秋雨一个劲儿地落，连绵不断，落在枣树林里，落到玉米地里，那玉米根上生出来的灰蘑菇，大得像卷心菜。你看树上的小枣，多鲜亮！真像一串串的红玛瑙石。这些可爱的小枣们没沾过灰尘，它们从一生出来就让雨水洗得干干净净。可是，用不了多长时间，它们的身上会裂开一道道的小口子，变霉变烂。

原来呀？原来可不是这个样。是从乃木死后，老天才变成现在这个样子的。

人们发现乃木尸体的那个早晨，天上正飘着小雨，乃木紧紧地抱着那把二胡，手指头上被胡弦磨出的鲜血让雨水冲进田里，浸入泥土，泥土都变艳了。

那时候，枣儿刚刚红了屁股，散发出诱人的甜香。地里的小虫在夜晚轻轻地叫唤。小鸟还没有脱尽绒毛。可是，从乃木死去的那天开始，细雨飘了整整一个秋天，所有的小枣都裂开了口子，翻出嫩白的肉来，就像乃木手指头上的伤口，在雨水中浸泡发酵，整片整片的枣树林里，飘荡着浓烈的醉人气息。那年的秋天没有鸟叫，也许它们受不了那潮霉的天气，都飞到别处去了。那年的秋天蚊虫特别多，每个人的身上都被咬满大大小小的红斑。

乃木是谁？噢，忘了告诉你。乃木就是乃东的大儿子。乃木是个盲人。你不是让我讲讲乃东吗？乃东还有两个儿子和一个女儿。他们叫乃林、乃森和乃染。

"你爷爷是希祥？"圆婆清了清嗓子，这样问我。她双腿盘坐在蒲团上，用细竹竿似的长满黑斑的手摸起一张小纸片，然后抓起一些烟末儿，撒在纸片上，卷起旱烟来。

"小时候，希祥的胆子最小，可他跟乃东最要好，因此，别的孩子也不敢欺负他。"

纸片和烟末儿在圆婆的手中旋转成鼓鼓的喇叭形，她深陷的眼睛始终望着窗外的那棵老枣树。秋雨不紧不慢地飘着，时间仿佛在这个午后的小村静止不前。她根本就不看手中的活儿，烟卷好了，她从瘪瘪的嘴巴里伸出干涩的舌头，在纸片的尾部舔一舔，然后叼在嘴上。我拿出火机给她点上。

"希祥的命好，在城里享福呢。打仗的那几年，希祥只是乃东的警卫员。人哪，不服命不行。"淡淡的烟雾从圆婆空洞洞的口里和鼻孔里喷出来，一波一波的，像水中的波纹。

乃东不是不想过好日子，实际上，他从军队里回来就是为了好好生活。

那时候，能守着老婆孩子种庄稼地，就是他最大的满足。是战争把他害惨了，用他自己的话讲："还有比老婆孩子热炕头好的吗？不管将来能做多大的官，这杀人的差事我是绝不会再干了。"他就是抱着这种想法回来的。那时候，虽说他已经做了首长，可他仍是没弄懂打仗为了什么，他更没想到几年后天下太平了。他最终还是回家来了。他的行为让齐周雾人无法接受，人们不相信他就是曾经杀死汉奸刘长在的乃东，更不相信他是骁勇彪悍的"黑旋风"。可是，多少年后，他梦想中那儿孙满堂的景象最终没能成为现实，随着一场场莫名其妙的灾难的发生，他眼前的亲人们一个个都离他而去了。他彻底失望了，对这个村庄，对周围的一切，虽然他把这一切都归因于自己年轻时犯下的罪孽，但他还是不能摆脱一种精神上的折磨。他最后还是离开了这个小村，那个早晨，他只拄着一根竹竿，头发已经花白。

现在，让谁来讲乃东，都不是件容易的事儿，人们也不愿再回想这样一家子人。孩子们不知道也罢，就当啥事也没发生过。但总有好事的人，老是想拾掇起村里的一些事，反正一切都成过去，说对说错都没啥大不了。

乃东这家伙呀，年轻的时候够狠。他从军队上回来后，却变得越来越和善，也变得越来越孤独。等他上了年纪，常常思索一些东西，他随便往哪儿一靠，叼着一根长烟袋，嘴里就开始嘟嘟囔囔。看那瘦小的身子骨，谁能想象到他年轻时候的威风劲儿。他的黑布衫上的扣子常常扣错，裤腰带总是系在肚脐眼下面，他蹲在墙角旮旯或是枣树下面，眯缝着眼睛，活像只要死的老猫。

那些年的孩子很坏，不像现在的孩子这么乖，待在家里读书写字看电视。那年月还没有电视这玩意儿，说起来也不过是十多年的事。那时候，孩子们对待读书写字也不像如今这么当回事儿。他们整天疯打疯闹，不分白天黑夜，提着柳木棍子和紫穗槐条子瞎喊瞎叫的。起初，乃东的头上有一顶竹编斗笠，他不分冬夏地戴着它。后来他戴不住了，原因是孩子们经常从树上或墙头上往他头上尿尿，黄亮的尿液漏过斗笠上那细小的缝儿，沿着乃东满是皱纹的脸腮流进他的嘴里。乃东感觉到咸涩时，就跳起来骂，哪个鳖羔子？孩娃子们就在远处喊，老乃东，不害臊，蹲在树下想放炮；老"英雄"，"黑旋风"，跑回家来装头疼。乃东就耷拉下脑袋来说，这些小鳖种，懂啥？

"黑旋风"是乃东打仗时的绰号。想想就知道，那时候乃东多么勇敢，可孩子们骂得也没错。攻打海丰十二个村庄连成的大城时，乃东是团长。"黑旋风"就是在那时传到齐周雾村来的。大城是个土匪窝，方圆百里以内的烧杀抢掠绑票诈骗有八成是大城人干的。后来他们的势力逐渐大起来，有了枪炮和队伍，在十二个村庄周遭围起土城墙，号称"大城"。

大城是乃东率领一个团的兵力攻下的。双方打了整整三天三夜。战斗结束时，天上下起小雨，土匪和战士的鲜血随着雨水流进马颊河，整个鲁北平原上飘浮着血腥气。当时在渤海湾打鱼的渔民都看到了从马颊河里漂来的血水，嗅到缕缕腥甜的气息。那一次土匪输惨了，尸体横陈在街道上、田野里，土匪的家人和受伤的土匪都哭爹叫娘惨不忍睹。土匪头头全部被处决，剩下的收手的收手，当兵的当兵。几十年后，那里的百姓还津津乐道"黑旋风"乃东，他们根本想不到乃东会在齐周雾变成一个干姜似的老头子。

就在军队要南下的当儿，乃东却跑回了齐周雾。他对他的首长说他头疼，他得回家。首长说不行，大军就要南下。乃东说反正得回家。

那天夜里，乃东就骑着一匹马跑了回来。回来后卧床不起，人们提着鸡蛋去他家看他，总是看到他的额头上顶着一条湿毛巾，不停地低声哼哼。人家问他，他也不睁眼。他说头疼呀，头疼。声音像蚊子叫。人们发现乃东老了不少。后来军队上的首长来了。首长说，乃东同志，你能不能回到部队里？军队明天就要走了。乃东说，头疼呀，头疼。首长一看也没啥办法，只好说，乃东同志，你好好休养，等养好了再去部队报到。首长前脚走，乃东后脚从床上爬起来，对他的媳妇米大脚说，给我准备一下工具，我去锄地。

乃东就是这么个命。在军队里，你爷爷希祥只能给他牵马，可你爷爷希祥现在正蹲在城里的小洋楼里享福呢。可现在谁又知道乃东去了哪里？他走的时候，就挂着一根竹竿，那时候都秋天了，嗯，小枣红得像小灯笼，一盏盏的。人们说他是早晨走的。那时候，齐周雾正让大雾包围着。

"这个可怜的老家伙呀，他注定要走的。"

圆婆的眼窝儿很深，她手中的旱烟已经截火了。她的眼珠上好像罩了一层膜，浑浊而暗淡地瞅着窗外。雨滴不断地砸在白铁皮上或者空洞的地方，发出砰砰的响声。空气虽然很潮，但没有霉烂的气息，它依旧流动着一股清新的甜味。即使是圆婆那辛辣的烟味儿，也被这爽甜的气息覆盖了。如果仔细地嗅嗅，那股醉人的金丝枣酒的香味儿就会轻飘而至。

"人们都说，他是想他的小儿子了。他是找他的小儿子去了。"

乃东的小儿子叫乃森，是乃东四十岁时米大脚为他生的最后一个孩子。

生下乃森不长时间，米大脚就撒手归西了。乃森这个苦命的孩子呀，从小就那么招人疼。乃木那时候还没瞎，正是个壮小伙子，可没东西吃啊，别说粮食，就是树叶、树皮也都被饥饿的人们捋光了。乃木是好样的，他去生活稍好点的地方要饭，来回几十里路，饿着肚子用步量。大娘大婶哪，救济点吧，俺娘死了，俺家还有个不满一岁的小弟弟呢。心眼好的给点糠窝窝头。不咋样的就说，一个大小伙子家要饭吃，也羞不掉大牙。这样的生活多难熬，可他们愣是熬了过来。

乃森这孩子从小不合群。他总是一个人玩，别人很少能见到他笑的时候。他最喜欢的东西莫过于电线和铁丝，他的手里也总是攥着这样的东西，别的孩子疯打疯闹，他却坐在枣树下捣鼓这些玩意儿。他从不跟别人说话，如果是你给他一条电线或铁丝，他就会用亮晶晶的眼睛盯着你，从那目光里，你会得到所有你想要的东西。那双黑眼睛真漂亮，是齐周雾孩子中最漂亮的一双，没有能比得上的。

后来发生了一件事。这件事叫乃东后悔了一辈子，似乎与他最后的出走也有一定的关系。那一年，高老八买回一台戏匣子，噢，就是收音机呀。村里人从没见过这种新鲜物，原来人们只听说过有这么个物件，放在桌子上能听戏，可谁也没见过。于是，人们都去高老八家看新鲜。天一黑，高老八就把戏匣子搬出来，放在他家的窗台上，下面铺着一块白羊毛毡。人们都坐在他家院子里听戏匣子。那年乃森有六七岁吧，从不合群的乃森却钻进人群中，并且总是坐在最前面，脖子挺得直直的，漂亮的黑眼睛扑闪着，紧紧地盯着那黑箱子似的玩意儿。他的脑门上凝出一个小肉球，好像正痛苦地琢磨着一些事儿。那年月，戏匣子里老是样板戏，样板戏谁都能哼哼几句，可人们还是坐在高老八家的天井里津津有味地听。每天来听戏的人总不见少。

突然有一天，高老八家的戏匣子叫人偷走了。高老八急得眼珠子血红，绕着村子低八调高八调地骂街，并且去公社里报了案。派出所很快来了人，开着电驴子（摩托车），开始挨家挨户地搜。后来，有人看到乃森正躲在他家的猪圈里认真地拆戏匣子，戏匣子被拆得七零八散。高老八像死了亲娘似的抱着那堆烂东西哭。人们把乃森弄到一间屋子里，问他为啥要拆戏匣子。挺好的玩意儿，你咋就拆烂它，人们说。人们觉得这个孩子真是可恨。乃森不说话，怎么问也不说话。有人叫来乃东。乃东进来屋就开始打乃森，没有人拉，人们都觉得这个孩子是欠揍。乃东打得那个狠呀！没头没脑的，别人似乎又看到了黑旋风的威风劲儿。乃森就是不哭，怎么打都不哭。后来，乃森蜷成一团，这才有人拉开乃东。再看乃森，眼珠子直往上翻，这个可怜的娃子呀，已经快没气了。

乃森的抽风病就是这样落下的。

后来，乃森考上了北京的大学。乃森是齐周雾的骄傲啊，他是村里的第一个大学生。人们都还记得他放年假回来，穿着干净爽洁的学生蓝褂子，围着紫红色的围巾，有时候他还戴上一副黑框框眼镜呢。那时候，村里人每家每户都有了戏匣子，谁家的坏了就来叫乃森。乃森一捣鼓准好。人们觉得乃森真是了不起，就说，乃森，我给你说个媳妇吧。乃森红着脸摇摇头，笑一笑，活像个大闺女。乃森那时候还是不爱说话，但他时常对你笑呢。

可是，谁能想到会发生那样的事儿？人们都说，这事与乃森的抽风病有关。但事情不会这么简单的，这种活不见人死不见尸的事，谁又找不到根据，光这样想不行。更可怕的是，乃东也认定就是这个原因，这能不煎熬他的心吗？这能不叫他想到过去发生的事情吗？

实际上，乃东不见得是去找他的小儿子。他只是伤心了，想离开齐周雾。在这个小村子里，他的心中从没有踏实过。他是单门独户，整个村子就他一家姓乃的。当年，他从军队里回来，别人都说他是怕死。可他自己说不是怕死，是杀人杀怕了，那种血腥味和狰狞的面孔让他没法不回来。他说他想过那种老婆孩子热炕头的日子。但是，他却进入了另一种更可怕且无奈的境遇之中。在这二十几年的时间里，他身边的亲人一个个地从他身边消失，死的死，跑的跑，失踪的失踪，各种不祥的征兆出现在这个孤单的家庭。他一直在思索着忍受着。为什么？这究竟是为什么？他想不透，任何人都想不透！他只能走了，在他的迟暮之年，手中拄着一根竹竿。

也许，从乃林猝死的那一天开始，乃东就有了要离开齐周雾的念头。直到今天，乃林的猝死仍旧让人琢磨不透。

他是在一次挖河的任务中突然死去的。

村东有一条河，可能你不知道，它是连接马颊河的一条小运河。村里的庄稼离不开那条不起眼的小河。到了时候，人们总是忘不了疏通疏通它。那年就是挖这条河，人们都吃住在工地上不回来。河岸两边全是枣树林，那时候枣子正红得喜人，人们正等待收获玉米和大豆。人们正是为了赶在秋收前把活儿干完，好引进河水来种冬小麦。别看干了一天累活，那伙年轻人晚上还是睡不着觉，他们的血盛着呢。他们点着一堆火，把绿油油的豆枝和玉米棒扔到火堆里，不一会儿，一股新鲜的香味弥漫了黑夜中的田野。他们在讲平原上的一些奇闻怪事，当时，乃林就在那伙年轻人里面。他们从枣树讲到日本鬼子，从日本鬼子扯到土匪，从土匪谈到黑旋风乃东。

此间讲到过一个人，他叫刘长在。日本鬼子的炮楼子在镇上竖起来以后，他就成了汉奸。他就是叫乃东弄死的。乃东杀死刘长在后才跑到沧州参了军。那天夜里，刘长在的孙子刘乐乐也在这一伙人当中。刘乐乐这几年发了点财，经常跟镇长在一块儿喝酒。刘乐乐的点子多，好胜心强，在这个时候他发起来也不足为奇。那年月刘乐乐也只能在地里挖河。事情就是出在那天夜里，第二天有人到枣树林里解手，看到乃林沾满露水的尸体横躺在枣树下面，身上一丝不挂，沾着一些草屑、泥块和枣树叶子，周遭的玉米地弥漫着淡薄的晨雾。谁知道是咋死的呢？说是谋杀，可县上的公安局也来人了，还拍了照片，剖开了肚子，人家说，没有谋杀的迹象。

壮壮的一个大小伙子，就这么不明不白地死了。大概别人很快就淡忘了，可乃东痛苦得差点丢了老命。他的夜游症就是在那时得上的，他每天夜里都沿着枣树林来来回回地走，不管是下着雨还是刮着大风。他口里念叨着什么，似乎想跟人去诉说，可谁又去耐心地听他讲呢。但后来他真的把咋想的对别人说了。他怀疑是刘乐乐干的。他说他看到乃林尸体的那一刹那，记忆突然回到几十年前的那一天，他似乎又看到了刘长在的尸体，他觉得那把沾满热腾腾鲜血的尖刀还在自己的手里攥着。可这只能是怀疑，人们严肃地警告他，老乃东，人命关天的大事儿，可不能随便怀疑呀！人们看到乃东浑浊的老眼里闪着泪花子，他戴着一个竹编斗笠在树下抽烟，一袋接一袋不停地抽，嘴里嘟囔着什么，好像是在自责，又像是在祈祷。

"啥？乃东为啥要杀刘长在？"圆婆又卷好一根烟，"嗯，这当然要讲，当然要讲。这件事你爷爷希祥应该知道得比我详细。他没跟你讲？也许他不喜欢讲这些乱七八糟的事儿。我这个老婆子，嘴臭，说啥也没人计较了。"

圆婆突然不说话，她好像听到了什么声音，她把耳朵侧向门外，有几缕灰白的头发凌乱地耷拉在耳朵两侧。她说："孩子，你等一下，我去喂喂鸡。"说着话她就从蒲团上站起来，揉了揉粽子般大的小脚，从里屋端出一个小瓷盆，里面是一些高粱和玉米粒。她并未走到泥泞的院子里，只是站在门槛外面的屋檐下。咕咕咕，咕咕咕，声音浑浊沙哑。有几只羽毛湿透的母鸡不知从哪里钻了出来，抽缩着脖子。高粱和玉米粒撒落在地上。母鸡在无精打采地啄食。圆婆咳嗽了几声，又重新坐在蒲团上，她似乎有些喘不上气来。

你看这该死的雨吧，没完没了，搅得人心里怪难受的。唉，乃木活着的时候可不是这个样子。

乃木如果活着，也是四十好几的人了。他的二胡拉得好呀，方圆五十里内没人能比得上他。孩子们也喜欢听，就在街上缠着他。木瞎子，拉一段，拉一段呗。乃木就拉，《东方红》《一条大河》。人们觉得不过瘾。木瞎子，再拉段别的。那意思就是叫乃木拉他最拿手的，那曲儿叫《二泉映月》。现在想想，教乃木拉二胡的是个南方的流浪艺人，说不定他跟瞎子阿炳还沾亲带故呢。这曲儿听说过吧，嗯，如今红得很呢，我也是听一个学生娃说的，他说当年乃木拉的那让人断肠的曲儿就是《二泉映月》。那时候谁也不会去追问这个，只觉得听起来挺凄惨的，听长了心酸，要流泪呢。可乃木不拉。这段曲儿乃木拉得最少，他拉得最长的一次是乃染跟那个放蜂的南方人私奔以后。他坐在枣树林里，从黄昏拉到天亮，不停地拉，反复地拉，整个齐周雾都流下泪来。

那时候正是春末夏初，麦子有镰刀把高了，黄绿色的枣花散发着浓郁的香味，人们站在远处往枣树林里看，正是黄昏的时候，夕阳把枣林和麦田镶嵌在一个金黄金黄的罩子里。孩子们说，他们能看到乃木的身边有各种各样的小动物，红狐趴在碾盘上，眨巴着两只忧郁的小眼睛；五步蛇昂着三角形的小脑袋；草獾挪动着肥胖的身子；田鼠吱吱地叫唤；没尾巴鹌鹑失神地扭动着脖子；小鸟在枣树上轻轻地扇动着翅膀……这样的情景只有纯真的孩子看得到，大人们当然看不见，他们的心地早已混浊不堪，脑瓜子里塞满了污浊的脏事儿。

"你看，孩子，扯着扯着就远了。你问我乃东为啥杀死刘长在是吧？"

不管咋说，你也是齐周雾人。虽说你没在这个小村生活过一天，但这里是你的根呀。说实在的，咱齐周雾不算是块干净的地方，上天保佑这个小村的那团浓雾渐渐地淡去了。从我记事起，在这个小村里，偷鸡摸狗、男盗女娼的事儿就没有断过，打架斗殴、放火杀人也时有发生。乃东杀刘长在的那当儿，刘长在正跟乃东的妹妹在他家的葡萄架下干那种脏事儿。他们是站着干的，乃东的妹妹后背靠在枣树上。刘长在就是这么个恶棍，村里不少的良家女子叫他糟蹋过。人们敢怒不敢言，这家伙的腰里揣着勃朗宁手枪，整天耀武扬威地从鬼子的炮楼里进进出出。可那天乃东攥着刀子站在他身后的时候，这家伙身上一丝不挂。人们说乃东沾了光，要是刘长在的手里提着勃朗宁，谁知道是个啥结果，当然，这家伙在干那脏事儿时，不会提着勃朗宁。乃东说，嗨！那家伙一回身，刀子就捅进了肚子。

活该！村里人都咬着牙说活该。乃东是条汉子。可现在看来，乃东也挺可悲的。虽说他宰了刘长在，但他不知道刘长在也经常跟他媳妇米大脚干那脏事儿，也是在葡萄架下。他家的葡萄架挨着两棵枣树，有些偷枣的半大小子站在枣树上看得很清楚。米大脚干那事儿时喜欢哼哼，听过的人说简直赛过京戏。这些事儿乃东不知道，到老他也不知道，没人跟他讲。他只是碰到了刘长在跟他妹妹干那脏事儿，他就把那个恶棍宰了。结果他跑了以后，他妹妹就上吊自杀了。米大脚没有上吊，她没有理由上吊。她只是在乃东出外打仗的几年里，生下了乃染。乃染不是乃东的种儿，这谁都知道。

"有点儿凉，都是这该死的雨，这该死的雨早晚有停的那天。"

圆婆的目光里生出些怨恨，她又从蒲团上慢慢地站起来。这次她没有揉小脚，可能是盘腿的时间短，还没有压麻她的小脚，她拿出一件黑夹袄，边穿着边自言自语。

"原先可不是这个样子，那时候的秋天，太阳多好哇，晒得身上暖烘烘的，天那样高,那样蓝。女人们坐在枣树下面,纳个鞋底儿,搓个麻绳儿,那滋味,啧啧。现在没有喽,没有喽。"

"啥?噢,乃东和你爷爷希祥在军队里碰到一块纯是巧合。你爷爷希祥参军,是你老爷爷把他送去的,他不愿意去,刚到军队上就跑回来了,可你老爷爷是个要脸面的人,硬是又把他送了回去。就这样,乃东在军队里碰到了你爷爷希祥。那时候,乃东已经是营长了。"

乃东是最喜欢晒太阳的,干巴巴的小个儿,往墙根上一靠,在枣树下一蹲,那淡淡的烟气从嘴里喷出来。他跟他的小儿子乃森一样,从不凑热闹,哪里没人他蹲在哪里。如果有好事的站在他身边,他就跟人家说他的孩子们。他会问,你说乃林那小子咋就死得这么突然?我觉得有人害他,要不他身体棒棒的说死就死了,你得小心哪,真有人捅你黑刀子哩。然后他会接着说,那年我不该揍小森儿,他那么小,他高老八不就是有个破戏匣子吗?可我打得乃森有了病根,那抽风病,说不上啥时就会犯呢。然后他又说,小染这个丫头性子烈,跟她娘一样,我就说了她两句,你看,说走就走了,还是跟着个放蜂的南方人哪,个子那么矮,青嘴獠牙的,这丫头……

那年大概是一九八二年,农村已经实行责任制,别人家的庄稼长得都很好,唯有老乃东的庄稼不行。他是没有劳力呀,他的身边就剩下了乃木。乃木瞎着双眼只能拉二胡。其实,乃染跟人私奔和乃森在大学里失踪,隔了十几年的时间,可是叫老乃东那么一说,就像这些事儿都刚刚发生。因为乃东在他的晚年,整天让这些事情折磨着。他觉得每个孩子的不幸都与他有关,后来他根本不提他年轻时的英勇行为。

乃染不是乃东的种儿,这一点,上年纪的人谁都晓得。乃东似乎也知道,他是在装糊涂。但是,乃染是谁的种儿呢?大概只有米大脚自己知道。米大脚是在她娘家生下乃染的。那时候,乃东正在前线打仗,他骁勇的英雄形象正在人们心中树立起来。就是在那当儿,米大脚生下了乃染。但这并没影响人们对乃东的崇拜,所有的人只是担心一点,等到乃东回来,米大脚怎么向他交代。但人们的这种担心在乃东回来的那一天就消失得无踪无影。乃东并不像人们称颂的那么彪悍,他的性格是那样内向,脾气是那样温顺,他对温暖生活的向往胜过了一切。他似乎从没想过乃染是不是自己的种儿。

但随着乃染的成长，人们发现，这个漂亮的女孩子因其性格在乃东的家庭中逐渐凸显出来。她活泼、爱动，小嘴里整天哼着歌儿，在乡村疙疙瘩瘩的土路上又蹦又跳。在性格上，她除去跟米大脚有些相似之处，跟乃东和她的兄弟们没有一点一样的地方。乃家那种孤僻寡欢的脾性在她身上没有丝毫的体现。

一九六六年冬天发生的事情，人们记得特别清楚。当时，乃染正在公社联中里读书，有一天她从公社里跑回来，对乃东说她要去北京。乃东不叫她去，那时候，米大脚已经去世好几年，乃染早已出落成一个漂亮的大闺女了。乃东是怕她有个啥闪失。乃染的眼泪在眼里打转转，她美丽的大眼睛扑闪着，对乃东说，你根本不理解我，我将投入一次最伟大最有意义的革命中去，谁也别想拦住我。乃东说，你革命个屁，我见到的子弹比你吃的小米多。乃染突然大喊，下定决心，不怕牺牲，排除万难，去争取胜利。说完她就走了。那天夜里，人们听到乃木的二胡声，曲子凄凉哀婉，穿过空荡荡的枣树林，整个齐周雾村都沉浸在一种悲壮的氛围中。那个夜里，所有的枣树都落光了叶子，圆而小的树叶在麦田里随风而飘。那是人们第一次认真地听乃木拉二胡。那时候乃木的眼睛已经很糟糕。那个南方的流浪艺人告别乃东刚刚三天。

"那个南方的流浪艺人？等一会儿我再讲，你先听我说说乃染。"

乃染真的去了北京，为了表现她的虔诚劲儿，她是徒步走到北京的，和她仅有的几个伙伴。大多数孩子是坐的火车和汽车，而她是用女孩子家孱弱的身板儿硬撑着去的。北京呀，多远！但那只是她行动中的一小部分。到北京后，她又跟别处的一些学生去了井冈山。多么坚强的孩子！她的行为马上在村子里传开了，所有的孩子都对她崇拜得不得了，几乎赛过当年人们对黑旋风乃东的崇拜。她对村里的小伙子不屑一顾，她不愿意跟他们多说话儿，她宁愿自己躲在枣树林里唱歌。她说齐周雾的小伙子一个个都窝里窝囊。她还说过齐周雾从来没有爱情。她的这种说法引起很多人的反对。

"她不该说这话儿，最起码我圆婆不同意。"

起了一阵风，把雨丝儿刮进屋里，雨丝儿落在脸上麻扎扎的。一股难闻的味儿飘过来，似乎是鸡屎和猪粪混杂的臭味儿。它把那丝丝淡淡的甜香驱逐殆尽。圆婆好像没感觉到这些，也许对此她早已习惯。她目光空洞散淡地瞥着门外，她是进入一种对往事进行追忆的状态中去了。

"孩子啊，你别觉得好笑，你认为一个掉光牙的老太婆就不能谈谈爱情吗？我真的琢磨过，实际上，爱情谁都有过，它在哪儿都能发生，不管是哪朝哪代，不管是城里还是乡村。差异是有的浪漫有的实际，有的富足有的贫寒。孩子，你别笑！这不是大闺女吃瓦片——尿瓷（词）儿。我圆婆是念过私塾的，虽说没进过城里的新学堂，可书我还是读过一些。"

乃染生来就不像这个村子的人。她对这个村子没有多少感情。她对乃木最好。她是在乃木的后背上长大的。米大脚忙着种庄稼，根本就顾不上这个丫头片子。乃木背着她，到枣树林里给她捉蚂蚱，捋青豆，刨花生，摘小枣儿，他用这些小东西把乃染喂得饱饱的。乃染从小就记牢了那张朴实而忧郁的脸。不光乃染记牢了，所有生活在田野里的小生灵们都把他记得异常清晰，就连刺猬、野狸、小青蛇这些躲避着人们的小家伙们也追随着他，它们喜欢这个男孩儿，每次听到他的脚步声，它们就在枣树林里活跃起来，也许这个男孩儿并未察觉，但他背上的乃染却瞪着大大的眼睛盯着周围的一切，她高兴地挓挲着小手，嘴里发出嘿嘿嘿的笑声。这些小生灵啊，它们爱一个人是那么专一，一旦你成了它们的朋友，它们会多年不忘。在乃木瞎了以后，它们跟他做伴，为他引路，听他拉二胡，谁也不能否认它们会流下最纯真的泪水。

这缠绵的细雨呀，总停不了。乃木的祭日还没到呢，那些喜欢他爱他的生灵们还没流干眼睛里的泪水。你看它们流得不紧不慢，多有耐心，还有比它们更多情的吗？

乃东有一件拿手的绝活儿，那就是醉枣。他的醉枣做得最好，他的醉枣没有一个烂的坏的不能吃的。八月十五那天，他从来不干别的事情，他把一个个青紫色的圆坛子刷洗得干干净净，把它们倒扣在一块干净的木板上。然后，他就去地里采萆麻叶，那肥大的叶子圆圆的像一把把大蒲扇，他用竹筐子把萆麻叶放在阴凉潮湿的水缸下面，就去拣小枣。拣小枣是最费劲又是最关键的活儿。乃东从不让别人插手干这活儿，他总是自己一个一个地挑拣，揸了看了，丢进一个大瓷盆里，而后倒上适量的老白干酒，翻来覆去地搅和均匀，一捧捧地放进瓷坛里，盖上几层萆麻叶，扣上一只碗，再用掺着麦糠的泥巴封死。每年过年的时候，老乃东就会搬出两坛子醉枣让人们尝鲜。那种醉人的浓香会把人熏得昏昏沉沉。醉枣依旧像鲜枣一般硬，只是比鲜枣更艳了。那红色的肉，软软的，柔柔的，甜甜的，咬一小口，你的舌头会感到有点儿麻酥酥的。

"你没吃过醉枣，哎呀，来得不是时候，不过，我也有几年没吃过了。现在的小枣都裂开了口儿，醉不住呢。"

那个南方的流浪艺人就是吃了乃东的醉枣后，决定在这里住上一段时间的。他是个怪人，他在乃东家住了十个月，但他没有走出过乃东家的大门一步。有关他的种种传说，是在他离开齐周雾以后才传开的。在那段时间里，他教会了乃木拉二胡和治一些妇女病，但他对乃木日渐糟糕的眼睛却无能为力。他对乃东说，乃木的眼病是老天注定的，他好像是在等待那首悲凉的曲儿。他还说，那首曲儿是他师傅的师傅传下来的，乃木是他的第一个徒弟，也是他最后一个徒弟。关于治妇女病的传说，就更是离谱了。

"我不跟你讲那些迷信的东西。我都不信，你能信吗？你说那个南方的流浪艺人是怎样来到齐周雾的？"

实际上，有些东西讲起来很落俗套。那时，米大脚去世没几年。人们刚刚摆脱饥饿的折磨，没饿死的人算挺了过来。不容易呀。而几个月大就没娘的乃森竟混过鬼门关，还不是乃木的功劳？谁心里都明明白白，没有乃木跑几十里路要些干粮，乃森无论咋样也活不下来。就在乃森能泥里爬土上跑的时候，乃木的眼却模糊起来。孩子那个急呀！见人就问，大娘大婶呀，俺咋啥也看不清楚呢！那塘里的水白花花一片，那枣树林里红彤彤的一片，哪能分出个模样来！俺只能听见小鸟儿啾啾地鸣，小田鼠吱吱地叫唤，可俺看不见它们哪！

乃东也是着急。先生请了不少，正的偏的药方不停地用，可都不顶事。那年新年刚过去，老天下起大雪，整整两天两宿，雪能没了膝盖。乃东根本顾不上这些，他去了南面给乃木请先生开药方。

乃东回来的时候天已经暗下来，白雪在夜晚闪着清冷迷蒙的光泽，寒气像一把把尖刀刺透了乃东的羊皮大氅。那个南方的流浪艺人靠在一棵干枯的枣树上，实际上那时他已经不能动了，他只是隐约地感觉到有一个人向这边走来。当乃东咯吱咯吱地踩着雪走到那棵树下时，那个南方的流浪艺人像一根木桩似的倒在乃东的脚下。

　　就这样，乃东把他背回家。他把流浪艺人放在屋里，叫乃林弄来一盆盆的雪。乃东用雪给他搓脚、搓手、搓脸，搓得南方的流浪艺人缓过劲儿来。这时候，乃东才发现他的身后背的是把二胡。乃东没找到可吃的东西，玉米面窝窝头让孩子们吃得干干净净。乃东就突然想起醉枣来。他搬出瓷坛，在昏黄的油灯下，把那层泥巴慢慢地抠掉，掀开碗，蓖麻叶还是墨绿色的呢，这时，浓郁的香味儿已从坛口飘出，那个南方的流浪艺人像服了一服药似的清醒过来。借着昏暗的灯光，南方的流浪艺人看到乃东捧着一捧玛瑙似的圆圆的紫红色的，发着温暖光泽的东西蹲在自己面前。他缓慢地把一颗醉枣放入口中，润凉，柔甜，浓香。然后又抓起一颗，又一颗……直到他吃饱。那是用酒滋润的好东西呀，吃了暖胃呢！后来的几个月里，南方的流浪艺人没有走出过乃家一步，他整日把二胡拉得吱吱呀呀。起初人们适应不了这样的声音，但慢慢地却离不开它了。

　　"孩子，你相信命吗？"

　　天上好像没有云彩，世界似乎本来就是灰色的。"遂古之初，谁传道之？上下未形，何由考之？冥昭瞢暗，谁能极之？……"不知道为什么想到这位大诗人的诗，是不是他忍受不了这样的世界，才投江自尽？这个小院的气味儿如此多变，一会儿香甜，一会儿恶臭，一会儿浓烈，一会儿清淡。唯有雨丝不紧不慢，缠缠绵绵。圆婆的面前又腾起了那辛辣的烟雾。

　　"人的命，天注定，胡思乱想没有用。"

　　乃林不明不白地死后，乃东曾对人说起过南方的流浪艺人为他算的命。那人说他是三个儿子的命，命中无女，乃染这个闺女是拾来的。他说乃东的命不好，人的三大不幸他占全了。三大不幸就是幼年丧父，中年丧妻，老年丧子，这是犯天意的呀。乃东痛苦地说，他妈的真叫那狗日的说准了。

　　说实在的，乃林那孩子从小就是干活的命，他的脑子笨，从小学习不中用，可干农活儿是把好手，扶耧拉耙，在年轻人中数一数二。他也不爱吱声，但喜欢钻在人群里听别人拉呱，再就是没命地干活。他死的那年媳妇还没找上呢，他心里能舒坦吗？人家谁也不会把闺女嫁到这样一个家庭：一个老爹，一个瞎哥哥，下面还有妹妹和弟弟，就那么几间土房子，能过好日子吗？别人对乃林的死有多种说法，有的说那是件情杀案，说乃林说不定跟谁的老婆有那么一腿，叫人家发现了给杀了。这有点像当年乃东杀死刘长在的情形，但这纯粹是胡说八道，死了还要琢磨琢磨人家孩子的品性。乃林的脾气谁不知道？有的说乃林是自己把自己折磨死的，这还有点谱儿。乃林心里有事，他又不爱吱声，别人光跟他开那些下三烂的玩笑，其实那是欺负他，污辱他，他又不会还嘴，就气得吭哧吭哧地喘粗气。时间一长，能不气出病来？可事儿蹊跷的是，他咋赤身裸体地躺在枣树下面呢？这叫人猜不透。这么多年了，谁都猜不透。乃林这孩子死得不明不白，就像那团神秘的雾。

有些人没良心，特别是那些破烂嘴巴。想想乃木曾为她们治好过病，她们也不该耍着乃林玩儿。那时候还是生产队，男的女的凑在一起干活，乃林这个孩子虽说木讷，但又不是傻。他们可万不该当着他的面奚落他，评论他的家庭。有些娘儿们净拣一些乃东家的花花事儿讲：米大脚是咋样偷汉子的；干那事儿时哼哼的比唱京戏还好听；还说有一次米大脚晚上睡觉让蝎子蜇了腚，睡眼蒙眬地跳起来喊，东啊东快点灯，马蜂蜇了俺的腚……乃林从小老实，又尊重女人，他从不跟任何女人翻脸，他只是低着头，干自己的活。有时候人家说急了他，他就抹眼泪。人们见他掉眼泪，说得就更起劲。那帮爷儿们更不是东西，他们时常给乃林"看瓜儿"，他们把乃林的裤子拉下来套在脑袋上，把乃林弄成一个团儿，叫乃林低着头看他的"瓜儿"。这个游戏太野蛮！乃林的那玩意儿时常漏进女人们的眼里去，她们被惊得嘴张得好大好大。她们说，别看乃林的那颗脑袋整天价蔫哄哄的，下面的这家伙可真是了得。男人们看到乃林低着头的样子，就说，完了，老乃家算是完了，乃东杀刘长在、打土匪的那股子劲儿跑到哪里去了呢？就乃林这窝囊废，给他只虫子他也不敢杀呀。

讲到这里，就会想到高老八他老婆，那个女人可不咋样！乃森那时才是几岁的孩子，能懂啥？因为那台戏匣子，乃东快把他揍死了。但那还不行，她又追到乃东的家里，逼着乃东给个说法。乃东家里只有十块钱，他只好又借了十块，把二十块钱放到那个女人的手心里。二十块钱，想想吧，那年月，多叫人心疼。乃木那天很伤心，在他家的枣树下开始拉二胡，一直拉到天黑。他准是想起了那些叫人心酸的事。就说高老八他老婆吧，前几天乃木才给她治好了月经失调，这是那女人自己说的。她还学着乃木闭着眼说话，婶呀，你记好，茜草二两，当归三钱，丝瓜瓤两个，外加枣蒺针七枚，焙干，磨成末儿，每次一小勺，每日二次，温酒送下。并且还说，哎呀，真管用呢，乃木这孩子可真不错，俺寻思给他俩钱，他一分都不要。可谁能想到才过了几天呀，为了个戏匣子，就翻了脸。乃木能不伤心？这好像是村里人的习性了。人心换人心，难哪！

你看这小村的街巷，越来越不成样子。粪堆到处都是，猪圈盖到街上来。街道两旁的梧桐树全被伐光。年年的这个时候，秋雨没完没了。街巷泥泞，臭气熏天。现在，谁还管这事？村干部出去跑买卖，壮年的小伙子都在城里搞什么建筑，老弱病残在家里修"长城"。地里的庄稼都叫这连绵的秋雨沤烂了根。人们也不把这当回事儿，谁还稀罕这几棵庄稼？

"你爷爷希祥再家来，也不会认识这个小村子了。"

圆婆的两只眼球，已经不再清晰，它僵直不动地朝着门外，像是被固定在灰布衣服上的两颗扣子。烟头画出一道弧线，落在屋檐下的水坑里，熄灭了。

"对，别让他回来了，再说乃东也走了。"

乃东毕竟在这里生活了一辈子，这是他的根呀，咋说走就走呢？想想吧，他究竟为什么要离开？为了孩子？实际上，在乃东成为英雄以后，他就不该回来。齐周雾不是生养英雄的地方。你想在这里出人头地，根本不可能。不见得是有些人怎么着你，光那些神秘的东西也使你迷惑一生。不安？焦虑？孤独？自己折磨自己？怎么说都行！反正它一直存在着，并将永远存在下去。人是够可悲的，他们不但互相残杀互相攻击，而且还要受到另外一种东西的折磨。这种东西叫什么？反正你没法说出来，它无时无刻不追随着你，也许在一段时间里你把它忽略，但过段时间它会贴得你更紧。

不管你相信不相信，对于米大脚死去的那一年发生在乃家的一些事情，人们一直念念不忘，并且时常把它们收拾出来，把它们传得越来越玄乎。

那年过年，人们根本没有水饺可吃，国家供应的一点面粉，每家都掺了糠菜，留着一点一点地享用。为了让孩子们有点甜头，每家每户都在大年夜里煮红枣，那晒干的金丝小枣，煮熟后别提有多么甜。虽然都煮得不多，但那已经够奢侈了。米大脚也在给孩子们煮枣吃，灶房里烧着木头，这叫"熬岁"，是风俗。蜡烛被吹得晃晃悠悠，锅里的水开得哗哗响，还真有些年夜的气氛。这个地方关于年夜里的传说很多，大都神秘且可怕，因此年夜里做活儿一般不准孩子们掺和。乃木、乃林、乃染都坐在炕头上。乃木虽说不是孩子了，但他眼睛不好。乃东在天井里等着放鞭炮。那时候，乃森还在米大脚的肚子里呢。米大脚挺着肚子把小枣溜进锅里。当她正准备叫乃东放鞭炮时，那锅灶上面的土墙里突然伸出一只大手！多亏米大脚没喊出来，人们说如果米大脚不沉着冷静，还不知道会出啥结果呢。米大脚沉住气捞起一笊篱小枣，扣到那只大手里。大手立刻就没有了。

多怪的事，乃东说，米大脚的棉裤早已被尿湿透了。大概在同一个时间，站在天井里的乃东看到了一只白羊。白羊的眼睛在黑夜里闪着金黄色的光。乃东寻思大年夜里，谁家的羊跑到俺家来了，多不好。于是，他就轰那只羊。那只羊沿着乃东家的胡同往北走。乃东跟出来，他发现有些不对头，那只"羊"走起来怎么像条狗呢？他就跟着那个不羊不狗的东西走，走到胡同口，那个东西突然跑起来。它一跑，乃东就跟着跑，等追到一片光秃秃的枣树林时，那东西猛地不见了。乃东也猛地回过神来，他一想，这大年夜的，我咋跑到这荒秃秃的田野里来了。于是他往回跑，可脚下像踩了棉花，四肢无力，头皮发麻，汗如泉涌。他快跑到家门口时，就摔倒了。这时候，米大脚在天井里燃响了鞭炮。那天夜里，乃东和米大脚谁都没提这事。乃染说，怎么剩下这么一点枣了。米大脚立刻给了乃染一脚，不准胡说八道。乃染怀疑是米大脚偷吃了枣，嘴里还嘟嘟囔囔地不服气。第二天，米大脚突然抱着乃东哭起来，她似乎知道自己活不了多久了。乃东后来说，那天夜里他做了个梦，梦见他和米大脚，还有孩子们坐在一块漂在水中的木板上，木板晃晃悠悠，四周波浪汹涌，黑暗无边无际。

"哎哟，我跟你讲这些干吗？我说过我不讲这些东西，可禁不住又讲了。你一听就知道我是在糊弄你。哪有这样的事儿，全是乃东老糊涂了，才讲出这些邪乎的玩意儿。传说，都是传说，添油加醋。老了，嘴臭，不招人喜欢。"

还是讲讲乃染那闺女吧。她是一个坚强的孩子。她说干一件事就一定要干到底。现在想想，村里人对她的误解和责骂纯属无知，她跟那个南方的放蜂人私奔是再对不过的了。如果她不远走他乡，她会感到更加痛苦。谁知道等待她的是什么样的事情？

那次她从井冈山回到齐周雾以后，腿几乎挪不动了，肿得像一根枣木杠子，上面全是紫红色的伤疤，脚下的鸡眼一个挨着一个，并且得了关节炎，以后的每个冬天，她无论穿得多么厚实，关节处总是像小南瓜般地鼓起来。虽然她的脸被寒风吹得跟酱茄子似的，但她的脖子还是梗得很直，胸脯挺得老高。别的年轻人向她请教一些东西，她总是爱搭不理，她的眼皮子耷拉着，漂亮的眼珠儿瞅着别处。时间一长，别人自然对她有看法，说一个嫩雏儿，有啥了不起。这样一来，她冷淡了人们，人们也孤立了她。

乃染最喜欢跟乃木待在一起。那时候她温柔得像只小鸟，静静地依靠在乃木身边。但他们兄妹似乎没啥话儿可说。乃木就拉起二胡来。他们是借助二胡来交流感情和思想的。乃木被村里的年轻人羡慕得要命，他身边靠着的是村里最美丽、最孤傲的姑娘呀。有些年轻人并不死心，他们故意向乃木套近乎，装作想跟乃木学二胡的样子。但这鬼把戏很快就被乃染发觉了。她的漂亮的眼睛紧紧地盯着他们，像两把利刃，充满仇恨，让他们退却、滚蛋。这样的事情一多，你会有这么一种感觉，村里的人无论对她有多大的看法，她的美丽能消融一切。美丽这东西人们永远也不会忘掉，因此她不会被完全孤立的。孤立只是一个表面，绝对的孤立并不存在。

然而，乃染却伤透了整个齐周雾人的心。在当时来看，她不但抛弃了家里的亲人，还浇灭了许多年轻人心中燃烧着的热情。在一个春日的午后，在枣树林飘荡着的浓郁清新的香气中，她跟那个其貌不扬的南方人私奔了。那个南方年轻人的蜂箱依然在枣树林中整齐地排列着，那一团团失去主人而又储满甜蜜的蜂群发出迷茫的嗡嗡声，像老人的哭声，像乃木的二胡声，像村人的责骂声。十几年后，当这个不再年轻的女人再次踏上这片土地时，面对她分崩离析的家庭，你能晓得那是种什么样的心情吗？仅仅是失去家园之痛和对土地的陌生吗？仅仅是心灵的失落和对岁月无情的感叹吗？

"不该回来，她真的不该再回来！"

圆婆那一直干涩的眼窝里，突然湿润了。又一阵冷风刮过来，几个暗红色的小枣从树上掉下来，噼里啪啦溅起一些泥水。

"可是，她又回来了，虽然只待了一天。"

你看这细密的秋雨呀，多像个孩子，那么任性，一个劲儿地飘啊飘啊。你知道吗？玉米根全烂透了；大豆不结荚，芝麻不开花；枣树林里成千上万的鸟儿也全飞走了，它们的羽毛每天不干，它们是真的烦了。鲜亮的小枣开始咧嘴，露出白白的肉来，在雨水中浸泡发酵。要知道，人们好几年没吃过像样的醉枣了。老乃东的出走也许与这事儿有关，他的醉枣做得最好，可裂开口的小枣是醉不住的。

要是乃木的二胡一响，这雨准会停的，小鸟会再飞回来，孩子们又会看到那各种各样的小动物。黄昏时，太阳发着暗黄的光，透过枣树林，落在那片光滑的空地上，碌碡在那里蹲着，像个黑脸的汉子，乃木最喜欢坐在那上面拉二胡。红狐坐在上面，花蛇盘在上面。小田鼠离它们很远，孩子们离它们更远。可孩子们能看清楚那里发生的一切，他们嘀嘀咕咕，小脑袋碰在一块，脸上全是惊讶和好奇。空气中飘浮着泥土的清新和小枣的香甜，各种杂碎的声音退却了，似乎只剩下那首细腻委婉的曲子，时而凄凉时而愤怒，剪不断，拆不散，像气流充满整个小村的空间。

乃染走后的那个下午，最痛苦的应该是乃木，他不像乃东那样不停地咒骂。他一声不吭，就坐在那个碌碡上拉二胡，从黄昏拉到清晨，鲜血沿着手指滴落在那块透明的松香上，谁都能听得出，那二胡是断了弦变了调的。

那时候，乃森正在齐周雾小学读书，他的学习成绩全镇第一。他那种孤僻的性格丝毫没变，他仍旧像小时候那样独来独往，依然热爱他的电线和铁丝，但他所喜欢的另外一些东西已经复杂了，有的东西人们叫不出名字，显然那是在一些废旧的机器上拆下来的，他如获珍宝地把它们放进书包里。每天的早晨或黄昏，你总是看到他背着鼓囊囊的书包缓慢地走到那排枣树的下面，他似乎在想着什么东西，低着头，手指头在书包下面不停地摆动，好像正在算一道算术题。

乃森从不跟大人们打招呼，但人们却都喜欢他。不光是因为他长得惹人爱，更重要的是他学习成绩总是那么好。人们都说他是个神童呢！孩子们可不这么想，他们恨他，大概也是由于这个原因。有些坏孩子想欺负他，但他绝不会跟乃林一样任人摆布。如果是三五个孩子一块截住他，他便回过头来往后走，他总是躲着他们，这样那些孩子也觉得没啥意思，最多打他一拳两掌的。但谁打了乃森谁准倒霉，不是爬树摔断胳膊，就是出门让狗咬一口，并且肯定是在打完乃森一天后的时间里。这样的事情发生过几次，但后来就没有了，因为谁也不敢再去惹这个与众不同的孩子。

哥哥乃林的死和姐姐乃染的私奔，在乃森的眼里，似乎都不曾发生过。他依然那样不紧不慢地上学回家，他没向任何人问起过他的哥哥和姐姐，更没有哭，似乎他们的消失和所做的一切都是应该的。

他有一个跟别人一样的地方，就是他也喜欢乃木的二胡曲儿。他总是一边摆弄着手中的零碎玩意儿，一边听乃木拉二胡。那个时候，人们发现，乃森的耳廓特别大且厚，皮儿特别薄且透明。人们仿佛能看到鲜红的血沿着丝丝缕缕的血管像河水一般流淌。

这个聪明的孩子后来考上了北京的大学。但念到第三年时，他在一个潮湿的秋天突然就失踪了。他的失踪给乃东造成了无法弥补的创伤，这使乃东在一个秋天里老了十岁。乃东又给自己戴上新的枷锁，他整日披挂着这些沉重的东西，蹲靠在墙角或者枣树下面，嘴里不停地念叨，他说去游泳，咋就不回来了呢？这是因为乃森失踪前，曾对他的同学说他要去游泳。那时候，天气已经凉了，北京的游泳池也大都关闭。

乃森失踪的消息在村里传开的时候，小枣正红透整个平原。清凉的马颊河水使人们猜测乃森是在游泳时犯了抽风病，村里的人都知道他有这个毛病，就是那年因为拆散高老八的戏匣子被乃东揍下的病根，他的这种抽风病不能沾冷水。他在齐周雾东边的小河里游泳时，病发过两次，幸亏被人发现得早，救得及时。但那是北京啊，偌大的城市谁会管他？可这些终归只是人们的猜测，因为乃森的尸体没有被发现，找遍了北京城的游泳池和附近的水库，没有。那么大的北京城，不好找啊。

在乃森失踪后的几年里，乃东整天梦想着乃森会突然出现在他的面前，随着时间的流逝，他的这种梦想变成一种煎熬，一种折磨，它无时无刻不纠缠着乃东的心。为此，乃东变得越来越瘦小。

"乃东的日子越来越难过。"

圆婆的手又在卷旱烟。这样的活儿，她一天不知要重复多少次，似乎只有这些辛辣的东西，才能慰藉那颗衰老而依然扑扑跳动的心。天愈加暗淡，树变得有些模糊，缕缕炊烟在前几排的房顶上升起，夹杂着好闻的米香味儿。在这潮湿晦暗的下午，这是唯一使人感到温暖的东西了。

"一个老人种地，养活着一个瞎儿子，想想吧，这样的日子。"

如果你看到一个老人在烈日下干活，光着紫红的脊梁，身上肋骨凸凹，生满斑痦的肉皮耷拉着。其实你不必大惊小怪。你应该看他干得舒心不舒心。如果他唱着野歌或是哼着京戏，还时常跟干活的牛马说上几句，那么他是幸福的，自由自在的。

乃东锄地的时候，总是低着头苦干。他似乎跟那块土地有说不出的仇恨。人们知道他整天被那些大大小小的事儿纠缠着。闲着的时候，他就蹲墙根，头上顶着竹编斗笠，手里的烟袋锅儿从来也不空着。他的斗笠时常让小孩子们尿湿，那一瞬间他会想到乃森。他就说，小森那孩子多安详，学习又好，谁能比得了？瞧如今这些孩子们，就知道疯打疯闹，哪能有个啥出息！如果有年轻漂亮的姑娘从他身边走过，他会拧着脖子一个劲儿地瞅，不知道的还寻思这是个老色鬼呢，知道内情的人谁都会理解这个老人。姑娘走远后，他就说，脸盘儿比小染差得远来，身段儿还差不多，就是如今的衣裳装扮人，小染要是穿上这身衣裳，比她要好看十倍呢。

后来的几年里，乃东碰到的最大的麻烦就是缺钱。种地得施肥，乃东根本没钱买化肥。他哪来的钱？粮食勉强够吃用，再说祟了粮食买化肥，也总不跟趟儿。乃东在田里费的功夫最多，可庄稼长得还是最差。

乃木去镇上要饭是必然的事。这个可怜的人哪！他没有想到，他一生中会有两次踏上这条尴尬而屈辱的路。虽然这次要比几十年前风光得多。那个春天的早晨，他拄着一根竹竿，沿着坑坑洼洼的土路，蹒跚着走向小镇。他背着那把跟随他多年的二胡，它被一个蓝色的布套套着，像个极其瘦弱的孩子。虽说乃木眼瞎，但他能闻到各种各样的气味，听到各种各样的声音。枣花的馨香和春天里马颊河特有的潮腥气时不时地钻入他的鼻孔，使他兴奋而又失落。他不知道这条路有多长。鸟儿在他头顶上啁啾，声音如此急促，不知道它们是高兴还是愤怒，是悲伤还是激动。他身边的土地啪啪作响，那是万物惊蛰。蛇儿出洞了，昆虫展翅了，植物苏醒了，花儿开放了。这条路是如此苍凉而又多情！它充满了苦难，又孕育了生机。

离小镇不远时，人猛地增多了。自行车的铃铛声和赶马车的老农的吆喝声使乃木不知所措。他时常被骂一句，被撞一下，一个趔趄，又一个趔趄，他竟没有摔倒。他小心地靠紧路边的一棵树，它光滑而富有弹性的树皮让乃木增强了信心。乃木知道这是一棵高大挺拔的白杨，他站在那里深深呼了口气，然后沿着长满青草的路边继续往前走，短短一瞬间，他觉得那些嘈杂的声音已渐渐远去。

乃木终于在供销社门口坐下来。有个来小镇赶集的齐周雾孩子给他搬来一块石头，他坐在上面，然后从背上拿下二胡，小心地褪下青色布套，用微微颤抖的手从鼓鼓囊囊的怀里摸索出一个不大的搪瓷缸子，把它认真地放在自己身子的前面。他的面孔红彤彤的。他把二胡放在膝盖上，那光滑的蛇皮蒙面在春日的太阳下闪着温暖的光泽。调、试、送、拉……一场凄凉而悲伤的"战争"开始了。在小镇熙熙攘攘的街市中，那是生存与毁灭之战，那是光明与黑暗之战，那是良心与邪恶之战，那是生命与孤独之战。

在吵闹喧嚣的集市深处，是一条清凉之河。当！一声，那是钱币与搪瓷相撞的声音。洪亮、清脆，稳当当地落在乃木的心上。它清冷而又温暖，亮亮的酸酸的，像秋天艳红的小枣，它使得乃木绝望而又充满希望，温润而又苍凉。

当！又一声。

就这样开始了。硬的是钢镚儿，软的是毛票。那一年的整个春天里，乃木怀里抱着那个沉甸甸的搪瓷缸子，缓慢地往来于小镇与齐周雾之间的小路上。

可是，乃东的心情在那年的春天里变得更加复杂而脆弱。每天拂晓，他浑浊的目光总是透过朦胧的晨曦，沿着平原上清晰的地平线，呆直而茫然地望向远方。他是在追寻那个影子，那个整日使他憔悴又无奈的影子，它倔强而单纯。多少次，他都想把它拽回来，把它放在家中的热炕头上，给它端一碗热气腾腾的面条。

"孩子，慢慢吃。"

圆婆给我端过来一碗面条，上面有两个鸡蛋，一层浮动的油花。一股从没有过的香味在空气中弥漫。夜晚可以淡化一些色深的东西。现在，你只能感觉到树叶在不停地晃动，其他一切都消失了，雨丝，潮湿，灰暗，一切一切，全被黑暗吞噬了。只剩下这碗热气腾腾的面条，还有这张枯瘦多皱的面孔。不论是白天还是夜晚，她的周围总是笼罩着一层淡淡的烟雾。

　　"慢慢吃，孩子。"

　　乃染的爱情叫人费解，它似乎并不像人们想象的那么浪漫。她和那个南方的放蜂人私奔之前，认识的时间不超过一个月，陌生的言语加上那张陌生的面孔不见得能使他们一见钟情。人们看到的只是他们站在一排排方方的蜂箱中间谈过一次话。黄色的蜜蜂在他们的周遭嗡嗡地盘旋，麦粒般的黄绿色枣花正无边无际地盛开着，浓郁的甜香夹杂着新鲜的泥土味，麦田金黄的颜色把平原映衬得纯美秀丽、生机盎然，也许正是这生情的季节和清雅湿润的环境使他们感情萌动。人们看到那个南方人不停地用手指挠耳朵，显得不知所措，脸涨得通红。乃染的两只纤细的手不停地揉搓着，他们似乎谈得相当吃力。但是后来，他们彼此笑了，乃染伸出手去指了一圈四周的枣林，那个放蜂的小伙子双手使劲地向后捋一把头发，然后他开始眉飞色舞地说起来。他们显然是在谈一些美好无比的东西，谈得非常高兴。

　　村里的年轻人像一头头的野狼。他们瞪着绿幽幽的眼睛，围着枣树林不停地转悠，他们愤怒地吹着口哨，把拳头攥得咯嘣响，口里喘着粗气，骂着难听的脏话。他们憋足劲要把这个外乡人赶出齐周雾，并且，有人把这个消息用最快的速度传给了乃东。乃东把烟袋往腰中一别，就气呼呼地向这片枣树林走来。

　　乃东站在离他们不远的地方，他不敢靠近那一排排的蜂箱。他喊，乃染，你给我回来。他开始骂那个外乡人，你个丑小子，尖嘴猴腮，像他娘的野猴子，再不正经，我敲断你的狗腿。他好像又忆起了他妹妹的惨死，他对这事很敏感，他绝不允许乃染像她的姑姑那样再叫他伤心。

　　乃染并不生气，她朝着外乡人妩媚地笑笑，然后挥挥手，转身向乃东走来。无数的蜜蜂追随着她，似乎是为她引路。她看到父亲在枣树林外晃晃悠悠的身影，觉得很不是滋味，她的眼圈突然红了。她伤感地瞅一眼乃东，又看一眼枣树林。实际上，那时候，她已经在跟齐周雾告别了。

　　就在那天的黄昏，乃染和那个南方的放蜂人同时消失在这个村庄。显然他们是说好了的。后来，人们在骂那个南方人的同时又不停地夸奖他。他能为了一个女人扔掉那一箱箱的蜜蜂，真是不容易。一个人应该像他那样，也许，乃东缺少的就是这一点。唉，这些事情谁又能说得清楚呢！

　　乃染走得那么冷酷无情，以至于整个村里的人都没有发现一丝她要走的痕迹。她的出走深深地伤害了一个人，那就是乃木。乃木来到枣树林中的那块空地上，坐在那块憨实的碌碡上，拉起了他的二胡。整整一夜啊！他把月亮拉圆了，他把春夜拉长了。清冷的夜风带着那首伤感的曲子，轻荡弥漫在村子的上空，使人们的梦变得相当湿润。翌日的清晨，人们在洗脸时，发现自己的脸皮都红肿油亮，都感到十分疑惑，怎么了？这是怎么了？

　　一个用二胡来诉说自己心中的矛盾、伤感和愤怒的人，他的声音注定是沙哑而苍白的。

　　那年夏天，在太阳的暴晒下，乃木的身体变得异常黑瘦。同时，那条通往小镇的道路在他的心中也更加清晰，他甚至比眼睛正常的人都走得踏实，哪个地方有个坑，哪个地方有条小沟，他心中十分清楚。他常常为自己准确无误的感觉而自豪。那条用来探路的竹竿在他手里成了一个可笑的道具。然而，有一种感觉却使他越来越不安。他发觉那种当当的撞击声正在逐渐减少，虽然他的二胡拉得更加细腻轻柔，但人们似乎对这种过于伤感的曲子不再投入过多的感情。那两年，港台的流行歌曲正如潮水般向这个小镇涌来。在小镇的供销社门旁，这个盲人似乎正在被人们遗忘。他的涓涓细诉常常被种种莫名其妙的声音所掩盖。有时候，他能听到几个年轻人咔咔的不怀好意的笑声，那声音更加使他心乱，焦虑不安。他仿佛能够清晰地看到他们正在做坏事。

　　晚上乃木回到家，当他把那只搪瓷缸子摆在乃东面前时，乃东实在看不下去了。浑浊的老泪在他的眼里打着转儿，他没想到竟有这么坏的人，他们竟然昧着良心去污辱一个讨饭的盲人。不理他不要紧，干吗在他的搪瓷缸里塞满玻璃和卫生纸？难道他的曲子不如铁匠铺里的叮当声，不如木器店里那要命的刺啦声，不如牲口市里叫驴的咴咴声吗？人为什么如此卑鄙险恶？昧着良心欺负一个身心伤残的好人！为什么人就不能多一些同情，多一些温暖？战争似乎也没有这么残忍，它有的是悲壮，是仇恨，是激情，是大义凛然，铮铮铁骨。在那一刻，乃东仿佛又感觉到了战争的激情，他体内的血液在狂奔，在燃烧，他真想提着斧子把那些家伙们的脑袋一个个都砍下来。

他说："孩子啊，明个咱不去了。"

乃木说："不去哪行？你不说两袋化肥的钱快凑齐了吗？"

乃东不忍心跟他讲这些，他只是在第二天的早晨，看到那个蹒跚的身影又消失在晨曦中时，脸上老泪纵横。

他蹲在枣树下面。他想，自己的一生错在哪个环节上呢？为什么弄得如此疲倦而悲惨？有形的无形的内部的外部的真实的神秘的美丽的丑陋的纯真的卑鄙的高雅的下流的……他想啊想！他在苦苦地思辨着。后来，当他抬起头来时，他发现，又一个秋天到来了，有一些枣子已经红了屁股，它们像宝石一样，那么可爱。他想，他的家庭他的村庄他的家乡为什么不像这小枣一般美满可爱。也许，他要求得过高了，幸福的生活并不是那么容易得到的；也许，这就是事情的本质。他似乎感觉到，这个秋天里，还将有更可怕的东西在等着他。这种瞬间产生的强烈预感，在他生命中出现过多次，每当自己活生生的孩子消逝时，他都会产生这种叫他战栗的感觉。他无奈，他不知道怎样把他们挽救回来。他只能等！他觉得事情都是这么复杂，拆不散，扯不开，像一团团的破棉絮。

可怕的事情终于发生了。

那是个清朗的秋天，乃木像往日一样，把二胡放在膝盖上，把搪瓷缸子放在身子前面。他的心灵又开始颤抖了。沙哑，凄凉，愤怒，欢快，美好，幸福；一段一段，一节一节；时而舒缓，时而急促，时而高昂，时而低回。谁能理解这颗埋藏在黑暗中扑扑跳动而又纯洁明净的心？他期待着那当当的声音，但他没露出丝毫媚态。在这种期待中，他似乎又回到以往的岁月，拖着疲惫的身体，空着肚子，走在陌生的街道上，喊着大娘大婶呀，救济点吧！俺家还有不满周岁的弟弟呢。他觉得声音遥远却清晰。

弟弟！

你们去了哪里？为什么？为什么想起你们就会有种空荡荡的感觉？多少年来，我们之间缺了什么？什么呢？他苦苦想。

如今，他能想起的仅仅是一张张清晰的面孔，他们像一张张永不褪色的照片贴挂在他的脑子里。但他们单薄又苍白，没有血，没有肉，没有语言。对呀！他们缺的正是这种有血有肉的语言的交流。也许正是这些决定了这个家庭的孤独。那些来自内部的、无形的、性格上的东西。

有两行细亮的水线从那深陷的"枯泉"中滚落而出。

突然，那哧哧的笑声又传进乃木的耳朵。它们卑鄙下流，来自四面八方。同时，乃木嗅到了一股味儿，臭臭的，在他的面前久飘不散。他猛地意识到了什么。他放下二胡，把手向前探去。他触到了搪瓷缸子，在那里面，他摸了黏糊糊的一把。他把手拿到鼻子下面，立刻明白了发生的事情。他听到笑声更响了。

他恍惚地站起来，手中攥着那把未套蓝布套的二胡，他的脚被搪瓷缸子绊了一下，搪瓷缸子发出一声沉重的呻吟。他拿起竹竿，人们发现，他浑身都在抖动。他脑袋中那条清晰的路已变得十分模糊，无数的路岔在上面滋生繁衍，形成一个硕大的球。他像一只迷途的羔羊在田野里乱撞，他像一只无线的风筝在遥无边际的空中乱飘。他不知道过了多长时间，他更不知道清朗的天空忽然阴沉下来。树木、玉米、大豆、野草不停地纠缠着他的腿脚，无数的小生灵们在他的周围叫唤，他听不见了。他摔倒了，一跤又一跤，鼻子破了，脸也破了，只有那把二胡依旧攥在手中，紧攥胡弦的手指已经磨出血来。后来，他不再跑了，他在一颗枣树下坐下来。他不知道，那时已是深夜，乃东正沿着那条路拼命地呼叫着。他只感到有些冷。他又开始拉二胡了。轻柔的雨滴抚摸着他的全身，在漫长的秋夜里滋润，滋润。

"人们发现乃木尸体的时候，天上还在下着小雨，乃木紧抱着那把二胡，手指头被胡弦磨出的血让雨水冲进田里，泥土都变艳了。"

圆婆长长地呼了口气，昏黄的灯光下，那张布满皱褶的脸更加苍老。外面静得很，小雨似乎停了，有股新鲜潮湿的味儿在暗夜中轻盈地飘荡。明天，天也许会好起来，毕竟，离天高气爽的节气越来越近了。但无论怎样，明天我都会离开这个村庄的，不论圆婆怎样挽留。

"没过几天，乃东就走了，拄着乃木用的那根竹竿。那时候，小枣红得像小灯笼，一盏盏的。人们说，他是早晨走的，大雾正包围着村庄呢。"

任何故事都不可能结束，正如人类不会消亡一样。

一件事情结束了，另一件事情刚刚开始。

旧的东西消失了，新的东西在生长。

生命如斯。

乃染是在一个秋天回到齐周雾的。那时候，村子里已经没有一点东西姓乃了。那排土房子已经彻底消失了，家具农具早已随风烂掉。在风中在雨中在岁月中，一切都是同一种结果。

没有一个人能认出她是乃染，将近二十年的时间，所有的东西都面目全非。那辆乳白色的小轿车停在村子里的那棵老枣树下，跟乃染一块走下来的是一个英俊的少年，那双清澈的眼睛使人一下子就会想到乃森，但他的个头要比乃森高得多。他们穿着讲究，但华丽的丝绸衣衫无论如何也掩盖不了一个女人的沧桑。

大娘，还认得我吗？

圆婆摇摇头。

我是乃染呀，乃东的闺女。女人笑得很美。

噢……哎呀……想起来了。圆婆像捕捉到一件丢失多年的东西。

村子变化太大了，我都认不得了。我爹和我兄弟们呢？他们住在……

……

大娘，你怎么了？

……

大娘，你说呀！

……

大娘，你哭啥呀？

……

妈，你怎么了？那个英俊的少年抱着乃染瘫软的身体说。

那时候，一群孩子正在不远处的老枣树下唱儿歌：枣树红了，枣树红了；鸟儿飞了，月儿明了；姑娘大了，该出嫁了；枣儿甜呀，月饼圆呀……

"孩子呀，睡觉吧，天不早了。"

圆婆打了个呵欠，看来她是真困了。

　　"我给你拿出的是新被子呢，一次也没用，天再凉，也凉不着你的身子。"

　　这绵长的秋雨终会停下来的，毕竟，离那天高气爽的节气越来越近了。

　　当然，谁都不会忘掉红枣的甜香。

　　（原载《山东文学》1995 年第 4 期）

我们分到了土地

一

那天早晨醒来后，我听到马儿咴咴的叫声。从被窝里爬起来，透过朦胧的窗子，我看到我们家院子里的枣树下面拴着一匹马。马是枣红色的，正垂着脖子啃一捆秆草。枯败的枣树枝条上挂满白霜。秆草湿漉漉的。马鬃也湿漉漉的。马儿抬起头，朝窗子这边看了一眼。我这才感觉到冷，我发现自己还光着身子。

那是一个深秋的早晨。

我穿好衣服，来到院子里。爷爷蹲在离马儿不远的地方，他抱着烟袋，几乎是蜷缩在那里，他瘦小的身子骨那么一缩，就像一个长年蹲在屋檐底下的咸菜缸子。刚才在窗子后面，我没有看到爷爷。这时候，爷爷看到了我，也许他看出了我眼里的迷惑。

爷爷说："咱家的马。"

爷爷的喜悦之色再也无法掩藏，他突然不自觉地乐了，乐出声来，他的每一道皱纹里都乐出声来。

我闻到一股淡淡的马粪味，就像这深秋的早晨一样清凌凌的。

我说："这不是咱家的马。这是生产队的马。"

爷爷的喜色已经收敛，他不再理我。他的目光集中在马上。这时候他站起来，抓起立在墙边的扫帚，一下一下地扫着马的身体，草屑和土块纷纷落下。有一根马毛飘起来，飘得很高，它在枣树的树杈间穿行，闪着金色的光。

太阳升了起来。

我说："爷爷，这下我有马骑了。"

爷爷说："马可不是叫你骑的，马是来犁地的。"

我说："我们家没有地。"

这时候，我听到母亲在院子外面喂猪的声音。我觉得我该去上学了。

我说："我该去上学了。"

爷爷说："今天不去上学了。"

爷爷并没有瞅我，说这话的时候，还在给枣红马清扫着身子。

我说："今天不是星期天。"

爷爷说："不是星期天也不去上学了。"

母亲从外面走进来，手里提着泔水桶，她看到我站在那里愣神，就说："刘长江，你还不去上学？你看现在都什么时候了，太阳都一扁担高了，你还不去上学。"

我说："今天不去上学了。"

母亲说："今天不是星期天，为什么不去上学？"

爷爷放下手里的扫帚，他一边往烟锅子里摁着烟末儿，一边说："今天分地，今天不是星期天也不去上学了。"

接着，爷爷擤出一把鼻涕，随手甩在潮乎乎的院子里。

爷爷说："等一会儿去生产队分地，抓阄儿。你看看我这双手，糙得跟锅底似的，你看看。"

爷爷叼着烟嘴，伸出一双大手来。

爷爷说："我想让刘长江抓，他手干净，脑子也干净，没有私心杂念；刘长河不行，刘长河是老二，老二不能抓；要说老小也行，可是老小，刘土地，他脑子不灵。我想了想，还是刘长江抓。"

母亲愣怔片刻，说："那就不去上学了。"母亲听到刘土地的哭声，放下泔水桶，进屋去了。

爷爷让我去换一件干净衣服。我不太情愿地去了，我不喜欢穿干净衣服。一会儿抓阄儿的时候，那么多人盯着我，我不自然。我已经十三岁了，我觉得一个十三岁的人，穿着新衣服去抓阄儿，肯定会被别人笑的。但我还是换了，因为我可以不去上学了。抓完阄儿后，我可以去村东的苹果园里坐上一会儿，看看有没有野兔子的行踪。

换好衣服，我重新回到院子里，看到刘长河正站在爷爷跟前。

刘长河说："爷爷，刚才我去解手了。"

刘长河从来不说拉屎厕尿一类的词儿，他对谁都说他去解手了，虽然他只有九岁。他把头发向后梳得很整齐，并且用水顺过，头发紧紧地贴在他的脑瓜皮上。我知道他是在学习村南的马东。马东是镇上兽医站的兽医，他能把整个胳膊伸进牛屁股里，可他的头发从来都不乱。

刘长河说："你跟刘长江说的话我都听到了。"

爷爷说："你还不去上学？太阳都一扁担多高了，你还不去上学？"

刘长河说："我也不去上学了。刘长江不去上学我也不去上学。"

爷爷说："刘长江不去上学他去抓阄儿，你不去上学你去干什么？"

刘长河说："我也去抓阄儿，刘长江能去抓阄儿，我为什么就不能抓阄儿？"

爷爷说："刘长江是你哥哥。"

刘长河说："那我换名字算了，我叫刘长江，他叫刘长河。我叫刘长江，我就是他哥哥。我是他哥哥我就可以去抓阄儿。"

母亲领着刘土地从屋子里走出来，母亲说："刘长河，你较什么劲啊你，你再不去上学，我揍扁了你。"

刘长河说："刘长江不去上学我就不去上学。"

母亲说："刘长江不去上学他去抓阄儿，你不去上学我揍扁了你。"

刘土地看到母亲发火儿就嘿嘿地笑。刘土地的下嘴唇非常宽阔，就跟土地一样宽阔。刘土地笑着对母亲说，厕尿。

大家都知道，刘土地说拉屎的时候，屎就已经拉到裤子里了；刘土地说厕尿的时候尿也已经撒到裤子里了。大家都知道，母亲又要扇刘土地的耳光。啪一声，刘土地的左脸红了。刘土地就哭。

刘长河说："揍扁了也不去上学。"

爷爷说："不去就不去吧，今天分地，你们都去，老天爷一看人多，就能分给咱们好地。"

我躲在爷爷身后，尽量地缩着自己的肩膀，我怕前面的人看到我。那件深蓝色的学生装很硬很板，就像牛皮纸做的一样，我的脖子开始不舒服起来，来回蹭几下，反而更难受了。刘长河领着刘土地跟在我的身后，刘长河也换上一件干净的衣服，他过于俊俏的脸跟我们的弟弟刘土地的形成强烈的反差，这时常令我们的母亲李秀英悲喜交加。每当有人对刘土地过于关注的时候，我们的母亲就指着刘长河说："这是我的儿子刘长河。"现在，母亲正在家里洗我们的衣服，照顾我们家的枣红马。

我们跟在爷爷身后，穿过一条条小巷，绕过一座座猪圈，浩浩荡荡地向生产队的饲养处走去。刘长河在后面唱着歌，我知道，这是那个拐子老师教给他的，几年前我也学过，现在我已经忘了歌词。刘长河声音洪亮，字正腔圆。刘土地就像他的战友一样，被他拽得东摇西晃。刘土地的嘴里也在唱，不过，那属于他自己的歌，谁也不会听懂的。

饲养处里已经没有牲口，它们被人们带回各自的家中，草料里开始增加营养，鞭子即使落在身上，也变得软弱无力，它们开始过幸福生活。在饲养处空旷的大房子里，一排排整齐的木槽里空空荡荡，显得清冷许多。木槽里的板子被牲口的舌头舔得光滑油亮，现在，它的里面坐满来抓阄儿的人们。人们坐在里面抽着烟说着话，几个半大不小的孩子双手挂在木槽上面拴马缰绳的柱子上，就像镇中学的学生们在上体育课。我坐在门旁的一块石头上，周围依然弥漫着浓重的马粪味儿，我看到刘长河已经爬进木槽。刘土地在下面急得呱呱直叫，他的鼻涕已经流进嘴里，在那宽阔的下嘴唇上扭动着，就像流淌在平原上的两条小溪。

爷爷说："刘长河，你给我下来。"

刘长河说："他们都坐在里面。"

爷爷说："他们都坐在里面是等着抓阄儿。"

爷爷正想过去把刘长河抓下来的时候，队长从里屋走出来，后面跟着张会计和王测量员。爷爷就立在了那里。

队长说："大伙静一下，都到齐了吧？还有没到的吧？没有了是不？咱马上就抓阄儿，抓完了阄儿咱就去分地。看到这斗了吗？原来它是分粮食的，现在咱用它来分地，里面放的是号码，念到谁，谁就抓，只准抓一下子。嗳，孩子也来了不少，不管是大人孩子，就只准抓一下子。"

队长怀里抱着一个柳条大斗，他的目光很快从我眼前闪过去了。这时候有人喊："有没有弄虚作假？"

队长说："头朝下，谁要弄虚作假谁头朝下，孙子一个。"

爷爷来到我身边，他伸出粗糙的手掌把我拉起来，拍打着我的衣服，把手掌放到我的后脑勺上，说："斗里是纸团，你不要看，你闭着眼抓一下就行。"

会计开始点名，整个房子里静下来，我看到我的邻居高台阶走过去。我喊他台阶叔，他不过二十一二岁，有个小女儿，叫小芹，刚刚会跑。他已经跟父母分家过了，所以他是代表他老婆张春梅和女儿小芹过去抓阄儿的。高台阶长得高大黑壮，平时喜欢跟人掰腕子，总赢，不过今天，我看到他把手伸进斗里去的时候，抖得厉害。当他把纸团攥到手里，轻声地骂了一句。

我不由得紧张起来，耳朵里塞满马嚼草的声音，心里像有野兔子蹿来蹿去，我想我的同学们现在正坐在教室里，听花蝴蝶女老师讲解神笔马良的故事。明年我就要考初中了，考上初中就要到镇上中学里去上学，像那里的学生一样在单杠上吊来吊去。我觉得爷爷把我的手攥得越来越紧，我能闻到爷爷的粗布衣服里散发出来的热烘烘的鲜腥味儿。

"刘小鸥。"

爷爷的手哆嗦一下。刘小鸥是我爷爷的名字。我爷爷刘小鸥片刻之后把我推过来，我爷爷刘小鸥的两手就像树叶一样落在我的肩头，软弱无力。我听到刘长河喊我的名字，他说，刘长江你不能过去，凭什么让你刘长江……我知道是爷爷堵住了他的嘴巴。我听到刘土地放声大哭的声音，他只有六岁，可他哭起来的声音却像六十岁的老人。

我把手伸进去，像爷爷嘱咐我的一样闭上眼睛。我摸到一粒纸团，它潮乎乎的，凹凸不平，就像兽医马东的女儿马宁宁摁在我手里的纸团一样潮乎乎的，凹凸不平。马宁宁个头比我还高，坐在我后面，她总喜欢用铅笔戳我的脖梗子。有一次她趁花蝴蝶女老师回头写字的工夫，把一粒纸团塞进我手里，上面歪歪斜斜地写着几个铅笔字：你知道爱是怎么回事吗？我的脸马上就红了，浑身痒得厉害，就跟现在一样。我知道我出汗了，热气腾腾地出汗了，在这个深秋的上午。

还没等爷爷回过神来，我就展开纸团，我看到了一个粗壮有力的"1"，心里不禁扑通一下子。我一直把这个数字看得十分高大，时时刻刻在追求它，我想学习是"1"，我想个头是"1"，我想体育是"1"，我处处都想是"1"。此时，我手里攥着这个"1"字，激动万分，以至我爷爷刘小鸥跑过来，把纸条拿到他手里时，我还没有从这个"1"中回过神来。

这时候，抓阄儿结束，三十多个小纸团已经来到人们手中。爷爷刘小鸥双手抻着那张小小的纸片走到队长面前，说："队长，你看看，队长，你看看。"

队长一看就乐了，说："刘小鸥，你的孙子真疼你，上来就给你逮个第一，以后你就第一下去了。"

爷爷说："这是啥意思？"

队长说："分地的时候你就知道了。"

我想我的任务已经完成，该松口气了，于是就想松一口气，但我还没来得及喘过气来，屁股上就挨了一脚。刘长河在后面喊："刘长江，凭什么好事都落到你头上，凭什么好事都是你刘长江的。"比我矮一头的刘长河怒目圆睁，他的屁股后面跟着比他矮一头的刘土地。

我不愿意理他们，我感到很累，我想去村东的苹果园，我想坐在苹果树下面歇一歇，我也不想再去追什么野兔子。我回过头，走出马粪味儿熏天的大房子。走出饲养处时，我还能听到刘长河的叫骂声和刘土地的哇哇怪叫。

二

那个傍晚，我放学回家后，书包都没有放下，就跑进西偏房内，我叫它"小饲养处"。马儿正嚼着草料，前蹄时而敲一下干硬的地面，发出咔咔的声音。槽子是爷爷连夜垒起来的，现在它依然散发着麦草和泥土的味道，它们混合着淡淡的马粪味儿，让人感到这间一向清冷的房子有了生机。我想我得给马儿起个名字，起个我喜欢的名字。

我听到母亲拉风箱的声音，她正在做晚饭，屋子里充满黑烟，母亲的身子在黑烟中时隐时现。

"刘长江，你死到那里干什么刘长江？"

显然母亲是看到我钻进西偏房，她才这样喊我。也许母亲喊我好几声了，我正在给枣红马想名字，我没有听到。

"刘长江，你听到了没有？"

"有话你就说吧，我这不站到这里了吗。"我站在院子里，看到红彤彤的太阳把枣树枝照得像染了颜色。

"你看看哪儿的风？"母亲的声音从黑烟里钻出来，有些嘶哑。

我抓起一把干土，然后往头顶上一扬。

我说："西北风。"

母亲说："你上房顶，把烟囱上那两块砖头挪到北面去。"母亲边咳嗽边喊。

我爬上我们家的土房子，然后把那两块砖头挪到北面去，炊烟马上就从烟囱里钻出来。

虽然屋顶上风很大，但我还是想在上面多待一会儿，我看到太阳红得就像徐家铺子的油炸糕；我看到村北枣树林里有一个扛着猎枪的人在追赶野兔子，他的前面有一条黑色的猎狗；我看到村西马颊河大坝就像课本上的长城一样拐了个弯儿；我看到村南的土路上卖豆腐的刘迷糊正推着小车往村里赶；我看到槐树底下刘长河跟几个小孩子正玩一种叫"骑马"的游戏，刘长河当"柱子"，一个男孩弯着腰，把头钻进他的裤裆里，另一个男孩子从十米外跑过来，一跃就骑在他的背上。此时，只见刘长河大叫一声，那两个孩子就趴在了地上。刘长河弯着腰，两手捂着裤裆，显然是他的蛋子被撞疼了。我看到刘土地正坐在猪舍里，跟我们家那头白色的大肥猪友好地说着什么。我看到高台阶的老婆张春梅正扭着圆圆的屁股追赶她家的一只母鸡。太阳越来越红了，有一半已经扎进枣树林子。我看到炊烟罩住了整个村子。我想到了这个村子的名字，它叫齐周雾。

"刘长江，你死到上面干什么你不下来？"母亲在下面喊我。

我没有回答。我悄悄地从梯子上溜下来。这时候，母亲正站在院子里收拾她洗过的衣裳。母亲的脸庞红彤彤的，在夕阳中她依然年轻。

母亲说："刘长河呢？"

我说："他在槐树下面玩骑马。"

"该死的，"母亲接着说，"刘土地呢？"

我说："刘土地在猪舍里抠猪耳朵呢。"

"该死的，"母亲说，"你爷爷呢？"

我说："我没有看到爷爷。"

母亲说："你去找找你爷爷，饭熟了，你喊刘长河回来吃饭。"

我说："我去找爷爷，我喊不动刘长河，我不喊。"

母亲说："你不喊谁喊，你喊他，他不回来我揍扁他。"

我们的母亲李秀英发怒了，她说："翻天了他。"

我来到槐树下面，我说："刘长河，回家吃饭去了刘长河。"

刘长河不理我，我知道他还在生我的气，他没抓上阄儿就怨我。

我说："我告诉你了刘长河，你不回家吃饭挨揍别怨我。"

说完，我就向南走去。天已经变得灰蒙蒙的，这时候，羊和鸭子的叫声特别响亮。我看到高台阶正饮牛回来，他们家分到了牛。他一手提着木桶，一手牵着牛缰绳。

我说："台阶叔，你看到我爷爷了吗？"

高台阶说："分完了地我就没看到他，他是不是在饲养处？他喜欢在那里晒太阳。"可太阳早就落下去了。

我想了想还是去了饲养处。饲养处的院子很大，以往，这里是最热闹的地方。这里有三盏电灯，把整个饲养处照得亮亮堂堂的，但是现在，饲养处黑乎乎的，静悄悄的，一点儿亮光都没有，我有些害怕，就拐出来。

我看到了马宁宁。马宁宁推着一辆半新不旧的自行车，走起路来趔趔趄趄的。马宁宁也看到了我。

"干什么去呀刘长江？"

我说："我去找我爷爷。"

马宁宁说："你爷爷又不是不认得家，你找你爷爷干什么？刘长江，上午你为什么没去上学？"

我说："我分地去了。"

马宁宁说："有你爷爷你去分什么地呀。"马宁宁的眼睛直勾勾地盯着我，不知道从什么时候开始，她变得比原来漂亮多了。我害怕跟她面对面地说话。

我说："我找我爷爷去了。"

马宁宁说："你站住，刘长江。"

我说："干什么？"

马宁宁说："我知道你不会骑自行车，明年咱们就升初中了，升上初中就得去镇上的中学，咱们得骑自行车去上学，以后咱们一块儿学骑自行车好吗？"

我说："以后再说吧，我找我爷爷去了。"

拐过一个墙角，我听到村磨坊里的机器声。我看到张会计推着一口袋面粉从里面走出来。我说："张会计，你看到我爷爷了吗？"

张会计被我的声音吓了一跳，他躲开磨坊里射出来的灯光，仔细看了看我的脸。

他说："原来是刘小鸥的孙子。"

张会计说："下午量地的时候，我看到你爷爷哭了。"

我说："我爷爷为什么哭？"

张会计说："因为你们家分到了五块地头子。叫谁谁不哭？叫我我也哭。"

说完，张会计就走了。

我走下一个坡，然后沿原路回家。我想爷爷现在肯定正蹲在院子里抽烟。于是我一进门，先找黑乎乎的院子里那一点红红的火头。可是，我没有找到，我听到枣红马在西偏房里甩尾巴的声音。我走进西偏房，发现枣红马的两只眼睛在黑暗中尤其明亮。

"找到你爷爷了没有？"母亲说。

"没有。"我说，"我爷爷下午哭了。"

母亲把咸菜端上桌子，稀粥和窝头还热在锅里。刘土地把手伸进咸菜碗，他说："吃菜。"母亲没有理他，母亲说："你爷爷为什么哭？"

"张会计说，我们家分到了五块地头子。"

"五块地头子？"母亲说，"上午你抓了个几？"

"我抓了个第一呀，队长笑着对爷爷说，往后，我们家就第一下去了……"

我还没有说完，母亲就给了我一个耳光，我眼前立刻升起一团金色的星星来。不过，母亲没有再打我，也没有骂我。她把饭和菜端上来让我们吃着，就走出去。刘长河、刘土地他们呼噜呼噜地喝着稀粥。看到母亲走出去了，刘长河放下碗，哧哧地笑起来，说："刘长江，叫你抓，挨揍了吧。你寻思好事还都是你的了。"

刘土地也跟着刘长河笑起来，刘土地说："叫你抓。"

半夜里，母亲把我叫起来。母亲的脸在昏黄的灯光下有些苍白。她说："刘长江你起来，穿上衣服跟妈一块儿找爷爷好吗？"

我看看柜上的座钟，都十二点半了，爷爷还没有回来，不知道为什么我突然害怕起来，有一种说不清道不明的东西堵在心里。我一边穿着衣服，一边想哭。

母亲说："快点穿。"

我拿着手电筒，跟在母亲身后。村子里静极了。如果有动静的话，那是风吹过树枝的声音，初冬的天气有点冷，我看到母亲还穿着单薄的褂子，我发现母亲在黑夜中矮了许多。

母亲来到本家二爷爷的屋前，本家二爷爷家的窗子黑洞洞的；母亲来到队长家的门前，队长家的大门已经插上了；母亲领着我转了大半个村子，母亲和我又回到家里。

母亲说："都睡了，整个村子就跟死了似的。"

我从爷爷睡觉的屋子里走出来，我说："爷爷还是没有回来。"

母亲说："睡觉吧，睡醒觉爷爷就回来了。"

于是，我和母亲又重新回到床上去。母亲没有脱衣服。我也没有脱衣服。我听到刘土地磨牙的声音。我听到床下老鼠打架的声音。我听到母亲翻身的声音。我听到外面狗叫的声音。

母亲说："睡着了没有刘长江？"

我说："没有。"

母亲说："我们到地里去看看吧。"

我说："嗯。"

母亲说："害怕是不是？"

我说："嗯。"

母亲说："怕什么，我们两个人呢。"

我和母亲又从床上爬起来，还是我打着手电筒，母亲走在前面。我们穿过黑乎乎的胡同。我们走过黑乎乎的街道。天上的星星亮晶晶的，它们一动一动，就像野兽的眼睛。它们能吞掉手电光。它们能引起狗的叫声。

母亲说："忘了给牲口添些草料。"

我说："我已经添了。撒尿的时候给它添的。"

我们走出村子，穿过一座土桥。我看到了熟悉的枣树林，我知道那里面曾经有人上过吊。我们沿着小路向前走。两旁全是蔫巴巴的麦苗子，它们在白天是绿的，到了夜里就跟夜一样的黑。

我说："牲口是不是不睡觉？"

母亲说："我不知道，你等着问你爷爷吧。"

我们先去七号方。我们生产队有五块地，分别叫七号方、李家坟、南岗子、北菜园、苜蓿地。我们来到了七号方。

我喊："爷爷。"

我的声音就像砖块沉进水塘里一样沉进黑夜里。

"别喊。"母亲说，"招魂呀你？"

我们从北地头走到南地头，看到的全是土坷垃和麦苗子。我们又向东走去，我知道前面不远就是南岗子，南岗子的北面有一口很细很细的水井，人只要进去是翻不过身来的。我们来到南岗子，又从南地头走到北地头，看到的除了土坷垃就是麦苗子。我用手电照了照有井的那面，黑乎乎的，什么也没看见。我们又向北走去。我的身上开始冒出汗来，先是热气腾腾，后是清冷冰凉。我知道前面就是李家坟了，头皮禁不住一阵阵发麻。我知道李家坟有一片坟地，坟地中间有三棵枣树，如果有人敲一敲树干，蛇就会从坟里钻出来。

"歇歇吧，我累了。"

我觉得身上冰冷冰冷的，一点劲儿也没有。母亲在前面走得很快，我几乎赶不上她。

"歇一会儿吧，我走不动了。"

"歇什么歇，深更半夜的，谁在这野地里歇脚。"

"我走不动了。"

"走不动也得走。"

借着手电筒的光，我看到母亲的额头上全是汗水。她的两只手就像划船似的不停地摆动着，好像顾不得揩去脸上的汗水。母亲的脚下长着鸡眼，在后面看过去，走路就像跛子一样摇摇晃晃。

"干脆把手电关了，你看你甩来甩去的，弄得人心里发慌。"

于是我就关掉了手电筒。我的脚下就有些乱套。我摔了个跟斗，发现地里多了一道道的土坎。在星光下，那三棵枣树就跟三个人一样，那一座座的坟头连成一片，黑黢黢的，就像外国童话里那冷森森的古堡。

母亲突然说："你还记得你爹吗？"

我一愣，说："我没有爹。"

母亲说："你有爹，他叫刘大海，现在他正在城里的被窝里搂着那个骚娘们睡大觉呢。"

我说："我没有爹。"

实际上我是有爹的。我知道他不要我们了，他在城里又找了女人，就不要我们了。我还记得那年的事情，我大概有刘长河这么大，那年我爹经常从城里回来，他白白胖胖，脸比徐家铺子里炸油条的徐家丫头还白。他不理我们，哦，那年还没有刘土地。他不理我们，他不是捂上被子睡大觉，就是站在枣树下面发呆。队里分了地瓜，母亲一趟趟地从地里扛回来。他站在枣树下面。母亲扛着一口袋地瓜，把腰板挺得直直的，从他的身边走过来走过去，好像想证明什么。但他并没有瞅一眼母亲。刘长河因为吃到他买来的糖块，于是就想表示亲热，刘长河趴在他的腿上，两只眼睛向上瞅着他。刘长河似乎在想一些问题，嘴巴里的口水就淌了出来，流在他的毛料裤子上。他大叫一声。我就看见刘长河飞了出去。

我爷爷说："你永远也别回来，我没有你这个儿子。我没有儿子，我只有孙子。"

于是他就再也没有回来。

我们绕过那片坟地，来到北地头。我知道北地头下面，是一大片水湾，夏天，那里面长满水草。我们在里面逮小鱼，捉青蛙，有时候能看到水蛇像箭头一样在水面上飞来飞去。我还不知道水湾夜里的样子，于是我往那边抻了抻脖子。

母亲说："你看，那是什么？"

母亲蹲下来，仔细地端详着不远处一团黑乎乎的东西。我打开手电筒，看到了爷爷的后背。爷爷黑色的粗布褂子被风掀起一角来。爷爷坐在土坎上，身子有些歪。

我说："爷爷，都这么晚了，你坐在这里干什么？"

爷爷没动身子。我就跑到爷爷前面去，我看到爷爷的烟袋锅子插进土里，一只手攥着烟袋杆，好像是睡着了。这时候，母亲也跑过来，母亲把手放在爷爷的胡须上，我看到母亲的手在哆嗦，腿在打软。

"爹，你这是怎么了？爹。"

母亲蹲下来，把爷爷的两只手挎在肩上，但爷爷的身子已经不打弯了。母亲让我用手托住爷爷的屁股，然后她站起来。

我们往前走。刚挪了两步，母亲就摔倒在地上。爷爷也滚到一边。母亲坐在地上，深喘一口气。

母亲说："我们先回家吧。"

过了片刻，母亲又说："你爷爷已经没气了。"

三

那天下午，葬了爷爷之后，邻居们都走了。喧闹了几天的院子，猛地静下来。刘土地坐在枣树下面玩尿泥，天已经很冷了，刘土地仍是穿着一身单衣服，他坐在地上，脸蛋子被冻得青紫青紫的。这两天，刘长河不知道正在跟谁学武术，他正在用铅笔刀打磨一根木棍，他做得很认真，小心翼翼地，生怕弄坏了他的宝贝武器。我走到西偏房里，看到马槽里只剩下几根硬邦邦的玉米秸，就拿起筛子，给枣红马筛一筛草料倒进去。枣红马兴奋地扇动着鼻子，哈出的热气喷在我脸上，有一股浓重的青草味儿。

现在，母亲正躺在床上。虽然天在一点点地变黑，但我不敢去叫她。我知道她很累。也许她正在生我父亲的气。爷爷死去的那天早晨，本家几位老人开了个小会，他们商量要不要把爷爷的死告诉城里的刘大海。

大爷爷说："老四在世的时候可是说过，他跟刘大海啥关系都没有了。他已经没有刘大海这么个儿子。"

大爷爷看上去很生气，他的嘴唇哆嗦个不停。他是我爷爷的大哥。我爷爷排行老四。

二爷爷说："不过，刘大海毕竟是老四的儿子吧，说是这样说，但做可不能这样做呀，如果哪一天刘大海回来问起来，大伙谁担这个责任。"

三爷爷说："奶奶的，我真想一刀劈了那个玩意儿。"

大爷爷说："你坐下，老三，这是在商量事，不是让你骂大街。"

后来，他们就把母亲和我叫过去。

母亲说："我跟刘大海什么关系都没有了，你们看着办吧。"

他们又问我。我说："我没有爹。"

最后，他们还是派人给刘大海拍了电报。

我的父亲刘大海很快就寄来一百块钱，在汇款单的简单留言上，他写道：

惊闻父亲驾鹤西归，儿子悲痛万分，悲痛万分。儿子明日去青海出差，不能回去了，罪该万死，罪该万死啊！

大爷爷说："孽障！"

二爷爷说："不是东西！"

三爷爷说："熊玩意儿！"

母亲说："买口棺木还得用一百五十块钱呢。"她想了想，又说，"这样吧，你们把刘七喊来，把那头猪杀了，一半卖肉，一半招待亲戚。"

刘七是个屠夫，他收拾一头猪仅用两袋烟的工夫。过年的时候，我和刘长河经常去看他杀猪，要是能讨到一个猪尿脬，就高兴死我们了。不过今天，刘七要杀的是我们家那头正在茁壮成长的白母猪。

所以现在，我站在院子里，再也不忍听猪哼哼的声音。我把刘土地从地上拉起来，我说你看你把衣服都弄脏了，这么冷还坐在地上，手上全是泥，快进屋里把手洗干净。刘土地的嘴里吱吱呀呀的，我不知道他说些什么。我牵着刘土地的手。我们来到屋子里。我蹲下来给刘土地洗手。我看到刘土地的鼻涕已经流进嘴里。我又给刘土地擦鼻涕、洗脸。然后我们坐在黑洞洞的屋子里，我们是在等着母亲做饭。外面天越来越黑，刘长河也来到屋里，他把他的木棍藏在柜子后面，以免让刘土地摸到。然后他也搬一个小板凳，坐在刘土地的身边。刘长河头发依然板板正正，在黑乎乎的屋子里油亮亮地泛着光。我知道上午他在给爷爷兜丧罐之前偷偷地往上面抹了猪油。

时间在一点一点地消逝，外面黑透了。我们排成一排，坐在屋子中间，除去刘土地的嘴里不时发出呀呀的声音，我和刘长河谁都没有说话，我们都知道我们的爷爷死了。虽然我们还不太明白死是怎么回事，但显然我们已经懂得死是一件令人难受的事情，所以我们默不作声。但我们的肚子并不知道爷爷死了，它们像孩子似的叫出声来。

可是，母亲躺在里屋的床上。我侧耳细听，里面一点动静都没有。

我想我是老大，我叫刘长江，而不是叫刘长河、刘土地。我应该进屋去看看母亲。我知道我们的母亲流了很多眼泪。她可能累了，睡着了。但我们的母亲睡着了我们怎么办？如果她睡到天亮，我们也坐到天亮吗？刘长河和刘土地还等着吃饭，他们饿极了吃不上饭会闹翻天的。

于是我推开门走进里屋。借着外面微弱的光，我发现母亲并没有躺在床上。我转过身，看到母亲坐在那把老式的圈椅里。她胳膊撑在椅子上，手托着脸腮，像是睡着了。我不知道是退出去好，还是上前把母亲喊醒。我就那样站在那里，柜子上的座钟发出嘀嗒嘀嗒的声音。

"是刘长江吗？"母亲说话了，声音沙哑，听上去有气无力。

"天都黑了。"

我顿了顿嗓子，接着说："刘长河、刘土地，他们都坐在外面呢，他们的肚子叫了，都等着吃饭。"

"你还吃饭，你个小王八蛋！"

母亲喊一声，猛地扑过来。在黑暗中，母亲准确地抓住我的一只耳朵，然后拉着我的耳朵把我扯过来拽过去的，连着摆了好几摆，我听到母亲嘴里的牙齿发出咯吱咯吱的声音。

"你个小王八蛋，我揍扁了你，你还想吃饭，你去看看柜子里还有多少粮食？"

母亲放开我的耳朵，又用拇指和食指抓住我的脸，然后把拇指伸进我的嘴里，同时，她的另一手重复着同样的动作。她的两根拇指伸进我的嘴里，我尝到一股臭烘烘的咸味儿。她的双手开始向两边用力，就像用力掰一个熟透的西红柿一样。"西红柿"流出红色的液汁，我用舌头轻轻舔舐，那红色的液汁发出涩涩的苦味儿。

"叫你吃，我弄烂你这臭嘴。不是你，你爷爷不会死的。你这个败家子。"

母亲把我摇来晃去，我就像魔术师手中的小木棍似的，昏昏乎乎，懵懵懂懂，在黑暗的屋子里滚过来滚过去的。

母亲扇我的后脑勺。

母亲踹我的屁股蛋子。

母亲抓起我的头发把我往墙上撞。

母亲举起鸡毛掸子没头没腔地抽我。

我不敢哭，我没有眼泪，我听见最后母亲说："你简直就是个杀人犯。"

杀人犯！我是一个杀人犯？

我跑出门去躲在猪圈里，趴在猪以往睡觉的干草上，干草毛茸茸的，如同猪毛一样软软的，我似乎感觉到猪那暖烘烘的身体。我想：老天爷让我变成猪吧。我的身体麻酥酥的、热辣辣的，我趴在干草上，嘴里发出哼哼的叫声。

我闻到一股炖鱼的香味儿，那是从高台阶家里飘出来的，不一会儿我看到台阶婶出来倒泔水。她家养的是一头黑猪，台阶婶叫猪的声音都十分好听，她长得也漂亮，她不到二十岁，可早已当了妈妈。

从屋里传来刘土地的哭声，他肯定是饿了，只有饿了他才哭得如此悲痛。刘土地时常有吃不饱的时候，他比我们的饭量都大，但大多数的时候，都是母亲把手指头伸进他的嘴里，把他塞满嘴的食物抠出来，因为他已经吃得要吐了。

迷迷糊糊地，我睡着了。不知道什么时候，我觉得有个东西在戳我的肋骨。我睁开眼睛，看到刘长河蹲在我身边，他正咻咻地朝着我笑，在黑暗中，他的牙齿特别白，他两手拄着那根木棍，说："刘长江，咱娘让我出来找你。我就知道你躺在猪圈里。"

"你滚。"

"叫我滚，你知道你为什么躺在这里吗？因为你就是一头猪，公猪。"

我从干草上爬起来，我想跟刘长河打一仗。可我浑身疼痛不说，我看到刘长河手里还攥着一根木棍。此时，刘长河已经摆好架势，说："来啊，刘长江，你这个杀人犯，我正想教训教训你呢。"

我的头一下子耷拉下来，我说："我不是杀人犯，我不是杀人犯。"我的声音很小，也许刘长河根本就听不到。

"改天我再找你算账。"刘长河说完就爬出猪圈，他说话的口气像个大人似的。

我也从猪圈里爬出来，外面很冷。我站在院子里愣了会儿。我确实不想回到屋里去，就来到西偏房。我伸手摸了摸马槽，里面草料已经不多了，我又往里面添了些草料，然后，我一屁股坐进堆在屋角的那些草料里。草料全是玉米秸和玉米叶子，用铡刀截断后就成了马的粮食。我觉得草料里舒服极了。它们哗啦哗啦地把我埋起来，身上就暖和许多。

我想爷爷才把马牵回来，就死了，那以后谁来喂马呢？谁来为马扫身体，谁来饮它呢？马是我们家的了，我们不能卖，因为我们还有地，我听三爷爷说，我们家分到了八亩地。八亩地我不知道多大，但我想肯定不会少的。那以后谁来种地呢？母亲的本事再大，她也不可能种活八亩地。但想一想，也不能不种啊，我们还有这么多肚子，特别是刘土地的肚子，那就是一个无底洞啊。

我不知道怎么办，我听着马甩尾巴的声音，睡着了……

醒来时，天已经蒙蒙亮。我浑身麻木木的，就像一块冻地瓜一样，被冻透了，全身都灰乎乎的。我慢慢爬起来，抖抖身上的草屑，然后来到屋里，我看到他们还睡得很香，就悄悄扯过来一点被角，贴着床沿儿躺下来。

一会儿听到母亲喊我们的声音。

"起床了起床了，刘长江，你给刘土地把衣服穿好，刘长河，你去东偏房给我抱点干柴火来。"

我睁开眼睛，看到刘土地正瞪着我。我忙从床上爬起来，先给刘土地穿上上衣，然后再给他穿裤子，此时，刘长河已经穿好了衣服。他伸手嚓一声从挂在墙上的月份牌上撕下一张纸来，弓着腰跑出去。我知道他是让屎憋的。他解手去了。

我突然发现西面的土墙上用红色的粉笔写着一排字：刘长江是一个杀人犯。这时候，刘土地也看到了，他指着那一排鲜亮的粉笔字哇哇地叫。

我对刘土地说："我不是个杀人犯。"

刘土地说："你不是个杀人犯。"

刘土地突然把话说得清晰起来。我从来没有听到刘土地把话说得这么清楚。

他说："你不是个杀人犯。"

四

那是一个怪怪的下午。我去地里拾柴火，在村南的麦场上，我看到马宁宁正在学骑自行车，她的身材越来越苗条，她穿着一身红衣服，裤子上镶着黄色的花边，这是她父亲马东从县城里给她买来的，她是我们班穿着最好的学生。她两手推着车把，一只脚踩着脚踏板，一只脚在下面用力地划，然后，她的一条腿便飘起来，就像一只小燕子似的，蹬了两下后，车子就开始左右晃荡，于是她就急忙跳下来，她扭着小屁股，看上去气喘吁吁的样子。

我背着草筐，站在离她不远的地方发呆。她看到了我。

她说："干什么去呀刘长江？"

我说："我去地里拾柴火。"

她说："你拾柴火干什么？"

我说："我们家的柴火不够烧了。"

我们家喂了一匹枣红马。生产队分给的玉米秸子、豆棵子，母亲舍不得烧，那是马的草料。于是我去地里拾柴火，拾地头上的玉米秆，拾从树上掉下来的干树枝。冬天越来越深了，我们家的柴火越来越少，我已经拾了好多天。

马宁宁说："刘长江，你的作业做完没有？"

我看到天阴得厉害，像要下雪的样子。这是一个星期天的下午，我觉得我的肚子里空空荡荡的，如同被刘七挂在柱子上掏空内脏的死猪一样，我不想一个人去远处拾柴火了。

我说："我帮你学自行车吧？"

马宁宁说："好啊，我正愁着没人给我扶一扶呢？"

我双手抓着后车座。马宁宁在前面蹬，她蹬得越来越快，我跑得也越来越快。马宁宁咯咯地叫着，她兴奋极了。几圈下来，我出汗了，皮肤摩擦着硬邦邦的棉袄里子，发出一种酸乎乎的味道。我看到马宁宁的脸蛋红彤彤的，有淡淡的热气萦绕在脸上，她脸蛋两侧黄茸茸的汗毛也变得清晰起来。

她说："真来劲儿。刘长江，歇会儿吧。咱们一块儿吃蛋糕。"

马宁宁把车子支好，然后从兜里拿出一个纸包，纸上一块块发暗的地方，都变得透明起来。她把纸扔掉，一块红色的蛋糕出现在手里，她一分为二，把一块举到我眼前，说："杏仁蛋糕，你吃吧。"

我往后退一步，说："我不吃。"我感到我嘴里已经溢满口水，我咽一口唾沫。

马宁宁说："挺好吃的。"

我说："我真的不吃。"

马宁宁说："你就尝尝吧。"

说着，马宁宁就把蛋糕塞进我嘴里。我无法说清楚那是一种什么样的滋味儿。在马宁宁的注视下，我轻轻地嚼着蛋糕，我想到刘土地，我想到刘土地能六口吃掉一个馒头。我想到刘长河，我想到刘长河半夜里起来偷吃挂在屋梁上筐里的油条，一脚踩空了柜子，被摔得鼻青脸肿。我轻轻地啃着蛋糕，眼睛禁不住湿润起来。

我说："马宁宁，你知道蛋糕是怎么做的吗？"

马宁宁想了想说:"我不知道,这是我爸爸从镇上买来的。"

吃完蛋糕,我们又开始学自行车。马宁宁在前面骑着,我从后面扶着。我一边跑一边咂摸蛋糕的滋味,一边咂摸蛋糕的滋味一边掉眼泪。

马宁宁说:"你累了吧,刘长江?"

我说:"我不累。"

马宁宁说:"你累了我们就不学了。"

我说:"我不累。"

马宁宁说:"我听着你喘气的声音都变粗了。我们还是歇歇吧。"

我说:"我不累。"

马宁宁还是停下来,她回头看看我,脸上的笑容渐渐地没有了,她说:"你怎么哭了?"

我说:"你还有蛋糕吗,马宁宁?"

马宁宁说:"就一块蛋糕,我妈一次只让我吃一块。你怎么了,刘长江?"

我松开车座上的手,说:"那我回去了。天都快黑了我回去了。"

我背起草筐,听到马宁宁在后面说:"你作业做完没有,刘长江?"

我回过头来说:"我不想做了。"

马宁宁说:"花蝴蝶会罚你的。"

我说:"我不想再念书了。"

马宁宁张着嘴,好像很吃惊。她说你是三好学生和体育委员,学校里快开运动会了,你才多大,你为什么不念书了呀?

她的头发梢湿漉漉的。

她的脸蛋红通通的。

她的汗毛黄茸茸的。

她推着一辆凤凰牌的自行车。

她穿着一身新买来的红衣服。

她越来越漂亮。

五

我突然醒来,周围静极了。睁开眼睛,只见一抹月光照进屋里。我是被一个声音喊醒的，可是，当我睁开眼后，那个声音没有了，我不知道那是一种什么声音，细细的，如同一根细弦从一个耳朵里钻进去，又从另一个耳朵里钻出来，紧绷绷的，被人轻轻一弹，然后就飘远了。我无法再睡，就从床上爬起来。他们横七竖八地躺在床上，睡得正香。我穿上衣服，来到院子里。在月光中，枣树发出清冷的光泽。一股被霜露浸透的柴火味儿弥漫在院子里。我朝西偏房走去。马儿正在吃草，发出沙沙的声音。它的一对大眼依然闪着光亮。我每次在夜里看到它，它的眼睛都是这样。我从来没有看到过它睡觉的样子。它到底睡不睡觉呢？我是准备问问爷爷的，只是没来得及。它发觉有人走进来，就甩甩尾巴，用前蹄踏踏地面，然后把鼻子伸过来，发出咴咴的声音。它这是表示亲热，我知道。于是我抱住它的脖子。它的脖子光滑极了，温暖，干爽，像绸面一样。我把脸贴在上面，它的鬃毛耷拉在我的脸上。我听到它的牙齿截断草料发出的咯吱咯吱的声音。我突然产生了一个想法，就是把它牵到街上去，骑上它。爷爷说它是不能骑的，是来给我们家干活的。可干活只是白天的事，晚上我是可以骑的。于是我把缰绳从柱子上解下来，牵着它悄悄地穿过院子。我们来到街上，街上静静的，偶尔能听到一声猫叫。我们家的猪圈里黑洞洞的，已经空了很长时间。母亲说等几天到镇上去赶集，再买一头小猪来养着。我把马儿牵到猪圈旁边，我踩在圈沿的高处，一手攥着缰绳，一手抓着鬃毛，然后轻飘飘地落在它的背上。我觉得自己猛地长高不少，月光下，周围的东西变得与以往不同起来。蹄声踩碎了夜的静谧，发出咔咔的声音。接着是狗的叫声。我们拐过高台阶家的房角，来到南面的街上，穿过马家胡同时，我突然想起白天在学校，马宁宁塞给我的那个纸团。她把纸团塞进我手里，说："别忘了我。"她的眼神怪怪的，让我无法理解。我烫手似的把纸团塞进兜里。我害怕纸团，害怕那种潮乎乎、凹凸不平的感觉。此时，它就在我棉袄的口袋里。我们来到村南的路上，左边是水沟，右边是池塘。马儿仰着头，一声不吭地向前走着。我坐在马背上，右手攥着缰绳，左手拿出那个纸团，轻轻地把它展开。在月光下，我把眼睛凑上去，我看到纸团上用钢笔写着四个公公正正的蝇头小字：来日方长。我不完全明白，但我能够感觉到它的意思。我的心里猛地悬空一下。蹄声变得急促起来，我放松缰绳，抓紧鬃毛，胸脯贴伏在它的背上，侧脸看着西边的弦月。风声大起来，温柔地抚着我的头发，我看到李家坟的三棵枣树从眼前一晃而过。

我看到月光下有一个黑影，他一动不动地坐在那里，前面是一望无际的麦田，那是我们刚刚分到的土地。马儿突然停下来，我勒一下缰绳，它的两只前蹄跃起来，差点把我掀下去。它的身上潮乎乎的。它回过头，朝我夸张地扇动着鼻子。

　　我望着月光下的那个黑影。

　　泪水搅碎了月亮的光泽。

　　　　（原载《人民文学》1999 年第 7 期）

跟你说说话

我叫王大手

　　我叫王大手，今年十一岁，是齐周雾村小学五年级的学生。说实在的，我的手并不大，一开始，我的名字可不是这个大手，是元首的首。"王大首。"我叔叔捧着一本小学生字典，翻过来翻过去，最后骂了一句，"妈的，多大的官，我有了儿子，那得叫什么？"我叔叔有点气愤。半年以后，我叔叔果然有了个儿子。我叔叔在院子里上蹿下跳，还不时地朝我爷爷我奶奶发脾气："妈的，他叫王大首，那我儿子叫什么？"我叔叔是个要强的人，从小脾气暴躁，我爷爷我奶奶都不敢惹他。可我娘心里不愿意，她说："老二，你这嘴巴子别臭烘烘的，你骂谁人家都笑话你。你想想吧，大首也好，大脚也罢，不就是个官嘛，你那心里，还不是想给你儿弄个官当，干脆，就叫大官。王大官，这名字多脆生。"听着听着，我叔叔的嘴巴便咧成一朵喇叭花儿。于是，我就有了个弟弟叫王大官。

　　可我那些伙伴，他们根本不知道什么元首啊首脑的，他们只知道每个人都长着两只手。我叫这个名字，他们便寻思我的手大。他们从小就偷偷地打量我的手。就连我弟弟王大官，也不时地拽过我的手去跟他比，当发现我的手并不比他的手大时，他便哧哧地朝我笑，像是发现了多大的秘密。再说一上学吧，偏偏又是什么"上中下人口手大小多少"这些字儿，弄得同学们很快学会了这三个字，于是墙上树上地上课桌上黑板上到处都是歪歪扭扭的"王大手"。他们上了三天学，以会写王大手这三个字而感到骄傲。最后，连我们老师，也写起了"王大手"。我做过多次声明，但谁也不听我的。前几天，我刚收到我弟弟王大官从城里写给我的信，信封上"王大手"那几个字写得特别流畅。当然，我早就不在乎了，管它什么"王大手"还是"王大首"，反正也伤不到我的皮肉。

我曾经多次问过我娘，为什么给我起个这样的名字？我娘总是支支吾吾，像做了什么亏心事。这可不是我娘的性格，平时，我娘说话直来直去的，像个炮筒子。她干过好几年的牲口经纪，你想想吧，一个女的，干牲口经纪，把卖牲口的和买牲口的都说得心服口服，那得多威风。可我一问她这事儿，她就变得前言不搭后语。到后来，还是我姐姐把真相告诉了我。我姐姐比我大八岁，人家在城里打工已经二三年了。人家比咱大八岁，一些事情自然知道得多。不过，也确实没什么大惊小怪的。我听我姐姐讲完后，觉得我娘对这事支支吾吾遮遮掩掩很没意思。不就是我当过几年的小"黑"人吗，再说，村子里的小"黑"人也不只我一个，交了罚款，不就又变"白"了吗？书也没耽误读，饭也没耽误吃，户口不户口的，对于我来说，的确没什么感觉。你看我弟弟王大官，人家生在齐周雾村，长在齐周雾村，如今不也去了城里的好学校？当然，人家我叔叔有钱。可我总觉得，凡是事儿，里面肯定包含着很多道理。我搞不懂，可我知道人家我叔叔在外面干活就发了大财，我也知道，我爹在外面干活却进了监狱。我搞不懂，但我总觉得这里面有很多的道理。

话又扯远了，还是先说说我名字的来历吧。用我姐姐的话讲，我还没生出来，就享了大福。我姐姐说她在十六岁之前，根本没见到过真火车。可我还在娘肚子里的时候，便开始跟着我娘又是坐火车又是坐汽车地去了东北，当然，我爹就跟在我娘身后。那时候，我娘的肚子已经很大了，大得跟电视里那个肚子上塞枕头的宋丹丹似的。他们去投奔在东北的姑奶奶家。也就是咱爷爷的姐姐家，咱爹的姑姑家，我姐姐怕我搞不清，又特别强调了两句。可我并没在乎什么姑奶奶舅奶奶的，姐姐讲到这里，我脑子里出现的不是我爹我娘，而是宋丹丹演的那个超生游击队，可我娘要比宋丹丹胖得多，我想那时候，她的肚子也肯定比宋丹丹塞枕头的肚子大。他们下了汽车，天快黑了。东北那地方人烟稀少，所以走了半天，也没有看见村子。待天黑透，我爹不敢走了，毕竟人生地不熟，脚下磕磕绊绊不说，要是碰到什么狼豺贼寇的话，弄不好会闹个"赔了夫人又折兵"。他们便在路边一个瓜棚里住下来，那时候已是深秋，东北冷得早，瓜棚虽不能御寒，但可以挡风，再说，我爹，还背着一床被子呢。可就是那天夜里，你在娘肚子里待烦了，非得要出来，这下子，可把咱爹咱娘折腾苦了。说到这里，我姐姐的口型有些夸张。不知道为什么，我的脸也红了。再说我爹吧，多亏还没急糊涂，他跟我娘说，这里有瓜棚，说明离村子不会太远，你千万别着急。那可是一个伸手不见五指的黑夜呀！我爹也豁出去了。他走出瓜棚，蹦着脚地喊救人，我想当时我爹的声音，肯定又尖又细，跟一匹北方的狼似的。实际上，他们所在的瓜棚离村子并不远，只不过隔着一片大大的树林，树林不但遮住了村子的灯光，也挡住了狗的叫声。我爹一喊，树林那边的狗也齐声叫起来。我爹便知道了村子的方向，他不管三七二十一，拽起我娘就往村子的方向跑。那个村子叫大首。

我听我姐姐讲着，如同听一段传奇故事。我不知道我姐姐讲的是真是假，但那一年，我姐姐十六岁了，她已经去城里给人家做了半年多保姆。那时她回家来过年，就神气得走了样，擦胭脂抹粉儿不说，那腰身儿也一扭三花。不过，说心里话，那是我姐姐最漂亮的时候，皮肤白里透红，大眼睛一忽闪一忽闪，锃亮，那长头发甩来甩去的，气得我娘背地喊她小妖精，我娘当然不是真的生气，她是看到自己的女儿越长越漂亮，心里高兴呢。但那时，姐姐最吸引我的，是她身上那股好闻的味儿，淡淡的，暖暖的，也说不上那是一种什么味道。说到这里，我心里就不是滋味，去年年底，我姐姐坐着小轿车再回来的时候，她身上的那股好闻的味儿却没有了。我使劲嗅了半天，也没嗅到那种好闻的味儿，就像那蒲公英的花瓣似的，风吹过来，便消失得无影无踪。再看她的眼睛，也没有原来明亮，像在上面糊上了一层塑料纸。除了那件闪着光泽的皮大衣和那股浓浓的香水味儿，我再也记不起别的东西来。

我姐姐给我讲完父母在东北的遭遇，然后又说了句："所以，你就叫了王大首。就凭咱爹那点儿墨水，他根本不知道'首'是什么意思，不过，就你这个没户口的小'黑'人儿，还是让咱家的日子有了奔头。"

我不知道为什么有了我这么个小"黑"人儿，就让家里的日子有了奔头？但我隐隐约约地知道，我爹欠下的一屁股债，都是跟我这个小"黑"人儿有关。这让我心里特别难受，要是我爹手上掉下的那三个指头和在城市里蹲监狱，也都跟我这个小"黑"人有关的话，我宁愿一辈子做个小"黑"人。

说了好半天，说的全是我，就像我王大手多么自私似的。好了，不说了。也许你想知道我现在在什么地方？那我告诉你，我正在地里跟爷爷给烟叶劈杈儿。给烟叶劈杈儿，是想让烟叶长得更好，是为了秋后卖个好价钱。没想到的是，今年又碰上这样的鬼天气，别说庄稼，就是人，也好像搁了多少年的木头，浑身干巴巴的，一点就着的样子。旱哪！你看我爷爷种的这二亩烟叶吧，黄恹恹的不说，你闻闻这味儿，如同放在火上烤了半天。刚才，我爷爷拽下一个杈儿，拿在手里揉了两下，卷进纸里，一点，竟然着了。你看我爷爷喷出的蓝烟里裹着的太阳，那分明是一团火。

我现在正坐在地头上。我跟爷爷说我累了，然后一屁股坐在了地头上，屁股下面像烧了半捆柴火的锅底子似的，快把肉皮煲焦了。我拿着一根草叶儿，逗弄着爬来爬去的蚂蚁，禁不住想了上面那些事儿。我不时地抹着脑门上的汗珠，羡慕起在城里念书的大官。从一开始，我就觉得我的名字不如大官的好。大官喊起来脆，大手叫上去笨。可大官这名字是我母亲起的，因此，我便讨厌那个叫大首的村庄。

此时，我爷爷正蹲在烟地里劈杈儿。要是往年的这个时候，烟叶早已没掉他的身子，可是今年，这一棵棵的烟草，却像病了许久的女人，黄焦焦的，耷拉着头，一丝儿精神也没有。我爷爷一会儿站起来，一会儿又蹲下，偶尔掂起身边的铁锨，培一下烟垄上的土。汗珠沿着他深深的皱纹，如同河里流淌着的水，却被那树枝似的白胡茬子挡住了，停一下，便旋起来，噗一声，落在烟叶上。

无风，不远处是成片的玉米和大豆，它们同样也打不起精神，整个平原上，连只鸟儿都没有，好像只剩下了我和爷爷。实在是无聊，还是让我跟你说说话儿吧。说什么呢，那就先说说我正在劳作的爷爷。

我爷爷

在我的记忆中，我爷爷好像天天都在干活。不，是每时每刻每分每秒都在干活，他就像家里那台老座钟上的秒针似的，整天吧嗒个不停。他已经六十多岁了，背有点驼，瘦得那样子，如果他往墙根下一靠，活像一把干柴火。他胳膊上的肉皮松了，像一块麻袋片，但一干起活来，肉皮便紧了，又变成了的确良。

　　说起我爷爷，真不知道从何说起？有一件事儿，当然，我从没有跟别人说过，包括大官，那就是爷爷年轻的时候是不是跟我爹一样怕老婆？这样说爷爷是很没礼貌的，但说实在话，我爷爷好像一辈子都在受我奶奶的气。我奶奶爱唠叨，一边收拾着家里的东西，一边唠叨。我奶奶的脸整天耷拉着，手里的东西还不时地摔摔打打，像天天都在跟谁生气似的。除了指挥我和大官在院子里挖银子的时候，我奶奶脸上难得露出笑容，当然，银子还没有挖出来。可大官走了，我奶奶说这样也好，等挖出银子，就没有大官的份了。我们做什么事儿，我爷爷都像是没看见。比如说我和奶奶还有大官在院子里挖银子，我爷爷就蹲在房檐底下打磨农具，他低着头，弓着腰，绷着嘴，耷拉着眼皮子，手中的瓦片在亮闪闪的锄刃上磨来磨去，发出嚓嚓的声音，他根本不往这边瞅一眼。我和大官挥动着铁锨，嗓子里发出吭哧吭哧的声音，我爷爷跟没听到似的。我奶奶跟我和大官说："你们看，你们看，他整天就知道干呀干，天生一个牲口命。"我奶奶斜愣着眼，还使劲儿咬着牙。有时候我奶奶生气，站在我爷爷背后，跳着脚地骂，可我爷爷连头都不回一下，脸上更没有表情，像是个木头人。在他眼里，似乎只有地里的庄稼和家里的农具，当然，还有那头上了岁数的老黑牛。你看吧，他只要往那里一蹲，那里不是庄稼就是农具，就是走在街上，身后也肯定跟着那头老黑牛。当然，也只有在他干活的时候，才看出他手脚的利落劲儿。就说现在吧，我爷爷蹲在烟草地里，眉毛向上挑着，一只手里掐着烟杈儿，另一只手里薅下一根大热草，那脚步也跟戏台上唱戏的似的，挪动起来很有节奏。可我奶奶还是瞧不起我爷爷，我奶奶撇撇嘴说："什么人什么命，他就是个牲口命。"这一天到晚，我奶奶要是不把我爷爷数落两遍，就好像这一天没过一样。可我从没看到爷爷朝奶奶发一次火。噢，我记错了。有一次，也许仅有那么一次。

　　那正是我叔叔跟我婶婶闹离婚的时候。"离婚"两字，对我爷爷来说，简直就是天方夜谭，虽然是我叔叔闹离婚，但在爷爷心里，如同受了奇耻大辱，我爷爷坚决不同意，我爷爷说："这个狗日的，没良心，人家大官他娘又是带孩子又是下地，容易吗？你在外面挣了两个不干不净的臭钱，就不知道天高地厚，想离婚，没门。"那一段时间，我爷爷像一只没头苍蝇似的，不知道干什么好，有一天，他提着桶，牵着牛去饮牛，结果绕着村子转了好几圈，最后把牛牵回来了，桶却是干的。见了我婶婶，我爷爷便把地踹得咚咚响。他站在我婶婶面前，低着头，眼珠子盯着脚尖，像是一个犯了错误的小学生："大官他娘，这日子该咋过还得咋过，有我呢，有我在这里，这狗日别想翘尾巴，翻天了他还。"我婶婶的个头比我爷爷还高，她站在那里，光知道哭。我叔叔要跟她离婚这事儿，整个村子里哪有不知道的？虽说现在离婚也不是什么大不了的事儿，就跟电视里演的一样，离就离呗，但我婶婶接受不了。她受不了人家瞅她时的那种眼神儿，她受不了人家在她背后指指戳戳的。这个时候，还是我母亲挺身而出，我母亲跟我婶婶说："老二是让皮狐子迷住了心，过一段时间，他掂量掂量，心就回来了。"夜里，我母亲搬到婶婶家里，陪着婶婶过夜。

可我奶奶的表现便有点说不过去。谁都知道她跟我婶婶合不来，我奶奶说我婶婶是个阴种，整天哭丧着脸，跟下雨似的。后来，我听母亲说，我奶奶对我婶婶有意见，主要是我婶婶嫁过来后，从来没喊过她一声娘。我叔叔跟我婶婶闹离婚闹得不可开交的时候，我奶奶对我婶婶的表情总是不咸不淡，甚至有点儿幸灾乐祸，好像我婶婶欠了她很多钱似的。

一开始，我爷爷急归急，但并没有意识到事情的严重，他也寻思我叔叔是让皮狐子迷住了心，但当他捧起法院下来的传票时，整个身子禁不住抖动起来。我爷爷的脑门儿黢黑，灰白而稀疏的头顶像是一片盐碱地，汗水在沟沟坎坎似的皱纹里跳跃闪烁。我爷爷跟我奶奶说："给我准备件干净衣裳。"

"你干什么去？你看你急得那样。人家离婚你掺和啥劲儿。你个当老人的你要稳重点儿。"我奶奶冷嘲热讽，她瞥都不瞥爷爷一眼。

"我日你个娘，我要进城，我要进城把那狗日的劈了。你光知道嘟嚷嘟嚷，再嘟嚷我把你个臭嘴封上。"我爷爷的脖子突然长了许多，青筋像一根根绳子似的凸出来，他把脑袋贴在我奶奶的头皮上，舞抠着手，像是要掐死我奶奶似的。是的，那一刻，吓得我奶奶气都没敢喘。那是我第一次看到我爷爷发脾气，当然也是最后一次。

虽然我爷爷发了脾气，也进城去找了我叔叔，但我叔叔还是跟我婶婶离了婚。我还能清楚地记起我爷爷从城里回来的那天下午。说是下午，实际上天已黑透。我和大官骑在村委会的院墙上玩，实际上我们是在等从城里回来的汽车。我们的眼睛不时地掠过奇形怪状的电视天线，落在远处的柏油马路上，我们看到一辆辆三马子和拖拉机像梭子似的穿来穿去，但就是没看到那辆白色的小客车，后来天快黑透了，远处的柏油马路看不到了，我和大官只好坐在墙头上玩"击剑"，我和大官每个人手中挥着一根紫穗槐条子，口里发出嘿哈的叫声。我们正杀得昏天黑地的时候，突然停止了喊叫。我们听到了汽车喇叭声。大官反应极快，他纵身一跃，跟燕子李三似的，便从墙头上飞下去。

我们果然看到了爷爷的身影。他从汽车上走下来，我们喊他，他好像没有听到似的朝前走，他脚步踉跄，身子晃晃悠悠的，慢慢地往前挪动，跟一团漂在水里的棉花似的。这时候，天已黑透，家家户户传出欢笑，飘出菜香。我们看到爷爷的样子，心里很害怕。我和大官手攥着手，跟在爷爷身后。没想到，爷爷直接向大官家走去。我婶婶给我爷爷打开门。我爷爷像梦游似的跟着婶婶来到里屋。刚一进屋，我爷爷扑通一声，便跪在了地下，把我婶婶吓得叫了一声，就连门外的我和大官，也都吓得哆嗦起来，在电灯底下，我爷爷老泪纵横。

"大官他娘，爹对不住你，爹心里难受啊。"我爷爷的脑袋像鸡啄米似的抖动着。我婶婶一边拽着我爷爷的胳膊，一边咧开嘴，呜呜地哭起来。我身边的大官，把头靠在我肩膀上，眼泪扑哧扑哧往下掉。我心里很害怕，我想去喊我娘，可我的腿却无法挪动。

后来我才听说，我爷爷进到城里，接待他的是叔叔在城里找的年轻女人，那女人挺着个大肚子，对我爷爷热情无比。

蓝蓝的天上白云飘

不知道什么时候，我已经躺在地头上，枕着一块土坷垃，虽然身下的土地煲得皮肉生疼，但这样还是舒服。蓝蓝的天上白云飘，我盯着蓝天，猛地想起这么一句话，好像是一首什么歌里的词，我忘了。但蓝蓝的天上一丝云彩都没有，实际上我是想看到天上的白云飘呀飘，但白云不知道躲到哪里去了。也许它是怕太阳晒才躲起来的，谁知道呢？可我就不怕太阳晒，我已经在太阳底下待了整整一上午，一口水也没有喝，水壶里的水全是我爷爷喝的。这些都让我感到自豪。我确实不怕太阳晒。我瞅着天上，其实只是想跟白云说说话儿，可白云躲起来了。我的身边，除了烟叶，什么都没有了。看来我只能跟烟叶说了。

烟叶烟叶，你们快长吧，我爷爷整天摆弄你们，你们还不快长？

烟叶唰啦唰啦响一阵，好像是在回答我的话。这让我有点儿兴奋。可我看到眼前的烟叶，它们一个个的，像是病了一样，耷拉着脑袋，脸色焦黄。

光说让你们长，天不下雨，河里地下都没有水，你们喝不上水，你们想长也没法长呀。

想到这里，我禁不住叹一口气。

"大手，大手。"

我吓了一跳。我想难道烟叶真的会说话了。稍一愣神儿，我便透过轻轻晃动着的烟叶，看到了爷爷的破草帽。

"你回家提饭去吧，活这么多，恐怕天黑都干不完，跟你奶奶说，让她煎几条小干鱼。对了，别忘了让她把牛牵到屋里去，这么热的天。"

正好回家浇浇我栽的那棵树苗。上个星期天，我跟爷爷在地里干活的时候，看到了它，当时它只有我膝盖高，爷爷说那是一棵桃树。可奶奶说是一棵梨树。明明是桃树，爷爷说。就是梨树，奶奶抬扛。管它什么树，反正我把它栽在窗前，每天早晚都给它浇水，一个星期，它竟长出一拃多高。管它什么树，只要能养活我就高兴。我侧过头，看到村子里升起的炊烟，像闻到了咸鱼的香味儿，好像看到了我的树上结满了果子，很快，口水便从牙缝里渗出来。我一跃而起，拍拍屁股上的土，向村子走去。

我　爹

实际上，眼前的这两亩烟叶，是我爷爷为我爹种的。他想让烟叶来拢住我爹的心。我爹却一点也不领情，他的心对我爷爷跟对土地一样冰冷。当我爷爷把烟苗儿栽好的时候，我爹不辞而别，他又进城里去了，并且很快，便作下了事儿。

在我眼里，我爹是个老实厚道的人。我认为只有那些坏蛋才会去蹲监狱，他们全都长得尖嘴猴腮三角眼，可我没想到我爹也蹲监狱去了。我爹也变成了坏蛋？可人家都说，我爹一笑跟个大闺女似的，难道也有长得跟我爹一样的坏蛋？我爹不太爱说话，一年到头，除了秋收、过年，他很少在家。实际上，一年到头不在家的不光是我爹。我的伙伴同学，他们的爹也不在家。拿现在说吧，整个村子里，你转好几圈儿，也碰不到一个小伙子。种地的全是些老人妇女。地种得不好，也不像前些年似的，会有人笑话。可一个小伙子，要是到了过年回家，没赚回钱来，那才让人笑话呢。所以一到过年，村子会猛地热闹起来，大人们更是比着法儿地玩儿。我和大官都盼着过年，我叔叔最会玩儿，他放的鞭炮总是最大最响，他放的烟花，总是花样最多。可我爹不玩这些，他扎灯笼，竹条子、高粱秸在他的手里鼓捣鼓捣，便成了一个灯笼架子，再用花纸一糊，就变成一个漂漂亮亮的大灯笼。我爹的手指头又细又长，最令人惊奇的是，他把手指头向后一掰，竟然能弯到手背上。每年过年，我和大官手里的灯笼，都是我爹亲手扎的。可是去年冬天，我爹右手上中间三个手指头，让压砖机给轧掉了。当然，去年过年，我和大官手里便没有漂亮的灯笼可以提了。有时候，我调皮淘气，惹我娘生气了，她便会一只手插着腰，另一只手伸出一根指头，使劲地戳我的脑瓜子，一边戳着一边咬牙切齿地说："都是你，都是你这个该死的小东西。"如果我姐姐在旁边，她便会把一根手指头塞进嘴里，哧哧地偷笑，像电影里的傻丫头似的。

"那干吗还要生我！"我急了便顶我娘一句。

我心里很不服气。他们不定是在哪里受了委屈，却总是回来拿我撒气。看我娘那架势，好像不好的事情都是因为有了我才发生的。

渐渐地，从我奶奶那里我好像听出点什么。我奶奶爱唠叨，她号召我和大官在院子里挖银子的时候，嘴里总是嘟囔个不停。如果天好，她会坐在那把太师椅里，脸朝着太阳，眯缝着眼，跟我们讲老年间我们家过的那些好日子。她不停地摇晃着脑袋。有时候手会不自觉地比画起来，她似乎又回到了那个年代。当我们铁锨下面发出咔嚓的声音时，我奶奶会突然睁大眼睛，太阳也似乎挪进了她的眼珠里，她从太师椅里跃起来，一步跨到我和大官面前，弯下身子，用鸡爪似的手指掰开铁锨下面的土块。当看到只是一块破瓦片时，她便会叹一口气，接着回到太师椅里，跟我们讲起眼前的烦心事。她总是用爱怜的口气说起我爹，说我爹这个人命不好。你看，那些年想要个儿子吧，偷着藏着总算有了大手，可还逃不过让人家罚那一万块钱，欠下一屁股债，做牛做马总算还得差不多了，这不，你看，头胎是丫头的，人家又让生第二胎，你说这气人不气人？我奶奶长叹一口气，又接着说："要是有那一万块钱，留下来摆弄摆弄房子有多好，哎，还是你爹那命不好。"我奶奶一边说着一边掏出手绢来擦眼泪。大官瞅瞅我，他忍不住光想笑。我奶奶看到我们又停下来，说："愣着干吗，还不挖。"声音猛地大起来。

可我总也笑不出来，隐隐约约的，我好像觉得爹娘起早贪黑受苦受累，全都是因为我。

去年冬天，我爹从城里医院里回到家，已是下午四点多钟。我放学回来，悄悄地走进屋，屋里坐着奶奶爷爷，还有母亲和婶婶，他们神色凝重，眼角上挂着泪珠，她们只是坐在那里，都不吱声儿。我看到爹躺在床上，身上捂着两床被子，他的头伸在外面，跟猛地小去一圈儿似的，他脸色蜡黄，嘴唇乌紫，下巴上的胡子，就如同刚生出来的黑山羊的毛一样湿软细长。也许我是被屋里的气氛吓坏了，我只站了片刻，便哇一声哭了出来，说句实话，当时我心里什么想法都没有，也不知道为什么，突然会哭。听到我的哭声，我爹睁开眼，他扭过头，笑了。他的牙很白，他说："这个傻小子，哭啥，我又没死。"我婶婶忙把我推出屋去，那时候，她刚跟我叔叔离了婚，实际上她也想哭。于是，我婶婶抱着我，我们俩便在院子里哭起来。现在想一想，这事儿怪丢人的。

这一年冬天，我爷爷天天都要来我们家一趟，他先是在院子里转上两圈，把农具挂在墙上，给咸菜缸子盖好盖子，再扫一遍院子，在粪坑里撒一层干土。他一边干着活儿，一边使劲咳嗽。有时候我觉得爷爷的咳嗽声过于勉强。我爹坐在床上，左手举着烟卷儿，右手缠着厚厚的白纱布，就像戴着手套的拳击运动员。我爹盯着窗外，脸上毫无表情，蓝色的烟雾团团地包住他的脸，他一动不动，直到我爷爷走进屋，坐在屋角的椅子上，他才慢慢地扭过头，把烟卷儿叼在嘴上，伸出左手，在窗台的烟盒里摸索上半天，摸出一根烟卷儿，胳膊一用力，甩向我爷爷那边。烟卷在空中翻两个跟斗，便落在我爷爷手里。窗外是光秃秃的冬枣树，偶尔从外面传来几声鹅叫，院子倒显得无比宁静。

"明年春天栽上二亩烟叶，秋后能卖个好价钱呢。"烟燃到半截的时候，我爷爷说话了。

我爹又点着一根烟，他还是盯着窗外，好像没听到爷爷说的话。

"明年好了，有你帮着我，轻快多了。"我爷爷把烟头扔到地上，又伸出脚去踩了踩，然后站起来，长喘一口气，拍拍屁股，走出屋。

我爹还是盯着窗外，烟灰断下来，落在被子上，他都没有看到。

我娘赶集回来，买卖好的时候，便会买一些猪下货。她看到我和爹吭哧吭哧吃得有劲儿，心情便好了许多。我娘是个乐观的人，脾气直，说话不绕弯儿。"该吃就吃，该喝就喝，欠下的账，咱慢慢还，大手才十岁，找媳妇还得个十年八年的，不用忙，再说，孩子一大，就能挣钱。你看咱妮儿，甩手就是一万块……"我娘还没说完。我爹突然一摔筷子，不吃了。他瞪着眼，盯着屋顶，嘴里还嚼着猪头肉。一提到我姐姐，我爹总是这个样子。我娘一看，吓坏了，赶紧变了话儿，说："趁热，快吃呀，大手，给你爹倒盅酒。"

我举着酒瓶子，正准备给我爹倒酒。我爹却猛地低下头，肩头一耸一耸的，竟然呜呜地哭起来。我愣在那儿，我娘也惊慌失措。我们不知道如何才好。过年的时候，我姐姐只在家里待了一个星期，她变得不爱说笑，也不爱串门了。她一直待在我婶婶那边，跟我婶婶做伴儿，因为我叔叔和大官都没有回来过年。可以说，这个年是最没意思的一次。我还发现了一个秘密：姐姐抽烟。抽那种又细又长的黑皮烟卷。我姐姐那样子显得很贪，本来吐出来的一团烟，瞬间又被她吞进肚子里，吓得我心都快跳出来了。这是我第一次看到女孩子抽烟，并且是我姐姐。当然，我不会跟任何人讲的，这毕竟不是什么光彩事。

我说这个年过得没意思，还有一个原因，就是一家子坐在一块儿吃饭时，话儿总是不多，好像都不会说话似的。我爹和我娘从来也不问问我姐姐在城里做什么。我姐姐也从来不讲，好像大家都不知道有个叫"城市"的地方。因为那是我感兴趣的地方，我只在电视里见过它，我喜欢那些高楼大厦，所以我问我姐姐城市好不好。我姐姐不理我。

我姐姐刚走，我婶婶那边便出事了，我姐姐不知道我婶婶出事，好像没有人跟她联系过。也许我爹我娘根本就不知道怎样跟我姐姐联系。半年过去了，我姐姐一次也没有回来过。

处理完我婶婶的事儿，我爷爷却没忘给我父亲栽这二亩烟苗儿。一场春雨过后，烟苗终于栽好，我爷爷兴冲冲地赶到我家里时，发现屋里空了。我父亲又进城去打工了，走的时候，他并没跟我爷爷打招呼。

鸟儿在空中歌唱

我走进家门，看到奶奶正眯着眼坐在枣树下摇蒲扇。院子有一股油饼的香味儿。

"奶奶，是不是烙的饼？"

奶奶一看到我，眼睛一下子便亮了许多。

"你爷爷呢？"

"爷爷说地里活多，不回来吃了，他让我把饭提到地里吃。他说让你煎上点小干鱼。"

"这个老不死的，整天跟馋猫似的。"我奶奶一边嘟囔着，一边又走进饭房。

我来到窗下，看到我的树像是一个小老头似的站在那里，树叶有些蔫。我知道是因为天热。我端起茶缸子，舀了满满一缸子水，浇在树下面，树下面是我培的一个圆圆的土坎儿，水在里面变浑浊，冒出一串串的泡泡来。我说树呀树呀你快长吧，等明年大官回到家来，我让他尝尝你结的果子，别管是桃还是梨，别管酸的还是甜的，我都高兴。

浇完树，我看到那头老黑牛正卧在南墙根下面，但太阳还是晒到了它多半个身子。老黑牛盯着我，一张大嘴不停地动着，鼻子尖红彤彤的，一线亮闪闪的口水淌下来，三五成群的牛蝇在它的头上飞来飞去，老黑牛不时地动一下耳朵，牛蝇也不时地飞起来再落下。

我走过去，摸了摸老黑牛的肚子，它的肚子硬邦邦的，身上的毛又干又涩，还一小团一小团地拃起来。我听我娘说过，牛有病的时候，不但拃毛，而且眼圈还变样呢，于是我又看了看牛的眼圈，牛的眼圈鲜红，有些水样的东西附在上面，果然跟以前有些不一样。我心里禁不住颤了一下。我想回到地里，先把这事儿告诉爷爷。

这时候，老牛伸出舌头，舔了舔我的手背，它的舌头凉丝丝的，有一股青草的气味。我解下缰绳，拽了拽它，它懒洋洋的，不愿意起来。我拍拍它的脑门，它只好站起来，在它站起来的那一刻，它的两条后腿一软，又要蹲下去的样子，但一挺，还是站直了。我想也许老牛真的病了。我拿不准，只好先把它牵进偏房里，又筛一筛子草料倒进槽里。我摸着老牛的脑门儿，想跟它说说话儿。

"大手。"我听到奶奶在厨房里喊我。

我走出偏房，闻到了咸鱼的香味儿。

"大手，明天是不是还不上课？"

我点点头。明天是星期天，这还用问嘛。

"怪热的天，明天咱不下地了。没事在家里，跟奶奶挖银子。我就不信挖不出来，那坛子银子，难道还能飞了？"

奶奶弯着腰，手里挥动着铲子。锅里传出吱吱啦啦的声音。

这时候，天上传来几声鸟叫，我抬起头，看到几只鸟儿追逐着从头上飞过。老师说什么，鸟儿在空中歌唱，可我听上去，它们的叫声难听极了，跟我娘叽叽喳喳的说话声一样。

我　娘

这几天，我老是想起我娘。她进城也有一两个月了吧。她说去找我姐姐。可前几天，我听从城里回来的东升叔说，我娘蹲在城里的桥洞子里，给人家算命呢。你娘变成半仙了，东升叔笑着捏了捏我的耳垂。我心里很不是滋味，我娘这是在搞迷信，不管怎么说，搞迷信总不是什么光彩的事。当然不如干牲口经纪好。可前些日子发生的那件事儿，把我娘给搞臭了。别人偷偷地跟我爷爷说，整个牲口市都臭遍了。"再碰到那个女经纪，都躲着点儿。"牲口市里的人们相互告诫着。

有很长时间，我娘都在为自己成为镇上第一个女牲口经纪而骄傲。每逢大集，我娘便早早地起床，给我做好早饭，然后换上干净的衣服，洗脸，抹美容霜，再拿无色的唇膏擦一擦干涩的嘴唇，一经打扮，我娘还真的年轻不少。临出门时，她总是拿香喷喷的两手捂在我脸上，然后使劲地撸两下，我的脸便也香了。

我娘心直口快，能说会道，在牲口市里人缘儿很好。有一次我跟着我娘去赶集，一边吃着我娘给我买的肉包子，一边看税务所里的那个张胖子跟我娘掰手脖子，张胖子龇着大牙，手脖子软软的，老是往我娘怀里蹭。他一蹭，我的脸便红了。我娘不在乎，哈哈地笑，跟摸牲口似的摸张胖子的脑瓜皮。

可那是在我娘没有买卖的时候。一有买卖，我娘立刻变了模样。她脸上的笑容没有了，两只手分别紧紧地攥住两个男人的手，他们来到一棵树下，蹲下来。围成一个不大不小的圈，背后是一头头的牛和一匹匹的马。这时候，我娘手腕子上总是挂着一个黑人造革提包。那几个男人蹲在我娘两边，一边抽着烟，一边脑袋抵着脑袋，嘴里还不停地嘀嘀咕咕，那样子，就像有天大的事似的。突然，我娘拿一只手把提包一翻，盖住了那只与另一个男人攥着的手，他们面对面的，紧紧地盯着对方，提包下面，他们手在做着各种各样的动作，他们是不是在挠痒痒？想到这里，我便像被挠了痒痒似的，笑了。过一会儿，那个男人点了点头，我娘也吁一口气。接着，我娘挪了挪脚，扭头又转向另外那个男人，我娘的手迅速地攥住那个男人的手，然后又把皮包盖了上去。又开始挠痒痒了，我想。就这样，反反复复，攥了这个攥那个，挠了这个挠那个，直到最后把他们挠笑了。他们一笑，我娘也笑了。大家高高兴兴地站起来，这说明，买卖成了。下一步就是钱，我娘跟买家来到大树后面，买家把钱数好，交在我娘手里，便一把攥住了牲口缰绳。接着，我娘又跟卖家躲在大树后面，我娘把钱点好，又交在卖家手中。然后，买家牵着牲口走了，卖家提着钱走了。我娘吁一口气，笑了，她的兜里多了几张票子。这叫割耳朵，割的越多，本事就越大。人家说我娘的本事最大，那些男牲口经纪背后骂：这个骚娘们，割耳朵太狠。

今年春天，我爹在城里犯下了案子。如果不是我爹在城里犯下了案子，让人家公安局抓起来，我想我娘也做不出那种丢人的事情。

还是先说说我爹吧。想到我爹，我的脸就发烫。他们三四个人，夜里在农村偷了牛，连夜便牵进城里的屠宰厂。春天的时候，农村的壮劳力都进城打工去了，剩下的全是老人和妇女。听人家说，我爹他们很猖狂，一只手里攥着明晃晃的刀子，另一只手里牵着缰绳，见一个捅一个，有的人发觉牛被偷走了，却不敢出来去追。可你再猖狂，人家还有公安局吧。他们偷到第十三头牛的时候，便被公安局抓住了。后来才知道，事情还是出在我爹身上，他们在偷第八头牛时，碰到一个不怕死的老太太，她发现自己家的牛被偷走了，就疯了似的在后面追。我爹他们牵着牛毕竟走不快，可他们发现老太太追上来时，并不慌。他们一个扫堂腿便把老太太放倒在地，然后用胶带封死了老太太的嘴，把老太太捆起来，扔进旁边的沟里。事情出在我爹给人家老太太封嘴上，人家老太太看到了我爹的右手上缺了三根手指头。这就是线索。顺藤摸瓜，一牵一串儿。跑了和尚跑不了庙。我娘说这是团伙作案，罪加一等。

我娘跟着人家公安局的人进了一趟城，这是她回来跟我说的。后来我听别人说，这事儿电视上都放过了。我不敢看，我怕看到我爹戴着手铐子的那双手。我娘说："冤有头，债有主，这是他自己作下的，狗日的自己受吧。不过，儿呀，他拉下的那屁股债，还得咱去还哪！"说着说着，我娘便放声大哭。当时我坐在一旁，跟个傻瓜似的，我不知道怎样去劝说我娘。不过还好，我娘哭罢，洗了洗脸，又擦上点儿美容霜，说道："有你，娘也不会想别的法儿，这日子，咱还得过下去。"第二天一早，我娘就进了牲口市。

没出半日，便有了那件事儿。这事儿我娘是不会跟我说的。我是听我奶奶讲的。我奶奶添油加醋了没有？我不知道，反正我奶奶一边说着，一边撇着嘴说丢人。可我爹犯了那么大的事，我奶奶却一直护着他，"还不是为了这日子。"我奶奶泪水涟涟地说。

我娘在牲口市里被人家扒光衣服，原因就出在一百块钱上。本来，一桩买卖已经做成。买牲口的攥住了缰绳，卖牲口的正在数钱，数着数着，却从里面抽出一张崭新的大票，卖牲口的摸了几摸，使劲儿甩了甩，声音软沓沓的。

"假的，你怎么给假钱呀你。"卖牲口的很恼火，他一步跨到买牲口的面前，声音如同喷出的火药似的。

买牲口的不愿意了，说："爷们儿，咱不能血口喷人，我活到五十多，没做过这种缺德的事儿。"

你一言我一语，两个人肝火上升，骂了起来。买牲口的把牲口缰绳一甩，一拳砸在卖牲口的脸上。正赶上大集，那人是越来越多。这时候，两个人已经抱成团，就跟轧场的碌碡似的在牲口市里滚在一块儿。一个秃顶的男人走到两个人跟前，拍了拍正滚着两个人，说："唉，哥们儿，等等，我跟二位说句话儿，二位再接着打也不迟。"说着，那个男子便低声说了句什么。

那片刻，两个人虽然不动了，但还紧紧地抱着。可听完那男子的话，两个人如同烫着了似的推开对方。他们爬起来，眼睛瞪圆了。他们向周围的人群瞅去。他们在寻找我娘。

事情发生的突然，开始，我娘愣在那里有点不知道怎样才好。后来一看到那个秃顶男人，我娘猛地想到了什么，她忙转头，使劲儿向外挤，可人群太密。挤了半天，刚要挤出一道缝的时候，她就像一只小鸡似的被抓了回去，两个汉子，四只手，他们把我娘举过头顶，然后使劲儿砸在地上，砰的一声，如同倒下去一堵墙。

骚娘们。破鞋。王八蛋。

拳头。唾沫。脚丫子。

我娘蜷着身子，那个人造革黑提包还紧紧地抱在怀里，头发乱蓬蓬地遮住她的脸。

扒光了，让大伙儿看看。不知谁的一嗓子。

对，扒光了。

周围的人群如同洪水似的咆哮起来，并且伴随着阵阵笑声。那一根根伸长了的脖子，那一张张兴奋的脸，那排山倒海似的喝彩声，淹没了我裸露的母亲。

要交代一下的是，那个秃顶男子，也是牲口市里的一个经纪。

俗话说，同行是冤家，这下，让我娘撞个正着。

那天下午我放学回家，看到我娘躺在床上，捂着一床被子。那时候，太阳已经落了下去。我说："娘，天都黑了，你还不做饭。"

娘说："娘给你买的肉包子，热在锅里，你自己吃吧，娘身体不舒服。"

那天晚上，我吃了十个肉包子，很香很香。

小兔子乖乖，把门开开

很远，我就看到爷爷在烟地里起起伏伏的身影，他头发灰白，皮肤黝黑，穿着一件灰不溜丢的破汗衫，旁边那一棵棵的烟叶像打了败仗的士兵一样，一个个耷拉着脑袋，只剩下他这光杆儿司令还在精神抖擞地挥着大手。想到这里，我禁不住笑了。我想要是叫我爷爷王司令，他肯定会骂我的。

我提着饭筐子。筐子里放着大饼、小干鱼，还有两个咸鸡蛋。

"爷爷，吃饭喽。"我抹了把脸上的汗水，把饭筐子放在地头上。

爷爷扭过身子，撒了一泡长长的尿。他一边朝这边走，一边把手在裤子上搓了几下。爷爷让我一块儿吃。我说我吃饭了。我躺在离爷爷不远的一小块阴凉地里，耳朵里塞满了知了的叫声。

　　怎么天说黑就黑了？我是什么时候回到家的？四周静得可怕，有几只小虫子在墙上爬来爬去，我正准备喊一声爷爷，却突然听到敲门声，并且一个声音像烟雾似的软软地飘进来：小兔子乖乖，把门开开……这不是狼外婆吗？我吓得蜷成团儿，听到心在怦怦地跳。可透过门缝，我看到了一只牛角，这不是我们家那头老黑牛吗？我一想到这里，门便开了。正是我们家那头老黑牛。它来到我身边，伸出鲜红的大舌头，不停地舔我的脸，它的嘴里有一股青草的气息……我猛地醒来，心还在怦怦直跳。太阳已经偏西，阳光也变得黄澄澄的，如同金子似的，洒满大地。

　　"爷爷。"我喊一声。

　　爷爷直起身子，说："醒了。"

　　原来我睡着了。

　　"爷爷，"我来到爷爷身边，"咱家的老黑牛好像生病了。"

　　"胡说八道。"爷爷还是低着头，他一只手里攥着烟杈儿，另一手还在忙活着。他跟个机器人似的，也不知道累。

　　"真的，"我说，"它的毛都乍了起来，眼圈变得鲜红，站起来时，腿直哆嗦。我给它筛好草料，它也不好好吃。"

　　我连珠炮似的说了一通。

　　爷爷果真停下手里的活，他抬起头，并且站起来。

　　"真的？"爷爷伸着脖子说。

　　"这还有假。"我不服气。

　　"那你不早说！"爷爷把手里的烟杈儿一摔，脸上露出着急的样子。

　　"我，我睡着了。"我挠着头皮。

　　我没把刚才做的梦告诉爷爷。

　　"走，咱回家看看去。"

　　爷爷扛起铁锨，步子迈得很大。我提着饭筐，紧紧地跟在后面。这时候，天空中堆满了火烧云，什么样子的都有。我不知道，怎么天上就猛地出来这么多云彩？记得有一年，我姐姐领着我从地里回家，天上也是出来这么多火烧云，它们漂亮极了。我姐姐说："那里面有宫殿，孙悟空就住在里面呢。"我当时信了，恨不得立刻变成孙悟空，钻进云彩里。当然，现在我早就明白了。

那是姐姐在哄我玩呢。我不知道姐姐在城里，是否也经常看到这一片一片的火烧云。

我姐姐

我还记得去年冬天那个灰蒙蒙的下午。天阴得厉害，要下雪的样子。北风打着旋儿，像盐沫子似的灌进我的脖子。我两手捂着耳朵，正走在放学回家的路上，书包啪嗒啪嗒地拍着我的屁股。这时候，汪小人从后面追上我，圆圆的脸蛋子冻得通红，他的棉帽子又旧又脏，就像一个屎盆子似的扣在头上。他龇着牙，往我手里塞了一张纸条。然后便回过头去，一边嗷嗷地叫着，一边蹦高。

我展开纸条，上面写着一行字：王大手的姐姐是一只鸡。

血立刻便涌到我脸上。我不懂得鸡是什么。但我知道这是骂人的话儿，并且骂得非常非常厉害。

我把书包从脖子上撸下来，提在手里，疯一样跑起来。书包里面有课本和铅笔盒，铅笔盒里的铅笔还稀里哗啦地响个不停。汪小人也许听到了声音，他刚一回头，正好碰到我抡圆了的书包。砰一声，砸个正着。汪小人噔噔向后退两步，扑通趴在地上，我一步跨过去，跃起来便骑在他身上。我抡圆拳头，没头没脑地捶下去。身下的汪小人哇哇怪叫，他哭着说："纸条不是我写的。"我不管，谁叫你把它塞到我手里。

"你说，你姐姐才是一只鸡。"我咬着牙。

"我姐姐是一只鸡。"汪小人声音细细的，软软的，就像压面机里挤出的面条似的。

"再说。"

"我姐姐是一只鸡。"

"再大点声。"

"我姐姐是一只鸡。"

汪小人哭出声音来。我这才想到，汪小人他妈的根本就没有姐姐。

我回到家的时候，我娘和我婶婶正在屋里包饺子。我婶婶瘦瘦的，脸色黄黄的，像是生病的样子。我知道那几天，正是我婶婶最难过的时候。本来，法院把大官判给了我婶婶，我叔叔也答应了。可他们离婚还不到一个月，我叔叔就回来要大官，说让大官进城去学习，那里的学校好。我婶婶死活不愿意。可有一天半夜里，我叔叔带着两个人，撬开了我婶婶的门，把大官抢跑了。当我婶婶穿好衣服跑出来时，她只看到了小汽车屁股上的灯光闪了一下，便消失得无踪无影。

我娘和我婶婶包饺子。我娘说："人家城里学校好，那就让他去吧，俺家大手想去还去不了呢。反正走多远，大官也是你的儿。"

我婶婶扑嗒扑嗒地掉眼泪。

正在这时，我们家的门吭吭地响起来。

"大手他娘，快开门。"

我一听，吓得气也不敢喘了。正是汪小人他娘那个胖娘儿们。

"谁呀，这么急。"我娘说着，拍拍手上的面，便走出去。

我急忙爬上床，隔着窗玻璃，瞅着窗外。汪小人的娘拽悠着肥胖的身子，像一团火似的滚进门。汪小人跟在他娘身后，不敢抬头，汪小人的娘一把把汪小人提到前面，抹掉汪小人头上的棉帽子，指着汪小人的脸便叫起来："你看看，你看看，你家大手可真够狠，你看看把俺儿打的。"

我娘一看，真的急了，便喊："大手，你出来。"

我慢慢地、极不情愿地走出去，我婶婶也放下手里的活，跟在我身后。

"你个王八羔子，你说，这是你打的吗？"

我娘瞪着眼，她的话如同火似的喷过来。

"他说我姐姐是一只鸡。"

我看到我娘的脸一会儿红一会儿绿，像隔着玻璃的水蒸气似的扭着弯儿。

汪小人他娘的腮帮子动一下，说："说你姐姐是鸡，你也不能这么狠呀王大手。"我娘说："他婶，因为孩子的事，别发这么大火，大手打人不对，一会儿我揍死这个王八羔子，不过，咱孩子也不能胡说八道呀。"

汪小人的娘说："你这个娘是咋当的，你家大手打了人你还护着他，再说了，我儿说的一点也不错，不是鸡是什么。"

我娘气得浑身哆嗦："你血口喷人。"

汪小人他娘乐了，说："你这一家子可真有意思，也有在外面包二奶的，也有跟人家当二奶的，多麻烦，还不如……"汪小人他娘还没说完。我身后的婶婶嗷一声便冲出去。我惊讶于我婶婶当时的速度，她几乎是飞了起来，她像一颗巨大的子弹撞在汪小人他娘身上。但汪小人他娘太胖了，她往后退几下子，竟然站住了。她一把薅住我婶婶头发，两个人厮打起来。我娘一看我婶婶挨揍了，便也蹿上去。她们三个像滚雪球似的在我家院子里滚起来。我和汪小人，眼睛直愣愣盯着她们，吓呆了。我从来没看到这样的场面。汪小人也许跟我一样，他吓得哭起来。

我记得这事没过几天，我父亲的三根手指头便被压砖机轧掉了。我姐姐知道后，并没有回来看我父亲。她从城里寄来了一万块钱。我记得我娘双手捧着那张汇票，浑身抖个不停，泪水沿着她的面颊淌进嘴里。我不知道她是高兴还是悲伤。

年底，一辆红色小轿车突然停在我家门口，我姐姐从车上走下来，那件黑皮大衣在阳光下闪着冰冷的光泽。我发现不远处，人们的脸上都露出怪诞的表情，他们的目光让我无法理解。一块儿跟我姐姐下车的那个胖胖的男人，据说是我姐姐公司的经理，他坐在我们家屋里抽了一根烟，看了看我父亲裹着纱布的手，点头哈腰地说了几句过年的话，便又坐着小车走了。

我趴在我姐姐身上，闻到的是一股刺鼻子的皮革味和一股浓浓的香水味。

我凑到我姐姐跟前，看到的是我姐姐有些疲惫的脸和那双蒙着塑料薄膜似的眼睛："姐姐，城市里一定很热闹吧？那里的孩子是不是整天玩游戏机？"

我姐姐不理我。看上去，她总是很累的样子。她一个人待在屋子里时，就点着一根根长长的细细的黑皮烟卷。烟雾在她面前升起来。她只比我大八岁。

弯弯的月儿小小的船

我坐在我的树旁。黑影中，我的树如同一个伸着胳膊的孩子，像要抱住我的样子。天早已黑透，爷爷还没有回来。下午爷爷回到家，给老黑牛的饲料里撒上玉米面，可老黑牛只是伸出舌头来舔了两下。天快黑了，但爷爷还是牵着老黑牛去了镇上。"人家兽医站早就下班了。"奶奶说。爷爷不理奶奶。爷爷拽着牛缰绳。爷爷和牛被夕阳染成了金色。

天还是热，地面仍像锅底似的，蚊子不停地在我身边叫着，外面不时地传来说话声，那是在街上乘凉的老人们。我能清楚地分辨出哪是奶奶的笑声，奶奶的笑声很短很脆，就像风吹树叶似的。

我猛地想起大官，想起大官的来信。于是我跟我的树说，你认识大官吗？噢，不认识。那我跟你说说，他个不高，脸胖胖的，身上的肉挺瓷实，爱不停地眨巴眼，说话跟青蛙叫似的，叽里呱啦一顿，不过，你不会听明白的，他说得太快。可他的心肠很软，爱吧嗒吧嗒掉眼泪。他掉泪时，脸上一点儿表情都没有，嘴里也没有什么声音。噢，忘了告诉你，他是我弟弟，我叔叔的儿子。他爸爸跟他妈妈离了婚。什么？什么叫离婚？我也不太清楚，可能就是两口子不在一块过了呗。可不在一块过就不在一块过吧，为什么还哭闹的呀？大人的事，孩子说不明白。本来人家法院让大官跟着我婶婶，可我叔叔想让大官学习好一些，就把他接到城里去了。什么？你说城里呀。那可是太热闹了，那电灯一宿宿亮着，那楼高得看不到顶，那人多得天天跟赶集似的。当然，我也没去过，我也是看电视才知道的，我长大了，肯定要跟大官似的，进城里去。对了，大官来信了。我不知道看了多少遍，都背过了。什么，背给你听听？让我想想，让我想想。好吧，我给你背一遍，可你一定要保密，要是让大官知道了，他会掉眼泪的。

我的树突然扭了扭身子，像是很兴奋的样子。不知什么时候，东边天上出现了一弯弦月，窄窄的，颜色如同鸡蛋黄似的。

　　大手哥哥：
　　你好。
　　半年没有看到你，你肯定又长高了不少。可我还是那个样子，老不长。
　　我最怕上体育课了，我总是站在最后面，连那些女孩子都比我高，她们笑话我。我都不敢跟她们说话。还有我这个名字，老师一点我的名，同学们就笑，闹得我都不敢抬头。我几次想让爸爸给我改名字，可我怕挨熊。我爸爸最近心情不好，听说赔了不少钱。那个阿姨生了个女孩，都快半岁了，我不喜欢她们。哎，说这些干什么，我们还是说说学习吧。我最爱上语文课，老师长得很漂亮，有点像姐姐。前几天我写了篇作文，老师还当范文在班上念了呢。我趴在桌子上，低着头，心里很不好意思。可我还是感到挺自豪，我复印一份，随信给你寄过去，让你看看。

快放暑假了，我想回去看看你们。我半年多没看到妈妈了。爸爸说妈妈到别处打工去了。他肯定是骗我，不让我回去看妈妈。如果放了假，他再不让我回家，我就偷跑。我自己攒了一百多块钱呢。我妈妈好吗？大手哥哥，我不在她身边，到时候你经常去看看她，就当帮弟弟去看。好不好？

我想念爷爷奶奶，想念你们。

你的弟弟

王大官

6 月 18 日

什么？你说我哭了。我没有哭，那是我流下来的汗。天这么热，连你都会出汗的，我的树。什么？大官的作文？好吧，我背给你听，大官的信我都背了，别说一篇作文。可是，我的树，我求你件事，千万别把我婶婶的事儿告诉大官，别让大官知道，真的。

我的家

我的家在一个叫齐周雾的村子里。村子周围全是一片一片的枣树。夏天一到，枣树上结满青青的小枣。我和大手哥哥，一人手里攥着一把弹弓，整天在枣树林里打鸟，可我不如大手哥哥，我总是打不到鸟。我妈妈笑着说我笨蛋，我不服气。

我奶奶说我们家院子里埋着一坛银子，是日本鬼子进村的时候，我姑奶奶埋下去的。后来我姑奶奶去了东北，便捎信回来要她那坛银子。我奶奶有空就领着我和大手哥哥挖银子。我总是比大手哥哥挖得快，我奶奶表扬我，我很自豪。可银子总是挖不出来。

秋天一到，我爷爷领着我和大手哥哥去地里干活，可我们俩光捣蛋。我爷爷也不生气。他整天低着头干活，晒得像一个非洲人。

放了暑假，我就可以回到我的家，跟大手哥哥一块儿去枣树林里打鸟，跟奶奶一块儿挖银子，跟爷爷一块儿去干活。

我很想念我的家，那里有爷爷奶奶，还有大手哥哥。

月亮变得亮堂起来，它上面好像骑着一个孩子，那孩子胖胖的，肉挺瓷实。我的树，你看，那骑在月亮上的，是不是大官？你看他那样子，跟我们课本上骑着月亮的那个孩子一模一样。弯弯的月亮小小的船，小小船两头尖……他还在不停地唱着。

这时候，门响了。是不是爷爷回来了？老黑牛的病治好了没有？我站起来，看到奶奶晃着蒲扇走进门。

"还不去睡觉，大手。"奶奶说。

"爷爷还没回来呢。"

"别管他，这个老不死的。我说了不下百遍，早点卖了它，老成那样了，还不舍得卖，这下可好了。别管他，咱们去睡觉。"奶奶愤愤地说。

我婶婶

每天放了学，我娘总是对我说："到你婶婶那边去吧。"

去年冬天，我爹掉了三根手指头，躺在床上疼得直叫唤，我娘不愿意让我听到我爹的叫唤声。那一段时间，大官刚被我叔叔抢走，我婶婶一个人待在家里，心里肯定不是滋味儿。晚上，我便去我婶婶那边吃，那边住。夜里，我坐在桌旁做作业，我婶婶坐在床上做棉衣服。灯棍儿下面，我婶婶脸色苍白，时而拿针拢一下头发，时而皱起眉头，像在想什么事情："大手，大官比你矮多少？你过来。"我走过去。我婶婶立起身子，拿一条皮尺，又是量我的肩头，又是量我的腰。"大官是不是比你胖？"我说他胖得多呢。我婶婶便龇牙笑了。

"这是一身薄的，天不太冷，大官穿薄的就行了。"我婶婶把板板正正的棉袄棉裤举到我娘面前，"等过年的时候，我再给他做一身厚的。"

"他婶，大官在城里，冻不着，你还不如织点网，赚个零花钱呢。"我娘嘴唇有些哆嗦。

"那哪行？城里就不冷了？傻话。哎，嫂子，城里你去过几趟了，你熟，你帮个忙，给大官送去好不好？"

我娘转过身去，抹了抹眼睛，然后抬起头，眨巴眨巴眼，说："行，他婶，你就放到这里吧。"

我婶婶便高兴了。当天晚上，她下鸡蛋面给我吃，说："大手，等你们长大了，你跟大官那是膀子，谁敢欺负你们，你们俩合起伙揍谁。"

接着，我婶婶又打开她的连衣柜，从里面翻出一身身的衣服，她站在床上不停地换："大手，婶婶穿这身好看吧？"

我点点头，说："好看。"

一会儿，她又说："大手，这身衣服呢，是你叔那个王八蛋给我买的。"

我还是点了点，实际上，我并没有仔细看。

我婶婶叹口气说："再好看也不要了，剪了它，给大官做身厚棉衣。"

说着，我婶婶举起剪刀，吱咯吱咯的声音便传进我的耳朵。

"我婶婶把新衣服都剪烂了。"我跟我娘说。

我娘偷偷跟我说："你婶婶有什么反常的地方，你可要跑回来跟娘说说。"

看到我娘那样子，我心里很害怕。我并不愿意跟我婶婶在一块儿睡。我婶婶睡觉还打呼噜，真奇怪，人家都说胖人才打呼噜呢，我娘都不打，可我婶婶那么瘦，却打很响很响的呼噜。

快过年的时候，我婶婶把另一身厚棉衣做好了，她突然决定自己进城去送。

"我好几个月没看见大官了，我得看看他去。我得把他接回家过年呀。"我婶婶跟我娘说。

"那我跟你一块去，你没去过，不熟。"我娘说。

"这么大的人，丢不了，你放心好了。"我婶婶很急切的样子。

第二天，我婶婶换上一身新衣服，背着一个紫色的旅行包，里面鼓囊囊的，肯定是那身棉衣。天还没亮，她就来到村委会的大门口，坐进了那辆白色的小客车。隔了一天，我婶婶从城里回来了。她径直走进我家的门，满脸憔悴。她把那个紫色的旅行包往我家桌子上一扔，便呜呜地哭起来。

我娘说："这是咋了？他婶，见到大官了没有？"

我婶婶说："我转悠了两天，就是找不到。"

我婶婶哭得昏天黑地。

我爹坐在床上，倚着被褥子，抽着烟，说："那么大的城市，别说两天，一星期你也转不过来。这样吧，过了年我进城，找那些狗日的打官司去。你把大官的棉衣放在这里，要是他们过年不回来，我给他带过去。"

我娘说："你打什么官司，你打也打不赢，你还是待在家里跟咱爹一块种地吧。你看你这个样子。"

我爹哼一声，一脸的不屑。

那天晚上，我婶在我家喝的面汤。

我姐姐过年一回来，我便解放了。她在我婶婶那边睡，我在家里睡。那几天，我婶婶好像跟我姐姐特别亲热，她跟在我姐姐身后，问："你在城里做什么工作？"我姐姐不理她。"你能把婶婶带出去吗？""你干不了！"我姐姐没好气地说。我婶婶不服气，她嘟嘟囔囔地说："汪小人他娘说你在城里干那个，我不信。只要不是干那个，我啥都能干。"

"你要是进城，就只能干那个。"我姐姐猛地吼了一嗓子，接着，她又低低地说，"可惜，干那个你都老了。"

我在做寒假作业，听到我姐姐的吼声，便抬起头，正好看到目瞪口呆的婶婶。我姐姐走后的第二天，我婶婶便出事了。她在她家的屋梁上上了吊。我没有看到婶婶上吊时的样子，我跑过去时，婶婶已被床单盖了起来。第一个看到我婶婶上吊的是我爷爷。我爷爷到我婶婶这边来推那辆独轮车，敲了半天门也没敲开，我爷爷看了看太阳，眼看都到了正午。我爷爷意识到不妙，便喊来我爹。他们翻过墙去，砸开屋门。那时候，我婶婶早已通身冰凉。

那天下午，我婶婶的娘家来了两大拖拉机人，他们哭着，喊着，骂着，手中提着棍子，肩上扛着锄头，停在我爷爷家门口，我们全家早就躲到别人家去了。吮，砰，哗啦，我爷爷家跟放鞭炮似的响了半天。

可是不一会儿，那些人便坐着拖拉机走了。听说是我叔叔让人提回五万块钱，我叔叔没回来，可他出了五万块钱。那些人提着五万块钱，便坐着拖拉机走了，并且再也没有回来。

我婶婶的葬礼举行得很简单，我打的幡，兜的罐。人们说，多亏了大手，没想到这个冤死鬼沾了人家大手的光。

阳光雨露，抚育我们茁壮成长

汗水流进眼里，我醒了。我一摸头发，湿漉漉的。这时候，阳光已经沿着窗棂，斜插进来，落在我身上。知了早已没命地叫个不停，窗外，黄色的枣树叶子一动不动。我似乎嗅到一股橡皮的臭味儿。我刚意识到热，便被四周的热气吞没。

我来到院子里，舀一缸子水，一直脖子，灌下去，我喊一声爷爷，回答我的只有那只躲在墙角里的鸭子，我奶奶把它扔在牛栏里，不让它乱跑，因为它到处乱拉屎。这时候，它叫一声，正斜着眼瞅我。我这才意识到牛栏里是空的。牛呢？爷爷呢？是不是爷爷和牛还没有回来？那么奶奶呢？我喊一声奶奶，声音撞在墙上，又弹回来，弹到我的树上，我的树扭了扭身子。树叶是墨绿色的，上面亮晶晶的，好像悬着露珠。

我来到偏房门口，朝黑洞洞的屋子里看了看，牛确实没在里面，那空荡荡的牛槽里还是昨天的样子。一种不好的感觉使我浑身发冷，我的手臂上立刻泛起一层米粒似的鸡皮疙瘩。

我正呆愣愣站在那里的时候，奶奶从外面走进院子。

"爷爷是不是还没回来？"我问。

"他能死到哪里去，他早就下地干活了。还想喊起你来，跟他一块儿去。让我骂一顿，大热的天，让孩子受这份罪！"我奶奶手里捧着一个簸箩，没好气地说。"牛呢？老黑牛呢？"我问奶奶。

"哎，别提了，一提这事能把人气死，卖了，不卖就得死，连夜卖给人家屠宰场，人家不攥你一把？这么大的一头牛，卖了五百块钱，一头小牛犊也买不到，你说这不是赔掉了腚？你爷爷说了，要不是你发现得早，让牛死在家里，一分钱也拿不到呢。"奶奶嘴里的唾沫星子飞出来，落在我脸上，腥腥的。奶奶咬牙切齿，松弛的脸皮子不停地抖动着："去年冬上，我就说，牛老了，不中用了，趁早卖掉，换头牛犊，转过年来就能干活。不听，这个老不死的不听，这个老疙瘩头不听，这个倔骡子不听。"

这么说，老黑牛的牛皮已经被钉在墙上了？这么说，老黑牛的骨头已经被扔进破竹筐里？这么说，老黑牛的肉已经被泡进冰凉的水中？

我像一个傻瓜，站在奶奶身边，好半天没有动弹。

奶奶的口气突然软下来："大手，奶奶夜里做了个梦，梦见那坛银子发光呢，奶奶一下子醒了，往院子里一瞅，你说咋的？"奶奶说着，放下手中的簸箩，几步便跨到墙根底下靠近牛栏的地方，"就是这里，就是这里。"

奶奶踮起脚尖，用力画了个圈儿。

"大手，一会儿咱就挖，今天准成，到时候，你爹治病欠下的钱，还愁还不上？"我却感到浑身无力。我蹲下身，看到一只从枣树上掉下来的绿毛毛虫不停地蠕动着身子。

"奶奶，大官快放暑假了，他要是回来，是不是把我婶婶的事说给他。"我突然问一旁的奶奶。

奶奶一听，脸都变白了："不说，千万不能说，你要说了我撕烂你那臭嘴。"

真没意思，为什么他们把大事儿都瞒着孩子？

我舀一缸子水，浇了浇我的树。浑浊的气泡，绿色的叶子。我的树。

"阳光雨露，抚育我们茁壮成长……"

不一会儿，奶奶又哼起这首歌。

我最讨厌奶奶唱这首歌，真难听。因为奶奶中间的大牙都掉光了。每次唱到"抚育"两个字时，总像撒气的车胎似的，发出吱吱的声音。

我突然决定，从今以后，不再跟奶奶挖什么银子。根本就没有银子。我和大官几乎把院子挖遍了，也没挖出半点银子来。也许银子只是藏在奶奶心里。这土地深处，根本就没有银子。

我想到了蹲在烟地里的爷爷，想到他那黝黑的肩膀，他那松软的肉皮，他那白胡子茬上悬着的汗珠，他那默默注视着土地的眼睛。

我要去找爷爷，跟他一块儿劈烟杈。

（原载《人民文学》2001 年第 5 期）

火化

　　老人们揣着手，坐在马扎子上，把下巴缩进棉袄领子，眯上眼睛，享受着阳光的温暖，偶尔也抬起头，睃一眼光秃秃的树枝，溜出一句散发着萝卜味道的什么话，无非是节气呀年景的。这时候，阳光通常是淡黄色的，太阳也如同纸片儿似的悬在天上，脆弱得很，一伸指头就能捅破的样子。这是一个村子的冬天，祥和，宁静，弥漫着猪粪和炊烟的气味儿。它属于这些皮肤松弛，目光暗淡，穿着臃肿的棉袄坐在墙根底下的老人。

　　往年的这个时候，连根爷爷总是第一个坐在墙根下面。他坐在那个埋进土里半截深的石碾上，一坐就是半天。可是这一年，连根爷爷只是偶尔坐在这里，就是坐在石碾上，身子也在不停地扭动，屁股上似乎也粘上了不干净的东西。过一会儿，他便抬起屁股，拍打两下厚厚的棉裤，挪两步，把脖子伸出胡同口，朝北面睃上片刻。人们知道他是睃杨木匠的铺子开门了没有，如果木匠铺没开门，他便重新坐在石碾上，扭身子，磨屁股，目光呆愣愣的，也不去接别人的话茬儿。一旦看到木匠铺的大门开了，他便神色慌慌，抄起身边的拐杖，往北边的木匠铺走去，他向前迈去的步子，也显得零零碎碎。

　　他正让杨木匠做一口寿材。

　　这一年秋天，种上冬小麦以后，在台阶叔出去做小工之前，他硬缠着他这个独生儿子连赶三个大集，终于在东边的大山镇买回两方白松。台阶叔赶着马车，马车上拉着木头，一进村子，就有人凑上来问："台阶，打两件新家具？"台阶叔哭丧着脸，打着哈哈应付着，"打两件新家具，打两件新家具。"可是，谁都知道连根爷爷让那两个安徽人算命的事儿，大家心里都明白，这样的事情，谁也不会走向前主动去问的。

　　秋又深了一些，连根爷爷的木头已经让杨木匠刨开。长长的，厚厚的木板排在木匠铺大门的两侧，等着风干。每天，连根爷爷总要在木头跟前来来回回地走上几趟。他有点儿驼背，但走起路来还算硬朗，天冷了以后，他便戴上那顶油亮亮的灰毡帽，一只手搭在腰上，一只手伸出去，敲一下白花花的木板，风吹过来，带走一些新鲜木头的香味儿，整个胡同里都浓浓的。

　　这时候，要是杨木匠走出来，就会跟他说："连根叔，这活儿可忙不得，一定得等着木板子干透了，要不到时候龇牙咧嘴的，就是哪一天您老躺在内面，透风撒气不说，冷啊。"说完，杨木匠便朝别人吐一吐舌头，脸上露出滑稽的样子。

　　连根爷爷忙说："对对对，干透了，干透了。"连根爷爷抚摸着木板，目光像是黄胶一般，粘在上面。

　　农历的十月一，是平原上的鬼节。跟清明节一样，人们都得给死去的人去上坟，嫁出去的闺女也不例外。换娣姑姑回来给她母亲上坟，在坟上哭了半天，眼睛都哭肿了，又提着两包点心，跟跟跄跄地家来看她爹，没想到一进门，就跟她爹吵了一架。连根爷爷说："让你今天做，你就不能明天做。"

　　换娣姑姑说："可你也得让我回去一趟呀，我家里也有猪，也有牛，也有鸡，也有羊，还有一家子的嘴呢，你不让我回去安排安排，我这心能放得下吗？"

　　连根爷爷说："你回去，你一回去又是十天半个月的。我还不如你家的猪，你家的鸡，你心里根本就没我这个老头子。"

　　连根爷爷竟然从地上蹦起来，他的脖子憋得通红，他是个好脾气的人，像这样大动肝火，还真是少见。

　　一下子就把换娣姑姑气哭了，她一把鼻涕一把泪："爹，你要是不信，我这话儿放在这里，你死不了，你把别人气死，你也死不了。"

　　台阶婶忙过来圆场，说："爹，你忙什么，你身子骨还硬着呢，再说，咱家里也没有线，也没有布，都得去买呀，你先让我姐姐回去吧。明天我去买布买线，咱买好的，寿衣嘛，就得做贴身贴体的，你说是吧。"连根爷爷自然不会跟儿媳妇发脾气。好说歹说，总算把连根爷爷说得没话了。连根爷爷身子一拧一拧的，倔得跟一头老山羊似的，来到外面，蹲在光秃秃的枣树下面抽闷烟。

换娣姑姑说好三天以后回来。台阶婶去外面送她，就把那两个安徽侉子相面的事告诉了她。换娣姑姑一边走，一边哭着骂，骂那两个相面的安徽侉子，骂他爹这是老糊涂了，连算命人的话也信。

再说说那两个安徽人吧。他们走进村子的时候，玉米还没有熟透，人们正闲着，站在大街上，开个玩笑，拉个闲呱，把陈谷子烂芝麻的事儿再弄出来抖搂抖搂，也算热闹。正是这个时候，一老一少两个外乡人走进村来，年龄大的走在前面，肩上背着一个黑人造革皮包，穿着一身灰色的中山装，看上去有五十来岁。年少的那个扛着一根檀木棍子，棍子头上捆着一个包袱，他的太阳穴上生着一颗痦子，看上去也有二十多岁了。他们都是长着一张圆圆脸，深眼窝，皮肤黑黝黝的，从远处看过去，就跟一个模子刻出来的一样。他们的到来，立刻引起村里一阵阵的狗叫声。他们越走越近，年龄大的那个人径直走到麻三奶奶身边。麻三奶奶正坐在蒲团上搓麻绳，一抬头，看到身边站着一个挎着皮包的陌生人，给吓了一跳。

"大娘，能给碗水喝吗？"

人们一听，是外来的，觉得新鲜，玩笑不开了，呱也不拉了，都瞪着眼直勾勾盯着这两个外乡人。

"好，你等着。"麻三奶奶心地好，最喜欢接济这些过路的人。

两个侉子便坐下来，他们的心里看上去很踏实，他们把皮包往地下一扔，一屁股坐在土堆上。有人便走过去问人家从哪里过来，答是安徽。

麻三奶奶把两碗水递给他们，他们一口气喝下半碗。麻三奶奶说："喝，喝了再倒去。"

年龄大的安徽人说："这位大娘脾气好，命也好啊，五男二女，令人羡慕。"

侉子一说这话，人们的耳朵立刻支棱起来，他怎么知道麻三奶奶有五男二女，接着有人便凑上去。

侉子说："这样吧，大娘，感谢你这两碗水，我给您老相上一面。"侉子一说这话，人们才明白，侉子是相面算卦的。

侉子相面不同于本地的那些算命先生。侉子唱，一字一板，人们弄不懂侉子唱的是什么腔调，但人们觉得侉子唱得并不难听。侉子便盯着麻三奶奶唱了起来。侉子毕竟是侉子，人们听起来似懂非懂。不过，侉子唱得很投入，他把酒盅似的两个深眼窝对着麻三奶奶，两只手放在膝盖上，脑袋不停地摇晃着，就跟忆苦思甜的老贫农一样。人们还是能听懂一些。准哪，唱了麻三奶奶的五男二女，又唱了麻三奶奶年轻时受过的罪。听着听着，麻三奶奶便抹起眼泪。最后，侉子说麻三奶奶的寿限是八十四岁。

麻三奶奶从怀里掏出一个灰手绢，人们寻思她是要擦眼泪，没想到，她里三层外三层地打开手绢，从里面拿出两块钱，要给侉子。

侉子摆手，说："您老这钱不能要，要是还有哪位想相上一面，就收一点饭钱吧。"真神了，简直就是神仙哪。一袋烟的工夫，半个村子都知道了。当然，也传到连根爷爷耳朵里。那几天，连根爷爷家一只正在下蛋的鹅找不到了。这让他很窝火，他觉得人总有背运的时候，正好来了算卦的，他想算一卦冲冲。连根爷爷就是揣着这样的心思走过来的。如果不是那只鹅，这一卦，连根爷爷也许就不算了。

这一算，把连根爷爷算傻了。准哪，人家说他三个闺女一个儿，他愣了一下，转念一想，可不是三个闺女咋的？老大小时候身上生疮，八岁就夭折了。老二长到十八岁，生得那个俊呀，可是爱错了人，喝药自杀了。不是三个闺女咋的？这么多年了，连根爷爷都把那两个冤死鬼给忘掉了，人家侉子这么一提，他的心里酸巴巴的，后来人家唱了些什么，也没听进去多少，不过唱到最后，可把他唱傻了眼。

"这位大爷印堂黑，

阳寿半年烛光尽，

人活一世不容易呀，

……"

连根爷爷根本不知道怎么回到家中的，一卧炕，就是半个月。等到台阶叔把地里的玉米、大豆收上来，他老人家才走出门，脸色黄恹恹的，胡子也白去一半，腰弯得更加厉害。他拄着拐棍儿从屋里走出来的样子，使得人们不再怀疑他只有半年的寿限。人们都知道安徽侉子给连根爷爷相面这事儿，背地里当笑话拉，可当着他，人们便装做什么也不知道。只有连根爷爷自己心里明白，他只有半年的活头了，他信哪，他无法不信，人家连他两个死去的闺女都算了出来，他还能不信？

连根爷爷惊魂未定，就开始张罗着打寿材做寿衣，就有了跟换娣姑姑吵架那档子事儿。等到寿材打好了，寿衣做好了，连根爷爷心里踏实了，气也顺了过来，便又坐在墙根下面的石碾上，不但脸上有了笑容，还时常领着别的老人去看他的寿材。他一边抚摸着光滑厚实的寿材，一边跟人家说："我不怕死，毛主席他老人家都得死，我还怕死。"

连根爷爷说这话的时候，胡子撅撅着，面色红润润的，他又能吃两碗地瓜黏粥了。他坐在石碾上，揣着手，眯着眼睛，阳光落在他的棉袄上，发出扑哧哧的声音。在听到火化的消息之前，连根爷爷就是这样安详地等待着阎王爷的召唤。

可天有不测风云，火化的消息传来，对连根爷爷来说，不亚于一声惊雷。

"这不是真的吧？"连根爷爷坐在石碾上，身子又开始不停地扭。

"人家东边已经开始了，咋不是真的？不光是真的，连地里都不让埋，人家说这叫不让死人占活人的口粮。"

"多少辈子没听说的事儿，就让咱摊上了？"连根爷爷还是不相信地摇摇头。

"这可是国家的政策，不信你问三秃子去。"

三秃子是支书，是连根爷爷的堂侄子。一句话提醒了连根爷爷。刚坐热的石碾，又变得冷清，连根爷爷找三秃子去了。

连根爷爷背着手弓着腰，脖子向前抻着，下巴向上抬着。自从寿材打好以后，他的病也算好了，拐棍儿早已扔掉。此时，他迈出的步子硬朗得很，走得也快，老棉裤嘟嘟噜噜的，一走一忽闪，活像一只没尾巴的灰鹌鹑，那样子引起背后一阵大笑。连根爷爷没听到似的，他沿着村子里干爽爽的土路，朝支部走去。

"秃子，秃子。"打老远，连根爷爷便喊上了秃子。

实际上，三秃子早已看到连根爷爷一拽悠一拽悠的身影，他当然知道连根爷爷打寿材做寿衣的事，他更知道连根爷爷让安徽侉子相面的事了。他一想到这些事儿，就禁不住想笑。他看到连根爷爷像鹌鹑似的走过来的样子，就把事儿猜到了七八分。

"秃子，叔问你件事儿。"连根爷爷紧皱着眉头，但掩盖不住他惶惶的心。

三秃子龇着牙，没等到话出口，就扑哧笑出声，他说："叔，你看这天晴的，跟水洗过的一样。"

"秃子，火化这事儿，是真的？"

"这还有假，会都开过了，这还有假。"

"秃子，火化这事儿，是真的了？"连根爷爷哭丧着脸，又问了一次。

"这国家的事儿，还闹着玩。不但要火化，还不让埋呢。到时候，把骨灰让个小盒子一装，往牲口棚里一扔，跟牲口做伴去吧。"三秃子是想逗逗连根爷爷。

连根爷爷打一个冷战，嘴里嘟囔着："那么是真的了。"回去时的连根爷爷，脖子耷拉着，下巴昂不起来了，腿也软绵绵的，步子自然也慢下来。

三秃子觉得有意思。活得好好的人，为什么老想死了的事？他看到连根爷爷跟跟跄跄的样子，禁不住在后面喊了一声："连根叔，你身子骨硬着呢，你死不了。"

当然，这时候，三秃子万万想不到后来发生的事儿。

连根爷爷回到家，往炕上一坐，烟袋一叼，开始呆愣愣地望着窗外。台阶婶端上饭菜，等了半天，也不见连根爷爷动筷子，就说："爹，饭都凉了，你还不吃。"

连根爷爷说："不饿，不吃了，你们吃吧。"

连根爷爷声音低低的，跟蚊子叫似的，身子像是害冷，蜷成一团儿，一副可怜巴巴的样子。

台阶婶说："你病了，爹，你是不是哪里不舒服？"

连根爷爷连连摇头，最后喘了口粗气，说："青松他娘，爹求你件事儿。"青松是连根爷爷的孙子，当时正在镇中学读初中二年级。

台阶婶说："爹，你说，什么事吧？"

"我想请三秃子喝盅酒，明天你准备俩菜吧。"

台阶婶一听，知道连根爷爷又有了心事儿，当儿媳妇的不好问这问那，便满口答应："爹，你放心，三秃子他喜欢吃什么，我心里有数儿着呢。"

第二天一大早，连根爷爷穿戴整齐，他破天荒地穿上了那件干净的新对襟棉袄，换上一双新靴子，倒背起手，下巴一撅一撅的，走出门去。要是以往，连根爷爷已开始绕着村子转了，他的这个习惯，已经几十年了，可是这一年冬天，自从打好了寿材做好了寿衣，便跟以往不同了，以往转，是有目的，心里想的是干活，捡个粪团儿，拾个柴火。可这一年冬天，连根爷爷什么都没干，他倒背起双手，从村东转到村西，从北菜园走到苜蓿地，从三棵树走到大寺庙，他踩着脚下松软的土地和挂满白霜的麦苗，嗅着一大早清爽爽的空气，他觉得自己留恋的还是这些东西。然而这一天早晨，连根爷爷却没有了这样的心思，他换上两件干净的衣服，像往常一样走出来，却走到三秃子家院子里去了。

三秃子正在饮牲口，看到连根爷爷走进门，便愣了一下，因为这太反常了。没想到的是，连根爷爷张口就是："秃子，中午叔请你喝两盅，你可要给叔点儿面子。"

三秃子咯咯地笑了，他觉得这事儿很有意思。他看到连根爷爷身上的新棉袄和脚上的新靴子，就觉得这事儿更有意思了。

"我去，连根叔，我一定去，别人请咱不说，你请我，我秃子哪敢不去。"说完，三秃子又嘿嘿地笑起来。

三秃子望着连根爷爷撅嗒撅嗒的身影，跟身旁的老婆说："这个老头子，可真有意思。这么早来请我去喝酒，可真有意思。"他又嘿嘿地笑起来。

他老婆说："连根叔请你喝酒，这不是太阳从西边出。"

三秃子笑笑说："肯定是火化那事儿。"

他老婆说："他是不是怕死呀？"

三秃子说："他不是怕死是什么？"

"秃子，你说，人活一辈子不容易吧？"三杯酒下肚，连根爷爷的脸膛便红了。

"不容易，不容易。"三秃子把一块红烧肉放进嘴里，"嫂子，你这肉还真好吃呢。"

"三秃子，别一点儿正经没有，你那肉才好吃呢。"台阶婶嗔怪着剜了三秃子一眼。

"活着不容易，死了还得烧人家一把，秃子，你说这合理吗？"连根爷爷有点儿激动，胡子一翘翘的，跟喜鹊尾巴似的，"你叔不怕死，毛主席他老人家都得死，你叔还怕死？可一想到死了还得被烧成灰，这心里就火烧火燎的，难受呀。"

"叔，你死不了，你这身子骨硬着呢。"三秃子喝着二锅头，吃着大肥肉，嘴里发出吧唧吧唧的声音。

"人家那寿衣做得好好的，就一把火给人家烧了，人家那寿材厚厚实实的，还不让人家用，这叫什么事儿？"说着说着，连根爷爷就有点儿伤心，"从老辈子算，你说谁死了，人家不是穿得板板正正的，那叫入土为安呀。可轮到我了，就一把火给烧了。"

"叔，你死不了，你这身子骨硬着呢。"三秃子热了，把棉袄脱下来，扔到一边。

"秃子，你说叔做过什么缺德事儿呀，死了还让人家烧一把，还是第一个挨烧。"连根爷爷说到伤心处，泪便流下来，沿着皱巴巴的脸皮子，吧嗒吧嗒落在酒盅里。

"叔，你死不了，你这身子骨……"

三秃子还没说完，连根爷爷一把攥住了他的手："秃子呀，秃子呀，叔不想死了还让人家烧一把，你是支书，你跟人家上面说说。叔从小就没了娘，叔这辈子活得难呀，叔从小就给人家，烧咱一把，秃子呀秃子……"

连根爷爷的屁股挪了挪，两条腿竟然翻过来，他给三秃子跪下了。

这时候，三秃子正喝在兴头上，他一个劲儿地乐，眼珠子还不时地瞥一眼屋外的台阶婶。他觉得跟连根叔坐在一块儿喝酒，还真是有意思，也用不着板着脸，跟真事儿似的。他看到连根爷爷眼泪吧嗒吧嗒地落，就觉得这个老头子是糊涂了。过活得挺好的，为什么总要想那些一竿子撸不着的事儿，就是安徽侉子说准了，也并不像他老人家想的这么严重，死了死了，两眼一抹黑，管他刀剐还是火化，可他还是不停地说着："你死不了，你身子骨硬着呢。"可万没想到，连根爷爷一下子给他跪下了。三秃子吓得从炕上跳起来，他拽着连根爷爷胳膊让他坐回去，然后长喘一口气，他又感到事情有点儿严重。这酒是喝了，但他对老人家提出的事儿，可不敢大包大揽，上面的政策呀。要是有一天，他老人家真的不行了，他三秃子办不了这事，这心里……三秃子不敢想了。

于是，三秃子便借坡下驴，连说了三声："叔，哪天闲着，我去跟人家上面说说，呵，我去跟人家上面说说，呵……"跟哄小孩子似的。

连根爷爷攥着三秃子的手不放，一边落着眼泪，一边说："你可一定给叔说说，叔可不愿意当这第一个挨烧的人哪。"

瞅个空儿，三秃子谎说去撒尿，跳下炕，拍拍屁股，脚底下擦油，溜了。

眼瞅着，还有个半月，年就到了。天变得更加清冷，落了一场雪后，街上的老人更少了。这一天上午，坐在墙根底下的，只有连根爷爷一个人。他刚去过一趟支部，又没碰到三秃子，他知道三秃子是在躲他，他就在支部门口跳着脚骂了两句："狗日的三秃子，喝了我，吃了我，还躲着我，狗日的三秃子。"自从喝过酒后，他几乎天天都要去一趟支部，有两次把三秃子堵在了屋里。三秃子支支吾吾的，一会儿说正开着会，一会儿说这一阵子事多。他心里渐渐明白，三秃子根本没给他去找，他怕丢他的官呢。连根爷爷很气愤，见谁都骂："三秃子那狗日的不是东西。"连根爷爷骂道，"吃了我的，喝了我的，不给我办事，狗日的不是东西。"没过多长时间，整个村子里，没有人不知道三秃子喝了连根爷爷的酒。

人们见到三秃子，说："你这狗日的，喝了人家的酒，也不给人家办事。"

三秃子摇着头，满脸苦笑，一副有苦说不出来的样子。再看到连根爷爷撅嗒撅嗒的身影，就跟老鼠见了猫似的，哧溜躲起来了。

再说这一天，连根爷爷一个人坐在石碾上，揣着手，眼珠子盯着树上的雪挂，一动不动。他把灰毡帽上的两个耳扇子抹下来，但鼻子尖儿还是冻得通红，哈出的气儿，都在胡子上结了冰碴儿，他不停跺脚，他心里着急呀。离安徽侉子说的期限可是越来越近。三秃子那狗日的指望不上，但法子却不可以不想。连根爷爷跺着脚，把脚下的白雪跺成了湿泥。要说台阶叔出去打工也快回来了，但连根爷爷对台阶叔和台阶婶总是不放心，他觉得这两口子从来也没跟他交过心，他们俩也不会因为他而做出什么惊天动地的事儿。这时候，连根爷爷猛地想到他孙子青松，他觉得那小子有骨气，倔，硬，从小不怕天不怕地，跟别的孩子打起架，都敢跟人拼命。连根爷爷一拍大腿，眼珠子变得越来越亮。

第二天，正逢镇上赶大集。连根爷爷换上他那身新衣服，但想一想，又把那双新靴子脱了下来，因为刚下过雪，路上黏糊糊的，这么走一趟，新靴子还不变成旧靴子。这一天天气不错，太阳像个蛋黄似的，挂在瓦蓝瓦蓝的天上，三秃子怎么说来，跟水洗过的一样，对，跟水洗过的一样。连根爷爷上路了，他揣着手，胳膊肘那地方挂着一个黑人造革提包，走一步，人造革提包便忽闪一下子，他的脖子又昂起来，下巴撅得老高，背驼了，但步子还算利落。他走在通往镇子的路上，身子还一拱一拱的，远处看，那样子像是一头壮年的小毛驴。

村子离镇子五里路，中间还隔着一个村子，叫豆腐营。路过豆腐营时，连根爷爷看到了一个他做梦都想看到的场面。那里正在举行一个葬礼，不过，这个葬礼有些特别，灵堂搭在大街上，连根爷爷一下就明白，这是一个屈死鬼呀。在平原上，只有屈死的人，灵堂才搭在街上，人们是不让屈死鬼进家门的。连根爷爷站在路边一打听，果然，是一个喝药死的妇女。一个满脸皱纹的老太太拿手绢抹着泪说："才三十五呀，脾气又好。"连根爷爷并不关心她的脾气好坏，但他面对这个老太太，还是露出满脸的惋惜。

"火化了没有？不说现在都得火化才行？"连根爷爷瞪着眼，胡子一撅一撅的，他想问的是这个。

"屈死鬼哪有火化的，死得不明不白，人家还留着做证据呢，人家又不是没有娘家。"老太太有点儿愤愤的。

"那就装进棺材，埋到地里了？"

"可不是咋的！"

老太太刚一说完，灵堂那边就传来了惊天动地的哭声。

连根爷爷摇摇头，嘴里嘟囔着："这年月，还比不上屈死鬼呢。"想想那些年，屈死鬼不但进不了家门，棺材都很少用，弄一领破席，卷巴卷巴，挖个窝儿，就埋了。如今，屈死鬼不但能躺在棺材里，入土为安，并且还能免遭一把火的厄运。想到这些，连根爷爷连连叹息。但连根爷爷转念一想，便又有些兴奋，看来，这上面的政策，也不是没有空子钻的。他想，只要青松那孩子撑住劲儿，趴在棺材上不起来，量也没人敢拿他怎么办，再说了，三秃子毕竟还是本家的侄子，他吃了我，喝了我，他还能把青松那孩子抓起来？连根爷爷越想，劲头儿越足，脚下的步子便利落了许多。

连根爷爷来到镇上，瞅一眼天，看时间还早，便蹲在学校院墙底下晒太阳。他知道院子里那电铃一响，就是下课了，他就可以进去找青松。出门的时候，他往兜里装了十块钱，他想等青松放学后，拉着青松去镇上的公家饭馆里吃一顿肉包子。公家饭馆里的肉包子，那才叫肉包子，香呀。连根爷爷蹲在院墙底下晒着太阳，想着香喷喷的肉包子。在他眼里，这赶集的人挤来挤去的，颜色却不曾变过，不是黑，就是红，不是紫，就是绿，像一幅画似的。连根爷爷不想买什么东西，他不想成为画里的人，他只想等着孙子青松下了课，领着他去吃肉包子。当然，肉包子虽说好吃，却不是最主要的。最主要的是他想跟青松说说话儿，青松十五岁了，应该能理解爷爷的苦衷。

那电铃总算是响了，连根爷爷直起身子，拍拍棉裤，走进学校的大门，他看到那学生娃子们吵着闹着，正撒着欢儿往外蹿，像是那满天飞着的红蜻蜓。他抻着脖子，瞅了半天，也没瞅到青松的影子。后来，他脖子酸了，便把目光拉回来，猛地发现几个小男孩正站在离他不远的地方，乐呵呵地看着他，他们叽叽喳喳的，那样子，如同看什么新鲜物件儿似的。这时候，一个小男孩喊道："你找谁？"

连根爷爷忙说："高青松，高青松啊。"

然后，那几个小男孩叽咕片刻，像是小鱼儿在水中吐出了一串串的泡泡。

"高青松……"接着，那声音如同长了腿似的蹿出去。

不一会儿，青松便站在连根爷爷的身边。他脸红彤彤的，有点儿忸怩。

"爷爷，你来这儿干什么？"

"青松，走，跟爷爷吃包子去。"

青松抬着脸愣了半天，说："我订了饭。"

"订了饭晚上再吃。"连根爷爷走上前，一把抓住青松的胳膊，那样子，像怕青松跑掉似的。于是，青松跟在连根爷爷身后，样子有些不太情愿地向公家饭馆走去。

包子真香呀。坐下后，青松高兴了，他盯着爷爷，他不知道爷爷为什么叫他来这里吃包子，长这么大，这可是头一次。青松几口就吃完一个肉包子，可他看了看爷爷，爷爷手里拿着那个包子，并没吃多少，爷爷目光呆愣愣的，像是有什么心事。

"青松，爷爷没多长时间的活头了。"连根爷爷的情绪有点儿低沉。

青松知道爷爷让安徽侉子相面那事儿，他是听他娘说的。可他没当回事儿，他想那个安徽侉子纯粹是胡说八道。

"爷爷不怕死，毛主席他老人家都得死，爷爷还怕死，爷爷不怕死。"连根爷爷的声音有点儿伤心。

"你身体好好的，净胡思乱想，你可别相信那些迷信。"青松似乎明白了点什么，他放慢吃包子的速度。

"青松，你听说火化那事儿了吧？"

青松点了点头。

"爷爷不愿意死了还让人家烧一把。"

"人家城里人都火化呢，火化有什么大不了。"青松的口气有点儿不屑。

"青松，你不能说城里人哪，人家城里人火化是人家没有地，人家城里人火化是人家愿意火化。可咱村里那荒滩野地有的是，爷爷不愿意死了还让人家再烧成灰呀。爷爷一想到烧成灰，那心里就火烧火燎的。"连根爷爷说着说着，那干巴巴的眼皮子便禁不住又潮湿了。

"爷爷，我们老师讲了，人家说火化是一种科学的方法。你想想，死一个人，就占去一间屋子那么大块地，你想想，有多少间屋子……"

"青松，爷爷不愿意听这些大道理，爷爷只是不愿意死了再让人家烧一把。"

"你身体好好的，净胡思乱想。"

"青松，爷爷真的没多长时间活头了，爷爷要是死了……"

"你死不了，你身体好好的，净胡思乱想。"

青松不想再听爷爷唠叨，他站起来，抹抹嘴说："我吃饱了，你慢慢吃吧，我上课去了。"说完，青松一拍屁股，走了。

连根爷爷瞅着盘里的肉包子，一点儿胃口都没有。他看到孙子青松晃了晃身子，便消失在人群里。他越想心里便越不是滋味，他们都大了，他们都大了就不愿意听一个老头子唠叨。连根爷爷想着想着，禁不住呜呜地哭起来。阳光透过油渍麻花的窗玻璃，射进屋里，落在连根爷爷的脸上，两行眼泪一跳一跳地，从他那纵横交错的皱纹间闪着光泽。那一天，在公家饭馆里吃饭的人们看到了一个背稍有点驼，戴着一顶灰毡帽，穿着一件新对襟黑棉袄的老头，守着一盘肉包子，坐在那里哭，还不时地掏出一个黑乎乎的手绢擦眼泪。

日子就这样一天接一天地往前赶。连根爷爷从集上回来后，心里突然有了底儿似的，他不再撅嗒着身子跑支部了。见了谁，也不再骂三秃子那个狗日的。他又开始坐在石碾上晒太阳，不过人们发现，连根爷爷像是又老了一些，他揣着手，把下巴往脖领子里一缩，两眼一闭，就是一天。就这样，年也过了，十五也过了。人们开始忙地里的麦子，撒肥，浇水，每天都有干不完的活儿。

这一天中午，台阶婶在地里撒完化肥，回到家来，正准备做饭。她猛地听到连根爷爷的屋子里发出呜呜的声音。台阶婶不放心，进屋一看，吓傻了眼。连根爷爷横躺在炕上，嘴上、胡子上、身上，白花花一片，全是白沫，她看到屋子的地上，有一瓶"乐果"歪在那里。

连根爷爷喝药了。

台阶婶都不知道自己怎么跑出去的。后来人们想起来，说台阶婶跑出胡同的样子，就像电视上演的袋鼠一样。

三秃子开着一辆农用汽车，把连根爷爷拉到镇卫生院，医院里忙活了一下午，又是洗肠子，又是打吊瓶，总算把连根爷爷救了过来。

一下子来了半村子人。此时，憋了一下午的台阶婶，站在卫生院的大院里，跳着脚骂起街来。一边骂一边哭。

"一大把年纪了，没出息，死就死呗，想死还给小人们留个长尾巴，不知道的，人家还指不定猜他怎么受虐待呢。"

呜呜呜，台阶婶哭得昏天黑地。

"青松都这么大了，将来找个媳妇，人家能不挑咱这个过节儿。这是救了过来，要是死了，你说咱可怎么活。"

呜呜呜。

台阶叔耷拉着脑袋，哭丧着脸，坐在卫生院的水泥台阶上，两只脚上还沾满泥水，刚才他还在地里浇着地呢，他是随后跑来的。

连根爷爷出院的那天，麻三奶奶过世了，人们都去那边忙活，把连根爷爷出院这事儿给忘掉了。台阶叔赶着马车，刚一进村，连根爷爷便从车里坐起来。连根爷爷脸色蜡黄，身子看上去很虚弱。他歪着耳朵听了半天，就问："台阶，谁死了？"

台阶叔阴着脸，没好气地说："你管人家谁死？你死不了就行呗。"

后来，连根爷爷知道是麻三奶奶过世了，便坐在炕上摇了半天头。

再后来，连根爷爷又开始一大早起来，从村东转到村西，从大寺庙转到三棵树，他的背驼得更加厉害，但这并不妨碍他背着粪筐拿着粪叉子，捡粪团儿。

麻三奶奶成为我们村第一个被火化的人，这事儿大家都知道。

（原载《天涯》2001年第3期）

给马兰姑姑押车

冬天的乡村，天空总是瓦蓝瓦蓝的。阳光铺洒下来，显得特别清凉。池塘早已被厚厚的冰封死了，正是孩子们滑冰车的好时候。孩子们嗷嗷地叫喊着，冰车急速向前冲刺，不时有孩子摔倒在冰面上，引来其他孩子的一阵阵笑声。跟孩子们相比，大人倒清闲多了，他们揣着手，嘴里叼着自卷的大炮烟，轻轻地跺着脚。但并不是每个人都这么清闲。这时候，正是村子里婚嫁最为频繁的时节。谁家摊上这样的事，谁家便忙得不可开交。

红兵正是在这个时候听到了马兰姑姑要出嫁的消息。

当时，红兵正和他弟弟红星，还有石头、青松等一大帮孩子在池塘里滑冰车。红星跟青松撞到了一块。青松打了他一拳。红兵不愿意了，他走过去，一脚踢翻了青松的冰车。虽然红兵跟青松是同一年生的，都是九岁，但却比青松高出半个脑袋，青松有点怕红兵。红兵正想再跟上一脚，把青松踹趴在冰面上，却猛地听到石头他们发出一阵哄笑。红兵顺着石头的目光看去，看到马二奶奶正从地上爬起来。原来是马二奶奶跌了一跤。马二奶奶拍打着身上的土，朝这边骂了一句，便又颠颠地朝南街走去。马二奶奶是一双小脚，体格胖，又穿着一件厚厚的黑棉袄，她走得又急又快，身子一扭一扭的，胳膊不停地向后拽悠着，那样子看上去就像一个慢慢向前滚动着的大皮球，很滑稽。孩子们又是嗷嗷的一阵哄笑。

石头回过头，神秘兮兮地跟红兵说："她那个漂亮闺女快走了，她能不着急吗？"

"快走了，往哪里走？"

"那个马兰，快给人家做媳妇去了。"

红兵这才明白过来。马兰姑姑要出嫁。红兵心里猛地忽悠了一下子，心跳便快了许多，觉得自己喘气都有点困难了。

红兵站在冰上愣了片刻，再也没有心情滑冰车了。他喊了一声红星，该回家了。便提起冰车，朝岸边走去。弟弟显然还没有玩够，他好像没听到红兵喊他，他盘脚坐在冰车上，拿手中的铁棍一撑，冰车便向远处滑去。

红兵一个人回到家里，看到奶奶正把洗好的衣服晾在纤条上，水珠像一串串冰糖豆似的淌下来，闪着晶亮的光。地上湿了一片，奶奶跺了跺脚，她看到红兵一个人走进门来，便问道："红星呢，红星没回来？"

"马兰姑姑要出嫁了。"红兵说。红兵瞅着奶奶，那目光如同耙子一样，似乎想从奶奶的脸上捞着点什么。奶奶脸上的皱纹舒展开了。

"真的？哎呀，我得赶快把那块花布料给你马兰姑姑送过去。"

奶奶说着，便拐拉着小脚走进屋去。红兵把冰车扔到墙根底下。他看到两只麻雀飞过来，落在光秃秃的枣树枝上。红兵举起胳膊，使劲儿挥了挥。那两只麻雀便叽叽喳喳地飞走了。

奶奶从屋里走出来，手里多了一块花布料。那布料是黑底儿，花是大红的，碎花。奶奶说："红兵，过来帮奶奶个忙。"红兵走过去。奶奶让红兵攥住布料的两个角，轻轻一抖，那布料便展开了。红兵的眼睛被耀了一下。接着，红兵又闻到一股浓浓的樟脑球味儿。奶奶拿手抚摸着布料说："你看这布料，多鲜活，这还是你爹娶你娘的时候，人家送的呢。"不知道为什么，红兵一听奶奶说这话，脸便红了。红兵有些嫌弃奶奶唠叨，就把布料使劲抖搂了一下。布料差点从奶奶手中脱开。奶奶被吓得一哆嗦："慢着点，该死的。"

奶奶重新叠好布料，然后把布料紧紧地夹在胳肢窝里，说："我给你马兰姑姑送去。"

"我也去。"红兵说。

"你去干什么？又不是三岁两岁的孩子。"奶奶劈头盖脸地说。红兵只好眼睁睁地瞅着奶奶走出门。

红兵坐在清冷的院子里，心里有点没着没落的。红兵咬着牙，嘟着嘴，眼睛盯着一只咯咯乱叫的老母鸡，像是跟谁赌气似的。是不是马二奶奶要让别的孩子去？红兵摇了摇头。不会的，红兵想。让红兵给马兰姑姑押车，这可是马二奶奶亲口跟他和奶奶说的，并且不只说过一次呢。红兵记得清清楚楚。

奶奶会给小孩收魂。谁家的孩子受了惊吓，把魂儿吓跑了，晚上睡觉哭闹，白天没有精神，就叫奶奶去收魂。一般收魂，都得等到天黑孩子睡实了以后。晚上天黑，奶奶为了有个伴儿，总是带上红兵。红兵在前面打着手电筒，奶奶在后面跟着。马二奶奶的小孙子经常被吓着。奶奶便带着红兵给马二奶奶的小孙子去收魂。马二奶奶见到红兵，便稀罕得不得了，摸着红兵的头说："你看这胖小子，长得多精神，等小兰子出嫁的时候，让这胖小子给她押车。"

马二奶奶的话，把红兵说得像吃了蜜糖似的，心里甜甜的。长这么大，红兵还没给别人押过车呢。去年，红兵看到石头给人家押车回来的样子，心里羡慕极了。石头穿着一身新衣服，红光满面地从车篷里钻出来，手里还大包小包地提着。红兵知道那包里是糖块和点心，便跑上前，说："石头，给块喜糖吃吧。"石头好像没看到红兵，躲过红兵便走远了。石头的身子一颠一颠的，嘴里还哼哼着歌。

自从马二奶奶说过这话以后，红兵就一直盼着能听到马兰姑姑出嫁的消息。今天终于听到了，不过，是从石头口里听到的。听石头的口气，马二奶奶并没有让他押车的意思。要是让石头押车，他早就跟红兵说了。可石头他爸是村里的会计呀。想起这些，红兵心里就火烧火燎的 。

写到这里，还是先说说押车是怎么回事吧。在鲁北平原，闺女出嫁，那可是一件很隆重的事情。都得要有娘家人去送的。一般都是三驾马车。当然，那时候村子里没有汽车，也没有拖拉机。实际上，三驾马车一字排开，用新席子或苇箔扎起拱形的篷子，六匹大马披彩挂红，行走在清晨的平原大道上，星星眨眼，铃声悠扬，也是蛮气派的。第一辆马车上坐的是二三位男客，一般是村支书和新娘本家的长辈。第二辆马车上坐的是新娘和两位女客，这两位女客一般是新娘的婶子和嫂子。而最后一驾马车则是拉新娘嫁妆的。在那个时候，姑娘的嫁妆通常是八铺八盖和两个大木箱子。马车前头放一个大箱子和四床铺盖，马车后头也放一个大箱子和四床铺盖，车厢中间，放的则是些茶壶、茶碗、暖瓶、果盘一类的东西，条件好的还陪送一台收音机或者缝纫机。而在这车上，是必须得有一个小男孩的。他坐在这些嫁妆中间，把这些嫁妆押到姑娘的婆婆家去，这就叫押车。押车，意思就是把这些嫁妆看好，不得丢失，当然，嫁妆都让绳子绑得结结实实，想掉都掉不下去。后来红兵才明白，人们让一个小男孩押车，完全是为了吉祥。当马车停在新郎家门口，人们一拥而上，解绳子的解绳子，扛东西的扛东西。这时候，小男孩的权力大了，把身子压在铺盖上不让解，或者两手抱住箱子，不让扛。怎么办？拿糖，拿点心，拿钱来，钱少了还不行。最后，糖有了，点心有了，钱也攥到手了，小男孩也就撒手不管了。并且，这个小男孩还像个小大人似的坐在上席，闹一顿好吃的不说，还不时得到那些外村人的夸奖，那脸面，风光得很。对于一个孩子来说，给新娘押车，那可是最肥的差事。

红兵当然不想错过这样的好差事。红兵坐在院子里，等着奶奶给马兰姑姑送布料回来。也许奶奶一回来，就会把好消息告诉红兵。

光秃秃的枣树枝上，麻雀飞走了一拨又一拨。纤条上晾着的衣服，也半天掉不下一滴水珠来了。太阳变得越来越鲜亮，几乎爬到了天的正中间。红兵坐不住了，站起来，走出院子。

红兵朝马二奶奶家走去，红兵的脚步很急促。红兵想停下来，可他发现，他已经无法让自己的脚停下来了。红兵看到马二奶奶家的大门是开着的，马兰姑姑穿着一件红棉袄，正把手里的高粱撒向围着她的那帮鸡鸭。鸡鸭叽叽嘎嘎地叫着，扇动着翅膀，上蹿下跳。马兰姑姑把一对大长辫子甩过来甩过去，不时拿脚踢向那些不老实的鸡鸭。

马兰姑姑看到红兵站在门口，便高兴地跑过来，她拉着红兵的手，走进屋里。

"放个屁的工夫你就跑来了，你不会在家里待一会儿。"奶奶训斥着红兵。

"咦，嫂子，你这是咋说话，孩子孩子，能关得住嘛。"马二奶奶拉着奶奶的手，两个人看上去亲热极了。

红兵靠着门框，两只眼睛紧盯着炕上摞了很高的新被子。那肯定是陪送给马兰姑姑的新铺盖，有红的，有绿的，有花的，鲜活得很。红兵想上去抚摸一下，红兵想听到马二奶奶能再重复一遍她原来说过的话。可马二奶奶就是不说。

马兰姑姑捧着一大捧花生往红兵兜里塞。红兵把一根指头衔在嘴唇上，忸怩着身子，说不要不要。马兰姑姑说要吧要吧。马兰姑姑当然不知道红兵想要的是什么，马兰姑姑的头发扫在红兵脸上。有一股香香的味儿。

这时候，奶奶直起身子，说："该走了，该走了，回家还得做饭呢。"

马二奶奶一直攥着奶奶的手，唠唠叨叨地说着客气话。红兵支棱着耳朵，盯着马二奶奶的嘴。一直来到大门外面，红兵也没听到有关押车的事。红兵一边向前走，一边不停地回头，看着马二奶奶和马兰姑姑满脸的笑容和挥动着的手，眼睛都红了。

红兵一下午都没有精神，一直待在院子里做一把木头宝剑。石头他们喊红兵去供销社门口弹琉琉球，红兵都没去。红星倒是跟着去了，可一会儿便哭哭啼啼地跑回家来，原来他的一个琉琉球被人家扔进了柴火堆，找不到了。红星说："红兵，你得给我报仇，走，咱们揍他去。"红星上来拉红兵的胳膊。红兵不耐烦地抖抖手，没理他。红兵谁都不爱理。他拿铅笔刀使劲儿削那根木棍，脚下面已经堆了好多木屑，它们像雪花似的白得耀眼。

马二奶奶是提着灯笼过来的。当时，红兵正坐在炕上搓棒子。棒子就是玉米，这里的人们都这么叫。搓棒子就是把干透了的棒子搓下粒子来。屋子里生着炉子，很暖和，所以马二奶奶一进门，先把一股冷风带进来。

"可冻死我了。"

马二奶奶一边跺脚，一边吹灭手里的灯笼。奶奶已经停下手里的活，正掰着炕沿找靴子。

"他婶子，快，快上炕暖和暖和。"奶奶说。马二奶奶也不客气，把灯笼放在柜子上，一挪屁股便把腿盘到了炕上。她伸手挨个摸了红兵和红星的后脑勺，说："你看这俩秃小子，怪喜人的。"

弟弟把脑袋像拨浪鼓似的晃了两下，他显然不喜欢马二奶奶那只冰凉干燥的手。可红兵就不一样了，自从马二奶奶一进门，红兵的心便悬起来。红兵马上意识到了什么，因此，一向不喜欢说话的红兵，这次竟然回头笑着喊了一声奶奶，把老太太开心得合不拢嘴。

奶奶说："是不是你那小孙子又吓着了？"

马二奶奶说："嫂子，这次可不是来找你的，这次是来找人家红兵的。"

红兵一听，肚子里立刻生出一眼清泉，一种甜甜的感觉像泉水似的在身上流淌四溢。

马二奶奶接着说："晌午时把这事给忘了说。"

奶奶说："啥事呀？你这么急慌。"

马二奶奶说："让红兵给他马兰姑姑押车呀。"

奶奶噢了一声。

一旁的红星猛地梗起脖子，他瞪着眼盯了马二奶奶片刻，似乎才明白过怎么回事来。

红星说："奶奶，你咋不让我去？"

马二奶奶没想到红星会这么说，一下子让红星问住了，不知怎样回答才好。马二奶奶让红星闷了个大红脸。

还是奶奶说："红兵是哥哥，排也得先排你哥哥呀。"

"对，对呀，"马二奶奶笑了，"应该是哥哥先去嘛。"

听马二奶奶这口气，如果她还有一个没出嫁的姑娘的话，她现在就答应红星了。可马二奶奶只有马兰一个女儿。

弟弟把嘴巴噘出去好长，他把棒子粒儿弄得哗啦啦直响。

红兵终于如愿以偿。可在等待马兰姑姑出嫁的日子里，红兵过得并不轻松。红兵的心如同被一根绳子揪着，紧巴得要命。在课堂上，听着听着老师讲课，魂儿不知什么时候便飞走了。有两次，红兵斜着眼盯着窗外，老师走到跟前，巴掌几乎落在脑门上了，红兵还没回过神来。

这样的日子真是难熬。每天早晨起来，红兵便问奶奶："奶奶，还有几天？"

奶奶光笑。奶奶做着手里的活，不时从老花镜后面露出眼睛来，瞅红兵一眼。奶奶撇着嘴说："我听你马二奶奶说，人家又不让你押了，人家让刘七家的黑头押。"

一说黑头，红兵笑了。红兵知道奶奶是跟他闹着玩儿，因为黑头是个傻瓜。

这一天上午，红兵看到马二奶奶家门口停着三辆马车。九成和三得正把一根根竹片打成弯儿，绑在马车上，他们脚下是几领苇箔。红兵想肯定是马兰姑姑出嫁的日子到了。

红兵撒腿便往家里跑。

奶奶正弯着腰拨拉簸箩里的小枣，把颜色变黑的拣出来。阳光落在火红的小枣上，把眼睛都弄疼了。

"奶奶，我看见九成和三得正在给马车扎篷子呢。"

奶奶直起身，嘴巴里还在不停地动着，奶奶吃的是那些变黑的小枣。奶奶拍拍肥大的黑布褂子，她没理红兵，而是径直走进里屋。她掀开挂在墙上的月份牌，然后转过身来说："总算是等到了，明天你就坐席去了。"

红兵一下子蹦起来。

奶奶嘘了一声，说："别跟你弟弟讲，明个一大早，悄没声儿地走了就行了。"

奶奶打开柜子，把红兵的新衣服拿出来。

一会儿，那件咖啡色的条绒褂子和那条海军蓝裤子便被挂在纤条上，这些都是红兵过年时候才穿的衣裳，如今，它们在阳光下散发着暖色的光泽，一股樟脑丸的气息钻进鼻子里，红兵使劲地打了个喷嚏。

果然，刚吃过晌午饭，马二奶奶便颠着小脚跑来了。她进门便塞给红兵两块糖，然后双手捧起红兵的脸蛋说："明天，咱可得起个大早了。"马二奶奶的手心冰凉，她嘴里的牙黄乎乎的，已经掉了好几颗，她一说话儿，有一股虾酱味儿便喷到红兵脸上。要是平时，红兵就早跑开了。可是今天，红兵却站在那里一动不动地傻笑着。

"嫂子，兰子她婆家远，明个起来得早，大冷的天，你可得给孩子穿上件厚棉衣，车上有褥子再搭搭，咱可别把孩子冻坏了。"

"他还能冻坏了？你看他那心盛劲儿吧。"奶奶直笑。

"对了，"马二奶奶又想起了什么事儿，"孩子，明天到了那边，咱可要压住被子，谁抱也不让他抱。他给你糖，你就让他抱一床；他给你点心，你就再让他抱一床。可别撒手太早。他给钱才行呢。"

马二奶奶比比画画的，像在戏台上演戏似的。

不过，马二奶奶刚走。奶奶便说："咱可不能使那样的傻劲儿，人家给你个十块八块的，你就让人家搬。"

奶奶她们说的这些话，红兵都听不进去了。红兵只盼着天快点黑。

说句笑人的话，那天夜里，红兵失眠了。那也许是红兵一生中头一次失眠。红兵躺在炕上，说什么都睡不着，先是听到爷爷的呼噜声，接着又听到奶奶磨牙的声音。炉口把墙壁映得红彤彤的，红兵盯着暗红的墙，一点儿困意都没有。后来，炉子上的铝壶发出吱吱的声音，那声音就像一首没完没了的歌，一直在红兵耳边唱着，唱着。

随着几声零星的狗叫，一串清晰的脚步声从胡同里掠过。奶奶发出一声深深的叹息，她从梦中醒来，接着一下子从被窝里坐起来，炉火映红了她的脊背，她那一对布袋似的乳房在阴影里晃荡了两下。奶奶看了眼黑洞洞的窗外，这才放松下来，开始不慌不忙地穿衣服。

"奶奶。"红兵躺在被窝里，轻轻地叫了一声。

奶奶一惊，回过头瞅着红兵说："醒了，你真厉害，没喊你就醒了。"

红兵想跟奶奶说我根本就没睡着，可又怕奶奶笑话他，说他没出息，便把话咽了下去。

这时候，爷爷也起来了。爷爷拉开电灯。爷爷说："嘿，这电灯真亮，刺得都睁不开眼。"那是村子里第一年用电灯，所以爷爷奶奶经常念叨这电灯多么亮多么亮，念叨得红兵耳朵眼里都长了茧。

红兵刚把新衣服穿上，新靴子还没来得及穿，外面就传来敲门声。爷爷提溜着裤腰带跑出去。不一会儿，爷爷和支书树青走进屋来。树青腋窝里夹着一把手电筒，一身中山装也穿得板板正正。他说："小子，咱今儿个多精神呀，你看这身衣服漂亮的。"爷爷从柜子里拿了一盒好烟，抽出一根递给树青，又给树青点上。

"你看把这个孩子高兴的，没喊他，他个人醒了。"奶奶又接着说，"树青，孩子交给你了，你可给我照管好。"

树青说："婶子，你尽管放心，要不让孩子吃得嘴唇放光，肚子里流油，那我树青这支书算是白干了。"

"对了，"支书树青说，"小子，咱可得压好了箱子，他不掏出五张'大团结'来，咱可不能撒手。听到了没有？"

支书树青朝红兵伸出一个巴掌，看他的样子，可不像是说着玩的。

东边的天空还没有丝毫要亮的痕迹。支书树青在前面打着手电筒，奶奶牵着红兵的手，在后面跟着。影子一会儿长一会儿短，有风吹过来，刚刚洗过的脸被扎得生疼。离马二奶奶家门口还有很远，就看到已经有很多人在忙活了。三辆马车早已一字排开，昏黄的电灯底下，人们一说话儿，便有一团白色的热气从嘴里喷出来，马二奶奶家的院子里热气腾腾，原来，马兰姑姑正吃马二奶奶给她下好的素馅饺子。马二奶奶递给马兰姑姑一双筷子，说："吃吧，兰子，吃了到人家里过日子肃静。"马兰姑姑拿起筷子，一个饺子只咬了一半，便哭了。先是一抽搭一抽搭的，后来全身也跟着抖起来。马兰姑姑身边围着一堆妇女，有的捂着嘴笑，有的张着嘴打哈欠，几个上了年纪的说："你看这孩子，大喜的日子，哭啥？好了好了，多吃两个。"这些人都是来送马兰姑姑上车的。可这时候的马兰姑姑，早已泣不成声，别说吃饺子，就是话也说不出来了。这让红兵很不理解，结婚是喜事，马兰姑姑为什么哭得这么痛心呢？

外面有男爷们儿喊："好了好了，上车了上车了。"

屋子里挤成团儿的妇女便嗡的一下散开了。人们让出一条道，两个穿着干净的女人扶着马兰姑姑向外走。马兰姑姑哭得更来劲了，她猛一回头，一耸身子，接着想往马二奶奶怀里扑，身边的人把她抱住了，后面的女人们紧跟着站成一堵墙，便把马兰姑姑和马二奶奶隔开了。马兰姑姑来到院子里，她的大红棉袄在灯光下特别鲜艳。透过人缝，红兵看到屋里只剩下马二奶奶一个人，她孤零零地站在那里，伸着脖子，两眼呆滞，两只手半举着，像是没处放似的。

这时候，人们都涌到街上，黑影幢幢，嘈杂声响成一片，村子里的狗也齐声叫起来，真像是给马兰姑姑送行。支书树青把红兵抱起来，推进最后面那辆马车里。奶奶扔给红兵一件棉大氅，让红兵穿上。赶这辆马车的是三得，他站在车头，手里攥着马缰绳。这时候，前边的马车已经动了，只见三得举起马鞭，在空中划了一下，便发出一声脆响。马车忽悠向前一冲，箱子上的铺盖也跟着晃悠了一下子，接着，马脖子上的铜铃铛便发出清脆的声音。三得紧跑两步，一下子跳上车头，他挪了两下屁股，便坐稳了。

夜色依然很浓。天上的星星挤成一团，不停地眨巴着眼睛。身后的村子里，公鸡开始了第一声啼鸣。

此时，红兵紧了好几天的心终于放松下来。寒风透过苇箔钻进车厢，钻进红兵的脖子里。红兵忙缩脖子，把身旁的一床褥子盖在腿上。也许是一宿没睡觉的原因，肚子里咕噜咕噜叫起来。红兵满脑子都是热气腾腾的大鱼大肉。人家说像这样的喜宴，都得上几十个盘子的好菜，想着这些，口水便滋地从牙缝里渗出来。红兵从兜里抠出一块糖来，剥开，塞进嘴里。渐渐地，身上暖和了。马蹄声和铃铛声有节奏地响着。不知不觉，红兵竟然睡着了。

这一觉可让红兵后悔了好长时间。红兵是在一阵鞭炮声中醒来的。抬起头，红兵看到天已大亮，外面围了很多人，那些半大小子们嗷嗷地叫着，还叽里咕噜地往一块儿挤。这些人红兵一个都不认识。赶马车的三得呢，支书树青呢，红兵心里一下子毛了。更让红兵难受的是，红兵发现车头的铺盖和箱子，不知道什么时候都让人家给弄走了。这时候，正有两个人在架后面的箱子。红兵的脑瓜子嗡一下就大了，红兵急得差点哭了。有一个留着两撇小胡子的男人爬上车，把红兵抱起来。这个小胡子长得像个日本鬼子，吓得红兵气都不敢喘。当他抱着红兵钻出车篷时，红兵看到太阳已经升到了半空。

人们都盯着红兵笑。他们的面孔都是陌生的。抱红兵的小胡子男人也咧着大嘴哈哈笑，他跟别人说："你们看这个小亲戚，睡得可真够瓷实，还没醒过盹来呢。"

后来红兵终于看到了三得和九成他们。他们正坐在屋里人模人样地喝茶，他们一看到红兵，就不怀好意地笑了。当然，有外人在场，他们没笑出声。

那个抱红兵下车的男人从后面跟进来，说："这个小亲戚，睡得可真够瓷实，我抱他下车的时候，他还没醒过盹来呢。"

一屋子人都哈哈地笑起来。红兵便忙低下头，觉得脸都丢尽了。说的那些糖、点心，还有钱，红兵一点儿也没捞到。本来打算得好好的，可现在什么都没有了。红兵心里难受极了。

那顿饭红兵都不知道是怎么吃的。他光记得在回家的路上，他们这个一句那个一句，都在挖苦他。

三得说："我回头一看，这小子竟歪着脖子还没睡醒，我还没来得及叫他，就让人家把缰绳接过去了。"

九成说："你要的糖呢，拿出来让大伙尝尝。押车的钱呢，拿出来让大伙看看。"

本来红兵心里就不好受，让他们七嘴八舌地一数叨，满肚子的委屈就憋不住了。红兵呜呜地哭起来，拿袄袖子不停地擦眼泪。后来，支书树青跳上了这辆马车，说："你们这帮王八蛋，逗弄个孩子干啥？"他把三得九成他们骂了一顿，又回过头来跟红兵说："红兵，该得到的那些，咱一份都不能少。"说着，支书树青便把糖和点心塞进红兵怀里，然后又举着那二十块钱，说："这钱，我可不能给你，我得到家交给你奶奶，你这个小拉拉蛋，送给你个媳妇你也得丢了。"大伙都笑了，可红兵的心里却一点想笑的意思都没有。

虽然支书树青把糖和点心塞进了红兵怀里，红兵也知道该得到的东西一点都没少，可红兵的心里，却再也高兴不起来。红兵隐隐地感觉到，这些令人向往的事情，结果并不是都那么令人高兴。红兵似乎明白了马兰姑姑为什么在这样的日子里失声痛哭。红兵坐在马车上，盯着冬日阳光下暗绿色的麦田，猛地觉得自己长大了不少。

（原载《天涯》2002 年第 3 期）

大路朝天

　　高芦花睁开眼睛，看到窗户那里一片灰白，接着，她
听到外面传来一声鸡鸣。她一骨碌身打被窝里爬起来，一
边穿着衣服，一边伸手推了推睡在她左边的孙美静，喊道：
"孙美静，该起来上早自习去了。"孙美静哼哼两声，从
被窝里伸出一只小手，在空中抓挠了两下。高芦花又伸出右手去推右边的
孙二九，这一下却推空了，右手被闪了一下，身子也随着歪了。高芦花的
右手压在被子上，她仔细一看，被子还是她晚上铺时的模样。孙二九根本
就没有回来。

　　高芦花紧了紧眉头，她坐在黑乎乎的屋子里愣了片刻，然后跳下炕，抖
搂着衣服走出去。

　　高芦花先是挑了一挑子水，又把猪食温在锅里，然后抄起扫帚来扫院子。
太阳虽然还没有升起来，但鸡鸭的叫声开始变得响亮。晨雾依然浓厚，却挡
不住那几只猪崽吱吱的叫声。高芦花听到猪崽们的叫声，心里便涌起一种幸
福感。它们该出圈了，一共七头，全是白色的。前几天，高芦花把它们从那
头母猪的大圈里抱出来，放进羊圈里，因为那头母猪又有了发情的迹象。高
芦花只好把羊牵出来，拴在院子里的枣树下面。

　　今天是镇上的大集，高芦花要去赶集卖猪崽儿。昨天下午，高芦花就把
两个筐子绑在自行车两侧。高芦花想卖掉其中的六头，留下一头自己养着。
高芦花把猪食舀进桶里，来到羊圈跟前，先喂上那几只猪崽。那头母猪肯定
闻到了香味，它吱吱地叫着，在圈里上蹿下跳。高芦花又提着桶来到母猪的

跟前。母猪两只前蹄抠着圈墙，竖起了肥胖的身子。隔着圈墙，高芦花拿舀子敲一下母猪的脑袋，骂道："跟狗日的孙二九一个德行，好吃懒做。"

喂上猪后，高芦花又重新回到屋里。屋里还是灰乎乎的，她看到孙美静还没有起来，就又推了推孙美静的身子，说道："孙美静，快起来，跟娘把猪崽抱进筐。你还得去上早自习呢。"

孙美静哼哼着，样子十分艰难地爬起来。她闭着眼睛，晃悠几下身子，又趴在被窝上半天没动。她刚刚十岁，在村子小学里上三年级，她瘦瘦的身子趴在那里，像一只趴在荷叶上的小青蛙。

高芦花说："孙美静，起来，你想想你姐姐，人家在镇上的工厂里，这个点早就爬起来做工了。"

孙美静终于开始穿衣服。她一边穿着，一边嘟囔了一句："人家孙美秀可是拿工资的。"

孙美静站在羊圈旁，扶着自行车，还在不停地打着哈欠。晨雾散去了许多，东边的天空开始出现淡淡的红色。高芦花正弓着身子抓猪崽。小猪崽吱吱地叫着，绕着羊圈转来转去，它们的蹄子上沾满粪便，白色的小尾巴像只大虫子似的卷着。高芦花一头头地把它们抱起来，扔进筐里，拿纱网罩上，又让孙美静攥好纱网。直到羊圈里剩下一头猪崽的时候，高芦花才站直身子，长喘一口气，她的手上衣服上沾满猪粪和猪食，几缕头发耷拉下来，遮住了她的眼睛。

孙美静站在自行车旁，一只手揣进裤兜里，一只手攥着纱网，她盯着她母亲高芦花身上的猪粪，突然说道："我爹是不是又一宿没回来？"高芦花眨巴眨巴眼睛，撇了撇嘴，她扫了孙美静一眼，扬着脖子朝着天说："管他干吗？他死到外面才好呢。"孙美静说："可是他死不了，他这么一宿宿地打麻将玩钱，到最后还不得把咱俩都卖了。"孙美静小嘴叭叭直响，她盯着高芦花说："你得想个办法，你不能光这么宠着他，他又不是你儿子。"高芦花一听"儿子"两字，便长叹一口气，心想，要是有个儿子，也许事情就不会这样了。

高芦花长得高大粗壮，尤其是那腚盘，圆得跟一盘小磨似的，她站在孙二九面前，不论是个头还是腰身，都要比孙二九大出来一圈。有人戏称他俩是蚂蚱配蚂蚱，公的小母的大。但高芦花的大腚盘，并没有给孙二九带来快乐。

她给孙二九生了两个丫头，这让孙二九在村里人面前很抬不起头来。开始的时候，孙二九还抱着一种幻想，但高芦花让人家摁着脖子拉进医院挨了一刀后，孙二九的脑袋一年拉，立刻变成了霜打的茄子。刚才孙美静的一番话，让她心里很不是滋味，她一边捆着筐子上的纱网，一边对孙美静说："好了，孙美静，你该上早自习去了。娘去赶集卖猪崽，你放学回来再喂一喂猪。"

孙美静答应一声，便蹦跶着走了。

高芦花把自行车靠墙支好，看到跟在她身后叽嘎乱叫的鸡和鸭子，还有那只绕着树转圈的老山羊，又想起这帮畜生还饿着肚子呢。她噔噔跑进屋里，放下板子，又走进偏房掰了一些白菜帮子，剁起菜帮来。剁完菜帮，她又小跑似的蹿进里屋，从缸里挖出一瓢玉米面子，她走到哪里，那些鸡和鸭子就跟到哪里，它们歪着脖子，斜着眼睛，嘴里发出高低不同的叫声，那样子憨实极了。高芦花和好鸡食，把盆子蹲在院子中间，鸡和鸭子立刻围成一圈儿，把脖子扎进盆子里。高芦花直起腰，盯着啄食的鸡和鸭子，猛地觉得它们也蛮可爱的。她动了动嘴角，脸上舒展了许多。她正要进屋去，就听到门一响，只见孙二九摇晃着身子走进门。孙二九年拉着眼皮，看都没看高芦花一眼，他径直走进屋里，一摸锅盖，是凉的，就对着外面喊起来："饭呢，她娘的几点了还不做饭。"孙二九绕着屋子见没什么吃的，便骂骂咧咧地进里屋去了。

本来，高芦花是不准备做这顿饭了，就凭狗日的孙二九这态度，高芦花也不想做这顿饭。但她转念一想，一会儿孙美静下了早自习，回来吃啥？再说那头母猪和小猪崽还等着这顿泔水呢。高芦花又只好洗好地瓜，抱来柴火，烧开水，熬好一锅黏粥。等做好这一切，太阳已经升起来好高了，雾也散去了，街上不时地传来说话声。

高芦花走进里屋，发现孙二九身子歪在被褥上，已经睡着了。那呼噜声此起彼伏，节奏感很强。一线口水从孙二九的嘴角处淌下来，在清晨射进屋来的阳光中，闪着亮晶晶的光。盯着孙二九这张脸，高芦花浑身禁不住哆嗦了一下，她伸手抄起柜子上的一个酒瓶，真想砸过去，把那张脸砸个稀巴烂，可是她没有。她又把酒瓶放了回去，扭过头来的时候，她的眼圈已经红了。

河口镇离村子六七里路。自从村北铺上那条柏油马路，到镇上去赶集，方便多了。

高芦花骑着自行车，路过刘迷糊家的门口时，看到刘迷糊正站在他家门口剔牙。刘迷糊没事就站在他家门口剔牙。他家养了一头大公猪，站在门口剔牙，是看有没有人赶着母猪来他家配猪。

"去赶集，嫂子？"离老远，刘迷糊喊道。

高芦花说："去赶集，这几头猪崽崽该卖了，我去赶个集。"

高芦花说完，自己愣了一下，她立刻便后悔说去集上卖猪崽了。她看到刘迷糊已经朝她走过来，她只好停下车子。

刘迷糊捏着一根火柴棍，一边走着，一边剔着，还一边噗噗地朝外吐着什么，他走到高芦花的自行车前，伸出脖子来瞥了瞥筐内的猪崽，嘿嘿地笑起来："好家伙，还不少呢，你看我们家'大笨'，多厉害吧。""大笨"就是刘迷糊家的那头大公猪。刘迷糊一提他家的那头大公猪，就大笨大笨地叫个不停。

高芦花忙赔着笑脸，连说几个那是。

刘迷糊斜着眼，盯着高芦花说："嫂子，我刘迷糊可从没收过你的钱呀。"

"那是，那是，"高芦花拿手指理了理额头上的头发说，"兄弟，嫂子还能亏待了你。"

刘迷糊嗯了一声，又打了个饱嗝，然后把手伸出来，晃了两晃，说："走吧，赶快走吧。"

高芦花这才长舒一口气，心里就像拿了人家的东西似的。

刘迷糊四十来岁，光棍一条，他曾经买过一个四川女人，后来让人家跑了，也没给他留下个一儿半女的，所以他现在还是一个人过，陪伴他的就剩下那头模样很凶的"大笨"了。可是刘迷糊并不死心，他让高芦花给他找个媳妇。刘迷糊条件不高，用他自己的话说，不管丑的俊的，高的矮的，瘦的胖的，只要是个母的就行。高芦花每次来刘迷糊家配猪，总是答应得很好。不过高芦花并没把这事儿放心里，因为在她看来，他刘迷糊这副德行，人家谁愿意嫁给他。但是高芦花还是满口答应下来，因为这样，刘迷糊就不会收她的钱了。不过刘迷糊也不是吃素的，他的手会在高芦花身上占一些便宜，但说着闹着就过去了。高芦花并不在意，在她心里，让刘迷糊摸两把，总比掏个十块八块的钱要舒服得多。

高芦花来到集上，推着车子走进猪市，找了半天，才找到一个空地方。

她支好自行车，把筐子卸下来，还没等直起腰，一张白单子便甩在纱网上，接着传来一个粗硬的声音："五块五块。"把高芦花吓了一跳。高芦花抬起头，看到面前站着一个又黑又胖的大高个。他眼珠子瞪得大大的，喘气粗粗的。本来高芦花想辩解两句，不知咋的，却从裤兜里掏出钱来。大高个接过钱，话也没说一句，转身便走了。这让高芦花心里很不痛快。高芦花噘着嘴，蹲在两个筐子后边，呆呆地盯着来来往往的人。

不过，高芦花的不快很快就消失了。她没想到，她的猪崽卖得出奇地快。七八十块钱一头，太阳还没爬到正中间，六头猪崽便卖光了。高芦花不时地把唾沫吐在手指头上，笨笨地点着手里的票子。四百五十块呀。高芦花从早晨就皱着的眉头片刻间便舒展开了。她瞅了一眼头顶上的太阳，决定去找她的女儿孙美秀。孙美秀在镇上的电器厂做工，虽然三天两头地往家跑，但今天不一样，高芦花想把孙美秀喊出来，也像电视里演的一样，跟女儿坐在饭馆里，吃上顿肉包子。

高芦花来到电器厂门口，正是电器厂下班的时间，三三两两的女孩子说笑着从里面走出来。高芦花锁好自行车，走进大门。电器厂的院子很大，前前后后有好几排平房，高芦花一下子有点蒙，她扭着脖子站在那里愣了一会儿。看见一个女孩儿朝这边走来，高芦花上前便问："孙美秀在哪里？"那个女孩向后退了一步，皱着眉头看了眼高芦花，那样子如同对面是一摊臭狗屎。那姑娘摇摇头，拐了个弯，绕过高芦花去，走远了。高芦花嘟囔了一句，便又截住一个，没想到这个女孩很热情，她指着靠东边的头一排平房，说："就是第一个门。"

高芦花如同领了圣旨，几乎小跑着向那排平房走去。高芦花看到门是开着的，便弯了弯腰，先探进半个头。屋子很大，有几台机器摆在里面，显得很小。让高芦花没想到的是，她一眼就看到了孙美秀。孙美秀正坐在机器旁发呆呢。她两眼直直的，眼珠儿一动不动。

"孙美秀，孙美秀。"高芦花连喊了两声。孙美秀才转过头来，她一看站在门口的是母亲，便噌一下站起来。

"人家都买饭去了，你咋在这里傻坐着？"高芦花说。

"我不饿。"孙美秀声音低低的，垂着头站在那里，脸上也没有表情。

"傻孩子，整天做工，不吃饭哪行，人是铁饭是钢嘛。"

此时，高芦花已站在孙美秀面前，她伸出手，摸了摸孙美秀那头长发，比起孙美静来，高芦花更喜欢孙美秀，这孩子听话不说，长得也秀气。

"走，美秀，跟娘出去吃包子去，"说着，高芦花拉起孙美秀便往外走，一边走，一边不停地嘟囔着，"娘今天卖了六头猪崽，卖了四百五十块钱呢。"

高芦花拽着孙美秀走进一家饭馆。这家饭馆的门口撂着两排大笼，白色的热气呼呼地从里面喷出来，那包子的香味儿四处乱窜。高芦花一边走着，一边不停地咂摸嘴唇儿。进到饭馆里面，还没等屁股贴在板凳上，高芦花就急急地喊道："给俺来一斤包子，要肉的。"还没等人家回应，高芦花又喊了一声，"再来两碗西红柿鸡蛋汤。"

只听到那个穿着脏乎乎白褂子的胖姑娘说一声好哩，高芦花才放下心来，她扭过头，看到坐在圆桌对面的孙美秀还是皱着眉头，一副不开心的模样。

"孙美秀，你咋了？哪儿不舒服？"高芦花有些担心地问道。

孙美秀一听母亲这话，竟然垂下头去。

这时候，包子上来了，热气腾腾的两大盘子。高芦花抓了一把筷子，扔给孙美秀两根，说："快，趁热快吃。"说着，高芦花夹起一个包子，使劲儿咬一口。她早晨没吃饭，现在饿了。

孙美秀突然抬起头说："娘，我不想在这里干了？"她声音低低的，几乎让包子的热气给顶了回去。

"什么，你说什么？"高芦花嘴上的动作慢下来。孙美秀的声音虽低，但她还是听到了。

"你说你不干了，你个傻孩子，净说傻话，电器厂是全镇数一数二的好单位，你不在这里干你去哪里干？"

"我在哪里干也不在这里干了。"孙美秀的口气似乎也硬起来，声音也大了。

高芦花心想，孩子上半年还在学校里学习，猛地一进工厂，才干了三个多月，肯定有什么不适应的地方，再过一段时间就好了。因此，高芦花根本没把孙美秀的话当回事儿，也没停下吃包子。她一边吃着，一边念叨着："你一句话说出来了，事情哪有这么简单，要不是你姨夫在县银行工作，面子大，你能在这里上班？想美事吧。再说，你今年也十六七岁了，过个三年二年的，也到了谈婚论嫁的年龄。就你爹那狗日的，他能攒下钱给你买嫁妆？我倒不指望用你那俩钱来养这个家，你平时节俭点儿，到时候别缺了钱花就行。"

说到这里，高芦花放下筷子，她也没心情吃了。她看到孙美秀连筷子都没动，就长叹一口气。她起身问人家要了个方便袋，把剩下的包子倒进去，递给孙美秀说："饿了热热吃，别吃凉的，女孩子家，容易攒下病根。"

孙美秀一直低着头，但她还是从母亲手里接过了包子。高芦花看到孙美秀眼前的那碗鸡蛋汤没动，便端起来，一口气喝光，然后抹一把嘴，说："该走了，家里还有好几张嘴哩。"

往外走时，高芦花想跟孙美秀说说他爹夜里又是一宿没回家，并且一大早回来还指狗骂鸡地发了顿火。但高芦花忍住了，没说，她觉得现在不能再跟孙美秀说这些不愉快的事情了，本来，孙美秀今天的样子就有些反常。

看着孙美秀走进电器厂的大门，高芦花这才放下心。她推着自行车，路过熟肉店的门口时，禁不住站在那里愣了半天，最后，她还是放下车子，走进熟肉店，买了一斤猪头肉。高芦花觉得，不管孙二九多么恶劣，自己今天还是赚了钱，她想让每一个人都分享一下她内心的喜悦，当然也包括孙二九。

高芦花回到家时，太阳已西斜。她一进门，就看到鸡鸭乱叫着，朝她扑过来，它们在她的脚下，扇动着翅膀，晃动着通红的冠子，高兴得就像孩子见了母亲。圈里那大小两头猪更如同挨了刀子似的吱吱叫唤。

高芦花一看眼前这阵势，就知道孙二九和孙美静谁都没替她喂这群畜生。她没来得及喘口气，便又是一通忙活。当她掀开锅盖，准备淘一桶泔水时，发现锅里已是空空荡荡。她早上煮好的半锅地瓜黏粥一滴也没剩下。

"狗日的还知道吃饭。"高芦花骂了一声。

高芦花走进里屋，发现孙二九还躺在炕上睡呢。他盖着被子，头朝炕里，呼噜声已不再那么激烈，绵绵的像小河流水，源源不断地从他的嘴里吐出来。

高芦花一掀被子，伸手便在孙二九的屁股上来了一巴掌。孙二九动了动脑袋，抹搭抹搭嘴唇，那眼皮使劲儿睁了半天，也没能睁开。高芦花接着又是一巴掌。高芦花感到自己的手被震得生疼，但孙二九像是没有知觉似的，这一次，他身子连动也没动，只是嘴里含糊地吐出几个字。

高芦花大声喊道："孙二九，你再不起来，我就拿火棍子戳你的屁眼了。"

"戳屁眼也不起来，我还没睡醒呢。"孙二九终于把字说清楚了，虽然他是闭着眼睛说的。

高芦花像只蚂蚁似的，在屋子里呼呼乱窜，她一边窜着，一边嘟囔个不停。

"孙二九呀孙二九，你那心是铁打的还是石头刻的，你在外边打麻将赌博一干就是一宿，你有功是吧。人家从一大早起来，那屁股还没沾过椅子边呢，你倒好，一睡就是一天，你说，咱这日子到底还过不过吧？"

高芦花摇着头，双手舞着，声音越说越大，她的头发乱了，衣服上沾着的猪食纷纷落在地上。突然，她一下子停住了，不说了，耳边传来一个声音，它舒缓又富有节奏感，荡漾在孙二九一鼓一瘪的腮帮子上。

高芦花猛地蹲下身子，歇斯底里地喊道："孙二九，你个狗日的，我还给你买了猪头肉，我他娘的剁碎了喂狗去。"

没想到，高芦花这一嗓子还真管用。孙二九的身上像装了弹簧似的，一下子从炕上弹起来。他瞪着大眼，说："别，别喂狗。"

高芦花一扭身子，走出屋去。

孙二九伸了个懒腰，又张开大口打了个哈欠。他扭过头，朝窗外眨巴眨巴眼睛，突然发现窗外一片火红色，他急忙揉了揉眼，再扭头看去，才发现那是太阳的颜色。

孙二九来到院子里，看到高芦花正站在羊圈里挥舞着铁锨，铲那些猪崽子留下的粪便。孙二九悠搭着身子，慢慢地踱到羊圈边上。他点上一根烟卷，伸出头去朝羊圈里瞥了一眼，说："就剩下一头了，都卖掉了是吧，卖了多少钱？"

高芦花低着头，把铁锨一下下插进猪粪里，然后再使劲儿甩出来。有两锨猪粪砸在孙二九脚上。孙二九退两步，甩甩鞋子，说："你慢着点儿。"

这时候，孙美静放学回来了。孙二九把烟头朝猪粪上一扔，他一下子跳进羊圈里，说："孙美静放学了，你去做饭吧，剩下的活我孙二九包了。"说着，孙二九从高芦花手里夺过铁锨。他伸出两只巴掌，噗噗吐了两口唾沫，然后把巴掌拍得啪啪直响。

高芦花没好气地说："早干什么去了，人家快挖完了你才放这个屁。"

孙二九朝着高芦花嘿嘿笑了两声，那样子如同一个孩子在母亲面前淘了气似的。高芦花噘着嘴，盯着西沉的太阳，胸脯急速地鼓了几鼓，才扭身走进屋去。

"饿了，这肚子里真的饿了。"孙二九甩了几锨猪粪，吃饭时说话口气便粗了许多，他左手攥成拳头，在右肩头上不停地捶打着，右手中的筷子把一块猪头肉塞进嘴里，然后放下筷子，端起酒盅来哧溜干了。高芦花和孙美静呼噜噜喝着稀饭，并不理他。孙二九也不在乎，他吃得高兴，喝得也高兴，嘴唇上油光闪亮，说起话来似乎也快了一些，他还用手比画着讲了一个笑话。笑话一讲完，他自己先哏哏地笑了一通。他看到高芦花和孙美静都没笑，便问道："你们咋不笑呢？"说完，他又笑了。

高芦花起身刷碗去了。孙二九对孙美静说："美静，将来你爹我有了钱，就把你送到外国去念书，去那个叫什么大，啊，加拿大。"说着，孙二九伸出手去，想摸一把孙美静的头发，没想到，那手在半路上让孙美静打到一边去了。孙美静狠狠地剜了他一眼，起身躲到一边去了。

孙二九稍稍打了个愣怔，接着便笑了。他的脸膛已变得通红。高芦花进屋来收拾桌子，他欠了欠身，在高芦花那小磨盘似的屁股上拍了拍，低声说道："今天我不出去了，我想陪你睡觉。"

孙二九几次把手伸进高芦花的被窝里，都让高芦花给推了出来，不过孙二九能够感觉出来，高芦花推他手的那劲头儿，却是一次比一次小。

当炕那面传出孙美静均匀沉静的呼吸时，孙二九撩开高芦花的被子，一下子便压在她的身上。孙二九就像一个刚学会游泳的孩子，在高芦花那宽阔而肥硕的胸脯上，用力地蹬着，踩着，划着。后来，孙二九听到高芦花在他身子下深深地吐了口长气。孙二九心想，好了，便瘫在高芦花身上，一动不动了。

高芦花累了一天，又让孙二九练了半天"狗刨"，很快就睡实了。

孙二九一个鲤鱼打挺，从被窝里爬起来，在黑暗中，他脸上露出了一丝微笑，他光着身子，踩着柜子，弓着腰，朝那个紫红色的大箱子走去。

高芦花双手掐腰，上牙齿咬着下牙齿，胸脯子一挺一挺的，她盯着正坐在八仙桌旁抽烟的孙二九说，孙二九，我的钱呢，我卖猪崽的那四百多块钱呢。

"我哪知道你的钱？"孙二九嘴唇上叼着的烟卷上下颤动了两下。

孙二九坐在椅子上，还是一副没睡醒的样子，他抹搭着眼皮，一只胳膊架在桌面上，一只手正在抠脚指头缝里的泥巴。

"是不是拿去赌钱了？你说，你是不是拿去赌钱了，你个该死的。"

高芦花使劲地晃悠着脑袋，像一个硕大的拨浪鼓，她越说越生气，一扭身子，一巴掌甩在孙二九脸上，只见孙二九嘴唇上叼着的烟卷儿像火箭一般飞出去，那火红的烟头划出一弯弧线，正好落在进屋来觅食的一只老母鸡身上，那只土黄色的老母鸡立刻腾空而起，旋起一团灰尘，叽叽嘎嘎地窜出门去。

"狗日的你敢打我？"

这一次，孙二九终于撩起了眼皮，但他的底气并不足，他只是撩了撩眼皮，拿两只血红的眼珠瞥一眼张牙舞爪的高芦花，接着他又慢腾腾地抬起一只手，摸了把被高芦花扇过的脸。

"你说呀，我的钱呢？你是不是都输光了？"

高芦花扑了上来，那姿势像极了一只母老虎，她一把薅住孙二九一团枯草似的头发，用力向后一拽，孙二九便从椅子上滚落下来。高芦花的巴掌劈头盖脸地拍下去。孙二九原本瘦小的身子骨立刻缩成一团儿，像只刺猬似的在高芦花的脚下滚来滚去。

"孙二九你不是人，人家累死累活地养头母猪容易吗？半年才抱了这么一窝猪崽儿，你一宿就给输光了你个狗日的。你说你能干什么，你猪都没去配过一次，你这个懒鬼。"

高芦花骂着骂着，手上的劲头儿便小了许多。也许她太伤心了，她一屁股坐在地上，两只巴掌一起一落，拍得地面啪啪响，她开始号啕大哭。她一边哭着，那嘴里还在不停地叨念着："老天爷呀，这日子没法过了，老天爷……"

孙二九从地上爬起来，他甩起袄袖子，拍了拍身上的土。他刚挺直腰板，便张开大口使劲打了个哈欠。然后他一边揉着被高芦花拍疼了的脖子，一边朝门外走去。

外面阳光很好，太阳已至中天，孙二九刚从黑咕隆咚的屋子里走出来，显然不太适应这么强烈的阳光。孙二九单手搭起"凉棚"，他看到几只麻雀从头顶飞过去。身后面，高芦花的哭声正在逐渐变弱。孙二九的鼻孔里禁不住哼了一声。他知道高芦花就是这点劲头儿，撒完泼就没事了。再说了，不就四百块钱嘛，将来我孙二九有了钱，他妈的我给你四千。女人嘛，孙二九的嘴唇轻轻抖动了一下。他后背起双手，又挺了挺腰杆，向前迈了一步。他觉得身子猛地高出了一截来，他突然想起来一句俗话，好男不跟女斗嘛，让女人打两下子没什么了不起。

孙二九走出大门，看到孙美静从远处蹦跶蹦跶地走过来，孙美静肩上挎着一个花布书包，她蹦跶一下，那书包便砸她屁股一下，她头发上那个大大的黄色蝴蝶结便颤悠一下。孙二九看到孙美静回来了，就知道现在已经是中午了。他抬头又瞅了眼头顶上的太阳，知道这顿午饭是没人给他做了，于是他朝孙美静招了招手。

"什么事，爹？"孙美静已经蹦跶到他面前了。

"孙美静，你快回屋里劝劝你娘，你娘生气了。你听到了吗？又哭了。"

"娘跟谁生气，她咋哭了？"孙美静接着就绷起嘴唇来。

"还不是鸡毛蒜皮的小事，你娘那脾气，你还不知道？你生着火，下点面条，荷包两个鸡蛋，你和你娘一人一个。"孙二九满口的慷慨。

"你呢？"

"别管我了，你就跟你娘说，我爹撵着猪出去了。"

孙二九手里扬着一根树枝，不时地在那头白母猪的屁股上捅一下子。那头白母猪哼哼着，两只大耳朵盖住了半张脸，嘴巴擦着地面，触碰着一些乱七八糟的东西，要是往日，它早就把它们吞进嘴里，嚼得咯吱咯吱乱响，可是今天，白母猪对食物并不感兴趣。它走几步便停下来，横着脖子吱吱地叫唤两声，它的那根小尾巴打着卷儿极不老实。孙二九很了解老母猪此时的心情，他知道它在想刘迷糊家那头青面獠牙的大公猪。孙二九拿树枝捅一下白母猪的屁股，他看到白母猪弓着腰向前蹿的样子，嘴角禁不住咧出一丝坏笑。

刘迷糊家住在村子的北头。再往北就是那条新铺的公路，大大小小的汽车一天不知道能过去多少辆，所以，这几年，沿着公路建起了不少饭店，十几个东北姑娘穿着鲜艳的衣服，站在门口向过路的司机打着下流的手势，有的司机便真的停下车来。孙二九经常站在地里，盯着那些花蝴蝶似的女孩子在公路上跑来跑去。

刘迷糊正站在门口剔牙缝，远远的，他看到孙二九撵着母猪走过来，脸便耷拉成丝瓜那么长。

"孙二九，你来得不是时候，我们家大笨今天心情不好。"刘迷糊抱着嘴巴子，说话那声音，就如同嘴里含着一颗热汤圆。

"玩蛋去，什么心情不好，又不是人，还心情不好，快快，快开门。"孙二九撺着猪就想往门里闯。

刘迷糊一横身子挡住大门，说："孙二九，咱丑话说到前头，你得先交钱，二十块钱。"说着，刘迷糊便伸出一只手。

孙二九一听，眼珠子瞪了起来，他嘴里哼啊地叫了两声，像一个鹅似的不停地探着脖子，说："刘迷糊呀刘迷糊，难道你真的犯了迷糊，配猪哪有先交钱的？要是配不中怎么办？"

刘迷糊翻了翻白眼，说："配不中再退给你。"

孙二九乐了，说："你真是个迷糊，你去北边公路上问问那些鸡去，她们倒是先收钱，你问问她们收了钱还会退给人家吗？"

刘迷糊横着脖子说："那我不管，你反正得先交钱。前天我看到你老婆卖猪崽去了，好嘛，一窝子八九个，她得卖多少钱。每次她来配猪，你问问，哪次我收过她的钱？"

孙二九说："那你为什么不收她的钱？你配中了，你就该收，你没收她的钱就是你的不对了，你还说。但你不能没配中就收钱。"

孙二九说完，突然看到刘迷糊的身子哆嗦了一下，像是让人点了穴，他绷得紧紧的身子也猛地软下来。就在刘迷糊发愣怔的一瞬间，孙二九举起树枝便在母猪的屁股上来了一下。那头母猪对刘迷糊家的院子心仪已久，接到孙二九的命令，一拱身子便蹿了进去，差点把刘迷糊拱翻在地。孙二九心中暗笑，他拍拍刘迷糊的肩膀头，便一脚跨进大门。

阳光猛地热烈起来，撒在刘迷糊家的屋檐上，发出哗哗的声音。两头猪已经在院子里追逐相戏，它们的嘴巴里发出欢快的声音。孙二九心情不错，他摸出一根烟来点上，想了想，又摸出一根来甩给了刘迷糊。烟在刘迷糊的手心里蹦了两下，还是掉在地上。刘迷糊弯腰拾起来，朝着烟嘴使劲儿吹了吹。

公猪的两只前蹄一搭在母猪的后背上，孙二九的心也随之放下来。这时，他听到肚子里咕咕叫了几声，便扭头对刘迷糊说："我吃点饭去，跟你吵吵了半天我还没吃饭呢，钱我不会少给你刘迷糊的，可猪你得给我配好了。"

孙二九吹着口哨，朝北边公路上的饭店走去。天蓝蓝的，有几朵白云就像棉花团似的悬在那里。再往北，便是大块大块的麦田，麦苗儿刚有一寸多高，它们在暖烘烘的秋风中抖动着身子。

离得很远，孙二九就闻到了飘过来的饭香味儿。它们打着旋儿地往孙二九的鼻子里钻。孙二九的嘴巴里像猛地生出无数的水泉，口水从牙缝间冒出来，咝咝作响。

孙二九来到"仙客来"饭店门口，他看到有两辆拉煤的大货车停在那里，这说明"仙客来"饭店的生意还是蛮不错的。因为他是从后面绕过来的，所以站在前出厦下面的那个东北小姐并没有看见他。秋天虽然深了，但那小姐依然身着一件黑色长裙，她那略显肥胖的身体把裙子撑得紧绷绷的。她肩头靠着水泥柱子，两眼向公路那边张望着，嘴里哼哼着一首叫什么爱的歌，一条腿还在不停地上下抖动。随着腿的抖动，那圆滚滚的屁股便越发惹人眼目。孙二九悄悄地走上前，猛地在那屁股上攥了一把，孙二九立刻感觉到，这小姐的屁股要比高芦花的暄软得多。那小姐回过头，斜着眼瞥了瞥孙二九。她上下打量了孙二九一番，也许她发现孙二九并不是她的目标，便又回过头去，那表情有些冷漠。孙二九站在那里，嘿嘿干笑了两声，说："你不认识我了，你怎么这么快就把我忘了？"那姑娘像是没听见似的，圆圆的屁股朝着孙二九，颤动得更加欢快。孙二九看到人家小姐不愿意理他，便撩开帘子走进饭店。

这家"仙客来"饭店是孙秋来开的。孙二九和孙秋来虽说不是同一个老爷爷，但也算得上是本家兄弟，所以孙二九一进门就诈唬上了。

"秋来呢，秋来在吗？"

秋来家的从柜台后面直起腰。秋来家的是个胖女人，又白又胖，那脸皮儿油光水滑，像是拿手指头一摁就能摁出水来的样子。她一看是孙二九站在眼前，先是一愣，接着满脸的笑容便挤成一团儿，说："这不是二九哥嘛，你找秋来？他今天去县城了，你找他有事？"

"我不找秋来，我饿了，我想吃点饭，"说着，孙二九一屁股坐在椅子上，"兄弟媳妇，有什么好吃的？"

秋来家的已经站在孙二九面前，她一边给孙二九斟着茶，一边说："哪有什么好吃的，近来生意不好做，有些东西也不敢进呀。"

孙二九一听，便听出秋来家的这话中有话，心想：你把我孙二九看成了什么人。想到这里，孙二九脸上就有点儿不高兴，说："兄弟媳妇，我孙二九可不是来白吃白喝的，我有钱。"

说着，孙二九把手伸进口袋，掏出三张十块的票子，用巴掌迅速地摁在了桌面上。

秋来家的立刻把脸笑成了桃花状，说："二九哥，你这是想到哪里去了，你能来我们仙客来，说明是瞧得起我们，你先喝茶。"

孙二九鼻子深处嗯了一声，他挺直腰板，当起了爷，说："给我来盘凉拌猪耳朵，加点黄瓜丝，啊，这秋天的黄瓜好吃，脆生，再给我来盘油炸花生米，酒嘛，一瓶孔府小地雷。"

秋来家的说一声好哩，便扯起嗓子喊跑堂的那个小丫头，翠儿翠儿地连喊了几声，才有一个穿红夹克的小女孩窜进来，拿走了秋来家的手里的单子。孙二九一看，便知道是个本地丫头，笨呆，一点儿风骚劲儿也没有。

孙二九呷一口茶，这才发现大堂里只坐了他一个人，便问道："兄弟媳妇，我看到那院子里停着两辆大卡车，那人呢，他们没在这里吃饭？"

秋来家的打一个喷嚏，然后捏着鼻子撸了撸，朝着水泥地甩了一把，说："人家是跑长途的，累了，在后面休息呢。"

孙二九斜着眼，朝后面的院子瞭了瞭，然后把目光拉回来，盯在秋来家的那高高的胸脯上，接着又是几声坏笑，把秋来家的盯得有些发蒙。这时候菜上来了，孙二九拧开那瓶小地雷，倒进茶碗里，很深地呷了一口，先是嘴唇很清晰地响了两声，接着喉咙里很浑厚地咕噜了两下，又轻轻晃了晃头，一副陶醉的样子。

秋来家的说："二九哥，你肯定是赚了大钱。"

"会赚的，会赚的。"孙二九猛点了点头，口里正嚼着猪耳朵，话说起来就有些含糊。

孙二九喝一口酒，吃一口菜，正来劲的时候，从后面走进一位小姐。孙二九一看她那身穿戴，便知道她是一个小姐。这小姐有点儿瘦，但长得比站在门口的那个中看，她正打着哈欠，一副蔫了吧唧的模样。孙二九心想，她肯定是刚跟那跑长途的司机接过火，你看她那副蔫样。想到这里，孙二九心里也有些火烧火燎的，那咽下去的酒便在心窝处聚成一个火团，于是孙二九欠了欠身，伸手攥住那小姐的胳膊，一把便把她拉到身边。那小姐使劲儿抖了抖胳膊，又向后退了一步，皱起眉头，盯着孙二九那头乱蓬蓬的头发和那身脏乎乎的衣服，样子有些厌嫌。

孙二九龇了龇牙，说："我有钱，我有钱。"说着，又把刚放进兜里的那三张十块的票子掏出来，这一次他是拍在桌面上的，声音虽然不大，但响当当的。

秋来家的提着裤子向外跑，看那样子是让尿憋急了，她那两片肥胖的屁股不停地颤悠着，那中间地带便颤悠出一个小旋涡来。

虽然孙二九把票子拍得啪啪响。但小姐的表情却很冷淡，这让孙二九有些生气，但更让他生气的是，这小姐竟然一扭身子想离开。孙二九伸手便揽住了小姐的一条大腿，小姐看上去瘦，但凭孙二九手上的感觉，还是蛮有肉的。孙二九趁机在她大腿的内侧抓了一把。孙二九拿另一只手拍了拍手边的一把椅子，说："小姐，你就陪我喝盅酒还不行？"

小姐说："陪酒是得收钱的。"

孙二九说："多少钱？"

小姐说："十块钱。"

孙二九仰起脖子便笑出声，说："不就是十块钱吗？"

孙二九拿两根手指头夹起一张十块的票子，轻轻地摁在小姐那边。小姐只好坐下来，但她的眉头并没有舒展开来。孙二九拿起酒瓶给小姐倒了半茶碗，推到小姐面前。接着，孙二九拿左手的大拇指和食指圈成一个圈儿，又伸出右手的食指，在那个圈儿里来回捅了两下，说："这个，多少钱？"

那小姐很生气的样子，把头扭向一边。孙二九一看烦了，说："你猪鼻子上插葱叶，装什么象，我问你干这个多少钱，难道你没听见？"

"你要想知道，那就告诉你，一百，行了吧。"小姐口气很硬。

"一百？太贵了吧这价，城里也就一百块，我们这穷乡僻壤，什么都便宜，难道这个就不便宜了？"

孙二九的脸膛红通通的，酒气已顶上来，他摇着头，叹一口气，说："这也难怪，配一头猪，还得收二十块钱呢。"

小姐一听这话，腾一下站起来，伸手便戳在孙二九的脑门上，大声说道："你这是怎么说话，你这么大年纪了，你这是怎么说话？"

孙二九觉得脸上有点疼，伸手便把小姐的手打下去了，说："我又不是说你，你着什么急。再说了，我就是来配猪的嘛。"

那小姐的身子一耸一耸的，挥着两手就往孙二九的身上扑。这时候，秋来家的已经跑进来，她胖胖的身子一下子挡在孙二九和小姐中间，说："有话好好说，有话好好说嘛。"

这里一吵吵，外面的那个胖小姐也跑进来，眨眼的工夫儿，穿红夹克的丫头，厨房里的厨子，在后面休息的司机，都哧溜哧溜地钻进来。那个瘦小姐一看人们围上来，便捂起脸，鼻子一抽答一抽答地跑出门去。孙二九一口痰啐在地上，说："我孙二九说什么了，这就是来配猪的嘛，我饿了才跑到这里吃饭。"

秋来家的说："算了算了，你二九哥是见过大世面的人，别跟这年轻的一般见识。"

厨子也走上前，拍拍孙二九的肩头，递上一根烟卷。孙二九把烟接了，夹在耳朵上，又回头大声说道："也不打听打听，我孙二九是什么人，惹烦了我，我拔光了你的毛。"

两个司机哈哈笑着走出门去，不一会儿，外面便传来汽车发动的声音。

秋来家的朝着厨子眨了眨眼，大声说道："再给二九哥炒盘鸡蛋来。"

孙二九已经坐在椅子上，他好像没听到秋来家的话。他说："我孙二九可不是好惹的。"

厨子和穿红夹克的丫头都退出去了，大堂里便只剩下孙二九和秋来家的两个人。

秋来家的晃着胖脸说："你是不是到刘迷糊家来配猪？"

孙二九说是。

秋来家的说："他收你多少钱？"

孙二九说："狗日的刘迷糊一点人情味儿都没有，张口就要二十块钱，你说这不是宰人嘛。"

秋来家的一听，就哏哏地笑起来。

孙二九呷一口酒，瞪着红眼珠子说："兄弟媳妇，你笑什么，这狗日的真的没点儿人情味儿。"

秋来家的说："你让嫂子来配呀，刘迷糊不收女人的钱。"

秋来家的说这话时，那眼神儿有些飘飘忽忽的。

孙二九端着酒杯的手停在半空中，他愣了一下，说："他为什么不收女人的钱？"

秋来家的又哏哏地笑了，说："二九哥，刘迷糊可不是个糊涂人哪。"说完，她颤悠着肥硕的屁股向后院走去。她听见厨子在后面喊她。

孙二九两眼一黑，脑袋嗡一下子响起来，他觉得他的脑袋变成了一个硕大的马蜂窝。他喘着粗气，打了个饱嗝，朝着秋来家的远去的大屁股说："我孙二九怎么就没想到呢？"

孙二九从饭店里出来时，太阳已经偏西大半截了。他歪着脖子，站在那里愣了一会儿，因为他看到天上有两个太阳，它们就像两个火球似的，不停地上下跳跃着，一会儿它在上面，一会儿另一个又跑到上面去了。孙二九使劲拍了自己脑袋一下子，那两个太阳才逐渐叠成一块儿。孙二九这才扭过头，沿着来时的路往回走，他一边走，一边打着酒嗝，脚下的路似乎总跟他过不去，有一次他被绊倒在地，跪在了那里，听到麦地里谁笑了一声，他扭过头，瞪着眼瞅了半天，才发现是一只白山羊。他有时候也停下来，拿手指着刘迷糊家的大门说："狗日的刘迷糊，给女人配猪不要钱，给我孙二九配就要二十块钱，狗日的刘迷糊。"

刘迷糊站在他家门口。孙二九一拐下公路，他就看到了。他看到孙二九像被一个人牵着的木偶似的，一会儿朝这边走走，一会儿朝那边歪歪，一会儿站在那里不动了，一会儿跪在地上半天不起来，那胳膊僵硬地挥动着，嘴巴里念念有词。刘迷糊先是嘿嘿地笑，接着是哈哈大笑，后来他弯着腰蹲在了地上，说："我老天爷哟，这个孙二九……"刘迷糊的泪花像火星似的溅出来。

孙二九站在刘迷糊面前，说："刘迷糊，你笑什么？"

刘迷糊立刻不笑了，他一兜嘴巴，拿双手抹一把脸，那表情像是换了一副面具似的，他咳了两声，伸出一个巴掌说："孙二九，钱哪？二十块钱，要不这猪你就别撵回去了，我们家大笨还挺喜欢它呢。"

孙二九瞪着一对血红的眼珠子说："狗日的刘迷糊，你还要钱，你跟高芦花要去吧。"

刘迷糊说："我不跟高芦花要，我跟你要。"

孙二九说："你为什么不跟高芦花要？你说，你为什么不跟高芦花要钱？高芦花来配过好几次了是吧，你不收她的钱是吧，你说，你为什么不收她的钱？你说。"

刘迷糊像个傻瓜似的张着大嘴，他支吾半天，也没支吾出个白菜豆腐来。他说是啊，我是没收高芦花的钱，我不是不想收高芦花的钱，我是不能收高芦花的钱……

孙二九一巴掌推开站在门口的刘迷糊，晃悠着身子走进门。刘迷糊家的院子里只有那头叫大笨的公猪。孙二九揉了好几次眼，也没找到他家的那头白母猪。

刘迷糊走过来说："别找了，高芦花已经把它赶回家去了。"

孙二九哇地叫了一声，像被抬上案板的猪似的，叫得惨痛，叫得撕心裂肺。他哭丧着脸说："高芦花又来过了是吧？"

刘迷糊点点头。

"你他娘的又没收她的钱是吧？"

刘迷糊梗着脖子，他的脑袋半天没动。

"我就知道你没收她的钱。"孙二九的身子晃悠得更厉害，那样子随时都有瘫下去的危险。他走出刘迷糊家的大门时，很响亮地啐出一口痰，不偏不正地啐到那块黑色的门板上。

高芦花和孙美静正在吃晚饭。她们的头顶上，那盏十五瓦的灯泡散发着昏黄的光，那光如同浑水似的笼罩着母女二人，而她们并未察觉。

孙美静说："娘，要不要喊一声我爹，一会儿饭就凉了。"

高芦花说："不喊，他中午让咱俩喝面汤，他倒好，把猪扔到刘迷糊家，跑到饭店里喝酒去了。"

孙美静说："他是不是赢了钱？"

"他要赢了钱，他还姓孙哪，他早就找不着北了，他那德行，能把筐吹成囤，能把芝麻说成西瓜，"说着说着，高芦花又差点哭了，她把碗往桌上一放，"娘卖了六头猪崽，他一宿就给输光了他个狗日的。"

这时候，孙二九的呼噜声从里屋传出来，一起一落的，像锤子似的砸在高芦花心坎上。

孙美静说："娘，我吃饱了，我该上晚自习去了。"孙美静背起书包，拿起手电筒，便走出门去，她立刻被淹没在黑暗之中。

高芦花收拾好桌子，进屋去拿针线簸箩。孙美静裢子上的口袋开线了，她想给她缝上。高芦花进屋拉亮电灯，猛地发现孙二九并不在炕上，她正发愣的时候，身后的门砰一声被关上了，把高芦花吓了一跳，她回过头，看到孙二九正靠门站着。孙二九右手攥着一把鸡毛掸子，左手伸开着，那鸡毛掸子在上面优雅而又有节奏地敲打着，他说："高芦花，你吃饱了是吧，你吃饱了我问你个问题。你去刘迷糊家配猪，他刘迷糊为什么不收你的钱？他刘迷糊可不是一个大方人。"

高芦花一听，脸腾一下子红了。高芦花心想，我为什么脸发烫？可她的脸红了。

孙二九说："我问你呢？刘迷糊为什么就不收你的钱？"

高芦花一听孙二九阴阳怪调的，就想到了那四百块钱，她说："你管得着吗？你还有脸管别人。"高芦花话音未落，就听到啪的一声，然后才觉到疼。她觉得有几十根针扎进她的肉里。

"你打我，你个狗日的还打我。"

高芦花怪叫一声，低着头朝着孙二九撞过去。孙二九一把拽住她的头发，说："别跟我撒泼，我只是问你，刘迷糊干吗就不收你的钱？你说呀，他干吗就不收你的钱？"

孙二九一边说着，一边提着高芦花的脑袋往墙上撞。

咚咚咚……

高芦花的脑袋跟个葫芦一样，发出一种空洞的声音。

孙二九说："你看，我本来没想打你，我孙二九不是那种打人的人，我就想问问他刘迷糊为什么不收你的钱。他配了你的猪，他怎么就不收你的钱？天底下还有这样的好事，我孙二九怎么碰不到呢？"

高芦花的身子有点发软，她像一团棉花似的被孙二九扔过来扔过去的。后来，孙二九把高芦花的脑袋夹在裆里，然后又抄起那把鸡毛掸子，一下一下地甩在高芦花的后背上屁股上，那声音噼噼啪啪，就好像敲打晒了一天的被子。

后来，高芦花躺在地下，不动了。她的鼻子里汩汩地往外冒着鼻血，头发在地上铺撒成一片。孙二九也累了。他坐在椅子上，点着一根烟卷。

"你还是说吧，"孙二九说，"这不是一个复杂的问题。"孙二九吐一个烟圈，那烟圈颤颤悠悠的，向电灯泡飘去，它越来越大，终于在灯泡附近散开了。

高芦花还是一动不动，她的裙子卷起一个角，露出一块黑乎乎的肚皮。孙二九抽了口烟，他把烟灰弹了弹，火红的烟头露出来。孙二九轻轻地摁在高芦花的黑肚皮上。先是吱啦一声，再有一团烧了猪毛似的腥臭气飘起来，接着是高芦花的一声惨叫。高芦花一挺身子站起来，捂着肚子就往外跑，一头撞在门板上。这一下，高芦花的身子真的像面条似的软下去了。

孙二九把烟头扔在地上，伸出脚去踩了踩。他站起来，把一根手指头放在高芦花的鼻子下面试了试，然后直起腰，说："哪有你这么较真的人，我只是问你个问题，你看你把自己搞成了这个样子。"

说着，孙二九弯下身子，把高芦花抱起来，扔到了炕上。高芦花身子重，把孙二九累得瞪着眼喘了好几口粗气，才算稳下神来。

高芦花不回答他的问题，这让孙二九非常失落。孙二九走出家门，沿着漆黑的胡同向南走。他听到几个孩子的说话声，他知道学生们下了晚自习，回家来了。不知道为什么，他害怕碰到他女儿孙美静，于是他把身子缩到一个墙角上。不一会儿，几道晃悠悠的手电光便消失在黑夜中。他闪出身子，点着一根烟，接着朝南走，虽然他没想去那个地方，但他的身子却不由自主地挪到了吴大个子家门口。站在吴大个子家门口，孙二九犹豫了，他伸手掏了掏衣兜。那里面只剩下零星的几块钱。中午在秋来家的饭馆里吃饭，那狗日的秋来家的一点都不顾情面，收了他二十三块钱。而兜里的这几块钱，是不能迈进吴大个子家门的。这个道理孙二九懂。孙二九只好绕着吴大个子家的房子转了两圈，他隐约能听到里面传出哗啦哗啦的声音，在孙二九的耳朵里，这声音如此迷人，也许这世界上再也没有如此动听的声音了。孙二九变得像只猴子，他两次蹦起来，掰着吴大个子家的墙头向里看。他看到吴大个子家的窗帘是绿色的，屋里射出来的灯光，柔和得如同贴了一张黄表纸。孙二九很惊讶，他想他几乎天天坐在吴大个子家的屋里，怎么就没看到他家的窗帘是绿色的呢？

孙二九揣着手向南走，他出了村子。深秋的天气有些冷了，风从东边吹来，挟裹着一股碱腥味儿，孙二九靠着一个草垛坐下来，他的前面是一个水塘，他听到水里不时传来汩汩冒水泡的声音。

　　孙二九想他最近的手气有点背。那天，他几次跟吴大个子和一张牌，可吴大个子坐的是他的上家。他想人的手气不能老是背，我孙二九肯定也有顺的时候，只是还没来到罢了。孙二九想到那花花绿绿的钞票，心便热了。

　　狗日的一只鸡，还敢骂我，等我孙二九有了钱，我他娘的耍死你。孙二九心里还在为中午的事情愤愤不平，还不是丢我孙二九的面子吗？这要是传出去，就跟我孙二九干了人家不给钱似的，我孙二九是那样的人吗？

　　还有那狗日的刘迷糊，竟然把屎盆子扣在我孙二九头上，等我有了钱，我非得把他那头"大笨"买过来，捅它一百刀子。

　　想了半天，孙二九还是觉得有钱好。有钱走遍天下，没钱寸步难行。孙二九觉得是这个理儿。

　　想到这里，孙二九躁动不安，眼前金星乱舞，他猛地就想到了他们家那头羊。是的，舍不得孩子打不到狼。是的，偷人家的羊那是犯法，牵自己家的羊谁管得着？至于高芦花，我自有办法去对付她的。孙二九已经从地上爬起来，他被一腔热血燃烧着推动着，撅嗒撅嗒地往回走。

　　高芦花觉得自己跌进了一个黑洞，那黑洞深不见底。高芦花像秋天的一片树叶似的，飘飘忽忽，旋转着向下坠去。可是那黑洞又如同一个巨大的旋涡，一团团冷飕飕的气流又不时地把她推上来。于是，她时而上升时而坠落，像一只掉进旋风眼里的麻雀。那各种各样的声音时近时远，一会儿万马奔腾，一会儿锣鼓齐鸣，一会儿如同电锯厂里的电锯一般发出刺耳的尖叫，它们像一根根竹签似的刺入她的脑袋。高芦花抱着脑袋，一股带着血腥味的气流从小肚子那里自下而上，直刺喉咙，随着一声嚎叫，她终于哭出声来。周围黑洞洞的，她不知道自己躺在哪里，她不知道刚才发生了什么事情，她也不知道自己哭了多长时间。

　　"娘，你咋了？"

　　这是孙美静的声音。

　　高芦花一下子清醒过来，立刻停住了口里发出的声音，说："孙美静，娘头疼，你给娘倒一碗水，拿一片止痛片来，药在你姐姐那屋的橱子上。”

孙美静应了一声，便走出去，外面射进来一团昏黄的灯光。不一会儿，孙美静端着水走进屋，她在黑乎乎的屋子里把药片放在高芦花手里，然后伸出手，想拉亮屋里的电灯。

“孙美静，别拉灯，娘怕亮，娘头疼得厉害，”说着，高芦花把药片放入口中，又接过水，一饮而尽，“好了，孙美静，娘先睡了，一会儿你困了，铺好被睡就是了。”

高芦花一歪头，躺了下去，她用被子捂住头和身子。

孙美静说：“吃饭的时候你还好好的，怎么一会工夫你就头疼了。”

孙美静又说：“我爹呢？他吃饭了没有？”

高芦花一概不理。她的身子一动不动，在黑乎乎的屋子里，她盖着被子的身体如同耸起的一座小山。

在被子下面，高芦花晕晕乎乎地决定，她将不再跟孙二九过下去了。这样的日子没法过。想到这里的时候，她的脑子里甚至浮现出刘迷糊的面孔，这张她一向并不在意的面孔，在现在看来，也要比孙二九强得多。在疼痛和懵懂之中，高芦花睡着了。这一觉她睡得很沉很沉。

高芦花在醒来之前，正做梦跟孙二九对着骂街。在梦中，孙二九站在一个高坡上，高芦花站在坡下，他们都一蹦老高，骂得很卖力气。孙二九还不时捡一块坷垃向她砸来。高芦花也不示弱，她捡更大的坷垃往坡上扔。最后，孙二九一块坷垃正好砸在高芦花肚子上，便把高芦花砸醒了。

高芦花一骨碌身爬起来，她的嘴里禁不住哎哟一声，她的肚皮一阵疼痛，像是被谁抽去一根筋似的。她掀开衣服，发现肚皮上有一个花生米大小的窝子，红红的肉皮上汪着一层黄水。

“狗日的孙二九。”高芦花骂了一句。刚骂完，突然外面传来孙二九的骂声。高芦花心里一惊，她蒙了一下，才意识到孙二九并不是骂她。她听到孙二九好像是站在他们家的房子上骂，因为孙二九骂完一句，屋顶上就咕咚响一声，显然，孙二九是在蹦着脚骂。孙二九这么卖力气地骂街并不多见。高芦花也觉得意外。她伸着脖子瞅一眼窗外，发现太阳不过刚刚升起。大清早的，孙二九犯了哪门子邪，高芦花心里纳闷儿。

“孙美静。”高芦花喊了一声孙美静。没想到孙美静真的站在屋外，她答应一声，跑进来。

高芦花说："你没去上早自习？"

孙美静说："咱家的羊让人家偷走了，我还上早自习。"

"什么？"高芦花就像让谁在后面踹了一脚似的从炕上滚下来，"这是要翻天了，这是要翻天了。"

孙美静说："我爹正在房顶上骂呢，你越骂，人家越不还你。"

高芦花也顾不上浑身的疼痛，她来到屋外，从缸里舀一舀子凉水倒进脸盆里，一下子把脸扎进去，又像鸭子那样使劲甩甩脑袋，发出一通扑棱扑棱的声音。

"孙美静，"高芦花高喊一声，"你看看，你姐姐那屋的橱子上还有创可贴没有？"

孙美静噔噔跑进屋去，说："还有一个。"

"给我拿来。"

高芦花拽过毛巾来抹了把脸，从孙美静手中接过创可贴，嚓嚓两下子撕开，撩起裙子来便贴在花生米大的小窝子上。贴完后，她拿巴掌轻轻拍了一下肚皮，然后咬了咬牙。

孙美静说："你这是咋弄的？"

高芦花说："让狗咬了一口。"说着，高芦花便往外走，一边走，还一边向后使劲撸两下头发。

孙美静在后面喊："人家让狗咬了得打狂犬疫苗，你贴创可贴不管用。"

高芦花头也没回，径直地跑到街上去了。

太阳从东边冉冉升起，万道霞光给村子披上一件金色的衣裳，结在树枝和柴垛上的薄霜正在渐渐融化，远处的公路如同一条灰色的绸带，汽车闪着银色的光芒在上面窜来窜去。孙二九骂着骂着，竟一时被这美丽的景色迷住了，也许是他很少有大清早站在房顶上的体验，所以他感到非常新鲜。他竟一时忘了骂街，他手搭凉棚，看到一辆小汽车像虫子似的从远处爬来，又像虫子似的在远处消失。

就在这时候，孙二九猛地听到街上传来高芦花的叫骂声，他低头一看，高芦花正站在光秃秃的老槐树下面，一手掐腰，一手举起来，一下一下地指戳着远处。

"谁偷俺的羊，谁不得好死，他腔上生疮，脸上流脓，大年三十跌跟头……"

高芦花骂一句，那脚尖便踮一下。

孙二九一看高芦花出来了，劲头也猛地提上来，他又开始站在房顶上蹦高。高芦花骂一句，孙二九也跟着骂一句，一个声高一个声低，一个粗一个细，他们配合得简直是天衣无缝。他们的情绪似乎感染了那些鸡鸭猪狗，它们叫的声音也要比往日嘹亮得多。他们和它们组成了一个庞大的乡村交响乐队，在大地上精彩地演奏着。

这时候，一个推着自行车的小伙子被眼前的景象惊呆了。他站在离老槐树不远的地方愣了片刻，才战战兢兢地走到高芦花身旁，问道："这位大婶，你可是孙美秀的母亲。"

高芦花一听孙美秀三字，眼睛立刻瞪起来，她上上下下把面前的小伙子打量一番，接着点了点头。

小伙子说："婶子，你赶快喊着你家大叔，到镇上去吧，孙美秀出事了。"

这一次，高芦花并没有发出尖叫声。她眼前一黑，就像一口袋粮食似的，扑通一声栽倒在老槐树下面。

与此同时，孙二九站在房顶上蹦了个高，在他蹦起来前，他还看到高芦花劲头十足地站在那里，可等他落下来，他突然发现高芦花趴在地上不动了。他这才看到那个站在那里发呆的小伙子。他想，难道这个小伙子会施魔法？要不，他就是一枪把高芦花崩了。

这时候，不知道谁从下边喊道："孙二九，你个狗日的，你家孙美秀在镇上出事了，你还不下来？"

孙美秀死了，是喝农药自杀的。电器厂打扫卫生的老头发现她的时候，她已经在车间后面的空地上死挺了。她那头漂亮的头发扎进土里，身子拱起来很高，怀里还抱着一瓶"乐果"。

孙二九和高芦花赶到电器厂时，孙美秀身上已经盖上了一床白色的床单。高芦花没走到跟前，身子便软下去，她像一条死狗似的躺在电器厂内干净的红砖地面上。孙二九想拉她一把，但感到无数的目光从各个角落集中在他身上，他犹豫了一下，并没有弯下腰去。孙二九似乎还没明白过来发生了什么事，在路上，他心里做了最坏的打算，但也不是眼前的样子，所以他的两条腿也在绞花，如同电视上那走狐步的模特似的。派出所所长老王是个大高个，他站在孙二九面前有种居高临下的感觉。他递给孙二九一根烟，又给他点上，然后带着他来到一间办公室里。办公室里有两个警察正在那里抽烟喝茶，他们让孙二九坐下来。

所长老王说："孙二九，你好好想想，这段时间，孙美秀有没有跟社会上一些不三不四的人来往？"

孙二九摇摇头。

所长老王说："孙二九，你再好好想想，最近，孙美秀有没有一些反常的地方，比如举止说话，等等。"

孙二九又摇了摇头。

所长老王说："孙二九，你是不知道呢还是孙美秀没有什么不一样的地方？"

孙二九说："我，我不知道。"

所长老王一巴掌拍在桌子上，说："孙二九，你这个爹是怎么当的，实话告诉你，孙美秀已经怀孕两个多月了。"

孙二九还想说句什么，可他的两片嘴唇哆嗦得就像脱粒机上的麦粒一样，他根本无法把字吐出来。

那个瘦点的警察说："好了，现场我们勘查过了，孙美秀系自杀，其他事情王所长也跟你交代了，反正事情就是这样，你赶快处理后事吧。"

孙二九瘫坐在椅子上，半天没抬起头。他掏了掏口袋。卖羊的那二百块钱还热乎乎的躺在那里。昨天夜里，他跑了四五里路把羊卖给了杏黄屯的黄屠夫。本来，他是准备用这钱来生财的，没想到竟这样派上用场。虽然孙美秀还是一个孩子，但也成人了，得有一口棺材呀，孙二九想。

处理完孙美秀的后事，天猛地冷了许多。冷静下来，高芦花才意识到事情不对，她突然想起那天她去镇上卖猪崽，中午跟孙美秀在一块儿吃包子时，孙美秀那反常的样子。孙美秀为什么一个劲儿地说她不想在电器厂干了呢？肯定是厂里有人欺负她。一个十六七岁的孩子，碰到这种事，她能跟谁讲呀？高芦花后悔自己的粗心大意，想到这里，她心如刀割。

高芦花把这些事儿一五一十地跟孙二九讲了。孙二九听完，一巴掌掴在高芦花脸上，说："狗日的，你咋不早说，我就知道电器厂里没什么好东西。"

高芦花摸着被孙二九打疼的脸说："你打我干吗？"

"打得轻，都是你，托关系找门子，好嘛，把孩子送进了这么个贼窝，那个厂长孔胖子是个好色之徒，全镇谁不知道？"孙二九说，"不行，我得找那些家伙们算账去，孙美秀才十七岁，死得这么冤，她不能白死呀。"

说完，孙二九走进偏房，提出一把锈迹斑斑的斧头。

他开始蹲在石头旁磨斧头。

天已经很冷了。孙二九的几根手指头被冻得像胡萝卜似的，他不时地撩一些水，撒在石头上，那红酽的锈水沿着他的鞋子流出去很远。孙二九磨得很仔细，他不时地拿指甲盖放在斧刃上蹭一下。那斧头逐渐变得光滑明亮。

高芦花说："磨斧头干什么？"

孙二九说："你别管。"

高芦花说："你可不能做傻事，孙美秀她命苦，她已经走了，她再也回不来了，你要是再有个三长两短，这个家就算完了。"说完，高芦花就哭了。

孙美静在旁边说："你光知道哭，让他磨，他有种，把电器厂那些王八蛋一个一个劈了。"

孙二九把锃亮的斧头掖进怀里。他踏上自行车，便朝河口镇的方向骑去。他的身后是一线黄色的尘土。

高芦花追出门来时，孙二九已经骑远了。高芦花一屁股坐在地上，嘴里便发出狼似的叫声。

孙美静说："娘，你不用担心，我爹他不会杀人，他杀只鸡都不敢，他还杀人？他有那个种吗？"

高芦花刚叫了一声，便戛然而止。她觉得孙美静说得一点不错。于是她从地上爬起来，拍了拍屁股上的土，开始回过头来看孙美静，她突然发现孙美静的眼睛里有一种很亮的东西，那东西就像刀片似的在她的身上划了一下。高芦花禁不住一阵战栗。

孙二九来到电器厂门口，骑着车子就往里头闯。门卫在后面喊了一声："你找谁？"孙二九说："我找狗日的孔胖子。"门卫当时就愣在那里，他从没听到一个人这么放肆地喊过他们厂长，所以他一时没法分辨出来人到底是厂长的朋友还是厂长的敌人。当他明白过来时，孙二九已经骑进去好远了。

接待孙二九的是一个瘦子，他笑眯眯地为孙二九倒茶递烟，说："你就是孙美秀的父亲？"

孙二九嗯了一声，说："我想见孔胖子。"

瘦子笑着说："孔厂长他不在，他到外地考察去了。"

孙二九说："他不是不在，他是不想见我，他是不敢见我。"

那瘦子说："老孙啊，你别着急，有什么事，跟我说就行。"

孙二九说："你是哪方的和尚？"

那瘦子忙掏出一张名片递到孙二九手里。孙二九看了看，那蝇头小字黑压压一片。孙二九也没看出个子丑寅卯。

孙二九说："我家孙美秀，你也知道，他临死前让坏蛋糟蹋过。她死后还让那些警察剖开了肚子。她死得冤，她不能就这么白死啊？"

那瘦子一听，脸上接着便严肃起来，说："老孙啊，一提孙美秀，我这心里就难受，这孩子蛮可怜的。不过老孙啊，孙美秀这事，可把电器厂给害苦了，为此，电器厂背上了一个特大的黑锅。本来人家吴县长要来我们厂视察工作，这事一出，人家吴县长不来了。我们厂现在的压力很大呀。"

孙二九一听，便瞪起眼来，说："这么说，难道还是我们家孙美秀错了。"

那瘦子一本正经地说："年轻人谈恋爱的事嘛，我们厂里无权干涉。不过年轻人做事总不考虑后果，事情发生在厂区内，我们是跳到黄河也洗不清啊。"

孙二九腾地站起来，说："你的意思是说我们家孙美秀死到你们厂里，死错了地方是吧？狗日的，难道一个人要死了，她还找个好地方不成？"孙二九一把从怀里拽出斧子。那瘦子一看，吓得脸都白了，他捂着头便往外跑，一边跑，一边大声喊道："杀人啦，杀人啦。"

孙二九举着斧头在后面追。这时候，呼啦啦从旁边跑出十来个保安，其中有一个跑到孙二九身后，一伸腿，便把孙二九绊倒在地，孙二九手里的斧头像一枚导弹似的朝那个瘦子飞去，但它最终还是在离瘦子半米远的地方落下来。孙二九自己则来了个狗吃屎。几个保安一哄而上，把他压在地上，他们手中带刺的橡胶棒子便雨点似的砸在孙二九身上。

　　孙二九蹲在派出所里，身上的衣服被撕成一条一条的，脸上更是伤痕累累。

　　派出所王所长扔给他一支烟，说："你这个老孙呀，一大把年纪了做起事来也不考虑考虑，我也有一个像孙美秀这么大的女儿，我理解你的心情。但你也不能举着斧子到人家厂里去砍人呀。孙美秀是自杀，她死前又没留下丁点儿线索，如果死前写封遗书，把糟蹋她的那家伙说出来，咱可以把那家伙绳之以法，判个狗日的刑。你现在什么都没有，就乱砍人？"

　　孙二九说："孙美秀才十七岁，她死得不明不白，她冤哪。"

　　"谁不知道孙美秀死得冤。可这世界上的冤大头也不只她一个呀。"说到这里，王所长的口气便软下来，"有话要好好说，咱可不能莽撞。这样吧，自行车我给你弄来了，赶快回家吧。我可是跟你说，孙二九，要是换别人出这事，我非拘他个十天半月的不可。看到了吧，这把斧子就是证据，好了，我没收了。"

　　孙二九推着自行车走出来。临出派出所时，他又向王所长要了一根烟，他抽着烟，一瘸一拐地在河口镇的大街上溜达。

　　这时候，迎面走过来两个老头，截住孙二九说："你就是那姑娘的父亲？"

　　孙二九点了点头。没想到其中一个老头劈头就骂起来："你他娘的真够窝囊的，你这个爹怎么当的，好好的一个大姑娘这么白死了？你到门口骂他去。"

　　另一个老头说："肯定是孔胖子干的，那电器厂里，长得稍有点模样的，他都干过。没听人家说，那孔胖子比古时候的皇上都厉害，夜夜做新郎呢。"

　　又围上一些人来，大伙把孙二九包围在中间，你一言我一语，不一会儿，就把孙二九的火气给逗起来了。

　　孙二九喊一声："闪开。"那人群便自动让开一条路，孙二九推着车子，雄赳赳气昂昂地朝电器厂走去。人们跟在他身后，伸着脖子，像一群鸭子似的晃悠着身子。

　　这一次，电器厂的大门关得死死的。孙二九也长了个心眼，他怕那伙保安再出来揍他，刚才他听了王所长的一番话，觉得也不是一点道理没有，所以他站在了厂门口对面，把自行车支好，一旦他们出来，他骑上车子就窜。这叫好汉不吃眼前亏。

孙二九开始蹦着高地骂:"孔胖子,流氓,强奸犯,杀人犯,有种你出来,有种你出来把我打死。我孙二九也他娘的不想活了……"

孙二九骂了半天,见电器厂大门依然紧闭,一个出来的人也没有,于是他骂得更来劲了。他那被撕成布条的裤筒,像小旗似的飘飘落落,忽拉拉乱响。骂热了,他把褂子扣也解开了。旁边有人递上烟来,说歇歇,歇歇,抽根烟再骂。孙二九就接过烟,席地而坐,一边抽着烟一边骂,骂到伤心的时候,还吧嗒吧嗒掉两滴眼泪。

这时候,一个城里模样的人,背着一个皮书包,蹲在孙二九面前,问怎么回事。孙二九一看这人面善,便向人家把事情的前前后后说了个遍。孙二九摊开双手,哭丧着脸,眼泪巴巴地跟人家说:"我们家孙美秀长得漂亮呀,真是红颜薄命,她死得冤呀。"

那个城里模样的人沉思片刻,说:"你光站在这里骂街,也不是个办法。不行你就告他,对,请律师,打官司,告他。"

孙二九眼前刷地一亮,说:"打官司?那是不是得花钱?"

那人说:"当然得花钱了。"

孙二九一听花钱,就蔫了,说:"我上哪儿要钱打官司去?我家穷啊。"

那人叹口气,咂摸咂摸嘴,说:"也是。"

那人说着,直起腰来,他从兜里掏出五十块钱,放到孙二九手里,然后一句话没说,就扭头走了。

孙二九愣在了那里,他盯着手里的五十块钱,目瞪口呆。有一道亮光从他眼前一晃而过。孙二九站起来,拍拍屁股上的土,骑上车子走了。

第二天一大早,孙二九从炕上爬起来,到处找那条被撕成一条条的破裤子。

孙二九喊道:"高芦花,我的裤子呢?"

高芦花正在屋外做饭,说:"那不就放在枕头旁边了嘛。"

孙二九说:"不是这一条,是那条破的。"

高芦花说:"你找破的干什么?我都扔进脸盆里了。"

孙二九提溜着秋裤从屋里钻出来,又把那条破裤子拽出脸盆。

"多亏没洗。"孙二九说着,三下两下把它穿在身上。

　　孙二九推起自行车往外走。高芦花在后面喊："你干什么去，不吃饭了你？"

　　孙二九头也没回，踏上车子就跑了。

　　孙二九来到镇上。没想到今天正逢大集，孙二九打心里高兴，站在远处，他看到三三两两的人走进电器厂的大门。现在正是电器厂上班的时间。孙二九抬头看了眼东边火红的太阳，觉得时间还早，于是他钻进一家羊汤馆。

　　孙二九走出羊汤馆的时候，来镇上赶集的人已经很多了。他抹了把油光闪亮的嘴唇，推起自行车，打着饱嗝，又来到电器厂大门对面。他支好车子，运了两口气，猛地喊了一嗓子，把周围的人吓了一大跳。离他不远有一个卖糖人的，手里正制着糖人，孙二九这一嗓子下来，吓得那人手一哆嗦，一个还没有制好的糖人掉在了地上，心疼得那人直跺脚。

　　孙二九开始蹦高，开始骂孔胖子，骂电器厂。不过今天，他只骂了几声，便停下来，因为他看到，已经有人围过来了。孙二九迅速地从怀里掏出一张报纸，铺在地上，然后又抓出一把零钱，撒在上面，他盘腿坐下来，开始跟围过来的人诉说。

　　"……老少爷们，你们评评这个理，我那女儿生得如花似玉，在他电器厂只干了三四个月，就让他糟蹋了，让他给害死了……我要告他去，我这条命不要了，也要告到底……老少爷们儿们，你们积积德，帮我两个，我打官司得用钱哪，我一辈子也忘不了你们……"

　　说着说着，孙二九的泪便流下来，沿着脸腮，淌进嘴里。

　　周围的人先是气愤，后是同情，再加上电器厂和孔胖子的声誉在镇上也不是太好。大伙一听孙二九要跟电器厂和孔胖子打官司，一股豪气升腾起来。大伙纷纷解囊。一会儿工夫，孙二九面前的零票票便堆成了一座小山。

　　孙二九被感动了，他改变了姿势。他跪在了地上，脖子不时地弯下去，头发触碰到那座"小山"，他听到"小山"发出哗啦哗啦的声音，这声音比街上的流行歌曲还要动听。

　　眨眼间，孙二九已在电器厂跪了一个多星期。这期间，孙二九周围的设施在不断完善。他用木板做了一个架子，把一张白纸贴在上面，白纸上写满密密麻麻的黑字，把孔胖子和电器厂的劣迹一一列举出来。他身子前面也不是那张破报纸了，他把高芦花盛针线的簸箩带到了镇上。那花花绿绿的票子放在紫红色的小簸箩里煞是好看。不过，那条破裤子却一直被孙二九穿在身上。孙二九拽着那一条条打着卷儿的布条说："大伙都看看，这就是我到电器厂去讨公道时受到的礼遇啊。"孙二九的声调极其抒情，通过这几天的锤炼，孙二九的口才越来越好，脸上的表情也越来越丰富了。

这一天天气不好，阴冷阴冷的，像要下雪的样子，北风不时地旋起地上的纸片和尘土，落在孙二九身边。孙二九裹着一件军大衣，还冻得嗞嗞哈哈的。他见没人停下来听他讲述，便早早地收起摊来。他看到电器厂食堂里的大烟囱向外呼呼地冒着黑烟，似乎闻到了一股肉味儿，他的肚子咕咕地叫了两声，他看到不远处的羊汤馆里早早地亮了电灯。

孙二九要了一盘拌羊脸，一盘炒羊肝，又要了一瓶孔府家牌的"小手雷"，饭店里的老板娘跟孙二九已经成了熟人。

老板娘问道："你什么时候跟孔胖子打官司去？"

"等攒够了钱，等攒够了钱就告那狗日的去。"孙二九塞到嘴里一块羊肝。

"打官司还得花这么多钱呀？"老板娘为孙二九添了添茶。

"这你就不懂了，人家说了，得先进城里请个律师，请律师不得花钱？你给人家律师买两条烟，还得个三百二百的呢。"孙二九抿一口酒说。

老板娘似有所悟，啊啊的声音从嗓子里滚出来，接着又点了点头。

孙二九吃饱喝足了，身上也暖和起来，他点了根烟，使劲地抽了一口。算账的时候，老板娘说："你是个可怜的人，这样吧，今天算八折。"孙二九点头哈腰地说了一堆好话，然后走出饭店。

天已经黑透了，孙二九哼着小调，骑着自行车往家赶。他刚出来镇子，突然前面被一个人挡住了去路。

那人说："你是孙二九吗？"

孙二九说："是啊，你是谁？"孙二九瞪大眼睛，也没看清那人的面孔。

那人一挥手，突然从旁边蹿出三四个人来。还没等孙二九回过神，他那瘦小的身子便像只小鸡似的被人从车上提下来，他脚还没落地，就听到嗖的一阵风声，一根胳膊粗的棍子硬硬地落在他的两条小腿上，孙二九听到他小腿里的骨头咔咔连响几声，就像摔碎了一个酒瓶子似的，接着一阵钻心的疼痛使他发出杀猪似的嚎叫，扑通一声，他的身子像一包棉花似的跌落在地。

后面的事情，孙二九什么都不知道了。

　　因为孙二九经常夜不归宿，所以这个晚上他没回家高芦花并没在意。一大早，高芦花正提着泔水桶喂猪，突然听到村里的大喇叭吱吱啦啦地响了。里面传出村主任破锣似的声音："高芦花，高芦花，听到广播后赶快去镇医院，高芦花，高芦花……"

　　高芦花手里的泔水桶一下子掉进猪圈里。高芦花说一声坏了，她立刻猜到是孙二九出事了。

　　孙二九在医院里抢救了三天，才算保住一条小命。不过，他的两条腿算是废了。因为抢救得不够及时，医生说就恢复着看吧，骨头都碎了，没法接。

　　孙二九两腿打着夹板，被高芦花用一辆地排车拉回家来。

　　孙美静看着躺在床上的父亲，说道："好了，这下子他再也不会去玩钱了。"

　　高芦花一巴掌拍在孙美静脸上，说："你个该死的，你爹都这个样子了，你咋还胡说八道的。"

　　孙美静说："我没胡说八道，他的腿都断了，他还能去玩钱？"

　　高芦花哇一声哭了，她说："我这是哪辈子造下的孽哟。"

　　孙二九两眼发直，呆呆地盯着黑黢黢的屋顶，孙美静和高芦花的一举一动，他好像都没看到似的。

　　孙二九这一躺，就是两个多月，快过年的时候，街上的人多了，他才让高芦花把他背到胡同口去晒太阳。人们见了他，都跟他开玩笑，说："孙二九，走，再到吴大个子家摸两把去。"孙二九揣着手，朝人家笑笑，算是回答了。但更多的时候，孙二九是瞪着俩眼发呆。孩子们嗷嗷地叫着，把鞭炮燃着了，扔上天，有时候，鞭炮会在孙二九的头顶上炸开，花纸落了他一身，他也不烦，他呆愣愣地晃晃脖子，把花纸从身上抖搂下去。他伸着脖子，侧着耳朵，听远处传来的声音。他听到人们的笑声，听到锣鼓喧天，他知道这是过年了。他听到哗啦哗啦的声音，知道这是人家打麻将了。他听到菜下锅的吱啦声，知道这是人家准备喝酒了。他一动不动，就这么听着各种各样的声音。有时候，麻雀在他脚下蹦来蹦去，他也毫无知觉。

　　好心的刘木匠为他做了一双拐杖，渐渐地，孙二九能够挂着双拐艰难地走路了。人们看到孙二九半天挪不了几步的样子，说道："完蛋了，孙二九这辈子算是完蛋了。"

年过了，十五也过了，风开始吹来麦苗的清香味儿。村子里又恢复到以往的平静。

一天早晨，孙二九突然推醒身边的高芦花，说："高芦花，求你件事。你背我到房顶上去看看吧。"

高芦花一边穿衣服，一边嘟囔着："大清早，上房顶干什么？房顶上还凉呢。"

"求求你了，行吧？"孙二九一副可怜巴巴的样子。

高芦花突然发现孙二九有些反常，于是她又推醒身边的孙美静，说："孙美静，你爹想上房顶看看去。你也起来，娘背着爹，你搬着把小椅子。"

没想到孙美静答应得很爽快，她噌一下从被窝里钻出来，穿衣服的速度比高芦花快得多。

高芦花来到院子里放好梯子，又进屋把孙二九背起来。孙二九自从断了双腿以后，整个人似乎又小了一圈，所以他趴在高芦花的后背上，那样子就像一个孩子。

这是一个难得的好天气。太阳刚刚升起来，霞光铺满平原。整个世界金光闪闪，辽阔深远。孙二九又看到了村北那条灰绸带般的公路，又看到了汽车闪着金色的银色的光芒来回穿梭。

孙二九突然回过头，问身边的高芦花："高芦花，你知道这条路通向哪里吗？"

高芦花盯着那条公路，一脸的迷茫，她摇摇头说："谁知道它能通到哪里去？"

孙二九又问孙美静："孙美静，你知道这条路通向哪里吗？"

孙美静拧了拧身子说："还用问嘛，你想去哪里，它就能通到哪里。"

孙二九哈哈地笑了，说："高芦花，你闺女要比你聪明得多呀。"

又是一个早晨，高芦花一觉醒来，迷迷糊糊中伸出手去抓了一把，却什么也没抓到。她睁开眼睛，扭头一看，孙二九那边的被窝是空的。高芦花一骨碌身爬起来，她前后左右地看了个遍，也没看到孙二九。

"孙二九。"高芦花喊道，她听到她的声音穿过院子，弯弯曲曲地传出去很远，可是却没有任何回音。

"孙二九。"高芦花一边系着棉袄扣子，一边踢蹬着脚穿鞋子。

"孙二九。"高芦花找遍了整个屋子。

"孙二九。"高芦花找遍了整个院子。

"孙二九。"高芦花沿着大街，跌跌撞撞地往前跑。

吴大个子正贴着墙角撒尿，他回过头，瞪着一对血红的眼睛说："我看到孙二九拄着拐朝北去了。"

高芦花朝北跑，她挥舞着双手，小磨盘似的屁股富有节奏地颤动着，她一边跑，一边喊着孙二九。

刘迷糊正站在他家门口剔牙，他说："我看到孙二九拄着双拐朝北去了。"

高芦花朝北跑，她那步子就像一名竞走运动员。再往北，就是那条灰绸带似的公路了。

"狗日的孙二九，你瘸巴着两条腿，你咋活呀你？"高芦花就哭了。

高芦花跑上公路，她跑到路的中间，看到路的中间有一条白线，她就站在白线上愣住了。她看到清晨的公路上一辆汽车也没有，一个人也没有。那路在晨光中发出迷人的光泽。它平坦，笔直，伸向远方，伸向跟天空相接的地方。

（原载《时代文学》2002 年第 1 期）

幸福的一天

这一天早晨，菜贩子马全突然从梦中醒来，有一股说不出来的力量压在他身上，让他半天不能动弹一下。后来，这股力量渐渐弱了，他才扭头瞥一眼床头柜，那带夜光的小马蹄表告诉他，此时是凌晨的三点四十五分。要是往日，马全肯定还会缩回脖子，闭上眼睛，再来上十五分钟的回笼觉。可是这一天早晨，马全睡意全无，他醒得很彻底。

醒来之前，马全正做着一个十分苍凉的梦。梦中，他穿着一身古代将领的盔甲，手擎一柄断剑，站在荒野之中，四周是茫茫的白雪。有一种声音从远处飘来，古古怪怪的，似乎是打了败仗的散兵在荒野上的呜咽。马全就是在这样一种声音中，一下子睁开眼睛。

马全在黑暗中瞪着大眼。那声音千丝万缕，紧紧地缠绕着他。虽然是躺在被窝里，浑身却冷冰冰的，像躺在荒野上一般。就这样过了片刻，马全猛地觉得脸颊上凉津津的。他稍一斜脖子，两道冰冷的水线如同刀片似的划过他的脸膛。这让马全无比吃惊。

马全一下子坐起来。他这才发现，自己的心正被那声音揉搓着，说不出有多么难受。

窗外黑洞洞的。正是夜最深最沉的时候。可每天的这个时候，菜贩子马全必须从暖烘烘的被窝里坐起来，对着黑洞洞的窗户，摸索着在黑暗中穿衣服。更让人难受的是，冬天已经到来。马全一想到这漫长的冬天，心里便怵得不行。要知道，一个人天天黑灯半夜里从热被窝爬出来，得需要多大的勇气。

马全想到这里，全身禁不住哆嗦一下。马全发现自己还裸着身子。他瞅了眼旁边，看到老婆和儿子躺在各自的被窝里，睡得正香。他悄悄掀开老婆的被子，慢慢地钻进去。老婆的身子火烫火烫的，马全趴在上面，开始还轻轻地抖动着，很快，他感到身子便被烤热了。舒坦极了，马全想着。那缠裹着他的古怪声音，似乎也正在渐渐消散。老婆在他的身子下面扭两下，突然睁开眼睛，她发现马全趴在她身上，便叫了声："几点了，你还闹？"

马全又瞥了眼床头柜上的马蹄表，正好是四点钟。马全一下子便耷拉了脑袋，他开始穿衣服。是啊，四点钟了。

马全很不情愿地从老婆身上滚下来，开始穿衣服。正是一天中最冷的时候，马全嘴里咝咝哈哈地响着。他连蹦带跳，不一会儿，便像只老猫似的蹿出屋子。外面还是黑漆漆一片，空中繁星满天，马全打开手电筒，一束光便射在窝棚里的机动三轮车上。

对于菜贩子马全来说，新的一天就这样开始了。如果不是后来发生的一系列事儿，马全将像以往一样，度过他极为平常的一天。

马全住的村子叫小马庄，离城不远不近，三十里路。说它不远不近，是有道理的。像马全他们这些卖菜的，如果家离城太远了，就得几个人合伙在城里租间小房住。如果家离城很近，就不用急急火火地这么早起床了。小马庄离城三十里路，所以马全不必在城里租房子住，但必须得天天四点钟起床，好在他几年前就买上了机动三轮车。这里的人们，管这种机动三轮车叫三马子。有时候马全觉得，他对这辆三马子的感情比对他老婆的感情还要深。从凌晨四点钟开始，他便跟它形影不离，他骑着它，在五点半之前，赶到城西最大的蔬菜批发市场，在那里批好蔬菜，接着在六点半之前，赶到他卖菜的菜市场去，因为这里的人们，有一大早买菜的习惯。在那黑洞洞的菜市场里，马全开始他一天的吵吵嚷嚷讨价还价。只有到晚上，他回到家以后，才能看到老婆晃动的身影。可是两杯酒下肚，一天的疲倦和困意就像潮水般涌上来，更多的时候，他的身子只要一贴到床板上，便呼呼睡去。他已经想不起上一次跟老婆亲热的时间了。但马全没别的办法，他只能这样拼死拼活一天到晚地卖菜。他有一个刚上小学的儿子，还有一个不太成熟的打算，那就是他想在三年内翻盖自己住的这趟老房子。那得需要很多钱。但钱是死的，人是活的。三十岁的菜贩子马全雄心勃勃，虽然一天天地累死累活，但他住新房子的美好愿望却有增无减。

可是这一天早晨，马全骑在三马子上，却无论如何也提不起精神，他甚至连发动三马子的力气都没有。马全想自己是不是病了，于是把手放在额头上。额头却像石头般冰凉。最后，三马子还是在他身子下面腾腾腾地叫起来。

在没有拐上柏油马路之前，路面坑洼不平，车灯射出去的光束时长时短，时近时远。随着车子的颠簸，马全的身子就像水里的鲇鱼，左右不停地扭动着。好在这条路对于马全来说，熟得不能再熟。很快，马全骑着三马子便甩开还在沉睡中的村子，置身在田野里。风也大起来，贴着耳朵嗷嗷地叫，马全觉得这天的凌晨特别冷，他身上穿的棉大衣，头上戴的棉帽子，以及两腿上的皮护膝，就像一层纸似的，很快便被寒风戳透了。他使劲儿缩着脖子绷着肉皮，但还是能听到上下牙齿碰到一起发出的咔咔声。

车子一拐上柏油路，马全就伸出脖子嗷嗷地吼了两嗓子，他是在向老天爷示威。但声音却像投进水里的土块，立刻被淹没在黑暗中。此时，三马子稳了，马全的身子也稳了，车灯的光束也不再忽长忽短，它直直地指向前方的路面。马全绷紧的肉皮放松下来，开始加大油门。不过，马全的神经稍一放松，刚才那梦中的景象以及那怪怪的声音便乘虚而入。马全的心里又开始难受起来，他突然想到了他死去的父亲。父亲是得癌症死的。他想到父亲痛得从床上摔下来，用牙啃地面上坚硬的泥块。他想起父亲临死前从牙缝里蹦出来的那几个字：人活着，真他娘的苦啊。想到这里，马全浑身打了一个激灵，连三马子都跟着哆嗦了一下子。马全咬着牙骂了句难听的，他是骂自己。要不是开着车，他会在自己头上使劲儿拍一巴掌的。马全晃晃脑袋，目光开始集中在前方路面上。可是不行，那古怪的声音就像热气似的不断地从他心底升起来。马全似乎听到到处都是这种声音。在马全还没弄明白这到底是怎么回事儿时，前方的路面上猛地出现一个皮球那么大的东西。马全呀地叫一声，他忙拐把。也许是把拐得过急，也许是车轮辗上了那个东西。反正，马全和他的三马子连滚了几个跟头，然后栽到马路下面的水沟里。

风声没有了。车灯灭了。很快，周围便静下来。

不知道过了多长时间，马全睁开眼睛。四周还是黑漆漆一片，不用说，离天亮还得有一会儿。马全开始还以为自己是躺在床上的，他一扭头，看到头顶上是三马子的车轮和满天的星星。人家说，地上死一个人，天上就少一颗星星，可地上死了那么多人，天上的星星却并不见少。马全不合时宜地想到这些。过了半天，他才意识到刚刚发生的事儿。他像伸懒腰似的举起两只胳膊，然后拢回来，把两手贴在眼前，庆幸的是，两手还是好好的。接着他又扭动一下身子，除了轻微的酸痛外，似乎没受什么损伤。

真是万幸啊，马全想着，从地上爬起来。他看到三马子有一只车轮栽进河沟里。河水已结了一层冰，冰面上白花花一片。看来，凭他一个人的力气，是无法把三马子从水里拖出来的。再说，即便是能拖出来，他也没法把它推到马路上去。也许三马子已经摔坏了，但不管怎样，马全得回到村里去喊人。可这个地方，离村子大概有十来里路了。马全很丧气，这个早晨从一睁开眼睛，就怪得很。马全站在水沟里，盯着白花花的冰面和歪在水里的三马子，突然觉得很委屈。多少年了，天天披星戴月，一天到晚忙忙碌碌吵吵闹闹，为了一分钱，也能争个脸红脖子粗。从一大早，把满满的一车菜拉进那个黑洞洞的菜市场，到傍晚时，再骑着空车从里面出来。这么多年，说句夸张的话，连太阳都看不见了，当然，更感受不到那暖烘烘的阳光了。

不行，得好好地活上一天，马全自言自语。

事情一旦决定，浑身便轻松起来，马全拍打一番身上的泥土，转身爬上柏油马路，他回头瞅一眼躺在黑暗的河水里的三马子，想：你就老老实实躺在这里吧。

马全朝县城的方向走去，让他吃惊的是，他的身子轻松无比，就像风似的向前飘着。这个时候，天空渐渐地变成浅灰色，头顶上的星星也稀了。四周的原野也有了轮廓。远处的村子里，不时地传来鸡鸣狗叫的声音。空气清爽爽的，虽然凉了些，但有一点儿甜丝丝的味道。拐上一条更宽的柏油马路，车辆也猛地多起来。

路还是那条路，景还是那些景，但在马全眼里，有的却是一种跟以往不同的感觉。迎着朝霞，他觉得这个早晨，所有的东西都是那么清新，如同刚刚被清水洗过一样。透过浮动在树枝间的一层薄雾，他隐隐约约地看到了城里的高楼。

前面有了公交车站。站点下面，有一些人正缩着脖子跺着脚在等车，从他们手里提着的饭盒可以看出，他们是一些上早班的工人。也是一些可怜的人，马全站在他们身后，心里不知道为什么要这样想。

这时候，一辆公交车晃晃悠悠地停下车，人们一窝蜂地涌上去。马全站在最后面，他觉得他不该像他们一样往前挤，因为今天，他本来就是为了放松的。挤车也很累，马全想。最后，车下面就剩下马全一个人的时候，马全却站住不动了。不对呀，你不是想好好活一天吗？那干吗还挤这辆破公共汽车？于是，马全便向后退一步。公共汽车晃晃悠悠地开走了。

马全伸手拦住一辆出租车，是辆白色的桑塔纳。他上车的时候，那司机满脸狐疑，盯了他半天。看什么，卖菜的就不能打出租车了？马全心里想，不过，这司机的目光还是让他非常兴奋，他挥挥手说："去凤都。"

凤都楼的早点是这个城市最好的，去凤都楼吃早点的人是这个城市中最体面的人。平时，几个卖菜的没事，凑到一块儿说说凤都楼的早点，那也是过过嘴瘾。马全没想到，他的身子往出租车那软软的座位上一靠，"凤都"二字竟然脱口而出，并且是那么干脆，一点儿也不拖泥带水。马全有些飘飘然，他抚摸着车窗光滑的玻璃，觉得出租车的确比他的三马子要强一万倍，舒服、温暖、亲切。透过车窗，马全盯着外面的芸芸众生和车水马龙的景象，猛地产生一种居高临下的感觉，像是飘在空中向下看似的。

凤都楼那四层的仿古建筑出现在面前时，出租车缓缓地停下来，计程器上显示是九块二毛钱，马全把十块钱塞进司机手里说，不用找零了。司机愣了一下，很诚恳地说了声谢谢。马全心里一热，下来出租车，觉得自己似乎高出一截。这种感觉真是太好了。

凤都楼的桌椅板凳也给人一种与众不同的感觉，上的都是大红的火漆，古色古香，光可鉴人。坐在上面，那是一种享受，服务员都穿着统一整洁的服装，忙忙碌碌地来回穿梭着。马全坐在那里等了半天，见没有服务员搭理他，便有些生气，高声喊道："服务员。"人们都扭过头来朝他看，那些目光躲躲闪闪的，半是惊奇，半是嘲笑。马全这才注意到他穿的这身衣服是多么扎眼。油渍麻花的黄大衣上还沾着没有干透的泥巴，一双破皮鞋龇牙咧嘴的，真是难看极了。马全的脸涨得通红。这时候，一个胖乎乎老头坐在了马全对面。这个老头面色红润，头发稀疏，穿着一件深灰色的夹克，里面衬衣的领子雪白，看上去干净体面。服务员走过来，问老头吃什么，老头很流利地说，一屉珍珠海鲜蒸包，一碗黑米粥，再加一杯热牛奶。服务员又回过头，朝马全抻抻下巴颏，说你呢？马全有些慌张，忙说一样，跟他一样。

服务员扭身走了。马全抬抬头，有些不好意思地瞅一眼老头。老头正朝他微笑，满脸的慈祥。

"第一次来？"老头问。

马全点点头。

"噢，"老头说，"这里该常来呀，这里花样很多，一个月你也尝不过来的。"

马全不好意思地笑笑，心想：常来，我来得起吗？

很快，饭上来了。马全看到那盛蒸包的小笼比拳头大不了多少，里面的蒸包更是可怜，小枣一般大小，那皮儿晶莹透明。马全端详半天，有点儿不知从哪里下口。

老头倒是自然，吃得非常讲究，只见他把蒸包放入口中，合上嘴唇，微闭双眼，牙齿轻轻蠕动，真是细嚼慢咽。他一睁眼，发现对面马全正盯着他，便笑了。老头喝一口黑米粥，抬头说道："人生在世，吃玩二字，像我这把年纪，就更没有出息了。但吃也好玩也罢，不管干什么，都得咂摸出个滋味来，你狼吞虎咽，这笼小玩意儿，眨眼就下肚了。你还是不知道它的滋味，那等于没吃过呀，你说是不是？"

马全觉得老头说得有道理，于是学着老头的样子，夹一个蒸包放进口里，慢慢地嚼，果然，香鲜滑软、麻酥甜咸……各种各样的滋味便在口中化开了。马全什么时候这样吃过饭？在菜市场里，弄上半斤包子，眨眼的工夫就吞下去了，有时候，是什么馅儿的他也弄不明白，他哪还咂摸什么滋味。

老头说："小伙子进城来找事做？"

马全说："我是卖菜的。"

老头嘿嘿笑了，说："卖菜的来凤都楼吃早饭，这可是第一次听说，要不是亲眼见到，打死我也不信。"

马全的脸又红了。他想跟老头说说今天早晨他碰到的这些事儿，说说那个荒凉的梦和那种古怪的声音，说说他的三马子栽进河沟里。可最终，马全什么都没说，他慢慢地嚼着蒸包，喝着黑米粥，享受着各种美妙的滋味。不知道什么时候，他再抬起头来，那个老头已经走了。连那古朴的凤都楼也像一团云似的飘走了。

此时，马全正提着一身新衣服和一双新皮鞋，站在天河池的更衣室里。

马全想舒舒服服地泡个澡，顺便换一身新衣服，既然想好好地活一天，那就要活出个样子来。虽然这身衣服花去了他批发蔬菜用的大部分钱，但他没有心疼。

也许是时间的关系，现在，偌大的更衣室里空空荡荡，只有马全一个人在轻轻地脱衣服，里面的澡堂里传来哗啦哗啦的水声，像是从很遥远的地方传来的似的，细细的，很空灵。

马全裸着身子朝里面走的时候，突然发现墙角的暗影里坐着一个人，那个人也裸着身子，正朝他吃吃地笑。那人的笑声让马全的头皮麻了一下，好在马全已经撩开厚厚的塑料门帘，走进澡堂。

澡堂里暗了许多，只有门帘上方的一个灯泡亮着，还显得有气无力，散发着昏黄的一团光。绕墙一周的淋浴喷头下面，一个人也没有，池子很大，被一层水雾蒙着，在池子的深处，似乎有两个白乎乎的人影在晃动。马全把一只手伸进水里。水热热的，马全立刻觉得浑身的汗毛都竖了起来。紧接着，马全抬腿便溜进池子，热水覆盖了全身。马全舒服地哼一声，很快就闭上眼睛。

自从天凉下来，马全就没再洗过澡，即使是天不冷的时候洗澡，也是在家里烧壶开水，拧着毛巾擦擦身子。如今的农村不同于原来了，河沟和水塘都已被乱七八糟的东西污染，别说洗澡，就是凑上去闻闻，也把鼻子熏得难受。再说，像这样泡澡堂子，在马全三十年的人生当中，没有几次。因此，当暖暖的水像无数的樱桃小口似的亲吻马全的肉体时，马全幸福得几乎掉下泪来。

这他妈的才叫人过的日子。马全微闭着眼，嘘嘘地喷着热气。

马全正舒服着，猛地觉得头顶上有个人影在晃动，便睁开眼。果然，有个人正朝着他笑。马全一眼便认出来，是刚才那个躲在外面墙角的人。马全心里禁不住咯噔一下。

"舒服吧？"那人声音很柔和，不像什么坏人。

马全点点头。

"就是啊，我一看你，就是那种懂得享受的人，你看你买的那身新衣服，多棒。"

马全笑了，他觉得这人挺有意思。

"搓搓背吧，怎么样？我看你身上泥巴也不少，再说，泡澡不搓背，那还叫泡澡。"

马全犹豫了一下。

"不贵，五块钱。"那人朝马全眨巴一下眼睛。

马全看到这人年龄不大，比自己还要小几岁，并且离得近了，才看出他生着一张娃娃脸。于是马全点了点头。

马全像一条大鱼似的，趴在一张窄窄的钉着皮革垫子的小床上。那小伙子手里的擦澡巾只在他背上轻轻一蹭，他便觉得如同被揭去一层皮儿，轻松许多。

"哇，这位大哥，你身上的泥巴好多呀。"

马全下巴抵着软软的垫子，脸一下子热起来，当那小伙子的擦澡巾划过他屁股的时候，他觉得有些不自在，但的的确确是舒服极了。

"哇，这位大哥，你身上这么长一条新疤呀。"

马全觉得不对，别说新疤，旧疤也没一块儿，他背上从来就没有受过伤。

于是马全说："你看错了，那肯定不是伤疤。"

"怎么会不是？"那小伙子叹一口气说，"不过也没什么，你看我身上，大大小小的多少块疤。"

借着朦胧的灯光，马全扭头一看。那小伙子的身上确实是大疤小疤一块连着一块，可以说是疤痕累累。马全很惊讶，这么年轻，哪来的这么多疤？

小伙子很聪明，似乎一下子就知道了马全心里想着什么，便说："我原来可不是给人擦澡的，我下煤窑，在井下挖煤。不过，有一次瓦斯爆炸，我和工友们被埋在井下，那一次，一下子就死了三十多个，那个黑心矿主，不但没受到惩罚，每个人两万块钱就把我们这些人的父母妻儿打发了。我看到那些父母妻子接钱时抖动的手和脸上的表情，一下子绝望了，也许你不信，好多人不是因为痛苦和伤心手才抖动，是因为看到那些钱，激动的兴奋的。"

马全哆嗦了一下。

那小伙子接着说："从此以后，我再也不愿意见到我的父母，并且我下决心，今后也不再娶媳妇。这样多好，天天无忧无虑，累了泡个澡，喝壶茶，眯一觉，想女人了，就去楼下的'滴雨美发厅'，一条龙服务，舒服得很。嗯，这位大哥，我看你头发也很长了，不妨一会儿你就去'滴雨美发厅'，剪剪头发，然后再享受一番。"

说完，小伙子嘿嘿笑起来。

　　说者无意，可听者有心。马全的心忽悠一下，觉得这倒是个不错的主意。平时，在菜市场，几个卖菜的闲下来，讲的净是美发厅的新鲜故事。每次都讲得马全热血沸腾，恨不得立刻就去找一个美发厅。可马全从来没进去过，他舍不得花那钱哪。可今天就不一样了，不是想好好地活它一天吗？那还有什么顾虑？

　　想到这里，马全一下子从小床上坐起来，说："好了，我该去冲一下澡了。"

　　马全站在滴雨美发厅门口犹豫不决。隔着玻璃，他看到里面一个女孩不时地朝他招手。马全故意扭过头去看别处，他的心却在怦怦地跳个不停。他隐隐约约看得出，那个女孩皮肤白白的，留着披肩长发，跟他的老婆可有着天壤之别。可除老婆之外，马全再也没有跟别的女人有过亲密接触，所以他很紧张。他红涨着脸，扭动着脖子，喉结上下滚动，眼睛不安地瞅着不远处的天河池。他猛地看到，在天河池二楼的窗口，刚才为他搓背的那个小伙子正朝他眨巴眼睛，像是嘲笑他，又像是鼓励他。

　　马全咬咬牙，扭过身去，终于推开了滴雨美发厅的玻璃门。那个女孩如同一团香风似的飘到了马全身边。天气都这么冷了，她穿的却是一条黑皮短裙，薄薄的羊毛衫下面，她的胸脯高得如同两座小山，它们轻轻地颤动着，几乎撞到了马全身上。女孩热情似火，嘴唇张开着，艳得就像一朵月季花。

　　女孩瞅着马全，吃吃地笑。

　　马全很拘谨，一只手不停地拨拉着头发，一条腿不停地在抖动。他看到墙上的那面大镜子里，自己再也不是那个菜贩子马全了。里面的那个马全穿着一身笔挺的西装，打着领带，皮鞋亮得能够反光。只是脸色有些蜡黄，也许是因为紧张。

　　"嗨，老板，你刚才在门口站了半天，是不是害怕了？"女孩问。

　　女孩喊马全老板，这让他心里有点儿美滋滋。马全咳嗽一声说："我是来理发的，有什么可怕的？"

　　"就是呀，还能把你吃了不成？快坐快坐。你要什么发型？长一些还是短一些？"

　　马全说："随便吧。"

"哟，老板，你这头发可真够长的，多长时间没理了？"

马全想一想，中秋节前理过一次，至少得两个半月了。马全便说："有两个半月了吧。"

"哟，老板，看你穿得这么阔气，怎么不按时把头发剪剪？"

"忙啊。"马全叹一口气。

"哟，你可真是个大老板，理发的工夫都没有。"

女孩说话又快又脆，跟连珠炮似的，但这并不影响她手里的活儿。剪刀在她手中上下翻飞，跟她说话的声音一样，咔咔脆响。

"老板，让我猜猜你是干什么的吧。"

马全一阵慌张，忙说："不用猜，我是个卖菜的。"

"这位老板真会开玩笑，你是蔬菜公司的经理吧？"

马全咧嘴苦笑了一下。他看到这个女孩长长的脖子上，扎着一条洁白的丝巾，那丝巾的两头撅撅着，就像小白兔的两只大耳朵，不时地动一下。不知道为什么，马全对这个女孩，有一种亲切感，他想跟她说实话。

女孩突然弯下腰，伸出红嘴唇，趴在马全的耳朵上，放低了声音说："老板，过一会儿我给你按摩一下吧，很有意思的，很舒服的。"

从女孩口里喷出的热气，掠过马全的耳垂，暖暖的，他感到痒痒的。马全觉得自己就像一块糖似的，要化了。但马全一时又不知道说什么好，他吭哧了半天，说："你先理发吧。"

"这不理完了吗？"

女孩说着，拿起电吹风，呼呼地吹干了马全的头发。马全看到镜子里的自己，干净，整洁，似乎年轻了许多。女孩伸出手来，攥起马全的手。马全轻飘飘的，身子一点重量都没有。他们就像两只鸟儿，径直地飞进后面的小屋。

小屋里是粉红色的，有一股胭脂味儿。女孩轻轻一推，马全便倒在床上，身子软若无骨。

"你可真够轻的。"女孩说。

女孩纤细的手指划过马全大腿时，马全像被电着了似的浑身抖动了一下。女孩的脖子上，那洁白的丝巾，光滑滑的，凉丝丝的，正好盖在马全的脸上。马全盯着女孩长长的脖子，突然产生一种想要亲它的冲动，于是他伸出手，想解开缠在女孩脖子上的围巾。

让马全想不到的是，女孩大叫一声，腾一下从马全身上蹦下来。再看那女孩，脸上的笑容已经没有了，像是要哭的样子。

马全很尴尬，不知道说什么好。他吞吞吐吐地说："你脖子又长又白的，这么漂亮，我只是想看看。"

那女孩一脸的伤感。过了一会儿，那女孩叹一口气，她动作缓慢地解开围巾。

马全大吃一惊，绕着女孩脖子的，是一圈又粗又深的疤。

"对不起，吓着你了吧。"那女孩的脸上又露出微笑来，"干我们这行的，有几道疤算不了什么，也许这就是代价。好了，不说这些，来，我让你痛快痛快。"

说着，那女孩又咯咯地笑起来。

马全开始心里还疙疙瘩瘩的，后来，他还是感到了舒服。他闭着眼睛，露出满脸的幸福。

那女孩突然问："我要给你做老婆，你愿不愿意？"

马全想了半天，说："我已经有老婆了。"

女孩又笑起来，说："看来得等下辈子了。"

马全心里一惊，他觉得不对，这女孩声音太像他老婆了。

马全猛地睁开眼，一下子从小床上坐起来，他两手捧起女孩的脸，仔细地看。这女孩确实长得像他老婆。只不过屋子里的光线太朦胧了，看了半天，马全也没看清楚。可是，马全的眼窝确实是湿了。

马全坐在天堂大酒店的窗前，酒过三巡，菜过五味，已经吃饱喝足了。马全看到窗外的天空变得阴沉起来，心情也沉重了许多。他想，该回家了，老婆儿子还在家里等着他，自己的三马子还躺在河沟里呢。对了，三马子会不会让人拖走了？要是那样可就坏了，我明天还要接着卖菜呢。想到这里，马全禁不住出了一身冷汗。他火急火燎地离开天堂大酒店。

也许是酒喝多了。马全的脑子有些迷糊，身子轻得不行，老是想要飘起来似的。马全一个劲儿地想让自己的脚步落在地上，可是不行。后来，马全还是飘了起来。耳旁，风呼呼地叫着，但这种感觉，比骑在三马子上要舒服得多。马全飘过城市的公园时，看到孩子们坐着过山车，急速地旋转着，发出哇哇的幸福满意的笑声。马全想，下一次抽空，一定带儿子来坐坐过山车，让他也体验一下那美妙的滋味。

不管怎么说，马全还是觉得他今天没有白活。就是回家挨老婆一顿臭骂，他觉得也值得。人不能光受苦受累，也得体验一下幸福生活。当然，人不能比人，你的幸福在别人那里也许一钱不值。但谁让你是马全？一个卖菜的农民。这就够了。

马全朝小马庄的方向飘着。真的醉了，让风一吹，他的思绪更加零乱。他看到云彩越来越浓，天空越来越暗。忽然，他发现柏油马路两旁高大的杨树上有很多人，有骑在树杈上的，有挂在树枝上的，有站在树叶上的。他们都朝他微笑着，挥着手。马全没想到，载他去凤都楼的那个出租车司机，跟他一起吃早饭的那个胖老头，以及在澡堂是给他搓澡的那个小伙子，还有滴雨美发厅里的那个女孩，此时，他们都在树上的人群里，他们都笑得很灿烂。突然，马全在人群中间看到了父母，他们面色红润，也在微笑着朝他招手。

喝多了，马全想，父母都相继过世好几年了，怎么会站在树上？

马全的身子越飘越高，真是飞起来了，于是，他干脆做鸟状，两手上下呼扇着，像鸟的翅膀。变成一只会飞的鸟儿，这可是他小时候的梦想。

马全沿着河沟飞着，他俯视着下面，他是在寻找自己的三马子。可是，直到他看到了小马庄的轮廓，就要拐下柏油路时，他也没有看到那辆歪倒在水中的三马子。也许早已被他们拖上来，推回家去了。马全安慰自己。

马全终于飞到了小马庄的上空。那炊烟的味道太熟悉了，就连那些牛马鸡鸭的叫声也让他觉得亲切。终于，他在自家的屋脊上停下来。让他高兴的是，他那辆三马子果然待在院子里。这样，他就放下心来。但让他奇怪的是，他家的院子里非常热闹，孩子们玩着闹着，大人们进进出出，表情严肃。是不是出了什么事儿？马全心里一急，便从屋脊上跳下来。他的身子还是那么轻，落地时，连一点儿声音都没有。

马全往屋里一瞅，心便抖了一下。果然出事了，他看到老婆和儿子正跪在地上哭，他们哭得鼻涕一把泪一把的，很伤心。他们面前是一张门板，上面似乎躺着一个人，但被黑布子盖着，他看不清楚。他走进屋来。老婆和儿子只管低着头哭，根本就没看到他。

马全觉得奇怪。他在门板前站了会儿，便蹲下身子。他伸出手，轻轻地掀开黑布。让他吃惊的是,黑布下面躺着的是自己。他看到躺在门板上的自己,也是干干净净的,头发剪了,胡子刮了,穿的衣服竟然跟自己身上穿的一模一样。

突然,马全感到很累,从来没有过的累。他想扭头看一眼老婆和儿子,但就连这点儿力气也没有了。他一头栽倒在门板上。接着,他觉得身体又有了重量。

(原载《红豆》2004年第6期)

大鱼、火焰和探油仪

上　篇

一

　　少年九果喜欢养鸟，人们都传着九果能听懂鸟语，由此他成为村里响当当的人物。在人多的地方，他把手举过头顶，伸出手指，朝着枣树上啵啵一叫，就会有一两只麻雀飞下来，落在他的手掌心里。在人们惊奇的目光中，九果感到自豪。九果觉得自己是那么与众不同。有一年，他还养了一只灰尾巴喜鹊，整天扛在肩上。他一手卡腰，一手像领袖那样用力一挥，喜鹊便呼一下飞起来，在人们的头顶上转来转去。他的手再一挥，喜鹊就会稳稳地落在他的肩头。

　　孩子们羡慕得不行，整天疯癫癫地跟在九果的屁股后面。除了元泰之外，九果一概不理。元泰是支书的儿子，但最听九果的话。他们俩一般大，从小一块儿上学，一块儿玩耍，关系好得不得了。元泰问九果是不是真的能听懂鸟语。九果扑哧笑了，他没有回答元泰的问题。

　　不过，到了十七岁这一年，少年九果就再也不玩这些玩意儿了。十七岁的九果觉得自己长大了，养鸟会被别人笑话的。闲下来，九果和元泰去套野兔子。野兔子夜里活动，有自己专门跑的路。九果能看出来。傍晚时，他们把套子下在野兔子的必经之路上。所谓套子，就是用细铁丝圈一个碗口大小的圈儿，套个活扣，拴到一个铁橛上，定在地上，铁圈离地面要有八指高。野兔子只要钻进去，就别想逃脱，越挣拽套得越紧，最后窒息而死。每次下套，他们总能套上一只两只的。要是套到一只，九果总把它让给元泰，说："你爹是支书嘛。"

除了套野兔子，九果和元泰最喜欢干的就是网鱼。

这一年秋天，玉米和大豆刚刚收割完毕，大地一片辽阔，天高云淡，不冷不热。每到这时候，男女劳力分工很细。男劳力抽水浇地，准备耕种冬小麦；而女劳力或在村边的枣树林里打枣，或在饲养处的场院里剥玉米。这一年，九果和元泰都是十七岁。九果的生日比元泰大，因此元泰喊九果哥。九果长得高，皮肤黑亮亮的，浑身上下结结实实，眼睛虽不大，眉毛却浓。而元泰正好相反，个头不高，稍胖，皮肤白白嫩嫩，嘴唇上面的胡须就特别显眼。这一天，九果和元泰被小队长分配到女人一组，跟一些女人去村北的枣树林子里打小枣，原因是他们这些半大小伙能爬树，可以坐在树杈上抢竹竿。这样的活儿也是他们愿意干的，既可以吃吃小枣，又可以跟那些娘儿们逗逗乐子。九果蹲在树上像一只猴子，而元泰就像一只熊猫。他们往嘴里塞着小枣，不时地抢上几竿子，噼里啪啦，小枣下雹子似的落在地上，引来女人们一阵阵嘻嘻哈哈的笑声。休息时，他们就跟下面的女人逗上一番。他们不敢惹那些老娘儿们。要是老娘儿们动真格的，一伙老娘儿们能把一个老爷们儿掀翻在地，掏裆看瓜儿，是常有的事。他们找那些大姑娘小媳妇，把红彤彤的小枣弹出去，砸在她们高高的胸脯上。那些害羞的，会红着脸，扭过头来嘟囔几句；胆子大点儿的，也不过拾块坷垃，边骂着边有气无力地往树上抛上两下子。但那一天，九果和元泰蹲在树上，连跟大姑娘小媳妇逗笑的心思都没有。他们的心早就飞了，飞过重重叠叠的枣树林，随着远处抽水机的马达声，落在西大湾里。由于抽水浇地，西大湾里的水越来越少，九果跟元泰商量好，中午去西大湾网鱼。每年的这个时候，不知道多少人的眼睛都盯着西大湾放光呢。这一天，九果还存有私心，他想捉一条大鱼，带回家去让他的哥哥尝尝鲜，因为明天，哥哥就要到五十里路外的一个村子里，跟一个又矮又胖的女人过日子去了。

坐在树杈上，元泰不时地抬头看天。

"离晌午还远着呢。"九果看到元泰的样子，想笑。

"闻到鱼腥味儿了。"元泰抽抽鼻子。

"属猫的呀你。"

元泰一个小枣砸过来，九果歪歪头，两人乱笑一通。

时间就像糖稀一样黏稠。元泰终于忍不住，他朝九果挥一下手，说一声"走"，便滑下树去。

九果说："离收工还早呢。"

元泰说："不管他。"

九果有些犹豫，但转念一想，元泰他爹是支书，谁敢惹他。果然，小组长远远地瞅他们一眼，就低下头去。九果边走边回头，看到春旺他们正站在树上使劲儿抢竹竿。九果心里稍稍迟疑了一下，就坚定地跟元泰朝村里走去。九果突然感到，有一个当支书的爹是多么好啊。

元泰扛着渔网提着铁筲从家中出来，身后多了他的妹妹元红。

元泰说："多了个帮忙的。"

元红朝九果龇牙笑笑。九果的脸有点发热，他忙从元泰肩上接过渔网，扛在自己肩上。

真是女大十八变。这才多长时间没见元红，竟然变成大姑娘了，玉水白色的衬衣，让一对乳房撑得鼓胀胀的，那大大的黑眼珠一忽闪，跟会说话似的，一笑，那嘴角上方的酒窝儿，似乎要把九果的眼神儿吸进去。还有那脸蛋儿胳膊肘儿，一个字，白。九果敢保证，元红绝对是村里最白的女孩子，也绝对是村里最漂亮的女孩子，不愧是人家支书的女儿。九果不敢把目光过多停留在元红身上，但九果心里却羡慕元泰有这样的一个妹妹。

这一年，元红不足十六岁，刚从联中下了学。

九果问："元红，秋后去念高中呀？"

元红说："不想念了。念了半天，还不是回家来务农。"

九果想想也是这个道理，他和元泰联中一毕业，就回到村里干农活了。在这点上，支书的儿女也没有好的办法。不过这年夏天，元泰向九果透露了一个秘密，说他爹想让他去参军。九果羡慕得不行。可九果家成分不好。九果明白，自己有天大的本事，也不可能穿上那身从小便向往的军装。有时候夜里盯着天上的星星，九果心里突然难受得要命。但九果知道，爹娘，还有哥哥的心里，比他还要难受。他们整天皱着眉头，不是沉默不语就是长吁短叹。哥哥立果比自己大九岁，却一直找不上媳妇。这不，春天里总算定了门亲，却是哥哥要嫁到人家去，这叫"倒插门"。在农村，这是一个家庭的耻辱啊。

想到这些，九果再也不敢多瞅元红一眼。九果两手攥着渔网，自始至终，都在绷着嘴唇，有元红在不远处盯着，九果总有些怪怪的感觉。

二

那确实是怪怪的一天。地质队的汽车出现在马颊河堤上的那一刻，九果和元泰正在西大湾里网鱼。后来九果想，自己的坏运气正是从那天开始的。

中午时分，地里下了工，西大湾里的人多起来。九果和元泰斜着身子弓着腰，双手叉开，各自攥着渔网两边的木棍。快到岸边时，元泰的脚下一滑，摔了个仰八叉，一屁股砸进烂泥里，溅了满身满脸的泥巴。元泰的妹妹元红在岸边笑弯了腰，她像个小母鸡似的，笑得上气不接下气："元泰呀元泰，你真是个大笨蛋。""是大鱼撞的。"元泰不笑，绷着脸，边说着边从泥水里爬起来，装模作样地东瞧西看。九果知道元泰装傻，又看到元红笑弯了腰，便也想跟他们闹一闹，于是扔掉手中的木棍，猛地一下子蹲进刚没过膝盖的浑水中。"鱼在这儿呢。"说着，双手使劲摁入水中，九果跳了两下，又把一只手伸进大裤衩子里，在水里来回搅动着，喊道，"哎哟不好，大鱼钻进裤裆里了。"元泰哈哈大笑着蹿过来，扑在九果身上。他们在浑水里滚来滚去。岸边的元红笑得满脸通红，突然她喊道："你们俩别闹了，你看人家春旺，抓了条红尾大鲤鱼呢。"

九果和元泰扭头看去，果然看到春旺双手掐着一条足有三斤重的红尾大鲤鱼。春旺摇晃着身子，一步一步地朝岸边走去，水在他的脚下被趟出两条沟来，哗哗响。春旺的样子很夸张。九果和元泰有点儿傻眼，他们比春旺来得早，在水里折腾半天，也没捞上一条像样的鱼。"你看这狗日的春旺。"元泰恨恨地骂一句。他们默默地抓起渔网，又弓起身子，在湾里兜起圈来。

西大湾紧靠高高的河坝，是十里八村有名的大湾。水深面积大，中间有几座土丘，长满茂盛的蒲苇，连成一大片翠绿。那是一片神秘的地带。有关西大湾和这片蒲苇地，老年间就有无数的传说。最广泛的传说是，西大湾里住着一个千年王八精，它一年只出来那么一次半次的，有时候却接连几年也不出来。最近一次有人看到它是在唐山大地震之前，目击者是村里的赤脚医生王大胖子，他一大早去公社里参加学习培训，骑着自行车路过西大湾，猛地看到湾中间多了一座圆圆的土丘，足足有一间房子那么大，有旁边芦苇的绿衬着，那座褐色的土丘显得特别扎眼。王大胖子心里嘀咕，啥时候冒出个光秃秃的土丘来？他禁不住停下车子，就在低头支车子的瞬间，王大胖子再抬起头，那座圆圆的土丘已消失得无踪无影，随之而来的是一股大风和阵阵的鱼腥气。王大胖子开始还纳闷，后来一拍大腿，娘哎，会不会是那个千年王八精啊？越想越是，冷汗哗一下淌下来。

　　人们无法不信。这王大胖子可是雾村毛泽东思想文艺宣传队的骨干分子，村小学的莫校长说他是一个坚定的唯物主义者。雾村的人不知道啥叫唯物主义者，但都知道王大胖子曾经打过算命的孙家巫婆两记耳光。再说，好歹他还是个赤脚医生，不管男的女的老的少的，没有他没摸过的屁股。所以，人们对他不得不高看一眼。此话从他嘴里说出来，怎能不是真的？再说，有关千年王八精的故事人们不知传了多少年多少代，也算不上什么新鲜事儿，一个个故事无非是证明王八精的存在，尽管真正见到的人凤毛麟角，但人们就是相信。

　　这样的故事在九果和元泰的耳朵里磨出了茧子。他们都是在西大湾泡大的。在他们心里，西大湾就是乐园，就是天堂。当然，他们也相信西大湾里是有一个千年王八精的。

　　又是一网到岸，墨绿色的杂草中，只有几条手指长的小鲫鱼、小鲢子在蹦来跳去。九果和元泰抢着胳膊抖两下网，水草和小鱼便全落在地上，元红弓着腰，把小鱼一条条拾起来，扔进脚下的铁筲里，筲里顿时传来一阵砰砰的响声。元泰伸着鼻子，又吸了两下："鱼腥味儿这么大，为啥网不到大鱼？"九果朝湾里看去，人们大都集中在离岸较近的地方，尽管水位下降了很多，但靠近蒲苇荡的地方还是没有人。"元泰！"九果喊一声，然后把脖子和眼珠子扭向那片稍稍变黄的蒲苇荡。"你说去那片苇湾？"元泰一下子明白过来。九果使劲儿点了点头，元泰的脑袋晃悠了两下。

　　"咋样？不敢？"

　　"王八蛋才不敢！"

　　元泰不想让九果和元红说他是胆小鬼。但在靠近那片幽深的蒲苇丛时，他们心里多多少少有些异样的感觉。这里可是有千年王八精啊。这样的想法根本无法驱除。

越靠近那片蒲苇，水越凉。大湾四周的七八台机器，已经抽了三天三夜，水一个劲儿地下降，很多地方已露出黑亮的泥巴。可蒲苇周遭的这片水，还深及胸脯，有的地方甚至能没到脖子。靠近土丘，接近芦苇丛时，水才浅了一些。

"等等。"九果突然停下来，耳朵贴着水面，伸手在脚下搂着什么。元泰瞪着眼，也许水凉的缘故，上下牙齿不停地碰在一起。九果吆一声，猛地举起一根长长的白骨，吓得元泰呀地叫起来。

"狗日的九果。"

"让你骂人。"

九果把白骨扔向元泰，元泰的身子在水中笨拙地一闪，嗓子里发出猫一样的叫声。九果哈哈大笑。

"肯定是人骨头。"元泰自言自语。

九果点点头，说："我有时候就想，这长满苇子的一座座土丘……"

"咋了？"

"会不会……是坟？"

元泰浑身上下一哆嗦，脸都变黄了。他把手中的网使劲儿往水里一摔。

"九果，再胡说八道，老子不跟你玩了。"

九果哈哈大笑："说着玩儿，说着玩儿，看把你吓的。"

论节气，已到寒露，天真的有些凉了。那渐已变黄的芦苇足有房子那么高，生得粗壮稠密，土丘与土丘间，有一条两米多宽的沟，芦苇相对少一些，而这里，却有些阴冷，九果和元泰的胳膊上，都起了一层鸡皮疙瘩。脚下是稀软的泥巴和腐烂的芦苇叶子，踩下去，便泛起一股股黑水和一串串气泡，发出难闻的腐臭气。九果心里也很紧张，除了冬天结冰时收割芦苇，他还从没有走进过这片苇湾，更不用说进到里面捉鱼。不过，九果不能先泄气，别忘了，这主意可是他出的。

他们都不再说话，他们绷着嘴唇，头发湿漉漉的，脸色蜡黄，脚下发出轻轻流动的水声。苇湾外面的远处，传来人们的嘈杂声。苇地越进越深，网在他们手下显得愈加沉重。

突然，网中间两条变黄的蒲叶间，哗一声，泛起一团巨大的水花。九果被吓了一跳，身子本能地后仰。元泰更是一个趔趄坐在蒲草上。还没等他们反过劲儿来，一条大鱼青褐色的脊背便浮出水面，它斜了下身子，洁白的鳞片被透进苇丛的阳光照射得银光闪闪。

"快！"

九果大喊一声，便把网兜过去。然而，这条鱼太大了，它斜着身子朝网冲过来。九果只觉得手中的木棍猛地一拧，身子便栽进水里。也许元泰被眼前的情景惊呆了，他半举着双手不知所措，就像日本鬼子投降的样子。九果迅速地从水中站起来，还没来得及回过神儿，只觉得身下的水猛地旋转起来，水流像大风那么有力，大鱼宽阔的尾巴露出水面，闪着青幽幽的光泽，像锋利的斧头一样砍在他腿上。九果朝水中扑去，一只手竟然正抠住鱼鳃，九果顺势一滚，两腿正好跨在鱼背上。老天爷，九果觉得这条鱼跟自己一样长。它的脊背像牛犊子的背那样坚实有力，它黏滑的身子散发着浓重的鱼腥气。它驮着九果，向芦苇深处冲去，巨大的尾巴左右摆动，啪啪地拍打着九果的屁股，耳边的芦苇发出咔咔的断裂声。九果想用另一只手抠住大鱼的另一边鳃，也许大鱼身子太滑了，也许大鱼的力气太大了，九果稍一分神，竟被大鱼甩下来，抠在鱼鳃上的那只手也滑脱了。

元泰蹒跚着走过来时，九果正在大口地喘着气。

"太大了，太大了……"

九果颤抖着嘴唇不停地说。

元泰把九果搀起来，九果已是遍体鳞伤，胳膊全被芦苇叶子划破了，大腿上被鱼尾巴扫出一道长长的伤口，不停地淌着血。他满身的鳞片和黏液，散发着浓浓的鱼腥味儿。再看那网，竟然被这条鱼撞出锅盖大小的一个洞来。

"太大了，太大了……"九果嘟囔着。

元泰瞪大着眼，脸色苍黄，不吱声儿。

来到岸边，元红看到九果这副模样，守着这么多人，嘴角上方的小酒窝急剧抽动几下，像是要哭的样子。九果的心里热热的，胃里像吃多了地瓜那样烧起来。"老天爷，太大了，太大了，说出来你们都不信，跟我身子这么长，这么长……哪有这么大的鱼呀，听都没听说过……"

九果着魔似的，不停地比画着。这时候，不知谁喊了一嗓子。"看，汽车。"人们抬头望去，高高的河堤上，真的出现了一长排绿色的汽车，前面是两辆北京吉普，后面紧跟着两辆带绿蓬子的大解放，再后面的汽车更加奇怪，都驮着一架像塔那样的四四方方的铁梯子，铁梯子斜趴在汽车后面，那架势，如同高射炮似的。车队浩浩荡荡，腾起的尘土遮住了堤上的树木。

连拖拉机都是稀罕物的年月里，谁见过这么多汽车，并且全都是古古怪怪的模样。包括九果、元泰和元红在内，所有的人都目瞪口呆，盯着汽车像王八那样缓慢地朝村子方向爬来。除了远处抽水机的马达声，西大湾一时变得鸦雀无声。随着这些古古怪怪的汽车朝自己开过来，人们的心里也开始变得古古怪怪起来。

人们忘了抓鱼。

九果忘掉了疼痛。

三

这天下午，九果蹲在树上抢竹竿，浑身一点劲儿也没有。竹竿攥在手中，重如锄头铁锨。他的力气似乎让那条大鱼给耗尽了带走了，身上的伤口火辣辣地疼，尤其是被大鱼尾巴划破的那块，足有半拃长。多亏元泰家有紫药水，元泰给他抹紫药水时，他咬着牙，一声没吭，但似乎有泪花闪出来。元红盯着他看，他的脸涨得通红。九果害臊了，咋能在女孩子面前流眼泪呢。

此时，九果的皮肤火烫火烫，眼球像火球，满脸红通通的。小枣在眼前晃来晃去，晃得他眼球生疼。他攒足力气抢一竿子，眼前的小枣却并不见少。元泰的精神头也不如上午足了，他多是蹲在树上盯着下面的小媳妇发呆。九果知道这小子心里在想什么，自己却连看小媳妇的力气都没有。不仅仅是力气，他的魂儿似乎也随那条大鱼去了，虽说是蹲在枣树上，可眼前晃动的总是那片芦苇丛，那阴凉的芦苇丛。腐臭的水，大鱼的腥气，黏滑的身子，牛犊子般的力量，随之而来的是那一辆辆的汽车，它们通体闪着光，唐突地闯进九果的脑袋里，九果的脑瓜子就开始嗡隆嗡隆响。那怪怪的感觉越来越厉害，九果变得烦躁，不踏实，有点儿害怕，并且双手不停地哆嗦起来。这是不曾有过的，从小到大，他从没有过这种感觉。他不知道大鱼和汽车到底意味着什么。九果禁不住喊了一声：

"元泰。"

　　元泰回过头来："呀，九果，九果的脸像着了火呢。"

　　"我冷。"九果的声音有些抖，上下牙扣得咔咔响。

　　"你是不是发烧？"

　　"上午还好好的，发啥烧？"

　　元泰还是挪过身子来。在树上，他的样子很笨拙，一手提着竹竿，一手攥着树枝。当他把手放在九果的额头上时，大叫一声："哎哟，烫死人了。不行，去和组长请假，你烧呢。"

　　看着元泰火烧屁股的样子，九果心头一热，元泰真够哥们啊！九果跳下树，太阳穴砰砰地跳，脑瓜子生疼。

　　"我送你回去。"

　　"不用，又不是三岁孩子。"

　　"滚蛋吧，看你这熊样吧。"

　　元泰搀扶着九果，一步步朝树林子外面走去。

　　九果猛地想起他和元泰在枣树趟子里捉麻雀的情景。那时候他们只有十一二岁，上树爬墙，无所不能。他们专盯那些刚出窝不久的小麻雀。盯上一只追起来没完没了，脚下的玉米苗和豆棵子不知让他们踩断多少。最后，他们眼瞅着麻雀一头栽在地上，累死了。一天能追死好几只麻雀呢。他们从小就这样在一块儿疯。

　　"元泰，啥时候咱再追死几只麻雀玩玩？"

　　"多大了，还追麻雀！就是追，也该追大闺女了吧。"元泰说完，嘿嘿地笑起来。

　　一提大闺女，九果猛地想到哥哥。对呀，明天一大早，哥哥就该走了。九果的心里又沉重了许多。

　　回到家，九果一头栽在炕上，元泰是何时走的，他也不知道。迷迷糊糊中，他听到村里的大喇叭哇啦哇啦地响了好几遍，都是元泰他爹的阴阳怪调，他听到娘在院子里追鸡的声音，后来，他又听到爹的咳嗽声。然后，他便什么也不知道了，他似乎沉入浑浑的水中，鼻子里满是那腥腥的气息，那条大鱼又出来了，它足有一扁担那么长。它驮着他，向水深处游。它要把我驮到哪里去？可他一点儿力气都没有，他贴在鱼背上，根本无法动弹……

　　"九果，九果，起来吃饭了……"

是娘的叫声。

九果张张嘴，却没发出任何声音。

"九果，九果，起来吃饭了。"

娘的声音近了。

"哎哟，烫死人了。"

娘的手刚一碰到九果，就喊。

"立果，快拿大白药片来，九果发烧呢。"

哥哥来到身边，一摸九果的头，也叫了一声："去喊王大胖子吧，得打针呢。"

"不用打针，没事。"

九果的身子似乎从水里浮上来，他睁开眼，看到娘乱蓬蓬的头发和哥哥黝黑的脸，一斜眼，又看到外间屋里昏黄的灯光下，坐着爹和那个留着山羊胡子的媒人。

"先吃上药。"娘说。

九果斜着身子，喝一口水，把药吞进去，嗓子火辣辣地疼。

九果又钻进水中，这一次，他看到身边有那么多那么多的鱼，它们围着自己，摆动着漂亮的尾巴。九果憋得慌，把头伸出水来，看到元红坐在岸边。元红穿着一件粉色的小褂，正朝他笑。

"元红！"他喊了一声。

"元红！"他又喊了一声。

他发现，自己离岸边越来越远，元红的身子也越来越小。

"元红！"

九果歇斯底里地喊，竟然把自己喊醒了。他猛地听到外间屋传来哭声。

是爹的。爹怎么哭呢？爹一边哭一边说：

"爹忍气吞声，这辈子活得窝囊，你爷爷开木匠铺，省吃俭用一辈子，攒下一百亩地，没想到却绊了个人的脚，这跟头摔得结实啊！地主，你爹我一辈子背着这恶名，被压得喘不过气来。要不是早早地娶了你娘，爹也打一辈子光棍了。爹对不住你们啊，我不配当爹呀……"

爹说着，竟然自己扇起自己耳光来。

啪，啪，啪……

"老马，老马，你这是干啥呢？"

那个留山羊胡子的男人忙站起来拉爹的手。

"老马老马，你这是干啥呢？不管咋说，明天是立果的喜日子吧？你是老脑筋，立果走到哪里，生的孩子不都是咱老马家的后人？"

"人家不让姓马呀。"爹哭道。

"不姓马也是咱的后呢。"

娘坐在一旁抹眼泪，哥哥像霜打的茄子，脑袋垂着，一声不吭。

九果躺在炕上，心里堵得难受，抹一把脸，全是眼泪。哥长得这么好，凭什么就娶不上媳妇？九果心里愤愤不平，他又想到元泰能去参军，自己凭什么就不能去参军？凭什么？凭什么？他难受，心里就像被一团团黑棉絮塞得严严实实，撕都撕不透。

"爹，娘，我不怪你们。"

这时候，哥抬起头，他的声音有点儿颤。

"我心里啥都明白，人的命，天注定，谁让咱成分不好呢。我就是觉得，你们把我养这么大。等你们老了，我不能侍候你们。一想到这，我……我就堵心……"

哥先是哽咽，后来忍不住，终于号啕大哭起来，搞得留山羊胡子的媒人不知所措。

九果把被角塞进嘴里，他怕他的哭声惊动外面的人。他竟然憋出一身汗。一出汗，浑身竟轻松不少，而这一夜，九果却再也没有睡着。

天还黑着的时候，哥哥和媒人就动身了。哥哥怕惊动村里人，他怕让别人看到自己。他就在黑暗中，离开了自己生活过多年的村庄。悄悄地，静静地，无声无息。

临出门前，哥哥和娘来到九果身边。哥哥轻轻地摸了摸九果的额头，跟娘低声说："烧退了。"

九果想一把攥住哥哥的手，但他忍住了。

四

地质队的到来，让九果大开眼界。住在他家偏屋的，是一老一少两个地质队员，人们都喊他们王司机和牛技术员。王司机长得敦实，络腮胡子，平时不言不语。牛技术员年轻，精瘦白净，戴副眼镜，平时爱说爱笑爱唱。他们管九果叫小老弟。九果在他们面前很腼腆，他一方面觉得这些人挺有知识，一方面又很看不惯他们，比如他们早晚刷两次牙，半天刷不完，弄得满院子都是牙膏的水果香味儿，比如他们上茅房，用雪白雪白的纸擦屁股，丢的满茅房都是，比如他们总是把鼻涕擤在一块干干净净的手绢里，然后叠得四四方方，揣进口袋里……

每天早晨，王司机和牛技术员总是站在枣树下，撸胳膊挽袖子，扭腰耸胯，口里向外长长地吐着气，那样子就像上来撞疯的人似的。九果瞪着大眼，呆愣愣的，有些看傻了。倒不是因为他们的动作多么滑稽，九果看的是人家脚上穿的翻毛大皮鞋，这要是穿在自己脚上，该有多威风，踩得地皮呱呱响呢。还有他们腕上的手表，在初升的阳光中，那个亮啊，一忽闪一忽闪，刺在九果的眼里，突突突，身上跟过电似的，啥时候咱也有一块手表呢。九果咂摸咂摸嘴巴，心里挺上火。九果有时觉得，他们就像一帮从天上下来的人似的，看人家吃的是啥，不是肉包子，就是白馍馍，天天有鱼有肉，那饭菜的香味儿，像云彩似的罩在村子上空。他们的食堂设在大队部，这些天，大队部天天围着一大群村里人，老人孩子最多，嘴里说是来看热闹的，实际上是来闻香味的，"娘哎，一辈子也没闻过这么香的味呢，闻闻这味儿就饱了。"孩子们靠着墙倚着树，把大拇指放进嘴里，盯着那被一团团热气包围着的食堂，盯着地质队员们手里的搪瓷盆儿，哈喇子早已淌在衣服上……

有一天晚上，元泰和九果坐在村口的老槐树下，周围黢黑一片，唯有天上的星星格外亮。元泰递给九果一支烟。九果把烟放在鼻子下面，闻起来香香的。元泰的口袋里总是有好烟。

"九果，你猜这些人吃啥？"

"吃啥？"

"蛤蜊牛子呢！就是苇湾地里长的那玩意儿，一看就脏，他们吃得起劲儿呢，一人一个大头针，挑出一堆鸡屎样的东西，放在嘴里，嚼得吱吱响呢。"

九果听着有些恶心，他想不出那玩意儿有啥好吃的，村里从来没人吃那东西。

元泰说："他们还喝生鸡蛋呢，我亲眼看见那脸蛋粉嘟嘟的，在食堂里做饭的家伙，都叫他什么来，吴师傅，对，吴师傅，那家伙，把一个生鸡蛋在盆沿上一磕，两手一掰，昂着脖子一口把生鸡蛋吞下去了。"

九果说："这帮鸟人，就差吃死老鼠了。"

元泰说："真是的，他们本事大着呢！有时候半夜里，他们馋了，去河里照螃蟹，西大湾钓王八，他们可真能折腾。"

九果说："他们还馋，他们吃香的喝辣的，他们还馋呀？"

元泰说："那吴师傅一听我说你会套野兔子，大耳朵一下子就竖起来了，说哪天让你去套呢。"

九果说："我伺候不着他。"

果然不出元泰所言，没过两天，那个吴师傅真的找到九果，他脸白而红润，像刚从锅里蒸过似的，他撇腔拉调地说：

"你就是九果啊，这么年轻就会套兔子，我们收啊，有多少收多少，价钱好商量。"

九果说："套兔子我倒是会，可我不愿意伺候你们。"

吴师傅一听，说道："你这个小同志怎么这样说话呀。我们又不是不给钱。"

九果说："我就这样说话，咋了？不伺候就是不伺候，给钱，给银子也不伺候，咋了？"

吴师傅有点丈二和尚摸不到头脑："我没惹你啊，我没惹你啊小同志，你怎么能这样说话？"

九果也觉得自己做得过分，可不知道为什么，他就是想跟那个做饭的厨子发脾气。不过，对住在自己家的王司机和牛技术员，他还是很客气的。王司机这人平时不爱说话，可喝点酒后，嘴巴特别甜。管老马叫房东大叔，管九果娘叫房东大姨。九果娘还不好意思，说你看这位公家同志，不知这辈分是咋论的，叫俺大姨。老马说，叫你啥你就应着，又少不了一块肉，人家公家人自有公家人的道理。有一天王司机喝了酒，搂着九果的肩头，贴着九果的耳根说："小老弟，我教你一个捉鱼的方法，想不想听？"九果说："想，当然想了？"九果觉得王司机嘴巴软软的，吐出来的气热烘烘的。王司机说："小米三斤，安眠药十片，碾碎搅匀，再用猪大油搓，傍黑天，绕着大湾撒一圈，第二天一大早，你站在水边，弄个小网兜，一条条地捞吧，绝对连鞋都湿不了。"

九果一听，高兴得不行。他立马去找赤脚医生王大胖子。"安眠药十片，干啥？"王大胖子开始不卖给他。九果说："王叔，实话跟你说，我药鱼呢。明天给你提几斤鱼来尝尝鲜不就得了。"王大胖子半信半疑，但他嘴馋，又知道九果在这方面是个能人，最后还是把药给了九果。

九果当天晚上就试了。结果第二天早晨，真的就捞了十几斤，多半筍，有斤数沉的鲤鱼，还有半斤多沉的鲫鱼。九果给王大胖子提去了几条。王大胖子乐得合不拢嘴，又免费送了九果十片药。九果想了想，又送给元泰家一半鱼。元泰瞪着大眼问这到底是咋回事。九果眯缝着眼，笑呵呵地吭哧半天，也没说给元泰真话。

九果很感谢王司机。那天晌午，他端一盆煮好的鱼去了偏屋。王司机和牛技术员刚打回饭来，正准备吃。一看九果端鱼过来，非常高兴。非留下九果喝一盅。王司机举起一瓶"景芝老白干"，给九果倒了半茶碗。九果说："我不会喝酒。"牛技术员说："酒还有会喝不会喝，喝就是，你不知道，我们这个地质分队可是大名鼎鼎，号称酒分队，哈哈。来，小老弟，干一个。"九果很感动，觉得他们没有瞧不起自己。半杯下肚，九果头胀了脸烫了，说话气也足了。

九果说："你们就像那天兵天将呢，整天价大皮鞋呱呱叫，吃的是山珍海味，去干活还坐汽车，俺听都没听说过呢。你们这日子过得多恣儿，不讲成分高低，谁也不欺负谁。"

王司机哈哈大笑，说："老弟，听你这么一说，我们跟一帮神仙似的。你还小啊，你不懂，到处都一个熊鸟样。"

牛技术员的床头上挂着一架望远镜。九果早就想试一试，只是没好意思说。他不时往那儿瞥一眼。牛技术员看在眼里："你想试试？"九果不好意思起来，他拘谨地说："在电影上看见过这玩意儿，没见过真的。"

牛技术员说："你拿出去，站在房顶上看看去。"

九果拿着望远镜爬到他家的房顶上，把两个黑幽幽的洞口往眼珠上一对。老天爷，那马颊河堤就跟在眼前似的，一个老爷们儿正站在光秃秃的树下撒尿呢。那麻雀从这树枝飞到那树枝上，连它们的小脑袋都看得清。九果扭过身子，竟然看到了东大洼，那地质队的汽车正停在那里，一个人正趴在那四四方方的铁梯子上，手里还挥着小红旗。再看南大场，那高高的秋秸垛下，两条狗正腚对腚地躲在那做好事呢……

九果惊呆了，他觉得世界猛一下变小了。

牛技术员嘿嘿笑，说这算什么，给你看个厉害的。说着，牛技术员从屋里提出一个圆圆的，半米多高，就像打农药的喷雾器似的东西来，找一块干净的地方轻轻放下。这家伙是灰绿色的，看上去沉甸甸的，又精致又干净。牛技术员指着上面高出一截来，像望远镜一样的东西说："从这里往里面瞧瞧。"

九果蹲下身子，双手掐着这台仪器，闭上一只眼，另一只眼扣在上面，往里看。里面黑幽幽的，片刻后，九果看到一层层的线条冒出来，晃晃悠悠的，水波纹一样。九果看了半天，除了水波纹似的线条，啥都没有。他抬起头，满脸迷惑地盯着牛技术员：

"啥也没看见呢！"

"啥也没看见？不对吧。"

"像是有水呢。"

"对吧，对了。那不是水，那是油。"

"油！真的？"

"我蒙你干什么。你知道，你刚才看到哪里去了？"

"哪里？"

"地下三千米深的地方。"

九果张着大口，无比惊讶。

"真的？那这地下真的有油？"

"哈哈，我糊弄你干什么，你知道这台仪器叫什么？"

九果摇摇头。

"记住，这叫探油仪。"

九果瞪着眼，一个劲儿地点头。

"你知道这小玩意儿值多少钱？"

九果摇摇头。

"你知道我们那汽车吧，这么说吧，你们村所有的钱加起来，也买不到一辆汽车。"

九果点头，对此他深信不疑。

"你知道这台小玩意儿吧，我们买十辆汽车的钱加起来，也买不到一台这玩意儿。"

九果哇地叫一声："真的？"接着双手被烫着似的离开这台仪器。

九果盯着这台探油仪，他觉得这个小玩意儿真是太奇妙了。他咋想也想不通。

王司机在屋里笑弯了腰："小牛啊，你个王八蛋……"

九果并没觉得牛技术员在糊弄他。

五

有一天上午，九果和元泰他们在饲养处砸粪。休息时，元泰把九果拉到一边。元泰给九果点上一支烟，低下头去半天没说话。九果感到不对劲儿，元泰可从来不这样。

九果说："咋了？元泰。"

元泰抬起头，说："一帮披着羊皮的狼。"

"谁？"

"那个做饭的吴师傅，他摸元红呢。"

"啊？"九果张着大口，呆了。

"他攥着元红的手，说是要给元红看手相，半天不松开。那天晚上放电影，演《渡江侦察记》那天，狗日的又摸元红的胸脯呢。把元红吓坏了，她又不敢跟别人说。"

九果只觉得头嗡地一响，大了一圈儿。九果一把拉住元泰的手，扭头就走："你把那姓吴的叫到南大场来，就说我套了几只野兔子，等着卖给他呢。"

元泰真的去了。

九果来到南大场，这里秫秸垛足足有十几个，高高的，跟一座座房子一样，曲里拐弯，很隐蔽，是孩子们藏迷迷的好地方。初冬的太阳暖烘烘的，落在秫秸上，干黄的秫秸叶儿不时地发出咔咔声，到处飘着浓浓的柴火味儿，甜丝丝的。九果一阵烦躁，他把破棉袄一把捋下来，使劲摔到地上，又跟上一脚，把它踢到秫秸上。他觉得小肚子里塞着一团气，堵得慌。

那姓吴的真的来了，一边走一边跟元泰说着什么，还龇着牙笑呢。在阳光下，他的脸红润润的，跟两个粉团儿似的。咋这么白？九果琢磨不透。

"哎呀，九果，快把野兔子拿出来看看，拿出来看看。"

这个吴师傅话音刚落，肚子上就挨了九果一记重拳，妈呀一声，捂着肚子跪在地上。接着，九果又是一记勾拳，砸在他的下巴上。吴师傅还没来得及说一句话，就趴在地上。元泰又跟上两脚，踢在他的肋骨上。吴师傅的身子蜷成一团儿，双手捂着有点谢顶的脑袋，妈呀妈呀直叫唤。

九果一把把他拽起来。再看吴师傅，满嘴是血沫子。

"知道为啥揍你吗？"九果说。

"我要告你们支书去，你们这帮野蛮人，无缘无故打人！"

"无缘无故打人？你他娘的占人家大闺女便宜你还叫唤。你耍流氓。你作风败坏。"

说着，啪啪左右各是一记耳光。这一下，吴师傅不再喊了。

"我没有，我没有，真的没有。"他不停地说没有。

"没有，还是揍得轻。"

说着，九果和元泰又是一通拳脚。后来，吴师傅趴在地上不动了，也不叫了，只是大口喘气，就跟一条狗似的。

"起来起来，娘的，好汉做事好汉当。"

九果上前，把他从地上拉起来。吴师傅坐在地上，浑身软沓沓的，阳光下，他的额头显得格外亮。

"我只是，想给她看看手相，哎哟，你们咋就这么狠！"

"还有呢？"

"没有啦，我就是想给她看看手相。"

"还不老实，这狗日的还不老实。"

九果一跺脚，一巴掌拍在他脑门上。吴师傅双手捂头，妈呀一声。

"我说，我说，那天看电影，我看到咱们共产党扮成国民党军官，深入敌后，视察国民党炮兵部队，我们共产党，戴一副白白的手套，伸出一根手指，在国民党那炮筒子上轻轻一抹，说，大炮是怎么保养的，炮弹离炮位太远了吧。哎呀，小同志们哪，你们不懂啊，那太潇洒了，我，我也禁不住……那么一抹。我再也不敢了……"

九果一听，更来气了，都这时候了，狗日的还比比画画地穷酸。一脚踢过去，踢在吴师傅的胳膊上，吴师傅又妈呀妈呀地叫起来。

九果说："元泰，带刀子没有？我把狗日的手指头剁下来，扔进西大湾喂王八去。"

吴师傅一听，一个翻身爬起来，双腿跪在地上，不停地朝九果磕头："饶了我吧，我再也不敢了，你们让我干什么都行，我请你们吃肉包子，对，肉包子，我包的肉包子可是全队有名……"

九果和元泰也打累了。九果觉得吴师傅这主意不错，那肉包子确实香。九果禁不住咽一口唾沫。

从那以后，地质队食堂里的肉包子隔三岔五地丢一次，并且一丢就是一屉，说那笼刚出锅，还热气腾腾呢，回头一打开，空了……

各种传说立刻在小村弥漫开来，有人说亲眼见到几个白胡子老头，在大队部周围进进出出呢，说你看吧，这地质队的包子香不香，把死了多年的老先人都给馋回家来了；也有人说，大队部里藏着一窝黄鼠狼，它们专爱吃地质队的肉包子……

人们闲下来在谈论这些奇奇怪怪的事情时，九果和元泰互相扮着鬼脸，只是偷偷地笑。有一天，元泰提来一瓶酒，说："九果哥，你替元红解气了，元红也高兴，说你真够哥们儿，你要不嫌弃你这个兄弟，那咱俩就这拜个把子吧。"

九果有些犹豫，说："我家成分不好呢。"

元泰说："滚球去吧，碍咱俩啥事儿？"

那天，九果真的喝醉了，他呜呜地哭得像个孩子："我爹他一辈子活得真叫窝囊，啥事都是忍了吧忍了吧。不忍这日子没法过，可忍到头，我也没看出这日子有啥起色，我哥不还是做了'倒插门'！"

元泰挥着手说："九果哥，以后谁再敢欺负你，我敲断他的腿。"

九果很激动，他泪花闪闪，攥着元泰的手，觉得元泰这个兄弟没白交。

再说人家他爹是支书呢。

六

天气越来越冷，水面上结了一层薄薄的冰，柴火上挂满霜。一年中最清闲的时候到了，公社里的放映队来村里放了一场《闪闪的红星》。元泰见到九果，就大拇指向上挑着说：我胡汉三又回来了。村里的孩子们更是张口潘冬子，闭口胡汉三。但老人们还是喜欢听西河大鼓，有两个说书的在村里住了半个月，说的是《隋唐演义》，他俩人气越来越旺，地质队员们也上了瘾。吃罢晚饭，鼓声一响，就三个五个地往村支部那儿聚。咚咚的鼓声穿过清冷的空气，传得很远，显得空灵而悠扬。

由于是冬闲时节，大队里的副业抽一些年轻人去那里干活，有的去机磨坊，有的去织布厂，元泰和九果被派到橡胶厂。橡胶厂的产品是三角胶带。元泰和九果的工作是把那些粘在一起的大块橡胶分开。那橡胶的气味乍一闻还不错，但时间一长就让人反胃了，再说那橡胶有的黏糊糊有的硬邦邦，弹性很强，这活儿并不好干。但九果和元泰还是愿意干，因为他们可以偷出一些胶块来，学着电影上的样子做成火把。这玩意儿可以玩，也可以烧水做饭，但就是不好点，十根八根火柴点不着，打火机点半天也点不着，可要是沾上汽油，一根火柴就解决了。

有一天上午，九果和元泰坐在橡胶厂的墙根儿下晒太阳。阳光很足，把他俩晒得身上快要冒出热气来，再加上空气中弥漫着的橡胶味儿，使得他俩有些晕晕乎乎。这时候，地质队的一辆汽车轰轰隆隆地开过来了。停在离他俩不远的地方。这辆解放牌汽车的木板车斗上扎着弧形的篷子，被绿帆布遮着，让人觉得里面挺神秘。最先从里面跳出来的是吴师傅，这让九果和元泰都瞪大眼睛。如果有啥稀罕玩意儿，他们可以跟着吴师傅沾点儿光。自从他们把吴师傅教训一顿后，吴师傅私下里表现很好，几乎有求必应。但这一次他们俩都很失望，吴师傅正咋咋呼呼地指挥着两个年轻人，从车上往下卸大白菜。

一看大白菜，九果又把眼睛闭上了。不过，元泰没闭眼，并且眼珠子越瞪越大："嘿，九果。"元泰猛拍一下九果的大腿，把九果吓了一跳。

"一惊一乍的，干啥？"

"你看，车斗下面。"

九果看了半天，也没看出什么道道。吴师傅他们撅着腚，正往食堂里搬着大白菜。

"那个四四方方的，大箱子，绿的。"

"对呀，那不是油箱嘛。干吗？大惊小怪的。"

"那里面是什么？"元泰问。

"汽油呀，傻瓜不知道。"

"对。奶奶的，是汽油。"

"干吗？"

"弄点油用用呗。"

"你看那油箱盖了吧，锁着呢。"

"那小锁，能挡住啥？"

此时，九果也挺直身子，他想元泰说得不错呀。弄点汽油用用呗。省得他和爹用打火机点时还要买汽油，再说，有了汽油，那胶块不就能当柴火用了吗？这得省家里多少柴火呀？想到这里，九果身上麻痒痒的，开始有汗冒出来。

元泰扔给九果一支烟，说："咋样？我那里正好有一段塑料管呢，晚上就弄。"

九果扑哧笑了，说："还用咱弄？有吴师傅嘛。"

"这你就不懂了，人家是一个萝卜一个坑，吴师傅是做饭的，又不是开车的。"

九果想了想，觉得元泰说的有道理，便说："行，我看行，就这么定了。"说着，伸手捋一把元泰的头发。两人哈哈地笑起来。

此时，九果怎么能知道，他的这个决定，将让他付出惨重的代价呢？

那天下午，本来不错的天气，猛地变得阴沉沉的。风也大起来，吃晚饭时，九果娘跟老马说："变天了，冷了，你就别去听说书了。"

老马把头摇得像拨浪鼓。九果娘没好气地说："你看这一家子，都跟迷了似的。俺就不知道有啥好听的。"

九果跟爹对一下眼，偷偷地乐了。

当那个说书的唱到秦叔宝的母亲要进京找儿子时，九果和元泰悄悄地从人群中钻出来，他们把棉帽子向下一抹，贴着墙根向那辆汽车靠过去。空灵的鼓声和说书人浓重的鼻音被北风吹得断断续续。拐一个弯儿，汽灯白亮的灯光没有了，夜猛地黑下去许多。

元泰钻进家门。九果从他家的门缝里闻到一股酒菜的香味儿，并且能听到从屋里传来的阵阵笑声。元泰家总是这么热闹。九果从心里羡慕得不行。自己家里呢，肯定只剩下娘一个人在灯下搓玉米棒子呢。也许娘的眼里正闪动着泪花，自从哥哥走后，娘经常莫名其妙地淌眼泪，头发白了许多，脸上的皱纹也深了。

　　九果站在元泰家门口，猛地变得很伤感，他甚至想现在回家，不再跟元泰偷什么汽油。这时候，门缝里突然传来元红的歌声，对，是元红，她正哼哼着"洪湖水浪打浪"朝门口走来。九果一愣，还没来得及躲藏，门便被推开了。

　　"哎哟，谁？"元红轻轻叫了一声。

　　"我，九果。"

　　"是九果哥，哎哟，把我心都吓出来了，你不进去，站在这里干什么？"

　　"等，等元泰。"

　　在黑影里，九果似乎看到元红正扑闪着大眼睛看着自己，不知道为什么，九果张开嘴，觉得呼吸有些困难。似乎被吓着的不是元红，而是他九果。正在这时，元泰从门里闯出来，一手提着铁皮小油桶，一手拿着锤子、钳子和塑料管。他说："走。"

　　"黑灯瞎火的，你们干啥去？"

　　"没你的事。"

　　九果蹲在离汽车不远的一棵槐树下，眼睛机警地左右看着，耳朵里充满风声。元泰则蹲在汽车底下，拿老虎钳子使劲地掰着铁链子。远处，不时地传来说书人声嘶力竭的唱声，疏朗的鼓声韵味十足。

　　"九果。"元泰在黑影里挥着手，低沉地喊一声。

　　九果蹿过去，蹲下来。

　　"好了吗？"

　　"来，一块儿用劲。"

　　元泰攥着老虎钳子，九果攥着元泰的手，两人嘴里同时呔地喊一声，锁开了。

　　九果拍了元泰一下。黑影中，两人都乐了。也许是用力过大，元泰的手竟然抖起来。

　　"我来。"说着，九果把管子一头塞进油箱，然后把另一头放在唇间，猛力一吸，赶忙放下去，塞进桶里。"你听，哈，流出来了。"

身边立刻飘起浓郁的汽油味儿，九果深吸一下鼻子，汽油味儿好闻极了。九果喜欢闻汽油味儿。他经常拨开打火机，放在鼻子下猛吸几下，很舒服。

过了一会儿，汽油的流淌声听不到了，"满了没有？"九果问元泰。

元泰趴在桶上，但光线太暗，根本看不清。也许是两个人过于紧张，也许是两人根本没有意识到自己在做什么。当元泰掏出打火机时，他根本没意识到自己正在做一件愚蠢的事情。

也许元泰想，只要火机一亮，他就看清了。但他不知道，这轻轻一下，带来的将会是什么。

"嚓。"

先是一团小小的火苗，紧接着，砰一声，一个巨大的火球，像花朵似的，瞬间盛开在九果和元泰之间。他们的身子，本能地向后一仰，他们惊呆的面孔，永久地留在彼此的记忆中。一种本能的力量，使他们像两只惊恐的兔子，迅速地从车里跳出来。九果的棉帽子掉了，像球似的滚进黑暗里，他并没有意识到。他们先是愣愣地站在那里。火借风势，发出呼呼的声音。只那么瞬间，火苗就像弯曲着身子的蛇似的蹿上帆布篷子。

"着火啦。"

远处有人高喊一嗓子。这一嗓子喊醒了元泰和九果，他们仓皇地钻进胡同，速度比兔子还快。

他们钻进一个猪圈。一头肥壮的大白猪哼哼叫着，像是对他们表示抗议。

"着火啦！"

"救火啦！"

……

嘈杂一片，脚步声，呼喊声，人欢马叫，鸡飞狗跳，整个村子在黑夜中又醒来了。

"九果哥，咱们闯大祸了。"元泰一把抓住九果的手，哭了。

"九果哥，你说，我不会当不成兵吧。我都通过体检了，九果哥，我……"元泰一边哭，一边低声地说着。

此刻，九果的脑袋里却一片空白。他只听到猪圈外边的风声，叫喊声，脚步声，水桶发出的吱扭声。

自己是不是正在做一个梦？

九果一伸手，摸到大白猪伸过来的长长的嘴巴，潮潮的，温温的。九果又一伸手，摸到元泰脸上淌下来的泪水，温温的，热热的。

"他娘的！"

九果狠狠地骂了一句。他不知道自己在骂谁。

七

大火烧了足有两个小时，由于那天夜里风大，离汽车不远的两个柴火垛也化为灰烬，好在被人发现得早，火没蹿上房子，要是火蹿上房子，这灾可就更大了。

地质队队长是个聪明人，他觉得这火烧得奇怪，就建议支书高春来派人守护现场。高春来觉得人家这要求有道理，并不过分。想想也是，好端端的一辆大汽车呀，烧成了一堆废铁，这可是大事。高春来让治保主任派民兵守护现场，并且派人连夜到派出所报了案。

九果躺在炕上，几乎一夜没睡。有一次刚睡着，那大火便呼一下着起来。九果猛地惊醒，在黑暗中，他听到自己正呼哧呼哧地喘着粗气。好不容易挨到天蒙蒙亮，九果一骨碌身便从被窝里爬起来，他穿好衣服，来到外间屋，听到对面屋里传出爹的呼噜声，他就这样一动不动地站了半天，他又听到母亲的梦话和长长的叹息。九果无比愧疚。他悄悄地拉开门闩，来到院子里。外面升起一层淡淡地薄雾，树枝和柴火堆上挂着一层白霜。风停了，清冷的空气冻得他头皮生疼。他这才意识到，自己的棉帽子不知丢在何处。此时，他说不出心里是一种什么滋味儿，害怕了一夜，现在更是提心吊胆。不知为什么，他最害怕爹娘知道这件事。直到现在，他还没有意识到这件事有多么严重。他很想知道失火现场是什么样子。他拔开门闩，走出家门。

街上到处黑乎乎的，十米开外的地方还朦朦胧胧，再远就更看不清了。九果像贼一样，踮着脚尖，左顾右盼，一步步往失火的地方挪动。这时候，有一只公鸡开始打鸣，那长长的尾音惊动了狗，随着两声狗叫，路边的猪圈里传出猪的哼哼声，那清冷的霜气不时地灌进九果脖子里，他揣起手，在一个麦秸垛前停下来，他抹一把鼻子，有点儿不知所措……

正在这时，一个声音从旁边传来："是九果吗？"

这声音低低的沉沉的，像根棍子似的抢在九果屁股上。九果抬起腿就想窜。

"跑啥？我是你春来叔。"

哎呀，是支书，元泰他爹呢。

九果一下子立在那里，他不敢回头，也不敢动。

高春来走过来，轻轻拍了一下九果的肩头，说："九果，你跟我来。"

说完，高春来扭头朝西大湾方向走去。九果愣了片刻，便轻轻挪动步子，离支书高春来几米远，跟在他身后。高春来像一块磁石，而九果就像一枚钉子。他跟跟跄跄地跟着高春来走，脚下的土是湿的，这是昨天晚上人们救火，从西大湾担水时洒下来的，如今已被冻得硬邦邦的。

高春来并不回头，他腰板笔直地走在前面。尽管九果的个头不比高春来矮多少，但他感到前面这人身材高大威风凛凛。九果从心里佩服这个人，爹比起人家来，差的不是一星半点，差十万八千里呢。九果从来没佩服过爹，但支书高春来就不一样了，他风风火火敢说敢做，他张口可以骂人伸手可以打人，那村里的大喇叭里天天传出他钢脆的声音，他说句话，这雾村就得颤一颤，没人敢说个不字……九果有些糊涂，他不知道自己对元泰那么好，是不是由于高春来的原因。

高春来真的把九果带到西大湾边上。九果隐约感到，支书高春来可能知道了他和元泰干的事了。

此时，天色比刚才亮了一点儿。西大湾的水面结了一层薄薄的冰，远处，枯黄的芦苇似乎在晨风中摇来晃去。

九果突然想，那只千年的王八精是不会在这个寒冷的早晨从湾里冒出来的。

"抽支烟。"

九果没想到，支书竟然给他一支烟，"恒大"牌的，元泰曾经给他抽过，说这是毛主席他老人家爱抽的烟。

元泰肯定把所有事都跟他爹说了，九果想。这样也好，支书总会有办法的。

高春来深吸一口烟，吐出来，然后又重重地叹口气："唉，说你们是孩子吧，你们都十七八了，老大不小了。个头赶上我高了，咋连偷人家汽油这事也做得出来。昨天夜里元泰跟我说了这事后，我一宿都没合眼。元泰吓傻了，尿都漏裤子里了。”

九果低着头，手一个劲儿挠头皮。

"九果啊，我看你这个孩子很聪明很精干，就凭你跟元泰是好兄弟，将来嘛，我咋也得提拔你干个副厂长啥的。"

九果听到这里，心里猛地忽悠一下子，有一团热气从心窝里升上来。他没想到支书跟他说这些话。

"你看你们，这下好，把人家汽车烧了，这事儿不算大吧，也不算小啊，人家地质队有钱，是不缺这么辆汽车，但这事一旦查出来，怕对你们有影响呀，你看这元泰吧，还想去当兵，体检也过了，就等下通知了。这一下，我看悬了……"

"别，春来叔，元泰得去当兵啊，我想去还去不了呢，多好的机会。汽车这事儿，我，我心里有数。"

"九果，光咱心里有数不行，人家心里也有数啊。"

"春来叔，我和元泰是拜把子的兄弟，我知道该咋做。"

"拜把子的兄弟，真的？这么重要的事儿，我咋不知道呢？"

"没好意思跟你说呀。"

"唉，"高春来的手掌重重地按在九果肩头上，"关键时候还是兄弟重要啊，人活着图个啥？不就是'仁义'二字吗？"

在朦胧的晨光中，九果看到高春来的眼圈都红了。九果内心突然坚强起来。他觉得自己的决定是对的。

兄弟碰到什么事儿，就得拔刀相助，这责无旁贷。何况，这事还是自己和元泰一块儿干的，元泰去参军，自己又不参军，帮他这一次，支书高春来会记住的。再说，元红也肯定会知道的。想到这里，九果便说："春来叔，咱回吧，这里冷。你放心，不仁不义的事儿，我九果做不出来。"

高春来说："九果，等这事儿过了，我好好地给你安排一下。"

九果心里一热，说："春来叔，实际上你不必这么麻烦，给我安排个民办教师我就中意了。"九果一激动，把埋在内心深处的秘密说了出来。

高春来说："哦，这事我倒疏忽了，你是联中毕业的呀，你看我这脑子，咱村小学里不正缺民办教师嘛。"高春来猛拍一下脑门。

下　篇

八

九果跳下汽车，一时被阳光刺得睁不开眼。正是中午，春风吹过来，懒散散的，像无数的小手挠着皮肉。九果扒下蓝粗布工作服，背起行李，朝村子方向走来。

整整五年，这片土地变得有些陌生。在九果的记忆中，晌午地里是很少有人干活的，而眼前的景象却是一派繁忙，田野里全是星星点点的人，除草、撒化肥、疏通沟渠，突突嗒嗒，到处都是抽水机的马达声。麦苗有一筷子高了，被春风吹得东摇西晃，在起伏之间，那一道道土坎便显露出来，再也没有原来一望无边的感觉了。九果知道，如今的土地已是包产到户。自己种自己的地，省心，清静，这没什么不好，你看现在正是吃午饭的时候，地里却还有这么多人在忙碌。

然而，九果心里却很不舒服，本来他想不声不响地钻进家门了事，可没想到地里还有这么多人。九果低着头，弓着腰，缩着脖子，不想让别人认出他来。自己不是衣锦还乡，而是蹲了五年监狱，刚刚脱掉囚服。九果不想跟任何人说话。

可还是有人认出了他，先是朝这边比比画画，接着有人朝这边喊："九果，是九果吗？"九果把肩头缩得更紧，他加快脚步，恨不得钻到地下去。

站在家门口，九果愣了片刻。门还是那个门，只是斑驳了些，九果闻到一股饭的香味儿，是从门缝里钻出来的，他似乎还听到娘的咳嗽声，一股灼热的气息扑面而来，迅速传遍全身，热流从丹田处涌上来，直抵眼眶。九果把举起来要开门的手又放下去。他横横心，咬咬牙，挺挺身子，抓住门闩，打开门。

院子里的长枣树刚刚钻出嫩黄的叶芽。一排农具还是那样安静地挂在屋檐下。唯一不同的是，枣树下面卧着一头黄牛，它正瞪着圆圆的大眼盯着自己。娘听到门响，从锅台边直起身子，伸头朝外一看，立刻愣在那里。咣当一声，勺子摔在地上。紧接着，娘一屁股坐在灶膛里，号啕大哭。九果呆呆地站在院子里，低下头去，后背上的行李，突然变得无比沉重，压得九果双腿酸软。

爹从屋里走出来，似乎比原来瘸得更加厉害。

"进屋吧，愣在这里干啥？"爹的声音有些沙哑。

这是九果吃得最难受的一顿饭。娘又特意烙了油饼炒了鸡蛋。爹抓起酒瓶，给九果满上一杯。

"回来就好，"爹说，"不要光低着脑袋，从今天开始，你要抬起脑袋来，重新做人，如今地都分给个人，咱好好种地，不愁没有饭吃。"

九果垂着头，一声不吭。

很长一段时间，九果的头都无法抬起来，别人对他特别好奇，主动跟他打招呼，这让他很别扭。他总能在人家眼里看出别的东西，那东西闪闪烁烁，亮晶晶的，却像针似的扎进他的肉里。也难怪，他九果毕竟是村里第一个蹲过监狱的人。他听说，高元泰已经在部队里入了党、提了干，并且娶了一个首长的千金。对于元泰，这个曾经跟自己拜过把子的"兄弟"，九果内心失望至极。在监狱里，看到别人收到信时高兴的样子，九果多么渴望自己也能收到一封信，哪怕就三言两语呢。当时九果想，谁会给他写信呢？只有一个人，元泰。然而没有。几年来，他没有一点儿关于元泰的消息。有时候，九果会从心里原谅元泰，他毕竟是一名军人嘛，肯定会有所顾虑的。九果经常想到那个寒冷的清晨，支书高春来跟他站在西大湾边上说的那些话，那依然是九果长这么大听到的最让他激动的几句话，多少次在梦中，那几句话都像春雨似的滋润着九果。

但现实并非如此。

回到村里后，九果逐渐发现了自己的幼稚。开始的时候，他还梦想着高春来会突然钻进他的小屋，哪怕只向他说两句安慰话呢，他几年来所受的委屈也算没白受。然而他失望了。一个月过去了，二个月过去了……麦梢儿变黄的时候，九果和支书高春来在路上不期而遇。高春来朝九果尴尬地笑笑说："哦九果，你回来了？你看我忙的，还没顾上过去看看你呢。"九果愣一下，嘴唇接连抖几抖，却低下头走过去。他没理支书。九果觉得不理他是对的。他从他的目光中感到了陌生。巨大的陌生感。他不会再指望高春来能给他做些什么了。当年他鼓足勇气向高春来说出那个当民办教师的愿望，现在想来就脸红。那是他的耻辱。现在恐怕就是高春来答应他，村民们也不会答应的。

当老师，这不是滑天下之大稽吗？九果越来越明白，一个人的污点，就如同额头上的黑痣，是会携带一生的。

九

一天中午，九果坐在河堤上，盯着河水发呆。四周郁郁葱葱。玉米有一人高了，在炎热的中午，宽大的叶子打起卷来。瘦高的洋槐树上，蝉声无休无止。

正是人们歇晌的时候，地里没有一个人，只剩下茂密苍翠的植被发出生长的声音。九果从来不歇晌，他在河里下了网，没事时，他就坐在堤上盯着河里的渔网发呆。这时，一棵歪脖子树引起了九果的注意，它歪得好看，弧度很柔和，像一张拉开的大弓。如果谁想不开，要解决掉自己的话，只要把绳子搭上去就行了。

想到这里，九果的鼻孔猛地张开不少，嘴也停止嚼草根儿，他略有所思，盯着那棵歪脖子树愣了半天。后来，九果从地上站起来，伸手拍拍屁股上的尘土，他一步一步地，有些犹豫地，向那棵歪脖子树靠近。这是棵柳树，一碗口粗，长在堤坡上，跟地面有一个自然的斜度，再加上那个歪脖。九果越看，越觉得它是专门为那些上吊寻死的人准备的。九果手扶树干，想着用多大的劲儿才能把绳头甩过那个歪脖；想着扣拴多高才确保上吊不至于失败。首先不能拴太高吧，否则脚踩草筐也够不着，当然，也不能拴低了，如果一蹬草筐，脚尖触地，那也就失败了。此时，九果渴望手中有一根绳子，他想把自己想的这些试一试，当然，他并没有决定要把脑袋钻进那个绳套里去，但要是真伸进去的话，也并不见得是件坏事。

九果甚至自己跟自己打起赌来。他想，如果傍晚时起网，能捞上十斤鱼，或者抓住一条两斤以上的大鲤鱼，那么这个钻绳套的游戏他就不做了。反之，他就该试一试。能有什么大不了的事儿？汽车他九果烧过，监狱他九果蹲过，天塌下来还有地撑着呢。

"九果哥，九果哥，是你吗？"

九果正站在树底下胡思乱想，突然听到一个甜甜的声音喊他。是个女的，声音软软的。在这炎热的午后，这声音就像一滴冰水落在他的额头上，把他砸了一个激灵。

九果抬头一看，堤上站着一个姑娘。她穿着一件粉红色的绣花小褂，一条白色长裤，戴着一顶白色圆沿的遮阳帽，全身上下显得特别干净。由于天气炎热，她的脸被汗水浸得红润润的。她正推着一辆崭新的自行车站在那里。九果觉得她太美了，美得如同一道闪电，炸得他一阵晕眩。

九果半张着嘴，愣在那里。也许是戴着遮阳帽的原因，九果一时没有认出这个姑娘是谁。

"九果哥，不认识我了？我是元红呀。"元红自报家门。

浓浓的眉毛，黑黑的眼睛，白白的皮肤，红红的嘴唇。

"元红。"

九果轻轻嘟囔一声，眼前猛地一黑，差点一头栽倒在地上。他忙用手扶住树干。他垂着头，口干舌燥，嗓子冒烟，胸部针扎似的疼一下，肚子里一阵难受。

他恶心，想吐。

"九果哥，你怎么了？"元红在堤上又喊了一声。

中暑了，九果想。他再也没看堤上的元红，跌跌撞撞地，朝河边跑去。

九果一头扎进河里，他在水里憋了足足有两分钟，才悄悄地把头伸出水面。他大口地喘着气，水滴沿着头发滴溜溜地淌。过了半天，他才睁开眼睛，他瞥一眼河堤，河堤被树木包围着，什么也看不见。然而，刚才元红站在那里的情景，却像照片似的印在他的脑袋里。还有那声音，"九果哥。"自从他蹲监狱回来后，没有谁这样喊过他，更不用说是女孩子。

只有元红。

只有元红。

九果哥。九果哥。九果哥……

仿佛恶魔缠身，九果坐在河边，他已经无法控制自己。

白白的皮肤。

黑黑的眼睛。

浓浓的眉毛。

红润润的脸膛。

还有长长的大辫子……

九果闭着眼睛，它们一直在他眼前晃来晃去。

九果躺在河边的草丛里，整个人都被一股巨大而强烈的失落感所控制。

这段时间，九果神思恍惚，跟丢了魂儿似的，他时常半夜里爬起来，在街上逛来逛去。有时候他走出村子，来到田野里。他发现了很多原来不曾注意的东西，比如他一直认为深夜是寂静无声的，但他发现这是不对的。实际上，黑夜里热闹极了，蝉声、蛙鸣，成千上万的虫子喓喓地叫唤，偶尔，一只大鸟会从树上腾空而起，翅膀掠过树叶和夜色中的空气，发出一连串空灵的声音，很快又归于平静。有时候，他会看到远处有上蹿下跳的鬼火，不用说，那里肯定是一片坟地。九果并不害怕，关于这些鬼火的故事他从小就听，像茅子草似的充斥在耳畔，这些故事尽管无比恐怖，但除了让人暂时害怕之外，并没有影响到任何人。九果甚至喜欢看这些鬼火。它们有时快，有时慢，有时静止不动，有时相互追逐，就像一些顽皮的孩子，它们高兴快乐，至少比自己高兴比自己快乐，九果更愿意相信，它们是那些死去的人变成的精灵，也许他们活着的时候受了一辈子罪，只有这时候才变得快活起来。还有夜色中的那些气味儿，玉米和野草的清香味儿，河水和泥土的潮腥味儿，牛粪和马尿的骚臭味儿……九果感到只有在这时候，只有在大街上在野地里，他的心才能平静下来。

九果不愿意回到那间挂着蚊帐的小屋里去。他害怕，他恐惧，他只要往床上一躺，身体就变成一团火焰。而那个地方，更是灼热难耐，像有一团蓝色的火苗，完全可以烧毁他。多少次，他听到自己的骨头发出咔吧咔吧的声音，像干透的木柴，更像那辆被大火吞噬的汽车……更让他恐惧的是，在这大火的后面，总是闪动着一张清秀的面孔，一具有着无限活力的躯体……她的一切都让他着迷，颤抖，不能自已。

九果知道，自己着魔了。可是，谁能救他？每一次燃烧后，他都要坐在小小的蚊帐里，双手合十，嘴里念念有词："老天爷，救救我吧；老天爷，求求你老人家了……"

徒劳。徒劳。一切都徒劳。

"元红，你这个妖精，你这个骚货……"

九果想让自己恨元红。他先是恨高春来，再恨高元泰，再恨自己没出息，再恨元红。他确实恨高春来和高元泰，也恨自己，可他就是无法恨元红。

　　每当这时候，他总会想到河堤上那棵歪脖子柳树。他暗自落泪，对自己失望、绝望，他觉得对不住爹娘。很有可能，他这一辈子活得比爹娘还要窝囊。他蹲过监狱，现在，没有人瞧得起他。他很清楚，对元红的妄想简直是癞蛤蟆想吃天鹅肉。他注定要打一辈子光棍。他看不到前路有任何一点光亮。

　　可是，他无法控制自己，他开始有意无意地注意起元红来。从别人那里，他知道了元红的一些情况，元红在镇上的电器厂上班，这一年她二十一岁，亲也定了，据说未来的公公在县供销公司工作。这些对于九果来说，都是一种打击。但这些并没有阻止他对元红的非分之想。有几次，他躺在河边，看着元红骑着自行车，迎着夕阳，浑身金光闪闪，像天使一样从河堤上拐进村子。他的双眼被夕阳烧得通红。

　　一个邪恶的念头，正像毒蛇似的盘踞在他心头。

✚

　　夕阳变得越来越浓艳。但似乎顷刻间，万物就被一层青褐色的薄雾所笼罩了。

　　暮色四合。

　　这个时候，大地总有瞬间的寂静、空灵，这一刻很短暂，却意味深长，紧接着，就被回家的牛哞和归林的鸟鸣冲破。河堤下面，被枣树、椹子树、柳树和槐树层层包围的村子里，升起缕缕炊烟，它们缓慢沉重，纠缠在一起，如同棉絮一般怎么都散不开。

　　九果站在河堤上，不时地朝远处望一眼，他心神不宁，目光中闪过一丝慌张。他咬着牙，手不时地拽起衣领扇动几下，像是透不过气来的样子，确实，半天过去了，也没有一丝风吹来。后来，他的目光不再游离，沿着河堤的路面，紧紧地朝镇子的方向盯着。

　　迎着夕阳的余晖，元红骑着自行车出现在河堤上。她没戴遮阳帽，两条大辫子在肩头上摇来摇去，她似乎还哼着歌儿，并没注意到不远处的九果。

　　"元红。"九果朝路中间跨一步，他的脸涨得通红，那感觉就如同熟透的茄子即将裂开似的。显然，暮色和夕阳把这一切掩盖了。

　　元红一看是九果，急忙停下自行车。

"九果哥。"

"你，下班了。"九果局促不安，由于紧张，双手和嘴唇也抖动起来，"我，我……"

"九果哥，有事慢点说。"

看到九果这个样子，元红禁不住一手捂起嘴巴，她的一双黑眼睛也流露出笑意，女孩子式的，含着些许的羞涩。

"我，我给支书准备了几条鱼。"九果终于把话说完，他咬咬牙，像是在自我鼓励。但他的目光只是在元红脸上扫一下，便再也不敢抬起头来。

"九果哥，你捕鱼不容易，不用送给我爹，你还是卖点钱吧。"

"已经准备好了，你跟我下来拿吧，对了，把车子放在树丛后面，别让人家推走了。"

这时候，九果的心渐渐稳了，说话也利落多了，他一扭头，便朝堤下走去。而元红推着车子，站在堤上犹豫片刻，只好把自行车推到灌木丛后面支好。元红没再多想，她跟着九果走下河堤。元红怎么也不会想到，从这一刻开始，她的人生将划向另外一个轨道。这似乎是宿命，就像几年前那个地质队汽车被烧毁的夜晚，她在不经意间发现哥哥和九果的秘密一样，她无法阻止，也无法澄清，只能把这样的秘密压在个人心底……

在柳树和茂密的洋槐遮掩下，有一间残破的红砖小屋。这是河务局在六十年代修建的，如今早已废弃不用，成为捕鱼的人遮风避雨的地方。元红从小就知道河边隔不远就有这么一间小房子，在树影下，挺神秘的，但她从来没有靠近过。现在，小房子就在自己眼前，她忍不住走过去，伸头朝里面看了看，发现里面挺干净的，显然是被经常打扫，有一张破草苫子铺在地上，旁边是一个大木盆，有几条草鱼和鲤鱼正在不多的水里张着大口喘气。元红回过头，有些顽皮地伸伸舌头。她瞅了瞅九果，却发现九果皱着眉头。

这时候，九果突然说道：

"元红，其实我挺恨你爹的。"

元红一下子愣住了，神情也变得紧张。

"他奸诈狡猾，我也恨你哥，他忘恩负义。反正我恨你们全家。你应该明白我为什么恨他们。"

"九果哥，天不早了，鱼我不要了，我先走了。"说着，元红扭身想跑。

"站住！"九果大喊一声，元红立刻站在那里，她怯怯地扭过头来，在暮色中，脸涨得通红。

"你听我说，本来我发誓，再也不跟你家的人说话，打交道了。可是那天你站在河堤上，喊了一声九果哥，你不知道，我那心里……我出来一年多，没人这样喊过我。"

九果说着，朝前走两步，来到元红面前。元红瞪着大眼，脚下不自觉地后退一步。

"嫌我身上有腥味儿，是吧？"

元红使劲儿摇摇头，目光中充满恐惧。暮色中，她看到一张由于愤怒而扭曲的脸，可是，这张脸瘦削，坚毅，棱角分明，还有些英气。几年前，她对这张脸充满亲切感，好感，几年来，那个秘密埋在她心里，一直折磨着她，她知道这个叫九果的人受过委屈，她知道他被人们误解了，每次远远地看到他孤独的身影，她心里就不是滋味儿，所以见到他，她主动跟他打招呼，她想从一些小的地方安慰他。她的心太善良了。可是现在，面前的这个人却让她害怕。他的两只眼睛里喷着火焰。

九果猛地一把抓住元红的手。元红忍不住叫了一声，手像烫着似的极力挣脱。九果没有想到她的反应如此激烈，稍一愣神儿，元红的手便挣脱开。元红扭身就跑，她太紧张，刚迈出两步，便摔倒在地上。九果扑上来，像一只豹子似的，压在她身上。

元红吓哭了，声音低低地喊道："九果哥，你饶了我吧，求求你，求求你，九果哥……"

此时的九果，脑子里已是空白一片。

"你喊呀，你喊吧，使劲儿喊，我不怕，反正我也不想活了。"

元红似乎没有力气喊出声来，巨大的恐惧感让她身体虚脱了。她的嘴唇剧烈地颤抖着。她无法控制，后来，她用牙齿紧紧地咬住嘴唇。渐渐地，天黑下来。河面变得亮白，她脸侧的荒草安静下来，朦胧中，它们显得那样虚弱无力。

元红抹了一把脸，湿湿的，刚才，她的大脑似乎短路了，此时的她，似乎刚从梦中醒来。她突然意识到，还有一只手，攥着她的乳房。她心里一惊，本能地向上提了两把裤子。一骨碌身从地上爬起来。

她扣上裤腰带，慌慌张张地，脚下踉踉跄跄，攘着荒草，扶着树木。几乎是爬上河堤的。

九果趴在地上，半天没有爬起来，他很虚弱，很疲惫，心里有一种怪怪的感觉，那团让他辗转反侧，夜不能寐的火焰正在渐渐熄灭。

一切都完蛋了。

他开始是怎么想的呢？对，强暴了她，让自己尝到女人的滋味，漂亮女人的滋味，然后，他就到那棵歪脖子树上去把自己吊死。

就这些，对，就这些。

快起来吧，他自言自语。过一会儿，高家的人会围过来，找到他，把他千刀万剐，乱棒打死。他并不想那样。

他爬起来，来到河边。他低着头，在黑影中找了半天，终于找到那段被他丢弃的破渔网。他攘在手里顺了顺。足够长，他想。他抬起头，盯着夜里的马颊河，一股小风吹过，潮腥的气息扑面而来。就在此时，一团巨大的水花在夜中盛开，哗的一声，有水珠溅到脸上。一条大鱼如黑牛般宽阔黝黑的脊背在黑影中扭动了两下，便消失在眼前，过了片刻，不远处的河面上，又哗一声，掀起一团巨大的浪花。

他惊呆了，他又想起几年前，那些找石油的汽车出现在河堤上的那天，在西大湾，在那片茂密阴森的苇地里，那条他骑过的大鱼，那条让他遍体鳞伤的大鱼。似乎所有的厄运正是从那天开始的。想到这里，冷汗从身上冒出来。他突然意识到，刚才出现的这条大鱼也许就是几年前的那条。他从小就听老人说，西大湾是跟这条河通着的，因为西大湾从没有干过，人们相信它跟这条宽阔的大河之间有一条谁也无法看到的通道，只有大鱼、大龟，这些大得足以成精的生灵们，才能在通道里自由穿梭。

他突然变得虚弱不堪，浑身没有一丝力气。他想，厄运真的到了。他步履蹒跚，身子歪歪斜斜地来到小房子前，在窗台上摸到手电筒。

他一手打着手电筒，一手攘着破渔网线，去找那棵歪脖子柳树。

此时此刻，大鱼的出现让他更加相信，他在劫难逃。

他把那团破渔网挂在歪脖子树上，拴好套扣后，拿手电照了一下，又仔细地检查一番，然后关掉手电，黑暗立刻淹没了他。他一屁股坐在堤坡上，点上一支烟，刚吸一口，远处便传来说话声，他急忙把烟头戳进土里。他很紧张，心怦怦直跳，他不想让高家人这么快发现他。最好是等高家人找到他时，他的身子已经变硬，舌头吐出来半尺长，眼珠子瞪得跟牛眼那么大，七窍出血，面目狰狞，把狗日的高春来吓个半死。但那说话声和自行车的铃铛声由远及近，又由近及远，原来那是几个过路的人。

四周又归于寂静，只有小虫在不知疲倦地叫着。他又开始抽烟，盯着烟头上那团一明一暗的小火苗，禁不住悲从心来，眼泪像脱线的珠子，淌得满脸都是，满嘴咸涩，他想到蹲这几年监狱受过的屈辱磨难；想到爹娘都上了年纪，今后将无人照料；想到哥哥身在五十多里路外的那个叫黄花马的村子里，有了两个孩子，却姓人家的姓……老马家真的要完蛋了。他想到在没发生那场大火之前，他十七岁时，心里那股劲头儿，他从不服气，他觉得父亲没出息，一辈子低三下四的，他瞧不起父亲。他知道自己家在村子里受欺负，没有人瞧得起，他曾经暗下决心，要让人家对他、对这个家另眼相看。可是，这一切，都被那场大火烧没了。

不知道抽掉几支烟，他突然觉得，四周越来越静。夜深得多了，却没见高家人的影子。他从堤坡上站起来，拍拍屁股上的土，瞅一眼那段挂在歪脖树上的破网绳，黑暗中，它影影绰绰的，被小风吹得晃晃悠悠，很像是一个幽灵，似乎在招呼他，来吧，来吧。这个喜欢在深夜游荡的人，这个连鬼火都不怕的人，却第一次感到恐惧，他向后连退几步，头撞在一棵树上，疼得他龇牙咧嘴。

他来到河堤上，像一个小偷似的，抻长脖子朝前后左右看几眼，然后又朝堤下村子的方向看去。那里跟往日一样，依然静谧安详，不多的几盏灯光，稀疏无力，它们将在夜里熄灭。

难道元红没跟他家里人说？九果突然可怜起这个善良的姑娘，他不该伤害她。都是他鬼迷心窍，不，是色迷心窍。根本不是仇恨。仇恨只是借口。可这一切都已发生。

他心里乱糟糟的，他在河堤、柳树、小屋、河边之间，来来回回穿梭着。他在等待阎王爷的出现，哪怕是小鬼来了，他也定会乖乖地跟着走……

可是，夜越来越深，四周越来越静，连小虫都疲倦了，鸣叫声时有时无，有气无力。白天的热气也如同浮尘一样降在地面上。草叶上已有露水形成。

后来，他把自己看得越来越清楚。他看到了自己内心的虚弱。他发现，他并不想主动地把脑袋伸进那个破网套里。最终，他累了。他钻进小屋里，把头靠在墙上，睡着了。

十一

啪一声，睡梦中的九果疼痛钻心，从肩头疼到小肚子，身子像是被斧头斜切成两半，他下意识地想到，完了，高家人找来了。他还没来得及睁开眼睛，身子的另一侧又挨了一下子，这一下似乎更疼，他本能地蜷起身子，捂着脸在地上滚一下，然后背朝上，撅起屁股来，他背上又挨了两下子，并且屁股上被踢了一脚。他头皮贴着地，睁开眼睛，透过手指缝，并没有看到乱七八糟的人和腿。只是在小房子的门口处，发现一根抖动着的柳树枝条和一双脚，一看，就知道是女人的脚，一双白球鞋显得那么娇小、柔弱，让他的心猛地疼一下。他知道那是谁。他不加思索，扭过身子，头皮贴着地，像一头觅食的猪似的拱过去，一把抱住那双腿。

"打吧，打吧，使劲儿打。你使劲儿打呀。"

然而，落在后背上的柳树枝条的劲头却越来越小，疼痛感也越来越轻。这时候，他听到压抑的呜咽声，这声音让他心慌心颤。他抱着她的腿，从地上爬起来，就像爬一根树。

"你个流氓，你毁了我呀你。"

"元红元红，我喜欢你，我是真喜欢你。"

九果抱着元红的腰，他感觉到了柔软，感觉到了温暖。

元红一把将他推开，哭着说："有你这么喜欢的吗？"

九果看到了元红的脸，禁不住吃了一惊。元红的双眼通红，肿得如同电灯泡，她的脸色苍白，像鬼一般狰狞可怖，她肯定一宿没睡。

九果双膝一软，扑通一声跪在地上，就像电影里的叛徒一样，双手扶住元红的膝盖：

"我鬼迷心窍了，可是我喜欢你呀，从小就喜欢你呀，我忍不住呀，你把我劈了吧……"

这些平时永远也不可能说出来的话，此时，却像流水一样从他嘴里淌出来。他甚至觉得这些话并不是自己说出来的，而是老天爷替他说的。

　　元红双手捂面，泣不成声，后来，她无法站立，身子一软，也跪在地上。他顺势抱住她，他伸出嘴唇，吸吮她脸上的泪水。她没有阻止没有躲闪，而是把头轻轻地靠在他的胸脯上，很累很疲惫的样子。那苦涩微咸的泪水猛地让九果清醒过来，他似乎发现，元红也是喜欢他的。这一发现让他激动不已，他把高元红紧紧抱在怀里。他的嘴唇，也从冰冷变得火热，它沿着她的耳垂、脸腮、额头、眉毛、眼睛、鼻翼、脸膛……不停地划动着，最后，四片嘴唇碰在一起，他的舌头像一把钥匙，只轻轻地动两下，就撬开了她的双唇。元红的泪水不时地淌进他们彼此的口中，滋味却变得不一样了。

　　外面，清晨的薄雾渐渐在河面上散开。在野草和芦苇之间，蜻蜓飞来飞去，蛙声和鸟鸣此起彼伏，一股淡淡的潮腥味儿从河面上吹来。九果打一个寒战，他听到元红长长地吐一口气。在这个清晨，他第一次领略到什么叫柔情蜜意。他轻轻地抚摸着元红的脸，抹掉她腮上的泪。他心里产生了一种莫大的幸福感。

　　元红睁开眼，推开身边的九果，刚刚放松下来的神情又变得严肃起来，她冷冷地说：

　　"好了，我该上班去了，从今以后，我们井水不犯河水，各走各的路吧，反正闷气你也出了。"

　　"不，元红，那不行。"

　　"不行？你已经毁了我，你还想怎么样？"说着，元红从地上站起来，她一边拍打着裤子上的尘土，一边说道，"你不就是想报复我爹和我哥吗？你的目的达到了，你还想怎样？"

　　"我想娶你，元红，我想娶你。"

　　元红禁不住冷笑一声："我已经有婆家了，再说，我爹和我哥也不会同意的，我们不合适。"

　　"你是嫌我蹲过监狱？"

　　元红摇摇头说："我知道你心里有委屈，所以你做出这些出格的事来，我没有跟我爹他们说，要不他们早就把你劈了。"

　　说完，高元红转身想走。

　　"不。"九果一个箭步，堵住小房子的门。

　　"马九果，你还想干什么？"

说着，元红使劲推九果的身子，推了半天，纹丝不动。元红突然像变了个人似的，她疯了，用头撞他，一下，两下，撞到第三下时，九果猛地伸出双臂，一下子把她抱起来……

元红又流泪了，可是她没再挣扎。

九果心里就像偷了人家瓜果的孩子，既兴奋不已又惶恐不安。他确实被元红这雪白的肌肤和丰满的乳房迷住了。有那么片刻，他产生了幻觉，似乎眼前这一切，早已出现过，他心想，也许上辈子，这件事儿早就发生过。

他看到身下的元红，紧咬着嘴唇，双手捂着脸，很痛苦的样子，心里哆嗦一下，便泄了气。

元红迅速地从地上爬起来。她一脚踢开脚下的脏衣服，一声不吭地提着裤子，看也不看瘫坐在地上的九果。当她走到门旁，猛地回过头来说道：

"昨天我把钱包丢在这里，我是来找钱包的，没想到你睡在这里，我想教训你个王八蛋，告诉你别再惹我，没想到又让你个狗日的占了便宜。好了，这下你满足了吧。以后你再碰我一下，我就告诉我爹我哥哥，让你活不见人死不见尸。"

说完，元红扭头离开了小房子。阳光落在她的裤子上，九果发现，她的屁股侧面有巴掌大小的一块尘土。九果真想追上去，替她拍打掉那块灰尘。可是，他马上意识到，这一切都已经结束了，真的已经结束了。元红不可能是他的，他们之间隔着万水千山。他为刚才说出要娶她而感到羞愧。一种空空荡荡的感觉，迅速占据了他的全身。此时，他才深深地意识到，她是多好的一个姑娘啊。他迅速地得到她，又迅速地失去她。

他心痛、羞愧、难过，但他并不认为自己做错了什么，在此之前，他也从没有想过元红会是他的，是那团幽暗的火炙烤着他，让他不能自控。他伸出手来，看着手指头肚上磨起的厚厚的老茧，心又渐渐变硬了，这是他蹲监狱时，在砖瓦厂劳动留下来的。

就当什么都没有发生过吧，他想。

十二

夏天很快就过去了。河水变得越来越清澈，河边的芦苇和野草变黄了。

堤上茂密的树木间逐渐疏朗，再也无法遮蔽河边那间残破的孤零零的小房子。

人们收获了玉米，种上冬小麦。站在河堤上望去，大地广阔无边，掉光叶子的枣树变成灰褐色，一排排整齐地排列着，灰黄色的土埂间，麦苗儿刚刚从地里钻出来，黄嫩清新。穿过西大湾那片如同镜子一样平静的水和枯黄的芦苇荡，村子尽收眼底。

这一年的秋冬之交，大地秩序井然，生机勃勃，人们的心里也变得安宁，新鲜的粮食让大家脸上有了光泽。从这一年开始，人们不再为粮食发愁。

种上冬小麦后，九果专心捕起鱼来。他又想起当年地质队的王司机告诉他的药鱼方子：小米、猪大油、安眠药。他骑着一辆破自行车，每天傍晚，就在方圆几十里内的池塘间串来串去。第二天一大早，天刚蒙蒙亮，他便披星戴月地赶到撒过小米的池塘，把一条条迷迷糊糊浮在水面的鱼捞起来。就这样，今天收拾这一个，明天收拾那一个，附近的大小水塘没有他不知道的。周围村子里的人也都认识他，一见他，孩子们隔好远就喊，娘，那个卖鱼的来了，快来买吧。他的鱼新鲜，价格低，他脑瓜也活，没钱买的可以用粮食或粮票换。因此他的鱼卖得特别快。不到中午，鱼就卖光了。回到家，吃完中午饭，他就美美地睡上一下午。这段时间，他的口袋渐渐鼓起来，攒了一些钱和粮票，有时候在镇上赶集回来，就给娘和爹割刀肉或买斤肉包子，不知道为什么，每当爹的嘴巴吧唧吧唧响，吃得满嘴流油时，他的心里就变得特别烦，他恨不得把肉从爹的嘴里抠出来。他为自己这种想法和冲动感到不安。然而，那团堵在他心里的火焰却已渐渐弱了下去。多年来，他的心从来没有如此平静过。他对高家父子似乎恨不起来了，只讨厌他们，碰见支书他只是远远地躲着走。

有一天，他听到一个消息，是从邻居高三爷的口里听到的，应该很准。高三爷说元红年底要出嫁了，人家婆家准备大操大办呢。高三爷的这句话让他一宿没有睡着。他翻来覆去，如鲠在喉，心里也说不上是啥滋味儿，并且不断地告诫自己，人家本来就不是你的，人家不属于你……后来，他的脑子里全是元红的影子，头发、嘴唇、耳朵、乳房、大腿，还有雪白的肌肤。他无法控制自己，嘴里发出沉闷而痛苦的呻吟。

第二天早晨，他把头发和脸浸在冰冷的水里，泡了半天，然后把头从水里拔出来，就像牲畜一样使劲地甩，他感到痛快许多。他拿毛巾擦干头发，推出自行车，骑上去，一会儿就把村子甩到身后。

这一天早晨，九果没去捕鱼，而是爬上河堤。骑在车子上，远远地，他就看到那间残破的小房子，他迟疑一下，没停下来，又向前骑了好远，直到看不见那间小房子为止。在一个土堆前，他停下车子，点着一支烟。薄雾渐渐散去，风似乎变大了，尽管阳光不错，但天气清冷清冷的。他只穿了一件蓝秋衣，把两只手交叉着放在腋下，在两棵树间来回走动着。有几个骑自行车的人路过，顺便瞟他两眼，没有他认识的。

这里是通向河口镇的必经之路。九果抬头看了看红彤彤的太阳，他知道她不一会儿就要从这里路过。经过一晚上翻来覆去的折腾，他此时已是心如止水。

我只是看她一眼，他想。

果然，元红的自行车闪着金光从远处过来了。由于是迎着太阳，他看不清她的脸，但他知道，这肯定是她。

他盯着她。但她目不斜视，似乎根本没有发现这个站在路边头发蓬松、眼睛通红的人。她脸上的表情冷得如同初冬清晨的天气一般。而他却像个木桩，一动不动，目送她的身影消失在河堤上。她的脸色苍白，比夏天瘦了，当她从他身边过去时，他似乎闻到一股熟悉的香味儿。

随后，他回到家中，躺进低矮阴暗的小屋子里。他盯着屋顶和四壁。被烟尘熏得黢黑的苇箔和檩条上挂着几张蜘蛛网，爹娘贴在土墙壁上的报纸和烟卷盒已变成褐黄色，在"丰收"和"绿叶"之间，是一行暗淡的字，"英明领袖华主席"。对面的墙上还有一块比蒲扇大不了多少的镜子，上面被放射着光芒的红太阳占去一角，旁边还有一段毛主席语录。爹娘不知道干什么去了，屋子和院子里都很静，静得他能听到自己的心在怦怦地跳。

他突然感觉家里缺少一件东西。什么呢？他的脑袋瓜子转了好几圈儿，猛地一拍脑门儿，从床上坐起来。钟表，对，就是钟表。几年前，他曾在元泰家，盯着他家墙上的挂钟发过呆，那圆圆的银色钟摆优雅地摇摆着，嘀嗒嘀嗒……发出悦耳的声音。

他从被窝卷下面的席子底下抓起叠得整整齐齐的两卷钱，几步便跨出家门，他又一次踏上自行车。这一次他蹬得飞快，穿过村庄、小镇，如同背后有人推着他，他觉得自己就像飞起来似的。他向三十里外的县城飞去。

　　这一天，九果在县百货大楼，花了四十二块钱，买了一台"烟台"牌挂钟。这是他有生以来花掉的最大一笔钱，是他卖了近两个月的鱼攒下来的钱，他没跟娘说，更没跟爹商量。他抱着挂钟从百货大楼走出来，兴奋得肉和骨头都在抖。

　　他抬头看天。

　　天瓦蓝瓦蓝。

　　他回来的时候骑得很慢。他一手扶车把，一手把钟表揽在怀里。就像抱一个孩子，他突然想到孩子，想象着他抱着孩子，自己的孩子。他心里很害臊。

　　回到家时，天近傍晚，一进村子，碰见他的人都跟他打招呼："呀！九果，买了新挂钟啊。"他点着头，嘿嘿笑。他能看出别人眼里的惊讶。他心里很舒服。这半年来，村里人似乎把他忘掉了。他独来独往，捕鱼捉虾，不参加村里的任何聚会。在别人眼里，他是一个整天皱着眉头、不合群的人。再说，他还蹲过几年牢狱。人们平时很难从他脸上看到笑容。但这一天傍晚，人们看见他笑得很灿烂。

　　九果抱着挂钟，走进家门，着实把爹娘吓了一跳。

　　"九果，哪来的挂钟？"爹问。

　　"还是新的呢？"娘说。

　　爹和娘站得整整齐齐的，就像两个规规矩矩的小学生。

　　"快接着。"九果说。

　　爹一伸手，看到手脏，又缩回去。娘把手在衣服上抹两下，小心翼翼地接过来，学着九果的样子，紧紧地抱在怀里。

　　九果长吁一口气，他把自行车往墙上一靠。然后一挥手："走，挂到墙上去。"

　　九果来到爹娘的屋里，屋里已黑透，九果顺手拉开电灯，十五瓦的灯泡发出昏黄的光来。

　　"娘，挂在这两个相镜子中间咋样？"

　　"好啊。"娘点头。爹也点头。

　　他让爹拿来锤子钉子，自己坐在木柜上，只两下，他就把钉子砸实在土墙上，他从娘手里接过挂钟，轻轻地挂在上面，手慢慢离开。挂钟一动不动，好像在这墙上已贴了好长时间。他按照商店服务员告诉他的，把钟摆从塑料袋里拿出来，低下头，把它轻轻地挂在钟心上，然后他又拿出那把像钥匙一样的东西，插进表盘上那两个像眼睛似的洞里，咯吱，咯吱，一个里头拧上十来下。他用食指拨一下钟摆，钟摆就左右摆动起来，挂钟立刻发出咔嚓咔嚓的声音。

九果把钟表的玻璃罩盖上，插实，一下子从凳子上跳下来，他站在爹娘中间，搓着手说："咋样？"

爹和娘点着头，嘴里发出啧啧的感叹声。

三个人站在昏黄的灯光下，抬着头盯着北墙上的新挂钟，新挂钟的表盘和钟摆闪着银亮的光。三个人正沉浸在这节奏感很强的咔嚓声中，突然，咣一声，把他们都吓一跳，紧接着，又咣咣地连响了五次。九果看到，挂钟里的两个针正竖成一个黑黑的长长的"1"字，就跟爹娘说："看到了吧，这叫六点。"

娘一拍大腿："哎哟，都六点了，我该去做饭了。一会儿村里放电影呢。"

九果笑着说："娘，这个时间不准，我还没对时间呢。"

娘好像没听懂，糊里糊涂地摇摇头说："让我说呀九果，你该买块手表，那戴在手腕上，明晃晃的，人家都看得见呀。"说完，娘扭头出屋了。

九果笑了。他坐在床沿上，听着挂钟里发出的咔嚓咔嚓的声音，心里美极了。

吃罢晚饭，他披上一件棉大衣，朝村支部的方向走去，离老远，就传来打打杀杀的声音。不会又是《少林寺》吧？李连杰演的这个片子他已经看过好几遍，这一遍看不看已经无所谓。他不急，抽着烟慢慢往前溜达。今天他心里很高兴，嘴里还哼着那首《二十年后再相会》的歌。月亮不知什么时候升了起来，弯弯的，特别亮。月光下，天气显得异常清冷。吐一口气，就有白气在面前氤氲散开。他突然想到那些夏天的夜晚，自己像个孤鬼似的，在村子里、田野里、池塘边、枣树林子里，狂躁地飘来飘去。像这样的冬日夜晚，他似乎有些陌生了。这时候，他突然又想到几年前那个冬日夜晚。马九果禁不住停下脚步。

说书人空灵的鼓声和嘶哑的唱腔。

那团从面前突然升起的神秘火球……

他的躯体剧烈地颤抖了一下，一丝尿意油然而生。

"马九果。"

他正恍惚着，猛地听到一个低低的尖尖的细细的声音在喊他。

是个女的。声音这么熟悉。

是元红。

他一下子转过身子，沿着声音传来的方向看去。元红正在一个墙角处朝他招手。他什么都没有想，几个箭步来到她身边。元红伸出手，拉起他的手朝一个高高的玉米秸垛走去。九果心想，自己是不是在做梦呢？他使劲晃晃脑袋，又抬头看天上的弯月，觉得并不是在梦中。还有，元红的手凉凉的，让他感到一股冰冷的气息。绝对不是做梦，他对自己说。玉米秸垛和一堵墙之间，是一条窄窄的通道。九果后背贴着墙，元红站在他对面，他们之间连一拃的空隙都没有。他能听到元红急促的喘息。这一切来得太突然，现在，他的脑子里几乎是一片空白。黑暗中，他刚刚能分辨出元红的五官。在朦胧的月光下，他发现她的眼角处似乎有微弱的光亮闪动了一下。一股暖流从他的丹田处升起来，他正准备说点或做点什么。突然，元红的拳头像雨点似的砸在他的头上脸上和胸脯上。她就像一只发怒的母猫，喉咙深处发出压抑的呜咽声。

九果呆愣愣的，一动不动。他的脑子里闪动的是，这个女人要结婚了，可她被他夺去了贞操。她委屈，她难过，她肯定要向他发泄出来的。也许她捶累了，后来，她开始用头砰砰地撞他的胸脯。他伸出两臂，猛地把她揽进怀里。

"马九果，你个王八蛋，你可把我给害苦了。"

元红把头抵在他胸脯上，说完这句话，呜呜地恸哭起来。九果赶紧用棉衣盖住她的头，他侧耳听了听，周围并没有别的动静。你就使劲哭吧，今天不管你打也好骂也好，我一声不吭，九果心想。

过了半天，九果感到胸前的衣服被元红的泪水湿透了，他始终没有动弹一下，他害怕他稍一动，她就会把头从他怀里抬起来，离开他。他喜欢这个样子，尽管身子都站得麻木了，但他还是感到劲头十足。他猛地产生一种想跟拱在他怀里的这个女人说话的欲望。他想把心里所有的话都跟她讲。这种感受是原来不曾有过的。这使他心里变得柔软而甜蜜。此时，元红压抑的哭声没有了，只轻轻地抽泣。他小心翼翼地伸出手，轻轻地抚摸着她的头发，那柔软光滑的头发散发着一股洗发膏的清香。

元红终于抬起头来，她说："我告诉你个不好的事儿吧，我怀孕了。"

九果一开始没别过劲儿来，他愣了足足有一分钟。

"你倒是说话呀。"元红双手推他一把。

"你，怀孕了？你咋知道？"

"孩子在我肚子里，我能不知道吗？"

"你说，是，我的？"

九果话音未落。元红一头便撞在他胸口上："王八蛋。"她咬着牙，低低地骂了一声。

九果被这事儿给搞蒙了。他曾听过评书《杨家将》，听到杨七郎只洞房花烛了一宿，夫人就怀孕时，他把杨七郎佩服得五体投地。没想到，自己比杨七郎还厉害。这事儿太突然，当他明白过来是怎么回事时，刚才还挺得直直的身子一下子便软得不行，他心里很害怕，从来没有这么害怕过，即便是几年前的那场大火，即使是公安局把他关进监狱，他也没有感到如此恐惧。反正他被击倒了。眼泪沿着他两腮无声地滚下来。这时候，元红也蹲下来，她伸手摸到他脸上的眼泪。

"你个大老爷们，你哭啥？"

元红这么一说，他更是控制不住自己，像个孩子似的把头夹在两个膝盖间。

"好了，别哭了，你咋遇事儿比我还软呢。马九果，你抬起头来。"

他只好抬起头来，盯着面前的高元红。他想跟她说声对不起，他想跟她说他不是人，他是个流氓是个混蛋是个王八蛋。可此时，他却一句话也说不出来。

"马九果，你说实话，你真的喜欢我吗？"

他点点头。

"你想跟我过一辈子吗？"

他使劲儿点点头。

"那你带我跑吧。"

他迟疑了一下："跑？往哪儿跑？"

"我听你的，你出过远门，你说去哪里，我就跟你去哪里。要是你不想让我死，那就只有跑了。不跑我们俩永远不会在一块的，反正我是你的人了，反正我也不愿意在这个村子里待了，反正我也不愿意嫁给那个矮矮胖胖的人。"

元红一口气说了好多。九果一时消化不了，他说：

"那，你爹他们……"

"管不了那么多了，找个地方，把孩子生下来，生米煮成熟饭，再回来，又能怎么样？"

九果轻轻点头，觉得元红说的有道理。这时候，他才意识到眼前这个漂亮的姑娘，这个心仪已久的姑娘，就要成为自己的媳妇了。他忍不住有些兴奋。他从地上爬起来，一下子搂住她，两人紧紧抱在一起。

十三

这一天早晨，元红照样去镇上上班。在路过镇中学的大门口时，她停了一下，把一封信交给在那里教书的一个叔伯哥哥，让他晚上回家后转给她的家人。她的这个做法并不聪明，可她的这位哥哥正忙着要出早操，所以没来得及细想就把信揣进口袋里。元红来到电器厂，把自行车锁进车棚，然后大模大样地走出工厂大门，她迎面而来的一个同事跟她打招呼，她说她去买早饭。这时候，九果正坐在丁字路口的公共汽车上，屁股上如同装了弹簧，脑袋不时地伸出车窗，当她一看到元红的身影，屁股立刻便稳下来，霞光中，他的脸上露出一丝微笑。元红登上汽车的瞬间，他们彼此使一个眼神，元红心领神会地到后面坐着去了。在汽车的前两排，坐着雾村橡胶厂的一个业务员，九果已经跟他打了招呼，知道他只是去县城办点事儿，此时，他正眯着眼睛睡觉，并没有注意车后面的元红。只是在县城下车后，他才发现元红。元红是村支书的女儿，所以他对元红亲热得不得了。元红费了半天劲儿，才像躲瘟神似的躲开他。此时，九果已经买上开往北镇的汽车票。

登上开往北镇的汽车，元红紧靠九果坐下来，他们几乎同时舒一口气，互相瞅一眼，彼此有些不好意思地笑了。阳光从车窗外照进来，落在他们身上和微红的脸上，这是他们第一次在白天靠得这么近。他们还不太适应，但却第一次有了恋人的感觉。

"是死是活，都交给你了。"

元红的眼圈红了。九果伸出手去，拍了两下元红的肩膀，说："睡一觉吧，醒了就到了。"

元红把头一歪，靠在九果肩上。

元红是第一次出远门，有些好奇，她把头靠在九果肩上，两眼紧盯着窗外。窗外的景色没什么两样，黄色的土地，光秃秃的枣树枝和一垄垄的麦苗。只是阳光很好，透过玻璃，晒得浑身暖洋洋的。不一会儿，元红睡着了。

而九果却一丝困意都没有，尽管昨天夜里，他一宿都没有合眼。他兴奋、激动、疲惫，但更多的是惶恐和惴惴不安。他不知道等待他们的将是什么，是幸福还是灾难？是悲剧还是皆大欢喜？他不知道。他只知道，事情已经到了这一步，也只有这样。此刻他最满意的是靠在自己肩上的这位漂亮的姑娘。他盯着她，心里无法平静。他觉得这是天意，是老天爷这样安排的。她本属于他。

他要去投奔他的一个狱友。他的这个狱友住在利津县的一个小镇上。在监狱里，他和这个狱友的关系最好。这个狱友因为破坏公共财产罪被判了三年，刚蹲监狱时，他百般不适应，再加上经常有人欺负他，他又不敢告诉狱警，所以经常一个人躲在角落里偷偷地哭，这时候，九果挺身而出，不论是在砖瓦厂劳动，还是在狱舍里，他处处照顾这个唯一比他还小的人。九果已经在监狱里蹲了两年，尽管年龄不大，但可以说已混成了"老油条"，监狱里的一些游戏规则都了然于心。他把这些说给他的这个狱友听，这个狱友很感动。后来两三年里，他们成为最好的朋友。他们几乎是一块儿出狱的。这个狱友给九果写过两次信，表达兄弟间的感情，说你过来玩吧，我带你去看黄河入海口，这里的芦苇荡和落日要多壮观有多壮观。但不知道为什么，九果一封信都没有回，如今九果想起来，脸不免有些发热。

九果带着元红去投奔自己这个昔日的朋友，还有另一个原因，因为他的这个朋友，除了他九果之外，没有任何人知道，包括父母，九果也不曾讲过半句。实际上，九果很少跟别人谈到自己蹲监狱时的事儿。这事儿是他所忌讳的。

九果带着元红到达北镇时，天已过午，他们每人喝了碗馄饨，然后来到车站旁边的一家小商店里，九果要给元红买一件红毛衣。卖毛衣的大姐很会说话，元红试穿的时候，这位大姐说："哎哟，你看这姑娘穿上，跟新媳妇似的。"不知是因为元红没看中这件衣服，还是因为这大姐的话刺耳朵，反正元红脱下衣服后，拉起九果的手就向外走。但九果很高兴，他很愿意听这位大姐的话。他挣脱掉元红的手，快速地交了钱，拿起那件红毛衣便跑出来。

"我不让你买嘛。"

"你穿上真好看。"

"我不喜欢这种款式的。"

"我喜欢。"

"花钱不能再大手大脚了，出门在外，处处用钱。"

说完这句话，元红的眼睛变得水汪汪的，她的情绪似乎也低落下来。

九果盯着她，脸憋得通红。他不知道该如何安慰她。

坐上开往利津的汽车时，已是下午的两点多钟，冬日天黑得早，此时，阳光还红艳艳的，沿着汽车破旧的玻璃斜照进来，显得异常清冷。窗外的景色变得越来越荒凉，呈现在眼前的是大片的盐碱滩，九果和元红都显得很疲惫，他们无神的眼睛盯着窗外，空洞而迷茫。突然，远处的荒野上出现了一排橘红色的巨型怪物，它们越来越清晰，身子像一把把巨型斧头一下一下地劈向荒芜的土地。它们让九果和元红瞪大了眼睛张大了嘴巴。

"这是啥东西？"九果自言自语。

旁边一个老头乐了，说道："小伙子，没见过吧？我说给你，这叫磕头机。懂吧？"

九果摇摇头。

"哈，就是采石油的机器嘛。"

九果猛地直起身子，很激动地说："我知道了，是不是用探油仪找到油后，再用这些机器把地下的油采出来。"

老头愣了一下，没有回答，只是用鼻子哼了一声。

九果有些兴奋，他想起几年前，在他家的院子里，地质队的牛技术员给他看望远镜和探油仪的那个中午。那个中午让他知道，这个世界真是太奇妙了，让人难以琢磨。

那么，他家院子里的地下到底有没有油呢？对于他九果来说，这仍然是一个谜。

　　九果抚摸了一下元红的头发，眼泪哗一下淌下来。

　　九果垂下头去。

　　　　（原载《十月》2008 年第 1 期）

心火

一

涂老师坚决让我留步，他伸开两只大手，劲头十足地把我挡在门口，那架势像跟我吵架似的："好了大鹏，你给我站住。"我只好停下来，目送着他的身影消失在夜色中。涂老师步履蹒跚，不时回头跟我挥一下手。今天晚上，涂老师喝了不少。当然，我也喝了不少，大概有半斤多吧。这几年，我已经很少喝这么多白酒。但是，涂老师喝得比我还多，他已经是五十好几的人了，没想到喝酒还这个样子。

我站在门口，使劲儿晃晃脑袋。蝉鸣声又响起来，远处，传来几声狗叫，也许是涂老师的脚步声惊动了它们。我看看手表，已经九点半。乡村的夜深得早。

院子里的灯显得特别亮。团团飞虫围着灯泡，近乎狂欢。我穿过红砖小路，推开纱门，来到屋里。红香正在收拾桌上的杯盘。电扇呼呼吹着，掀起她裙裾的一角，暖黄色的灯光下，那一角的肌肤尤其白皙。

"我收拾就行了，你累了半天，快回去歇着吧。"我说。

"客人刚走你就撵我呀。"红香并不抬头，电扇吹乱了她的头发，她抬起胳膊，用手腕抹了下发梢。

"涂老师算什么客人，别忘了，我们可都是他的学生。"我笑着说。

"那可不一样，人家是来求你办事的。真是山不转水转，想想当年涂老师站在讲台上，举着教鞭，那股神气劲儿，想抽谁就抽谁，你看如今……"

"好了嫂子，别这么说涂老师，他不容易呀。"我急忙打断红香的话，我知道她想说什么。这个红香，嘴巴还是那么厉害，尤其是今天晚上，又喝了两瓶啤酒。

"你不叫嫂子行不行？你就不会叫个红香，你又不是没叫过。"红香端着一摞盘子，没好气地说，"快给我开门。"

我急忙跑上前，推开纱门。红香斜着身子，从我身边走过，我看到她鬓角上挂着几颗汗珠儿。她穿着一件粉红的T恤，背上有一块儿被汗水洇透了，像一朵印上去的花。红香是个爱美的女人，身材保持得还不错，并没有像乡村的许多女人那样，到了这个年龄，浑身上下就跟面包似的膨胀起来。

红香在院子里刷碗。我点上一支烟，听着哗啦哗啦的流水声，心想，我们是三年的初中同班同学，红香这个名字，我肯定是喊过的。可是什么时候在什么地方喊过，我实在记不起来了，毕竟过去了这么多年。我们那时候，男女生之间根本不太说话。我对红香印象最深的就是她的笑。她牙齿雪白，笑的时候，嘴角微微上翘，眉毛舒展开来，眼睛也十分明亮。红香没考上县城的重点高中，就不念了。我考上大学的那年冬天，红香跟大勇哥订了婚。我和大勇哥是没出五服的叔伯兄弟，又是最近的邻居。记得那年过年回家后，我大娘专门过来问我，说："大鹏，听说小鹿村那个丁红香是你的同学？"我先是愣了一下，接着，脑瓜子里马上蹦出了丁红香的笑脸。我也笑了，忙点头说："对呀，就是那个笑起来挺好看的女孩子。"我大娘说："她刚跟你大勇哥订了婚呢。这个女孩子咋样啊？"我说挺好的，真的挺好的。我也不知道我为什么这么说，我并不了解她，我只是觉得她笑起来挺好看的。大娘也笑了，说："你这么一说，大娘就放心了。"有什么不放心的呢？我当时还想，如果我没考上大学，如果有人来给我提这门亲事，我也会愿意的。当然，大勇哥长得也不错，只是没有读高中罢了。反正她嫁过来后，我就没叫过她的名字。我一直叫她嫂子。

纱门一响，红香走进来。"这天可真够热的，快下雨了，远处在打闪呢。"她甩了把湿漉漉的双手，伸出小拇指来顺了顺耳边的头发，笑笑说，"活干完了，我可以走了。"她这一笑，我似乎又看到了多年前的那个小女孩。

"你一笑，还是上学时的那个样子。"这话，我也是笑着说的。

"去你的吧，你说这话，鬼才信呢。"红香的脸好像是红了，也许是酒劲儿还未退去。她抓起包，扭着身子便往外走，刚到门口，又停下来，说："对了，扫一扫、扫一扫。"

"嫂……不用了，我自己扫就行了。"我急忙说道。

我以为是扫地呢，却看到红香朝我晃晃手机，这才一下子明白过来，忙拿起我的手机。红香端着手机，熟练地对着我的手机扫了扫，说："好了，接受一下就行了。"

说实在的，微信这玩意儿我是刚开始用，所以显得笨手笨脚。我放下手机时，红香已经穿过院子，快到大门口了。我推开纱门，想说一声什么，又停住了。说什么呢？无非就是客气话，还是不说为好。

突然就觉出热来，胃里的白酒也开始翻腾。我脱下汗衫，擦了把脸上的汗，扔在沙发上，端起杯子里的剩茶一饮而尽。我来到院子里，关掉了院子里的灯。我想，那些飞虫很快便作鸟兽散了。当然，还有一些正在撞向纱门，可是，纱门是进不去的，我有些幸灾乐祸。我钻进厨房旁边的小屋，打开太阳能淋浴器，在黑灯影里冲了个澡。这个太阳能淋浴器，还是父亲去世的那年，我专门给母亲装的。它只有夏天的时候才可以用，但母亲还是很高兴，母亲是个爱干净的人。如今，母亲在白水城跟着我住，平时给我儿子做做饭什么的，夏天也不回来了。

二

躺在床上，翻来覆去睡不着觉。电风扇吹过来的是热风，凉席也是黏糊糊的，粘皮燎肉，极不舒服。我知道是因为酒喝多了。别人喝多了酒，倒头呼呼大睡。我喝多了酒，却兴奋异常，脑瓜子里跟过电影胶片似的，过往的镜头会不断地闪出来。我几次拿起手机，想跟那个女孩联系一下，微信、短信，或者电话，都行，但最终，我还是放弃了。不能联系呀，我告诫自己，这只是一段如流星般的感情。你为什么跑到老家来呢？堂而皇之的理由当然是有的，就是为了完成那部当代生态文学研究的书，不错，作为社科基金项目，是必须要完成的。但是，有必要这么迫切吗？另一个原因，也许只有我自己知道。我不愿意想这些东西。我想到了涂老师。

中午看完《今日说法》，我在沙发上睡了一觉。睡醒后，我泡了一杯绿茶，坐在电扇下喝了一口，顿觉神清气爽。好了，开始干活吧。我坐在写字台前，打开笔记本电脑。写字台的桌面已经裂开了两道缝隙，这是我考上初中的那年，父亲专门为我做的。父亲是一个不错的木匠。我甚至还能记得那年夏天，父亲蹲在院子里打制写字台时，额头上闪动着的白花花的汗水。算一算，已经过去快三十年了。我在桌面上盖上一块母亲亲手织的棉布，把电脑放在上面，胳膊肘便舒服了许多。这让我一下子觉得，父母好像都离我不远似的。可是，这些思绪分散了我的注意力。所以，我回来快一个星期了，写了还不到一千字。

今天下午，我坐在电脑前，目光掠过屏幕上不断闪动的光标，穿过玻璃窗，落在那棵比我年龄还大的枣树上，又走神了。总是安不下心来，似乎总觉得有什么事要发生似的。可是，能有什么事情要发生呢？心不宁，外面蝉的聒噪声也猛地大起来。干脆按了几下鼠标，把《梁祝》调了出来。在小提琴如泣如诉的旋律中，我轻轻地闭上眼睛。

眼睛再睁开时，我看到院子门口站着一个人。这个人一手提着两瓶酒，一手提着一个西瓜，他脚步有些犹疑，正抻着脖子朝窗口这边看。由于他头发花白，我稍稍恍惚一下，还是很快认了出来：这不是涂老师嘛。我一下子站起来，两步来到门口，拉开纱门，喊一声涂老师。涂老师看到我，咧开大嘴笑了，晃悠着身子，小跑着过来，额头上全是亮晶晶的汗珠。

我忙接过涂老师手里的东西，满脸疑惑地说："涂老师，您这是干什么？"

涂老师嘿嘿一笑说："听说你回来了，我这不是，来看看你呀。"

"那您还花钱买东西？"我心里很不理解，就说了出来。

"快，快让我进屋凉快凉快。"涂老师倒也不客气。

我把涂老师让进屋，把电扇开到最大，又给涂老师冲了杯绿茶。多年来，我对涂老师心存感激。念初中时，他是我的语文老师，又是班主任，对我这个语文课代表鼓励很多、帮助很大。前些年我每次过年回家，都会去看他的。这些年回来得少了，心也懒了。这次回来，我心里压根就没想到涂老师。可他竟然来看我了，我心里很不好意思，便说："我回来是想写点东西。本来，我准备过几天再去看你。"

涂老师一挥手，一下子把我这言不由衷的话撩了过去。他说："你现在是教授、学者，我知道你忙。我听说你回来了，过来看看你，还不正常嘛。"

涂老师磕磕巴巴地说这话，似乎也有些言不由衷。我知道这不是他的风格。我从他的眼神里能看得出来，他找我，肯定还有别的事情。所以一时间，我们的表情和动作，都有些不太自然。涂老师问我母亲的情况，我如同抓到一根救命稻草，一口气说了一大堆。

这时候，外面突然传来红香的声音："大鹏，你在屋里吗？"我答应一声，忙站起身迎出去。红香手里端着一盘包子，说："中午包了茴香苗包子，你大爷大娘非得让我端几个来给你尝尝。"我说："来得正好，你猜谁在屋里？"说着，我把红香让进屋来。

"呦，涂老师呀，你从村东头跑到村西头，专门来看你这得意弟子？"红香并不见外，说话直来直去的。

"是红香啊，这不，我听说大鹏回来了，过来说说话。"涂老师站在那里，两手不断地搓着，面对他昔日的学生，竟然有些不自在。

"大鹏啊，你现在是混阔了，涂老师这么要面子的人，还得亲自过来看你。"

"不不，我过来找大鹏，是想求他点事儿。"涂老师争辩道。

"那还是大鹏混阔了。老师都来求他办事儿。"

红香说话不饶人。我知道这是她一贯的风格，在大爷大娘面前，她也是这样说话。尽管此时，她没有任何坏心眼，但我还是害怕伤到涂老师的心。我忙说："嫂子，你洗洗这个西瓜，打开它咱们尝尝。"红香提起西瓜走出门去。我忙把涂老师摁到沙发上坐下。

"涂老师，您真是桃李遍天下，您看，您两个亲学生就在眼前。晚上您不能走了，让红香准备几个菜，咱喝两盅。"

我这么一说，涂老师有些高兴，就使劲点了点头。红香搬着西瓜走进来，说："这鬼天气，又闷又热，晚上肯定要下雨的。"我拿起水果刀，把西瓜一切两半，留着一半，只把另一半切成一小块一小块的："来，涂老师，嫂子，这西瓜不错，快吃。"我拿起一块西瓜递给涂老师。涂老师托着西瓜，稍显拘谨地说："大鹏，你也吃你也吃。"就是在这一刻，我心里产生了一丝不安。这确实不是原来那雷厉风行的涂老师了。

涂老师求我办什么事呢？

啃罢一块西瓜，我来到桌前，从抽屉里拿出三百块钱。我跟红香说："嫂子，一会儿你先把这半块西瓜给大爷大娘提过去，再去买些熟食来，咱们师生三个碰到一起不容易，晚上喝杯酒。"红香也不客气，接过钱来塞进兜里。

我说："烧鸡和牛肉什么的，要多买一份，给大爷提过去。"

红香笑了，说："不愧是教授，想得真周到，比你大勇哥强百倍啊。"

我忙说："可别这么说，大勇哥身在日本，他想尽孝心，够不着啊。"

涂老师想起什么似的，说："对了，红香，你公公身体咋样了？"

"能咋样？等着呗。"红香叹口气说，"你们聊着，我一定办好。"

说完，红香便扭着身子走出门去。盯着红香的背影，涂老师说："这红香真不容易，大勇在日本做劳务，她一个人在家，里里外外都要忙。你看，你大爷又摊上这事儿，真是喝口凉水都塞牙。"

我也叹口气，正想说一些人生无常一类的话。涂老师突然就把话题岔开了，他长吁短叹着，开始说起自己的事。原来，这些年，涂老师过得也不痛快。老伴病病歪歪不说，这几年老父老母相继离世。最让他操心的是儿子，儿子生了两个女儿后，非得想再给他生个孙子。他和老伴也愿意。果真就生了个孙子，一家子还没来得及高兴，麻烦事就来了。违反计划生育政策可是大事，镇上把他们家罚了个底朝天，还欠了一屁股债。这几年儿子做生意也没挣到钱，一家人的日子过得紧紧巴巴。更让涂老师闹心的是，他的工作也受了牵连，镇上把他的职称晋级给卡住了。眼看过几年就要退休，当了一辈子中学教师的涂老师，至今还是中级职称。他心里急啊。

"要是这样退了休，待遇差老大了。"说完，涂老师的眼圈红了。接着，眼泪哗一下子便淌下来，涂老师垂着头，肩头抖动着，像一个受了委屈的孩子。

我忙站起身，说："涂老师，别着急，办法总会有的。"

涂老师的情绪慢慢稳下来，喝一口茶说："是啊，这不，计划生育政策一松动，我连找了几次镇上的领导，总算有了眉目。"

"太好了，"我说，"毕竟是干了一辈子教师，兢兢业业的，再说，只是因为孩子的事受了牵扯。"

"可是，大鹏啊，人家教办的领导说，至少要有两篇论文，并且有一篇是在省级以上的刊物上发表才行。我、我在乡下待了一辈子，我连一个刊物的名字都不知道，去哪里找人啊。"涂老师苦着脸说。

我明白了。涂老师请我帮忙，就是让我帮他发表两篇论文。说实在的，涂老师算是找对了人。我硕士的同门师兄，现在正是省里一家教育期刊的执行主编。如果我把涂老师的情况跟他说说，我觉得这个面子他会给我的。可是，我又不能直接跟涂老师这么讲。于是我说："涂老师，您放心，趁着假期，您好好准备两篇文章。我来想办法，好不好？"

我这么一说，涂老师一下子愣在那里。他可能没想到我会答应得如此爽快，接着，他伸出双手，一下子攥住我的胳膊，声音抖动着说："大鹏啊，我算是没白教你。"

盯着涂老师激动的面孔，我的心里，却那么不是滋味儿。

三

黑影中，手机屏闪了一下。我坐起来，拿起枕头旁的手机。"寂寞芬芳"发来一条微信：睡了吗？刚在网上读了你的一篇谈爱情的文章，写得真好。

寂寞芬芳？这么熟呢？我一下子想起来了，就是红香啊。刚才扫微信时，这个名字在我眼前蹦了一下，只是由于酒劲儿一上来，我压根儿就没仔细看。这篇文章我知道，是晚报编辑策划的一个话题，属于应付差事。我都忘记写了些什么。我心里有些惴惴不安，手指在屏上来回划动几下，决定不理这条信息。接着，我干脆把微信关掉了。

森白的闪电划过窗口，只是还没听到隆隆的雷声。应该就在片刻之后。屋里闷热得厉害，电风扇吹过来的都是热风，呼呼的声音让人心烦意乱。我抹了把额头，全是汗。我跳下床，趿拉着拖鞋，来到门口，推开纱门。外面与屋内没有丝毫的不同，热气扑面，没有一丝风。抬头看天，也没有一颗星星。一场暴雨即将来临。可是，我还是不愿意回到屋里去。我站在院子里，半天一动不动，不远处的那棵枣树，跟我一样静默着。其实，乡村的夜晚并不安静，蝉鸣和蛙声始终未曾停歇。就如同此时的我，身子不动，内心却充满着"蝉鸣和蛙声"。

这次回来，我放下行李，屋里的卫生也没顾得上打扫，就去看了大爷和大娘。母亲给他们带来了北京稻香村的点心，天热，不可久放。母亲说："没事多去跟你大爷说说话，他时间不多了。"

在我的记忆中，大爷的身体壮得跟头牛似的，特别是他年轻的时候，跟人打赌，曾经把磨盘举过头顶，还曾经拉着碌碡跟牲口比赛，跑得虎虎生风。他比我父亲大一岁，两个人关系最好，可身体比我父亲强多了，所以我们家的活他可没少帮着干。即便是一年前，他都六十五岁了，一天还能抽两包烟喝一斤酒，见面还要跟我掰手腕，说："大鹏，别看我老汉六十五，你不见得能赢了我。"我不服气，结果一掰，我确实不是大爷的对手。

我父亲去世以后，大爷处处为我们家着想，帮了母亲好多忙。母亲说："你大爷和你爹不是亲兄弟，却胜似亲兄弟。"

两年前的那个夏天，连夜的大雨把我们家房子的屋顶冲坏了，漏了有锅盖大小的一块，屋里淌的到处是水，把粮食都泡湿了。母亲急得不得了，好在天亮以后，雨停了。母亲跑到大爷家，想叫大爷找专门修房子的人来维修。母亲说："哥，你跟人家说，维修费人家说多少就是多少。"大爷没吱声，跟着母亲来到家里看了看，说："瓦没坏，只是苇箔塌了。花那冤枉钱干啥，我收拾收拾就行了。"母亲说："哥，你岁数大了，爬房顶，不安全。"大爷说："大鹏他娘，你放心，前两年我还在城市里干泥瓦匠呢。那楼高的，眼晕，这点活算啥呢。"那天，大爷用了半上午的时间，扎好新苇箔，又爬上屋顶，一块瓦一块瓦地掀开，换上新苇箔，铺好土灰，又一块瓦一块瓦地铺好。干完活，已经是下午一两点钟了。留他吃饭，他说啥都不吃。母亲一说起这件事来，就不停地抹眼泪。

可是，体格如此健壮、心如此好的一个人，身体说垮就垮掉了。

只能说人生无常。今年春天，大爷背着喷雾器，在庄稼地里喷农药。农药的名字叫百草枯，是一种剧毒农药，农村不知道有多少人一时想不开，喝下了这种农药。这种农药跟敌敌畏、乐果和1605不一样，喝下去是没有解药的，只有死路一条。当然，大爷的日子过得好好的，他可没有寻短见的想法。他自然也知道百草枯的厉害，但再厉害，只要不喝进肚子里，又能把人怎么样呢？

大爷想简单了。大爷不知道，在这个暖风和煦的春日里，死神正紧紧地盯着他。大爷开着电动三轮车来到地头上。那天很暖和，大爷脱掉了外套和毛衣，只穿着一件紫色的秋衣，背起已经兑好水和药的喷雾器，走进麦田里。大爷身体好，身上有劲儿，干什么农活都是一种享受。如今种地和原来不是一回事了，收割、耕地、浇水都是机械化，只需要操点心张罗一下，轻松多了。

　　大勇哥已在日本待了七八年，中间回来过几趟，看到大爷的头发胡子都变白了，就有了回来的想法。大爷不同意，说："那边挣钱多，你就多干几年嘛。等小旺考上大学，你把红香也带出去。我和你娘身体还硬朗着呢。"小旺是大勇哥和红香的儿子，在县一中读书，暑假过后，就上高三了。大勇哥想想也是如此，儿子将来读大学、考研究生、结婚生子，还要花不少的钱呢。

　　可是，谁又能想到，那个和煦的春日却暗藏灾难，喷雾器的塑料硬壳裂了一道缝儿，药水淌出来，湿透了大爷后背上的衣衫，跟大爷的汗水混在一起，通过毛孔，渗进大爷的身体里。一开始，大爷并没有发觉，他以为是出的汗，后来发现是喷雾器漏了，也没当回事儿。直到几天后，他咳嗽、发烧、喘不上气来，成夜难眠，这才去了县医院。在县医院一做CT，人家说赶快，去省里的医院看看吧。大爷这才意识到事情有些麻烦，红香陪着他到了省里的大医院。人家医生直接告诉红香，说没治了，肺部已经开始纤维化，器官会慢慢衰竭，药物维持吧。大爷住了几天院，在他的逼问下，红香只好告诉他结果，但没说得这么厉害。大爷倒是坦然，但他有一个要求，就是先别告诉大勇哥。大爷说："辛辛苦苦挣下点钱，都折腾在路费上还行？"

　　那天我去看大爷。大爷卧在躺椅上，那么壮实的一个人，体重减了足有一半，面色青黄、眼窝深陷，整个人已经走样了。我喊了一声大爷。大爷睁开眼睛，一看是我，咧开嘴笑了，向上抬了抬脖子，声音细哑地说："大鹏回来了，快坐，快坐。你娘还好吧？"我无法回答大爷的问话，因为我稍一发声，就会哭出来的。我强忍着泪水，朝大爷晃了晃手里提着的点心，拽着大娘的手，进了里屋。大娘一哭，我的心倒是稳定了下来，又劝说大娘。

　　那天，红香送我出来，皱着眉头问我："大鹏，愁死我了，你说，你大爷的情况，我到底告诉不告诉大勇啊？"

　　"医生怎么说？"我问。

　　"医生说，身体好的话，半年左右。这不，已经三个多月了。到时候，大勇不埋怨我才怪呢！"

　　红香说得也不错。我想了想，说："可以先跟大勇透露些情况，让他不必着急，但有心理准备。"

　　红香点点头，眼泪唰地滑下来。

　　那两天，我收拾着屋子院子，大爷的样子总是在眼前晃来晃去，心情特别不好。我听音乐，喝热茶，盯着枣树发呆，就是没有心情写一个字。

四

又是一道闪电划过，似乎能听到远处隐隐的雷声。我看了一下时间，已经是夜里十一点钟了。燠热难耐，我也没有困意，不想回到床上去。我想到了村南那片板栗园，那里是我童年的天堂，留下过许多欢乐和忧伤，也承载过我无尽的孤独和梦想。每次回来，无论是什么季节，我都会去那片板栗园里走一走。听母亲说，近两年，那些古老的板栗树正在逐渐减少，当年包产到户时，板栗树都分给了个人。有些人，经不住钞票的诱惑，高价卖给了城里人，说是越老越值钱。

"你说，城里人买这些老板栗树干什么用呢？"母亲不理解。

我也无言以对。肯定是为了美化环境吧。但为了美化那里的环境而牺牲这里的环境，是不是一种自私行为呢？

我趿拉着拖鞋，穿着一件大裤衩，把汗衫往肩头上一搭，来到大街上。大街上黑漆漆的，一团团的热气如同撕不开的黑棉絮。空气浑浊，有一丝硫黄味儿掺杂在里面。我怀疑我的鼻子出了问题，使劲抽动几下，还是如此。黑夜包裹着乌云，远处的闪电似乎也无力撕开。

不知道为什么，晚上喝了半斤多白酒，脑瓜子反而更清醒了，也许汗水早已经把酒精带了出来。沿着村南那条刚被硬化的路面，拐过一个水塘，穿过一片豆子地，板栗园就到了。即便是黑夜，我也能看得出板栗园的颜色要深一些。说实在的，闭着眼睛，我都能走到板栗园来，可是我不知道，这么黑的夜晚，我能在板栗园看到些什么。这些枝枝杈杈，这些横着生长的粗壮的树枝，这些宽大的绿叶，这些生长着毛刺的板栗球儿，这些所有在白天都能让人感觉到美的东西，我都看不到。我只能伸出手掌去抚摸它们。我的手指不断地被那些毛刺球儿扎疼。汗水和蝉鸣一起黏腻在皮肤上。

我点着一支烟，坐在一道土坎上。又是一道闪电，我看到宽大的板栗叶密密麻麻、静止不动，似乎有什么东西躲在树叶后面，朝我狡黠地眨着眼睛。

"是大鹏吗？"声音传来，我禁不住哆嗦了一下子。接着，我听出是红香的声音，身子就没动。

"你也没睡啊？"说完，红香也坐下来，"给我支烟好吗？"

在黑影里，我把烟和火机递给红香。火苗一闪，我看到红香的一缕头发被汗水黏在额头上。

"这么晚了你还出来？"我不合时宜地想到了聊斋中的一些故事。

"习惯了。老是睡不着，就想出来走走。"红香声音低沉，透着疲惫，"再说，今天晚上，太闷太热了。"

此时，我心里有些惶惑，不知道说什么好。

"刚才，我给你发了条微信，你没看到吗？"

"哦，我还没上线呢。"

"大鹏，我们是老同学，你别紧张啊。"

"我有什么可紧张的。"

"那就好。我在网上读到一篇你写爱情的文章。我问你，爱情到底是不是一种传说？有的人爱过，有的人没爱过，到底有什么不一样呢？你跟我说说，大鹏，你可别笑话我呀。"

在这有二百年历史的板栗园里，在这黑沉沉、暴雨将至的深夜里，我没想到红香会聊这样的话题。汗水一下子从我身体的各个角落里淌出来。

我无法回答。我真的无法回答。我也回答不了。红香当然不知道，这也是我的困惑呀。

红香见我半天不说话，便深深地叹了口气，说："你大勇哥去日本八年，回来的日子加起来不到三个月，我不知道自己是怎样挨过来的。关键是，我老是在琢磨一件事，我和你大勇哥之间有过爱情吗？他爱过我吗？我爱过他吗？你别觉着我们这些农妇就不该琢磨这些问题。说实在的，我们琢磨得一点都不少。只是，有时候觉得很明白了，但转念一想，又觉得越想越糊涂。"

空气中，那股硫黄的气味似乎越来越浓郁。我抽动两下鼻子，说："我鼻子是不是出了问题？怎么老是闻到一股硫黄味儿。"

"你的鼻子没问题，是河那边刚建了一家化工厂，气压低的时候，就有这么一股味儿。"红香说，"你别打岔啊，我问你呢。"

"我，我也不知道怎么说才好。"又是一道闪电，如果红香能看清我的面孔，肯定能看到我满脸的真诚。

"喊，你是光能写呀。"过了片刻，红香说道，"这几年，有好几个人向我示好呢，我一概不理，我早就把自己当成一个男人了。"

这时候，有一串雷声从远处滚过来，在不远处炸响。我站起身，拍了拍裤子上的尘土，说："好了红香，雨马上就过来了，该回去了。咱们不能一块走。这样，你朝西走，我朝东走。"

"我明白，这叫各奔东西。还好，这次你终于没叫我嫂子。"在黑影中，红香笑笑说，"你先走，我马上就走，放心。"

我没再说什么，径直朝板栗园的东边走去。天气闷热得让人窒息，我心里如同燃着一团火苗，浑身上下都感到毛毛躁躁的。我渴盼着大雨快点下来。

我心想，这一切，是不是在做梦呢？我是不是喝多了酒，正在梦境中游荡呢？我正沿着板栗园的小径，走向梦的深处。不对啊，刚才我还觉得我是非常清醒的。可是你听，竟然有呼噜声传来。肯定是我自己的呼噜声，肯定是我正打着呼噜在做梦啊。要不，在深夜中的板栗园，怎么会遇到红香呢？我都快把自己绕迷糊了。

不对啊，呼噜声就在不远处的树下。我停下脚步，侧耳仔细听，不错，确实来自不远处的树下。

我给自己壮了壮胆，犹疑着步子，缓慢地挪到树下。噢，这棵板栗树的直径足有一米，盘根错节，一道闪电划过，我看到这棵树的树干是拧着长上去的。伴随着隆隆的雷声，我还看到，树干一旁，确实躺着一个人。我知道了，我不是在梦中，呼噜声正是这个人发出来的。我想了想，大雨马上就下来了，不管是谁，我必须要叫醒他。

我来到这个人身边，蹲下来，打着火机。我看到的，竟然是一张我熟悉的面孔：涂老师。他睡得多么香啊。头发上沾满了草屑，脸上粘着尘土，一只手掌还托着下巴。即便是睡着了，他还是一副思想者的姿势。

火机烫了我一下，我的手一哆嗦，火苗灭了。我听到树叶上发出啪啪的声音。我的脸全湿了。雨终于下来了。不管睡得多么香，不管梦有多么美，该醒还是要醒的。

我在伸手推醒涂老师的同时，那个女孩的面孔在我脑海中闪了一下。我想，明天一早，我必须要回白水城了。

月亮舞台

一

　　眼前的世界让我瞪大眼睛。有一条闪光的路通在我的脚下，不远处，是一个巨大的、明亮的圆形舞台，一个手拿话筒、戴着礼帽、穿着燕尾服的小丑正朝我招手。我刚踩上闪光的路，便如同通了电似的，脚下立刻变得轻飘飘，不用劲儿，就能向前轻松地走，跟踩在云彩上一样。突然，下面响起哗哗的掌声。我紧张地朝下面看，可是下面黑乎乎的，什么都看不见。

　　小丑突然说话了："欢迎庄帅同学来到月亮舞台！"

　　啊，月亮舞台？我仔细看，这明亮的圆圆的舞台，确实就像一个巨大的月亮。

　　说话间，我已经站在小丑身边。

　　小丑说："庄帅同学，你来到美妙的月亮舞台，给大家带来了什么节目？"

　　我面红耳赤，急得不知道说什么好。我脚下软绵绵的，几次都差点摔倒。我歪扭着身子，好不尴尬。

　　小丑笑呵呵地说："庄帅同学，你会舞蹈吗？"

　　我摇摇头。

　　"唱歌？"

　　我摇摇头。

　　"朗诵？武术？小品？相声？"

我一个劲儿摇头。

小丑皱了皱眉头，说："那你为什么来到月亮舞台？"

可是，我也不知道啊。我都快急哭了。

小丑说："那么，庄帅同学，你到底会什么呢？"

是啊，我到底会什么呢？

台下传来无数人哈哈的笑声……

我一下子睁开眼睛，原来是一个梦。阳光穿过玻璃，落在课桌的一角。中午时分，同学们大都趴在桌子上休息，教室里静悄悄的。

这个莫名其妙的梦，让我怅然若失。我走出教室，站在阳光下面，梦中的寒意才如同丝线似的，被慢慢抽走，又如同从月亮上回到人间。

我们的学校在小镇的西边，一旁就是高高的鬲津河大堤。离上课时间还早，于是我走出校门。我慢慢地爬上河堤，河堤上全是高大的树木，到处都是柳树、刺槐、杨树和椿树，蓊蓊翠翠的，鸟儿追逐鸣叫，在树叶间穿梭。堤坡上遍布着野草和灌木，叫不上名来的野花开得到处都是，红的、黄的、紫的、蓝的，在正午的骄阳中，开得照样鲜艳。白蝴蝶和红蜻蜓在野花间飞飞停停翩翩起舞。

我最喜欢站在河堤上向下看，天地宽阔，小镇的轮廓尽收眼底。南边的湖水像一面镜子，泛着白玉色的光泽。东边和北边则是一望无际的玉米地，玉米地的顶端是枣树林，夏天的枣树林像一片鹅黄色的云彩。我把目光往回收，看小镇的十字路口和街道房屋，我看到街道上跑着的汽车、三轮车、电瓶车如同卡通片里的游动模型，特别好玩儿。当然，我最想看到的是十字路口东侧的那棵大柳树，因为柳树下面有奶奶的摊位。我能看见那棵大柳树，却看不清奶奶卖东西的摊位。

我也看不到我们家的房子。我的家住在镇子的最北头。

奶奶说，这里原来叫雾村，后来改成了雾镇。当然，镇子自有镇子的好处，五天赶一个大集不说，就是平时，两条十字交错的马路上，也是人来人往。镇政府、派出所、邮政所、储蓄所、税务分局……好多单位都分布在马路的两侧。超市、五金店、理发店、家具店、手机店、小旅馆，还有各种小饭馆，一个挨一个。小饭馆里烟熏火燎，钻出来的却是各种香味儿，让人肚子咕咕直叫。

每天早晨，我和奶奶一起出门。我背着书包，推着奶奶的三轮车。三轮车里装着要卖的东西。我说奶奶，我先走了。奶奶笑着点点头。我飞身跳上三轮车，撅着屁股在前面骑。我把三轮车骑得飞快，来到大柳树下，总是喘着粗气等上半天，才看到奶奶走过来。奶奶在柳树下摆摊儿，我背着书包去上学。下午放了学，我再回到奶奶摆摊儿的地方。

不管从我家到学校，还是从学校到我家，都要穿过小镇最繁华的十字路口。我喜欢十字路口的欢腾热闹。下午放学回来，我都要在路口上站一会儿，看到车水马龙的样子，我的心情便好得不得了。站在奶奶面前时，脸上就会露出灿烂的笑容，蹬着三轮车往家走时，我浑身都是劲儿。

我正瞎琢磨着，上课的预备铃响起来。我急忙沿着河堤往下跑，跟头骨碌的，还狠狠地摔了一跤。这一跤摔得好，把那个梦摔跑了。我有一种刚从梦中醒来的感觉。但我想，等晚上回到家，我还是要跟奶奶讲一讲。我从来没做过这么奇怪的梦。

可是下午放学后，我来到大柳树下面，却没有看到奶奶。奶奶的三轮车也不见了。我的心禁不住一沉。是不是奶奶的老胃病又犯了？如果不是天气的原因，在我放学之前，奶奶很少回家的。少有的几次提前回家，都是因为犯了胃病。去年春天，妈妈和妹妹刚离开家的那段时间，奶奶的胃病犯得最厉害。有一次奶奶好几天都没有出摊儿，她躺在床上，疼得哎哟哎哟地喊。

奶奶说："帅帅，你按按奶奶的胃，奶奶的胃里隆起一个硬硬的大疙瘩。"

我摁着奶奶的胃，果然是这样。我快被吓哭了，说："奶奶，咱去医院吧。"

奶奶笑笑说："傻孩子，没事的，奶奶这是老胃病，忍两天就好了。"

奶奶说什么都不肯去医院。我知道，奶奶是怕花钱。不过，老鲁爷爷也说，奶奶的胃病不会是什么大事，好多老年人都有的。我最相信老鲁爷爷的话。老鲁爷爷住在前街。我爷爷活着的时候，他们是最好的朋友。现在，老鲁爷爷成了我最好的朋友。没事的时候，我就跑到老鲁爷爷家看他制作根雕。老鲁爷爷的根雕，可是全县都有名的。

虽然我相信老鲁爷爷的话，可我还是为奶奶身体担心。

我沿着胡同朝北走。从奶奶摆摊儿的地方到我家，中间要穿过一条马路。这条马路就是老鲁爷爷住的前街。老鲁爷爷家那古色古香的房子，在夕阳的照射下，青砖灰瓦也被镶嵌上了灿烂的金边。我的脚步慢下来，犹豫片刻，禁不住拐一个弯儿，朝老鲁爷爷家走去。

老鲁爷爷家的门是敞着的。老鲁爷爷穿着一件白汗衫，正坐在一把老藤椅里抽烟。夕阳把他照成了两色，一半是金色的，一半是深色的。我一看老鲁爷爷的样子和额头上的汗水，就知道他是刚完成了一件作品。因为他花白的头发下，皱纹是舒展开的，满脸的安详和满足。果然，老鲁爷爷一看到我，马上高兴起来，竖直身子朝我招手："帅帅，你来得正好，快过来看看。"

我跑过去。老鲁爷爷指着桌上的根雕说："看看它像什么？"

根雕是崭新的，清漆泛着亮亮的光泽，散发着一股淡淡的油漆味儿。我绕着它转了一圈儿，说："我看像羊妈妈带着两只羊宝宝。"

老鲁爷爷一听，呵呵地笑了，说："帅帅眼力不错啊。我正在犯愁，如果给它起个名字的话，叫'三羊开泰'好呢，还是'母子情深'好呢？"

"当然是母子情深了。"我不加思索地说，"你看羊妈妈这不正扭着头舔羊宝宝的后背嘛，另一只羊宝宝紧紧地靠着妈妈的后腿。"

老鲁爷爷不断地点头，说："讲得好讲得好，帅帅，晚上在这里吃饭，奶奶给咱们炖排骨。"

我说："不了爷爷，我只是路过门口，才进来看看你。我还得去看奶奶呢。今天奶奶撤摊儿早，是不是她的老胃病又犯了？"

老鲁爷爷忙点头说："那就快去吧，有事跟我说。"

我离开老鲁爷爷家，呼呼地往家跑，边跑边想着老鲁爷爷刚才说的话，心里乐滋滋的。汗水涌出来，把我的校服都湿透了。

我打开家门，院子里静悄悄的。红彤彤的晚霞落在墙上，有几只麻雀呼的从枣树上飞走了。果然，奶奶的三轮车就停在枣树下面。我多么盼望着一进门，看到奶奶正在墙角的饭篷里做饭。可是……

我推开屋门，喊一声奶奶，接着走进里屋，看到奶奶躺在床上。

听到我进来，奶奶睁开眼说："没事的帅帅，奶奶犯了老胃病，过一会就好了。奶奶给你五块钱，你去张家包子铺买几个肉包子吃吧。"

奶奶一说肉包子，我的肚子禁不住咕噜噜叫起来。可是我说出来的却是："奶奶，我一点都不饿，我先去做作业了。等你好一些，咱们一块儿下面条吃。"

奶奶叹一口气，没再说什么。我半点做作业的心思都没有。我放下书包，来到院子里，抬头看看天空。晚霞中，朵朵的云彩如同盛开的花。我被吸引着，沿着梯子，爬上屋顶。坐在屋顶上，西边的鬲津河大堤看得更加清晰。

妈妈和妹妹春妮正在河那边一个叫道口的村庄里。妈妈带着妹妹嫁到那边去已经一年多了。平时，奶奶不让我去找她们，说那样对妈妈和妹妹都不好。奶奶是好心，我明白。还好，妈妈有时候来镇上赶集，会到学校里去找我，给我送一些好吃的东西。当然，我和妹妹也有约定的。星期天的时候，我会穿过鬲津河大桥，到道口村头的小桥下面等妹妹来说会话儿。

上个星期天，妹妹春妮见了我，扬着笑脸告诉我："哥哥，过了这个暑假，我也要上学了。妈妈已经给我报了名。我很快也跟你一样，背着书包，成为小学生了。"

是啊，妹妹已经六岁多，也要上学了。

我捧着妹妹的小脸说："哥哥送给你漂亮的新书包和文具盒。"

"真的？哥哥真好！"妹妹高兴地蹦起来。

这话我可不是说着玩儿的，一种饱满的情愫塞在我胸间，满满的。是的，我要买雾镇最漂亮的书包和文具盒送给妹妹。

当然，这一天晚上，我没有把那个梦讲给奶奶听。

二

是的，我们家里只有我和奶奶。我和奶奶相依为命。

可是原来，也就是两年前吧，我们家还是那么热闹。爷爷奶奶、爸爸妈妈，还有我和妹妹。吃饭的时候，我们紧紧地坐在一起，有说有笑。有时候，爸爸和妈妈会因为争论一件事而面红耳赤，我和妹妹则为了抢一块肉而相互斗气。

爸爸跑运输，开着能拉几十吨的大卡车跑遍了全国，每次从外地回来，总是忘不了给我和妹妹带回一些好玩的东西。爷爷是个木匠，平时，在家里做一些桌椅板凳，每逢雾镇大集，爷爷就拉着它们到集市上卖。赶集回来，也总是买一堆好吃的东西，烧鸡呀酱牛肉啥的，所以，我和妹妹总是盼着赶集的日子。那时候，奶奶还没在大柳树下摆摊儿。

有时候，爷爷带着我，晚上去老鲁爷爷家串门。两个老人坐在院子里喝茶抽烟，天南海北的，讲一些特别有趣的事情。我坐在小板凳上，听得入迷，眼睛盯着夜空里眨巴眼睛的星星和雪白的月亮，觉得这个世界又大又奇妙，大得无边无沿，奇妙得令人激动向往。

快乐的时光总是短暂的，事实就是这样。两年前的这个时候，爸爸开着大卡车在高速公路上出了车祸，再也回不来了。一开始，我什么都不知道，只是感到家里的气氛怪怪的。爷爷和妈妈说出去办事，好几天都没回家。奶奶呆愣愣地坐在一个地方，半天一动不动，眼睛红肿得像铃铛，只有妹妹饿哭了的时候，她才想起给我们做饭。

我还是在同学口中听到爸爸出事的消息。有一天，我们班个头最高的田磊磊把我拉到一边，搂着我的肩膀头说："胖墩子啊，你怎么还来上学？"

我是长得胖了些，我承认。所有的人都喊我胖墩子。即便是不在学校里，除了家里人和老鲁爷爷叫我帅帅外，整个雾镇认识我的人，都喊我胖墩子。我并不在意，可我讨厌田磊磊跟我说话的口气。

我说："我为什么不能来上学？"

田磊磊说："你没心没肺啊！你爸爸出车祸了，连命都没有了你还来上学呀你。"

我一下子愣在那里，想到爷爷和妈妈出去了好几天还没有回来，想到奶奶怪怪的样子。我蒙了，心里空荡荡的，肉和魂儿都被挖走了似的，一上午也不知道怎么过去的。中午我没在学校吃饭。一放学，我背起书包便往家走。拐进胡同口，离老远，就看到我们家有人进进出出的。看到人们脸上悲戚的表情，我的腿一下子软了。

果然是爸爸出事了。

安葬完爸爸，爷爷一下子老了。他整天愁眉苦脸的，拿着烟卷的手在不停地颤抖，木匠活不干了，桌椅板凳不做了，集市不赶了，老鲁爷爷家也不去了。妈妈和奶奶也是泪水涟涟。大家谁都不愿意说话。妹妹春妮还小，不知道发生了什么事，整天跟在我身后问："哥哥，爸爸怎么还不回来？"有一天，我实在忍不住了，就告诉她："爸爸死了，爸爸不回来了。"妹妹一听，哇哇大哭起来，边哭边喊道："哥哥坏哥哥坏！爸爸会回来的！"我觉得，妹妹尽管小，似乎也知道爸爸不在了，她只是用这样的方式发泄出来。果然，妹妹哭过以后，就再也不提爸爸的事了。

爷爷是在那年夏天的一个黄昏离开我们的。正是暑假期间，我和几个小伙伴在前街玩耍。一辆救护车从我们身边呼啸而过。没想到，救护车停在了我们家门口。爷爷患的是心肌梗死，被拉到县里的医院，就再也没回来。

好了，我实在不愿意说这些事儿。可是，这些事儿过去了好长时间，我还是不断地想到它们。

至于妈妈改嫁，那是没办法的事情。因为爸爸出事，我们家欠了不少债。妈妈说："谁能帮她还上这些债，她就嫁给谁。"后来，鬲津河那边的拐子伯伯愿意还债。妈妈就带着妹妹嫁了过去。

现在，我们家只剩下了我和奶奶。自从爷爷死后，奶奶就开始在大柳树下摆摊儿。那些袜子手套、针头线脑的赚不来几个钱，倒是有时候，奶奶自己做的布老虎能卖上一个好价钱。每次奶奶卖了布老虎，都会给我买些好吃的回来。可是，奶奶自己的身体不好，却舍不得花钱看病。

三

日子一天又一天地过，总算到了期末考试。考最后一门课的时候，我做完卷子，盯着窗外走神了。铃声一响，吓得我一哆嗦。我把目光从窗外的篮球架上拉回来。

监考的老师说："大家停下来，该交卷了。"

我这才意识到，考试终于结束了。一种幸福感马上在我心里荡漾开来。我反应极快，抄起卷子便走向讲台。书包早已经被我挎在肩上。十几分钟之前，我就把所有的题做完了。我不敢保证做得好，因为我从来就不是一个优秀的学生。可是我不想早交卷，我害怕同学们的冷嘲热讽。

我来到教室外面，觉得空气中都有一种轻松的味道。

"胖墩子。"有人在后面喊我。

是甄帅。我没回头。可是，他突然从后面掐住我的脖子，说："交卷前我叫你，给你抛了那么多媚眼，你为什么不理我？"

我说："我没听见，也没看见，我走神了。"

甄帅说："哼，你就是不想让我看你的卷子。"

我正想让他松开我的脖子，却又有一个人跑过来，一把拧住了我的耳朵。不用说我也知道是大鹏。大鹏的手上总有一股臭脚丫子味儿。

"别人看你的卷子你不让看，小茉莉看你的卷子你倒是痛快得很。"大鹏咬牙切齿地说。

小茉莉是我们班上最漂亮的女孩。小茉莉坐得离我远不说，学习比我好得多，怎么会看我的卷子呢？

我知道他们是在逗我玩儿。今天我心情好，毕竟考完试了，我知道他们的心情也不错。他们跟我逗着玩玩也没什么不好。可他们总是喜欢动手动脚。

他们架着我朝前走。一点不错，他们的样子就像架着我似的。快到校门口时，甄帅的双手突然松开我的脖子，嘴里还发出呀呀的叫声。我侧脸一看，原来是田磊磊站在一边，甄帅的一只胳膊正被他拧在身后。

田磊磊是我们班个头最高、力量最大的男孩子。他爸爸在镇上开了一家健身中心，所以他练得胳膊上全是肌肉。

"松开。"田磊磊一脸严肃地跟大鹏说。

大鹏马上松开我的耳朵，那股臭脚丫子味儿立刻就消失了。我盯着比我高出半头的田磊磊，觉得他就像一个英雄似的。

田磊磊说："你们俩贴在胖墩子身上，知道像什么吗？"

甄帅和大鹏大眼瞪小眼，满头雾水的模样。

"整个一动物世界，两只猴子吊在一只狗熊身上。"说完，田磊磊自己兜不住了，哈哈大笑。甄帅和大鹏发现田磊磊只是闹着玩儿，也跟着笑起来。

看着他们都在笑，我也笑了。笑是一件多么让人高兴的事情啊！

突然，田磊磊指着我的后背说："嗨，你们看，胖墩子衣服上画的是什么？"

甄帅说："是恐龙。"

大鹏说："什么恐龙，是乌龟。"

田磊磊说："像恐龙，也像乌龟。谁画的？画得太差了。"

他们用手指头戳着我的后背，争论不休。我的汗水一下子冒出来，心如同被什么东西扎了一下。我才不管什么恐龙啊乌龟的。我心疼的是我的校服。除了上学，我从来不舍得穿我的校服。这件短袖的白色校服，我尤其喜欢，每天放学回家后，我总是把它洗干净，挂在晾衣绳上，看着亮晶晶的水珠滴下来，闻着一股淡淡的肥皂香味，心里特别舒服。是谁这么可恶，在上面给我画上什么恐龙啊乌龟的呢？

小茉莉背着书包走过来，她皮肤雪白，眼睛又黑又亮，留着齐眉的刘海，漂亮得如同仙女下凡。他们三个都不戳我的后背了。

甄帅眼睛盯着孙小莉，指着我的后背说："小茉莉，你看看，胖墩子衣服上画的是恐龙还是乌龟？"

孙小莉眼盯着前面，好像压根儿没看到我们几个似的。她步伐优雅地走出校门，昂着头，风把她的头发吹得飘起来。

趁着他们发呆，我也跑出校门。我害怕他们再追上来。可是，他们不但没追上来，连喊我都没喊。我回头看一眼，掠过"雾镇中心学校"的牌子，看到他们三个懒散地晃悠着身子，一副无精打采的模样。

我沿着街道，快步朝前走。我拐进一个胡同，看看前后无人，于是放下书包，迅速地脱下衣服。衣服上什么都没有，没有恐龙，没有乌龟。只有汗水留下的印记。

我明白了，他们三个是在捉弄我。可我一点都没有生气。

没有毕竟比有好。

我穿上衣服，背起书包，沿着胡同，朝家的方向走去。

时间接近中午，阳光直射。额头上全是汗水，肚子里开始发出咕咕的叫声。想到奶奶温在锅里的饭，我心里猛地涌起一股喜悦。不管怎么说，暑假马上开始了。我抬起腿，一脚把一粒石子踢出去好远。

四

白花花的太阳威力十足。上午还不到十点，几只狗跟约好了似的，已经趴在马家酱骨店旁边的屋檐下，伸着长长的舌头，哈哧哈哧地喘着粗气。我已经绕着雾镇转了大半圈儿，汗水湿透了背心。我站在酱骨店门口歇了会儿，闻着酱骨店里飘出来的香味，跟那几只狗一样喘着粗气。

早晨，我蹬着三轮车来到大柳树下，帮着奶奶摆好摊子。奶奶的摊子上多了雨伞和遮阳帽，手套和袜子都换成了丝的，还有塑料拖鞋、太阳能手电筒和布老虎。我把它们摆得整整齐齐的。

奶奶笑着说："还是放了假好，不用急慌慌赶着上学了。"

我说："奶奶，我们老师说，不管干什么，都要认认真真的，不能含糊。咱把摊子摆得漂亮，只有好处没有坏处，你说是吧？"

奶奶使劲儿点头，说："上学就是好啊，跟老师学会了知识不说，还学到做人的道理。帅帅，要好好学习，奶奶一定供你上大学。"

我咧嘴笑了。我想告诉奶奶，我学习成绩一般般啊。奶奶可能是看到了我拿回家的奖状。昨天，我刚把"品德优秀学生"的奖状拿回家，可那不是"三好学生"奖状啊。奶奶并不知情，高兴得不得了，给我做了好吃的炸酱面。我也不想跟奶奶说太多，只是一口气吃掉两碗炸酱面，不过，吃完后我就后悔了。我爬到屋顶上，盯着布满晚霞的天空，揉了半天肚子。

对于我来说，学习可以努力，多吃一碗炸酱面也不是问题。问题是，怎样才能挣到钱呢？在妹妹面前，我可是夸下了海口。明天就是七月一日，暑假正式开始。我也想有一个全新的开始，来完成我的计划和梦想。

这时候，一只黑狗爬起来，因为它看到酱骨店的门开了。一个矮矮胖胖的男人走出来，双手端着一个盆子，来到屋角一个垃圾桶前，把盆里的脏水倒进桶里。我想，他应该是店老板吧。我稍稍犹豫一下，便走上前。

"叔叔，你店里，有没有适合我干的活儿？"

这个男人一听，把眼睛瞪了瞪，仔细打量我一番，龇牙笑了，说："有肯定有，刷刷盘子洗洗碗的，咋会没有呢？可是，我可不敢用你啊，你还是个孩子。这样的事咱可不干。"

我看到那只黑狗，伸出舌头舔了舔男人手中的盆子沿。男人说完，便扭身进店了。黑狗舔了一下舌头，也扭身回到屋檐下，重新趴在伙伴的身边。

我站在太阳地里愣了半天，汗水沿着脸颊淌下来，流进嘴里。我咂摸一下嘴唇，咸咸的。为什么大家都说我太小呢？我年龄是不大，可是我个头儿不矮，壮壮的，身上有的是劲儿，别说刷个盆子洗个碗的，就是力气活儿，我也能干得了。

是不是人家都嫌我胖呢？想了想，又觉得不像，饭馆里那些端盘子择菜的婶子大娘的，可比我胖多了。唉，问了好几家饭店啥的，反正人家都不要我，有什么办法呢？我抬起腿来，把脚下的一段木头块儿踢出去。木头块儿正好砸在那只黑狗身上，黑狗蹦起来，抻着脖子朝我叫了两声。

眼看又要回到十字路口时，我突然想到我的同学田磊磊。田磊磊的爸爸开了一家健身活动中心，就在镇政府大院的后面。我能不能到那里看看呢？那么大的摊子，肯定需要干杂活的人啊。对，就找找田磊磊，让他跟他爸爸说一说。毕竟是同学呀。想到这里，我身上猛地来了劲儿，扭过身来，便朝镇政府的后街走去。

田磊磊家的健身中心就叫磊磊健身中心。要不平时田磊磊表现得总是那么酷呢，从这个健身中心的名字就看得出来，田磊磊在爸爸的心里是多么的重要。

我走进健身中心的门。屋里开着空调，凉爽多了。门口旁边是一个椭圆形的吧台，里面的橱柜里摆着一些啤酒饮料和香烟。一个头发染成棕色，长得像一只鸟似的年轻女人站在那里，她说："小伙子，你找谁？"我歪了歪头，一时不知道说什么好。

一个瘦瘦的穿着花衬衣的男人走过来，他一只眼一眨巴一眨巴的，是个"咯嘣眼"。

"小胖子，问你呢，找谁？"咯嘣眼没好气地说。

"我找田磊磊。我是他同学。"我怯怯地说。

我有点害怕咯嘣眼。但是，咯嘣眼一听我是田磊磊的同学，马上就龇开了牙，说："里面，磊磊在里面的健身房。"说着，还朝里面指了指。

我穿过几个台球案子，朝里面的屋子走去。嚯，里面的屋子好大，田磊磊正站在屋子中间的一块橡胶垫子上，赤裸着上身，一手举着一个大号的哑铃。他的周围全是健身器材，跑步机呀自行车模样的东西，有几个胖胖的人正在不同的角落里锻炼着身体。田磊磊看到了我，弯下身子，慢慢地放下哑铃。

"磊磊，你的身材好棒啊。"我讨好地说。

"哈，看拳。"田磊磊举起拳头朝我砸过来，不过，拳头马上在半空中停住了。他一龇牙，笑了。他是跟我闹着玩儿。我也笑了。

"胖墩子，你怎么来了？"

"我、我有点事儿，来跟你商量商量。"我挠着头皮说。

"有事跟我商量？"田磊磊有些疑惑地问着，脸上露出怪怪的笑容。

我使劲儿点点头。田磊磊说一声好吧，然后甩手把汗衫搭在肩上，带着我走出健身房。他走到吧台前，指了指冰柜，那个女人马上从冰柜里拿出一支牛奶雪糕递给他。田磊磊拿起雪糕，又指了指我。长得像鸟似的女人看我一眼，犹豫一下，不太情愿地掀开冰柜，又拿出一支雪糕来，直接扔在吧台上。我一点都不在乎，抓起雪糕，就跟着田磊磊来到台球案子后面的破沙发上坐下来。

"说吧。"田磊磊哧溜哧溜地舔着雪糕。

"磊磊，咱们暑假开始了，你能不能跟你爸爸说说，让他在健身中心，给我安排点活干。"

"胖墩子，你，找活干？"田磊磊举着雪糕，瞪着眼盯着我。

"磊磊，我家的情况你也知道。我奶奶有老胃病，我想挣点钱，陪她去医院查查身体。我妹妹过了暑假要上学了，我想送她个新书包呢。"我小口咬着雪糕，低声跟磊磊说着。

田磊磊猛地站起来，说胖墩子啊，你在这里坐着，先等我一会儿。接着，他快步穿过几个台球案子，朝墙角的楼梯口走去。我想，他肯定上楼找他爸爸去了。

过了一会儿，田磊磊下来了。他边朝我走，边摇了摇头。我心里一下子紧张起来，禁不住站起身。田磊磊来到我跟前，又把我摁在沙发上坐下，说："胖墩子，我爸说不行，你太小了。你来我们这里干活，是违法的事情。违法，懂不懂？"

我一下子愣住了。我说人家怎么都不要我呢，原来是这样啊，是人家不敢要我呀。这可怎么办呢？我急得眼泪都要出来了。磊磊皱着眉头，能看得出来，他也在替我着急。

"胖墩子，你再等我一下。"

说着，田磊磊把冰糕棍扔进墙角的垃圾桶，肩膀头一扭扭的，又朝楼梯口走去。接下来的几分钟，我觉得是那么漫长。磊磊是有办法的，磊磊是有办法的……我心里默默念叨着。但是我和田磊磊并不是特别亲密的同学。今天田磊磊能这样帮助我，早已经出乎我的意料。

我正胡思乱想着，田磊磊出现在楼梯口，一边打着响指，一边吹着口哨，满脸的轻松。我腾地站起来。

田磊磊走到我面前，把嘴巴放在我耳朵旁，低声地说："我老爸答应了，从明天开始，你过来就是了。"

"真的！"我兴奋地蹦起来。

鸟姑娘和咯嘣眼都在看我。我赶紧捂住嘴巴。

"但是，"田磊磊依旧声音低低地说，"我老爸说了，你不是过来干活的，你不是我们健身中心的员工，你就是我的同学。记住没有？你的身份就是田老板的儿子田磊磊的同学。你就是天天过来玩的。不管谁问你，你都要这么说。"

"可是，我必须得干活啊。我……"

"我知道，"田磊磊狡黠地笑了笑，"有我在，我老爸不会亏待你的。再说，我们这里也没什么累活，无非就是打扫一下卫生，倒倒垃圾，替人家摆摆台球，帮员工买买盒饭啥的。"

田磊磊说着，我一个劲儿点头。

我说："磊磊，你真好。"

"谁让咱们是同学呢。"田磊磊说，"不过，这半个月，我不能来陪你玩了。明天一早，我就跟着爷爷奶奶旅游去了。你等我回来，咱们一块玩儿。"

接着，田磊磊领着我，转遍了健身中心的角角落落，又把我介绍给健身中心的员工们。

田磊磊说："这是我的同学，大家叫他胖墩子就行了。我们老师布置了一个作业，就是让我们在暑假里进行社会考察和实践活动，我和胖墩子一组。从明天开始，胖墩子要天天来我们健身中心，大家有什么工作，尽管交给他，正好让他多干点活儿，减减肥。"

鸟姑娘和咯嘣眼他们都笑了。我的脸涨得通红，也挠着头皮笑了。

啊，我的第一份工作，终于有了着落。

五

那天下午，我给妈妈打了电话。我说妈妈，我放暑假了。妈妈让我去她那里玩两天。我支吾着说，我们有社会实践的作业，我已经跟同学约好，去一家健身中心进行社会实践。我只能这么说，我不能把真实的想法告诉妈妈。

我听到妈妈在电话里轻轻地叹一口气。我忙说，妈妈，我会去看望你和妹妹的。不知道为什么，我一听到妈妈叹气，心里就特别慌张。我想，天底下最困难的事情，也许就是如何才能让我妈妈快乐起来。

还好，我总算有了一份工作。我当然也不会把真相告诉奶奶。我跟奶奶说了同样的话。奶奶只是嘱咐我注意安全什么的。她总把我当成什么都不懂的小孩子。

夜里，我躺在床上，辗转反侧了好长时间，才进入梦乡。我做了个特别好玩的梦。我梦见一只大黑狗，好像就是白天在酱骨店门口遇到的那只大黑狗，它生了一窝小狗。那些小狗又萌又可爱，到底是几只呢？我数啊数，就是数不过来。后来，小狗越来越多，高兴得我合不拢嘴。我一下子醒了，似乎还能听到自己的笑声。

窗户上已经爬满阳光。我看看表，还不到七点钟。我伸个懒腰，从床上爬起来。因为健身中心九点才开始上班，所以，我可以从从容容地洗脸刷牙吃饭，然后陪奶奶到大柳树下，替奶奶摆好摊位。

就这样，我来到健身中心时，还是早了。我坐在健身中心门口的台阶上，等了半天，才看到咯嘣眼一边剔着牙，一边晃悠着身子走过来。我站起身。他掏出钥匙开门的时候，似乎才发现我。

"呦，胖墩子，你还真来什么'考察'呀。"咯嘣眼叼着一根牙签说。

"我不是来考察的，我是来干活的。"

"干活？这里哪有你干的活。"

"我，我什么活都能干啊，打扫卫生，给你们买饭什么的，我都能干。"

咯嘣眼这么一说，我心里有些紧张，我怕他今天再变了卦。田磊磊可是已经离开了雾镇。

咯嘣眼哗啦一下拉开卷帘门，扑哧一声，有些不怀好意地笑了，说："好，既然你是来干活的，那就听我指挥了。"

进来健身中心，咯嘣眼吹起了口哨，他打开音响，快节奏的音乐立刻响彻屋子里的角角落落。接着，他提着笤帚和簸箕朝我招手。

"胖墩子，过来，把器材室、台球室、后院的乒乓球室和楼上的淋浴室、更衣室、办公室，仔仔细细地给我打扫一遍。"咯嘣眼眨巴着眼睛，咧着嘴，一副皮笑肉不笑的模样，"听清楚没有？"

我一边接过笤帚和簸箕，一边不住地点头。我心里很高兴，咯嘣眼能分给我活干，说明他接纳了我。

"要先打扫器材室，有一些固定的会员，会在十点钟到来。"

器材室里有些闷热，还没干活，就要出汗了。昨天我来找田磊磊时，空调是开着的。这时候，可能还没到开空调的时间。不管那么多了，对我来说，多出汗是有好处的。

围绕着宽大的房子，分布着十几台运动器材，它们的样子怪怪的，全是大家伙。我看到它们之间，它们和墙皮之间，有星星点点的垃圾。烟头、糖纸、水果核、瓜子皮、小纸团儿……如果仔细看，这些细碎的小东西还真不少。既然我现在干的就是这个活儿，我可不嫌它们多。

我撅着屁股，呼哧呼哧地，干得很认真。没想到，有些器材的下面，还藏着破报纸、旧杂志和一团团棉絮状的灰尘。我压住笤帚，尽量不让灰尘腾起来。很快，汗水湿透了衣服，我不停地伸手抹掉脸上的汗珠子，使劲儿甩在地板上。

咯嘣眼进来过一次，他嘎嘎怪笑两声，说："胖墩子，汗出得不少嘛。磊磊说对了，这是帮你减肥啊。"

咯嘣眼的声调阴阳怪气的。我不理他。我专心打扫卫生，心想，比在学校里，可是累多了。还好，总算打扫完了。扫出了整整一簸箕垃圾。我挺兴奋的，很有成就感。我想，今天打扫干净了，明天就省劲了。

咯嘣眼走进来，背着手，一本正经的样子，抻着脖子到处看了看，点点头说："还不错，再拖拖地板，器材室就算搞定了。"

说着，咯嘣眼打开墙角处的台式空调。我到卫生间涮拖把的空儿，屋里已经有了凉意。我拖完地板，站在空调前，享受着徐徐凉风的抚慰，黏腻腻的汗水悄然消失，简直爽歪歪啊。

有两个客人说笑着走进屋。我提起拖把，离开器材室。鸟姑娘站在吧台后面，和咯嘣眼正说着什么可笑的事儿，面颊笑得通红，像极了一只刚下完蛋的母鸡。他们看到我走过来，立刻止住了笑声。

"胖墩子，器材室打扫完了，还有台球室；台球室打扫完了，还有乒乓球室；乒乓球室打扫完了，还有二楼淋浴室……"咯嘣眼眨巴着眼，挥动着手，跟说山东快书似的。

"我知道了。你已经跟我说过一遍。"我打断了咯嘣眼的话。

"对了，以后你听我们两的就行了。我是你张叔，她是你王姨，记住了吗？"

"什么呀，胖墩子，你得喊他张经理才对，你听我的没错。"鸟姑娘哆哆地说。

"哦，叫啥都行，叫啥都行。"咯嘣眼立刻龇出大牙来。

鸟姑娘哈哈笑起来，说："哎哟，叫啥都行，你啥时候改的名？"

听鸟姑娘这么一说，我也禁不住笑了，心想，还张经理，还王姨呢，哼，我早就给你们起好名字了。咯嘣眼和鸟姑娘。我越想越觉得这两个名字形象，等磊磊回来后，我得私下里跟他说说。

不过，我没管鸟姑娘叫王姨。我叫她王姐。鸟姑娘一听，脸上立刻就灿烂起来。她咯咯地笑着说："太好了，胖墩子，叫王姐就对了，还是你有眼力，我哪有那么老啊，这姓张的没安什么好心。"

这一天上午，我打扫完所有房间的卫生，已经到了吃午饭的时间。我还没来得及喘一口气，就看到咯嘣眼朝我招手："来来来，胖墩子，去金嫂子米饭铺拿四个十五块钱的盒饭，就说是磊磊健身中心的，记账。"

鸟姑娘说："是五个盒饭。"

咯嘣眼说："怎么五个呢？"

鸟姑娘说："人家胖墩子不吃了。"

咯嘣眼嘿嘿笑了，说："哦，我寻思胖墩子减肥不吃饭呢。好了好了，五个盒饭。"

外面好热。我顶着日头，拐过路口，向左走不远，就是金嫂子米饭铺。米饭铺很小，是一个四十多岁的女人开的，但在雾镇还是小有名气的。我说我是磊磊健身中心的，要五个十五元的盒饭，记账。

这个白白胖胖的女人一边乐呵呵地盛着盒饭，一边跟我说话："我怎么不认识你呢？那里的人我可都认识。"

我说："我是磊磊的同学。我们放暑假了。我是过来玩儿的，也不全是玩儿。我可能要天天过来，我们的暑假作业有社会实践课。我这是在社会实践啊。"

不知道为什么，我一见到这个女人，就觉得她亲切，所以说起话来特别放松。

女人说："呦，学校里的名堂可真多，都放假了，还不让孩子歇着。"

盒饭准备好了，女人递给我。

我犹豫一下，问道："你就是金嫂子吧？"

女人一听，哈哈地笑起来，脸都笑红了。我以为我说错话了，急忙提着盒饭跑出米饭铺。可是，我觉得金嫂子就是她。

六

一眨眼，我在健身中心干了五天了，天天重复着一样的工作。我很自觉，知道自己干什么活，根本不用咯嘣眼操心。不仅如此，我还给健身中心增加了乐趣，不论是员工还是客人，他们遇到我，总会跟我开几句玩笑。他们无非说我胖胖的黑黑的什么的。说深说浅，我从来不烦，都是笑脸相迎。鸟姑娘说得好："自从胖墩子来了后，健身中心比原来有趣多了。"

不过，咯嘣眼见不得我闲着。上午我当然闲不着。下午，我稍一闲下来，他就让我守着台球案子给人家摆台球。没有客人的时候，他还让我陪他打台球。开始我不会打，他光取笑我。可是他不知道，这些都是我乐意干的差事。我总是乐呵呵地，干得劲头十足，比如打台球吧，没过三天，我就打得有模有样了。有一次我赢了咯嘣眼，他朝我吹胡子瞪眼的，有些急。我说我不是故意的，下次我肯定不赢了。可是一不小心，接下来我又赢了一次，咯嘣眼气得差点把杆子摔断。我心里可高兴了，心想：不是我打得好，是你打得太臭了。

咯嘣眼真是可爱极了。还有一些有趣的事儿，应该讲一讲，比如健身中心的开放时间是上午九点到晚上九点。需要我待到晚上九点吗？第一天刚来的时候，这个问题一直缠绕着我。我又不好意思问人家。于是下午五点多时，我还站在球桌旁等着给人家摆台球。

咯嘣眼突然走过来问我："胖墩子，你怎么还不回家？"

我挠着头说："我、我可以走吗？不是九点才下班吗？"

咯嘣眼的眼睛急剧地眨巴着，说："你个胖墩子，你还把什么考察当真了。你个小毛孩子晚上待在这里干什么？快走吧。"

我一听，心里跟吃了冰淇淋一样爽。说实在的，如果待到九点回去，我还害怕奶奶不放心呢。

我使劲儿松一口气，心想：咯嘣眼，这个张经理还真不错啊。可是后来我才意识到，咯嘣眼不让我晚上待在那里，是为了省一个盒饭。因为每到五点多钟要准备晚饭时，咯嘣眼就过来撵我。想一想也是，一个小毛孩子，人家凭什么免费让你吃两顿饭呢？

现在，健身中心只有一个地方还对我充满吸引力，那就是磊磊爸爸——田老板的办公室。田老板的办公室在二楼最里面，总是锁着门，显得很神秘。我望着那个总是锁着的门想：田老板的办公室里面是什么样子呢？可是，别说办公室了，就是田老板本人，我还没见过一面呢。

鸟姑娘说："老板每周只过来一次，他的生意多着呢，他还有一家好大的体育器材加工厂。他太忙了，每次到我们这里来，主要是为了休息。"

鸟姑娘又说："哦明天，明天他可能会来的。"

鸟姑娘这么一说，我心里有所期待。

可是，晚上妈妈打来电话，说明天她要包茴香苗猪肉馅水饺，让我务必去道口村吃水饺。我不好再说什么，只好答应下来。

第二天上午，我来到健身中心，用最快的速度打扫完卫生，这才跟咯嘣眼说："张经理，卫生我打扫完了。今天我家里有事，我能不能先回去？"

"不行！怎么能说走就走呢？"咯嘣眼咧着嘴说。

我一听，脑瓜子嗡了一下，眼泪差点淌出来。

咯嘣眼哈哈地笑起来，跟鸟姑娘说："哎呀，你看人家胖墩子，人家只是来什么实践的，还先把工作干完，再一本正经地跟我请假，比咱正式的员工都自觉。"

我这才意识到，咯嘣眼是跟我闹着玩儿的。于是，我也傻呵呵地笑了。这是咯嘣眼第一次夸奖我。不过，他以这样的方式夸奖人，真让人心惊肉跳，一点儿都不好玩。说实在的，我多么盼望在我干活的时候，能碰到田老板。有磊磊在，我倒不是怕他把我这个小胖子忘了。我只是想，当我拿到工钱的时候，他心里要明白，这钱确实是我的劳动所得。

走出健身中心，我一身轻松。我手里提着奶奶给妈妈和妹妹准备的遮阳帽，一蹦一跳地朝鬲津河大堤走去。爬上河堤，满目翠绿，高大的树木下面，还有酸枣、荆条、紫穗槐等灌木，脚下踩着野花，耳朵里塞满了蝉和鸟的叫声。我穿过长长的水泥桥，来到河对岸。再次翻过高高的河堤时，我发现了一些荆条和刺槐的树根被废弃在堤坡上。

我高兴地差点蹦起来。

这些可都是好东西呀！它们是制作根雕的材料啊。

　　老鲁爷爷曾经开着三轮车带着我，田间地头地到处转悠，寻找的就是这些东西。

　　我歪扭着身子跑过去，如同发现了宝藏似的，根据老鲁爷爷教我的那些判断树根好坏的知识，我真的找到了三四个不错的树根，它们长得歪歪扭扭、怪模怪样的，丑的不能再丑，但在老鲁爷爷眼里，它们是制作根雕最好的材料。用老鲁爷爷的话讲：闹不好就会出来一件艺术精品。老鲁爷爷的话我有些似懂非懂，我不太明白什么是艺术。老鲁爷爷时常鼓励我说："帅帅啊，哪天你自己做一件，你爷爷是个优秀的木匠，你肯定差不了。"我只是不好意思地笑笑而已，却不敢有这样的想法。

　　我手里提着树根，来到道口村边的小桥上时，妹妹春妮突然从桥下蹿出来，嗨地喊一声，她这是想给我一个惊喜啊。春妮嘎嘎地笑个不停。我把遮阳帽给她戴到头上。

　　我说："这是奶奶送你的。"

　　春妮说："奶奶真好。我想奶奶了。"

　　春妮在前面带路，高兴得又蹦又跳。见到小伙伴，便自豪地跟人家说："这是我哥哥。"

　　来到妈妈家，妈妈正坐在那里擀面皮，看到我来了，便朝我笑了笑。我说妈妈，这是奶奶送你的遮阳帽。妈妈说，整天风吹日晒的，还要什么遮阳帽啊，既然拿来了，就放下吧。

　　妈妈跟我说着话，擀一会儿面皮儿，再包一会儿饺子。我真想帮着妈妈一块干，可这些活儿，我都不会干。我站在那里干着急，妈妈看出来了，跟妹妹说："春妮，跟哥哥去院子里玩吧。"

　　春妮领着我来到后院。接近正午的阳光落在我们身上。我和春妮的脑门上全是汗水。蝉声从两棵枣树上传来，此起彼伏。后院里种的全是蔬菜，西红柿、黄瓜、小白菜、韭菜、茴香、豆角、南瓜、小葱……哇，真是什么菜都有。

　　"这是妈妈种的吗？"我问春妮。

　　春妮使劲儿点点头。

　　"妈妈真是太厉害了。"我禁不住说。

　　春妮告诉我，拐子伯伯在一家厂子干活，每天天黑才回到家。家里所有的活，都是妈妈一个人干的。

妹妹这么一说，我的眼眶子一热，突然就模糊了。我不敢再跟妹妹说话，我害怕妹妹看到我的眼泪。我走到院墙根下，那里种着一长排秫秸花，长得比我都高，正开得鲜艳，有白色的、有粉红的、有深紫的，黄色的花蕊上，有蜜蜂和蝴蝶飞来飞去。妈妈真是一个爱美的人，种了这么多蔬菜，还不忘种上一排漂亮的花。

我猛地想起老师教给我们的知识，便问妹妹："春妮，你知道这叫什么花吗？"

妹妹龇牙笑了，大声说："秫秸花。"

"我们这里都叫秫秸花，它还有一个学名，也就是它正式的名字。你知道吗？"

妹妹瞪着大眼，摇了摇头。

"蜀葵。"我说，"多好听的名字啊。"

春妮又使劲儿点点头，说："跟妈妈的名字一样好听。"

春妮说得太好了，这正是我心里想的。

我们沿着菜畦走着，走遍了院子的角角落落。春妮就像一个小导游，指指点点、比比画画，向我介绍院子里一切好玩的东西。

这一天，我跟春妮玩得真高兴。吃完香喷喷的水饺，春妮拉着我看她的图画书，听她背唐诗、唱儿歌。春妮的小嘴巴甜甜的，一口一个哥哥叫着。我的心如同浸在蜜水里。但再不舍得走也得走啊。太阳斜挂在西天上，我提着妈妈带给奶奶的水饺，离开道口村。妹妹还是送到我小桥上，一副恋恋不舍的样子。

七

早晨脖子落了枕，又疼又别扭，我支棱着脑袋在院子里走了好几圈儿，还是不舒服。一夜的好梦算是白做了。勉强吃几口饭，我把三轮车骑到大柳树下，没帮着奶奶摆摊，就慢慢地朝健身中心走去。

鸟姑娘正在看手机，抬头见到我，急速地朝我招手："胖墩子，来来来，快看看。"

看她的兴奋劲儿，一定是好玩的东西。可今天，我一点儿好奇心都没有。我捂着脖子，慢腾腾地走到她身旁。

"快看，磊磊发的微信，在国外拍的照片，棒棒的。"

照片上，田磊磊穿着一件海军蓝横条纹的 T 恤，正挥舞着手中的旅行帽，朝我们灿烂地笑着。背景是埃菲尔铁塔。原来田磊磊去了法国，太牛了。

"还有呢，"鸟姑娘拿手指划着屏幕说，"看这张，后面是叫什么宫来？"

"卢浮宫吧。"我说。

"对对，卢浮宫。你行啊胖墩子，还知道卢浮宫。"

我心想：我在鸟姑娘眼里，是不是又傻又呆？过了暑假，我就上六年级了，难道连卢浮宫都不知道吗？我不想再看下去，我还得干活呢。我抄起笤帚和簸箕，走进运动器材室。

我满脑子都是鸟姑娘手里的手机。奶奶倒是有一个手机，但只能打电话发短信，别的什么都不行。我知道鸟姑娘用的叫智能手机，有一个叫微信的东西，对我来说还是个谜。可我知道微信的厉害，就像田磊磊似的，在法国拍的照片，摁一下就跑回中国来了。我的同学们中，没有手机的不会超过五个人。这五个人中，包括我。

我做梦都想拥有一部智能手机，当然也只是做梦。

"胖墩子，你半天都没动地方，在做梦啊？"

咯嘣眼突然出现在我面前，看来他盯我半天了。

"确实在做梦啊。"我嘟囔一句，加快了扫地的速度。

一上午，我干活都是慢吞吞的，也快不起来，右边的脖子别别扭扭，一直被一个人拽着似的。平时一个小时干完的活，今天到了买饭的点儿，才算勉强干完。我洗好手，领了咯嘣眼的旨意，这才走出来，去金嫂子米饭铺买盒饭。

没想到一出门，猛烈的阳光射在身上，我猛地觉得舒服多了。今天啥都不一样，真是怪怪的。平时最可怕的毒太阳，现在却变得亲切无比。在太阳底下，我慢慢地朝前走，似乎想把这片刻的舒服留住。今天一上午，用奶奶的话讲，叫"丢了魂儿"。是不是太阳一晒，魂儿就回来了呢？胡乱想着，金嫂子米饭铺就到了。

门口已经排了长长的队。

两个小伙子从里面走出来，每人手里提着一个塑料袋，里面装着几个盒饭。他们嘻嘻哈哈地说笑着，看样子比我大不了多少。他们把盒饭放进电瓶车后面的一个白色塑料箱子里，骑上电瓶车便各奔东西了。我知道他们是送外卖的。

那个白白胖胖的中年女人已经跟我很熟了。我知道她就是老板娘。确实有人喊她金嫂子。她总是乐呵呵的，一边跟顾客说着话，一边娴熟地盛着菜和米饭。她总是把饭盒塞得满满当当。顾客接过盒饭，没有一个不是龇着牙笑的。她一见是我，眼睛便眯成了一道缝，说："小胖来了。"她把几份盛好的盒饭装进塑料袋里，然后拍着最上面的那个盒饭说："你吃这份，这份瘦肉多。"我心里暖暖的。

心里一高兴，落枕的脖子也好多了。吃完盒饭，咯嘣眼抹抹嘴说：

"胖墩子，来来来，打两杆子台球。"

中午这段时间，客人少，咯嘣眼总是让我陪他打台球。实际上，我也愿意打。当然，如果是跟别人打，就更好了。咯嘣眼毛病多，一边打着台球，一边嘟囔个不停，污言秽语的啥都说。

"你个小兔崽子，你不听话，我就戳你，我非得把你戳进去，我戳死你……"

你听听，这就是咯嘣眼！

今天呢，可能是我脖子不舒服。我甚至打错了球，替咯嘣眼打进去一个，把咯嘣眼高兴得差点蹦起来。

危险总是潜伏在你背后。我用的那个台球杆子，顶上的橡皮头磨损得厉害，下面的金属圈儿露出来一点。我一杆没打好，没打在球上，戳在了台球案子上，只听哧啦一声，案子上的绿色台布，撕开一个长长的三角口子。我吓坏了，愣在那里。

咯嘣眼也愣了一下，紧接着，他把杆子一扔，一下子扑在案子上，大声叫道："我的天哪！我的天哪！"

"怎么了怎么了？"鸟姑娘也跑过来。

他们两个趴在台球案子上，大眼瞪着小眼，一惊一乍的，跟天塌下来似的。

"口子这么大，看来得换新的了。"鸟姑娘叹着气说。

这时候，咯嘣眼才想到我。他扭过身子，指着我说："胖墩子，有你这么打台球的吗？健身中心开了好几年，也没发生这样的事。你知道这台球布是什么做的吗？羊绒，这叫羊呢子！你知道有多贵吗？你赔得起吗？"

我确实吓坏了。我脸涨得通红，站在那里一动不动。

"好了好了，别说那些没用的了。我先用胶带粘粘，先凑合着用。台球布肯定得换了。"

鸟姑娘说完，跑到吧台后面，拿来一卷透明胶带。咯嘣眼趴在案子上，用手使劲抻着台布，鸟姑娘手巧得很，先是这边粘一道，接着又是那边粘一道，然后拿手掌拍了拍，说一声好了。这样，台球案子上就出现了一个大大的透明的 X 号。

"难看死了，"咯嘣眼朝我说道，"我真想一杆子抽死你。"

"是你叫我打的！"我不知哪来的劲儿，猛地就喊了一嗓子。接着，我的眼泪淌下来。

咯嘣眼没想到我会有这么大的劲头。他愣了愣，似乎才意识到这是我的反抗。他一下子蹿到我跟前，劈头盖脸地说："你走，你走吧，别再让我见到你，这里不需要什么考察啊实践啊啥的，这里更不需要一个胖墩子！"

鸟姑娘跑过来，一把拉住咯嘣眼，说："他不是磊磊的同学嘛。"

鸟姑娘一拉，咯嘣眼更来了劲儿，他挥舞着胳膊说："我才不管他是不是磊磊的同学呢！"

我再也控制不住自己，已经呜呜地哭出声来，快步走到门口，摔门而出。

八

我不想再去健身中心。一个星期，算是白干了，就真的当是社会实践吧。我实在不想再见到咯嘣眼。

第二天早饭后，我陪奶奶来到大柳树下摆好摊位，又回到家中。我提着那天捡来的几个树根，朝老鲁爷爷家走去。老鲁奶奶正在院子里浇花。我忙喊奶奶，问爷爷呢。老鲁奶奶撇撇嘴，朝南屋指了指。

老鲁爷爷正坐在桌前，手里拿着小刀，给一个刚去好皮的树根剔杓。剔杓就是把树根上腐烂的部分剔掉。我喊一声爷爷。老鲁爷爷扭过头，一看是我，笑了。他放下手中的小刀和树根，又摘下老花镜放在桌上，抖了抖围裙上沾着的木屑，说："帅帅啊，来坐。"

我坐在桌前的长条板凳上，把装着树根的塑料袋放到爷爷面前，说："爷爷，我前天去看妈妈和妹妹，在河堤上看到一些树根，我挑了几个回来，你看看有用吗？"

老鲁爷爷又戴上老花镜，拿出树根，举到眼前，一根一根仔细地看，边看边说："不错不错，是荆条根，根须很完整呢。你看，怪模怪样的，还有不少节疤呢，是些好材料。"

老鲁爷爷这么一说，我心里美滋滋的。能帮老鲁爷爷做点事儿，我高兴极了。

"帅帅，在家做暑假作业？"老鲁爷爷问。

我挠挠头发。该如何回答老鲁爷爷的问题呢？我不能说去健身中心干活的事吧。

老鲁爷爷没等我回答，便继续说道："帅帅，你去看妈妈和妹妹，遇到了这么一堆好材料，说明这是缘分。正好放了暑假，不妨你自己制作一件根雕试试？"

老鲁爷爷这么一说，我的脸腾一下红了。我没有任何准备。

我吞吞吐吐地说："爷爷，制作根雕，我，我怎么能行？"

"怎么不行呢？我说行就肯定行。"老鲁爷爷哈哈笑了。

老人家突然来了兴致，扭头朝院子里喊："老伴，生火。"

只听老鲁奶奶在院子里答应了一声。我心里纳闷，这个时候，又不做饭，生火干什么？老鲁爷爷笑眯眯的，把正在剔朽的树根和小刀放在盘子里，提起我带来的树根说道："来，到院子里来。"

阳光早已是白花花的了。老鲁奶奶的额头上闪着亮晶晶的汗珠，一见老鲁爷爷就说："大热的天，跟帅帅在屋里说说话多好，非得这时候煮这些烂树根。"

老鲁爷爷只笑不答。老鲁奶奶没有办法，只好手里拿着一张报纸来到院子东侧的墙角处。这里有一间草棚，草棚下面是锅台和锅灶。老鲁奶奶蹲下来，熟练地点燃报纸，放进灶膛里，引燃了里面的一团干草，又向里面续进两段树枝，顺手拉开电动风葫芦。这时候，老鲁爷爷把一盆清水倒入铁锅。

我站在锅台前不知所措，看着爷爷奶奶忙忙活活，心里很是过意不去。

以前，我倒是见过他们用这个大铁锅煮树根。但今天，他们这是为我在忙。

"奶奶，我来烧火吧。我会烧火。"我想帮着奶奶干点活儿。

"帅帅，让奶奶烧火。今天你的任务是，记住我说的每一句话。"老鲁爷爷一本正经地说。

老鲁爷爷把装着树根的塑料袋递给我，说："把树根放进锅中的水里。"

我拿出树根，把它们一根一根放入水中。看着水中泛起的一串串气泡，我心里也莫名地泛起一些东西。我突然对制作根雕变得渴望起来。

这时候，老鲁爷爷又从南屋提来半袋子白色粉状的东西，抓了两把撒进锅中。

"知道这是什么吗？"老鲁爷爷问。

我摇摇头，心里想，会不会是洗衣粉呢？

"是漂白粉。"老鲁爷爷说，"放漂白粉是为了除虫杀菌。"

我明白了，使劲儿点点头。

"根雕是艺术品，是供人们欣赏的，制作的每一步都马虎不得。"老鲁爷爷表情有些严肃地说，"找到好树根以后，第一步就是放进锅里煮上半小时。为什么要煮呢？是防裂呀。想一想，好好的艺术品裂了一道缝，那还叫艺术品吗？同时，必须要做好防虫防菌处理，再好的根雕艺术品，也是木头啊。你知道，木头是最怕虫子细菌的。"

原来是这样啊！以前只是喜欢看老鲁爷爷在做某一项工作，却不知道为什么要这么做。今天，看来老鲁爷爷是真的要教我做根雕。

汗水湿透了我的衣服。我站在锅台边上，认真地听着老鲁爷爷的话，一动也不敢动。

"好了，让奶奶烧上半小时的火。我们到树下等一会儿。"

我跟在老鲁爷爷身后，随他来到不远处的葡萄架下面。我们坐在竹编的小椅子上。老鲁爷爷掏出一支烟点上，深深地吸一口。他微抬着头，目光盯着蓝蓝的天空，轻轻地叹口气说："时间过得真快啊！一眨眼，你爷爷走了快两年了。"

老鲁爷爷这么一说，我猛地想起两年前的那些夜晚。爷爷和老鲁爷爷，就是坐在这里谈天说地的。他们说的话，我有的能听懂，有的听不懂。可是我喜欢听。我记得我盯着天上的星星和月亮，对他们说的那个外面的世界，充满了向往。

"帅帅，你可能不知道，我和你爷爷同岁，从小就是好朋友。"老鲁爷爷抬着头，目光盯着葡萄架，说道，"我们像你这么大的时候，一块儿跟着村南的丁木匠学做木匠活。那个丁木匠人倒是不错，但是光知道每天让我们干活，就是不教给我们真本事。我们跟他学了三年，锯啊锉啊凿子啊刨子啊，我们用得滚瓜烂熟，可就是不会自己完成一件像样的农具或家具。你爷爷老实，除了干活，啥都不说。我不行，我找了丁木匠好几次，每次他都是笑呵呵地说快了。我一气之下，就参军去了。后来我才知道，我这一走，你爷爷也沉不住气了，也跑了干别的去了。"

"又开始翻你这些老皇历。"趁烧火的间隙，老鲁奶奶给我们端来几块西瓜。

老鲁爷爷并不答话，他拿起一块西瓜递给我，继续说："我到了部队里，首长问我们会什么技能，我说木匠活算不算，首长笑了，说当然算了。于是我就进了部队的木工房。没想到，我锯啊刨的这么一干，老班长两眼放光，立刻喜欢上我了。我成了木工房里活儿干得最漂亮的一个士兵。后来，因为我有技术，转了志愿兵，吃上国家饭。这时候，我才想到我的师傅丁木匠。我才理解他的良苦用心。不管学什么技艺，没有扎实的基本功是不行的。"

老鲁爷爷沉浸在回忆之中，手中的香烟快燃到头了，这才想起来吸上一口。

我听得认真，老人的故事总是这么迷人。

我禁不住问道："爷爷，那你什么时候开始制作根雕的呢？"

老鲁爷爷笑着说："那是后来的事了。我在部队里一待就是十年，但部队不是家啊，铁打的营盘流水的兵嘛，我转业到了咱们县林业局，分配到东风林场。老场长也是个转业军人，对我不错。他喜欢根雕，我这才学着做根雕。林场嘛，树根多，也有时间，嚯，那可真是尽了兴。"

哇，原来是这样啊！我听得入迷。

老鲁爷爷继续讲："那时候做根雕，就是喜欢做，觉得好玩，哪知道还是艺术品啊。记得当时做过不少很棒的根雕，谁喜欢谁就顺手拿走了，现在想想，太可惜了。我正儿八经地做根雕，是在退休以后，这几年，才真正重视起来，因为国家重视了，各地政府也重视起来。这不今年，县文化局还给我申请了非物质文化遗产的传承人呢。"

老鲁爷爷越说越高兴，长长的眉毛都动了起来。老鲁奶奶走过来，说煮的时间差不多了。我看到奶奶的额头上全是汗水，后背上的白布衬衫也湿透了一大片。我连忙站起身，给奶奶搬过一把竹椅子。奶奶坐下后，我又给奶奶拿过一把蒲扇来。

"帅帅真懂事。"老鲁奶奶没忘夸我一句。

老鲁爷爷点点头，说："帅帅啊，所有的艺术品，都是一种创作，是要受到保护的。所以，你将要制作的这件根雕，它是属于你的。它制作过程的每一步，都必须是你自己亲手完成。当然，我会在旁边指导你的。过一会儿，你得亲手把树根捞出来，把它们放到太阳下，晒上几天。到时候，你再过来，把它们放到清水里泡上几小时，爷爷再教你如何去皮、剔朽。好不好？"

我使劲儿点点头。老鲁爷爷这么一说，我心里猛地升起一种庄重感。

九

告别老鲁爷爷，我回到家中，躺在床上，想到属于自己的第一件根雕作品，心里激动半天。不用说，这个上午我是快乐的。可是，我一想到健身中心，心里还是特别郁闷。整整忙活了一个星期，一分钱没挣到。挣不到钱，怎么给妹妹买书包和文具盒？

想到这些，我身上的汗就冒出来。

不行，我还得想办法去挣钱！

我来到院子里，在两棵枣树间来来回回地走个不停。到处都是知了的聒噪声，吵得人心神不宁。我想啊想，绞尽脑汁。哪里需要我这样的人呢？两只麻雀飞过来，落在枣树上，又叽叽喳喳地飞走了，好像在商量着什么事情。我想，我连麻雀都不如。麻雀还有个伴儿商量事情，我能跟谁说说心中的秘密呢？

肚子咕咕叫起来。抬头看天，太阳直直地挂在头顶上，已到了吃午饭的时候。突然，一股饭菜的香味在我脑子里升腾起来，那是金嫂子米饭铺的香味儿。我倒不是馋金嫂子家的饭菜了。我是想到了那两个送盒饭的少年。他们好像比我大不了几岁呀。他们能送盒饭，我为什么不能呢？

我有些激动。奶奶热在锅里的饭，我也不想吃了。我拔腿便走出家门。

来到金嫂子米饭铺附近，我躲在远处仔细地看了看买饭的人，怕碰到咯嘣眼。要是碰到咯嘣眼，可就尴尬死了。我躲在一棵树下，等到买饭的人慢慢地变少，这才走进米饭铺。

白白胖胖的金嫂子看到了我，龇牙笑了，说："小胖啊，刚才健身中心的人已经把盒饭拿走了。"

我摇摇头，说："我，我不是来拿盒饭的。"

"我，我，"我挠着头皮，脸涨得通红，支吾着说，"我找你说点事儿。"

"找我？"金嫂子瞪大了眼睛。

我点点头。后面又来了买饭的。金嫂子喊了声小翠。一个女孩子跑过来。金嫂子说："来，你给客人盛盒饭。"说完，就跟着我来到外面。

"阿姨，"我说，"我可以这样叫你吗？"

金嫂子笑着点点头。

"阿姨，我叫庄帅，大家都叫我胖墩子。你也叫我胖墩子就行。我想问一问，我能不能帮你送盒饭呢？"我终于说出这句话。

"送盒饭？小胖，哦胖墩子，你才多大啊。"金嫂子笑着问我。

"我十一岁了。我个头不矮了。"

"才十一岁。为什么要帮我送盒饭？"金嫂子脸上满是疑惑。

我盯着金嫂子慈祥的面孔，觉得她是一个可以让我说实话的人。于是我把心里的话像倒豆子似的都跟她说了。我们家的变故，我的真实想法，我在健身中心的遭遇……金嫂子一边听，一边不停地点头。

听我讲完，金嫂子叹息一声，眼圈儿突然变得通红。她顿了一下，说道："可是，你年龄太小，送盒饭肯定不行。路上车多，一旦有个什么闪失，阿姨可负责不起。胖墩子，你看这样行不行？你来阿姨的米饭铺，可以在厨房里帮帮忙、搬搬菜、择择菜、洗洗菜啊啥的，反正干一些你能干的活就行。怎么样？"

我连忙点头。我说："阿姨，你放心，我肯定能干好的。"

"即便是这样，阿姨让你来干活，也是不符合规定的。"金嫂子想了想说，"这样，胖墩子，从明天开始，你叫我三姨。明白吗？"

"三姨，哦我明白。我不会乱说话的。我是个听话的孩子。"

"胖墩子，放心，三姨不会亏待你的。"金嫂子笑了，露出白白的牙齿。

＋

　　暑假第九天上午九点，我来到金嫂子米饭铺。见到金嫂子，我张嘴叫了声三姨。金嫂子笑着点点头，然后把我领进后边的厨房里。

　　好家伙，厨房比前面的店面还要大。只不过被一排炉灶和大大小小的锅碗瓢盆占去了一半的空间，地面上又摊着一堆堆的蔬菜，所以就显得空间小了。有几个人正在里面忙活着。金嫂子喊道："大家停一停，都过来一下。"

　　我站在金嫂子身后，看到几个人晃悠着身子凑过来。一共有四个人，一个男的三个女的。男的四十多岁，红脸膛，他的腿脚有问题，走路一拐一拐的；三个女的中，有两个年龄跟男的差不多大，一个又高又瘦，一个又矮又胖，还有一个，就是我昨天见过的那个叫小翠的姑娘。三个年龄大的，都看着我，只有小翠，眼珠总是看着别处，一副愤愤不平的模样。

　　一看站在面前的这四位，我差点乐了。难道，这就是全镇有名的金嫂子米饭铺的几位员工？

　　金嫂子把我向前推一把，扶着我的肩头说："这是我一个姊妹的孩子，放暑假了，在家里闲着没事，过来给咱帮几天忙，大家叫他胖墩子就行。你们说，他胖不胖？"

　　只有小翠高声地应道："胖。"

　　三个年龄大的都嘻嘻哈哈地笑了。可是，小翠喊胖的时候，眼睛还是盯着别处。她怪怪的样子，让我心里直纳闷儿。

　　"这位是咱们的厨师，你叫吴叔吧，"金嫂子指着那个男人说，"这位瘦的呢，是刘姨，胖的是张姨，小的呢叫翠儿。都认识了吧？"

　　我点点头。

　　"胖墩子，他们让你干什么，你就干什么；他们谁忙，你就帮谁。好不好？"

　　"三姨放心。"我爽快地说。

　　接着，大伙各就各位，开始忙碌起来。我站在厨房中间，有些不知所措，手脚不知道往哪儿放。没有人吩咐我干什么活。金嫂子呢，已经回到前面店里打扫卫生去了。吴叔打开了排风扇，厨房里马上充满嗡隆嗡隆的声音。

　　只见吴叔，逐次打开那一排煤气灶，并且把火控制到最小。每一个煤气灶上，都坐着一个大号的砂锅。吴叔尽管是瘸子，但做起活来却利落得很。我特别好奇，便往瘸腿吴叔的身边靠了靠。瘸腿吴叔正掀开一个砂锅盖子，嚯，一股肉香扑面而来。我明白了，这里面盛的正是著名的金嫂子酱肉。

"都是酱肉吗？"我禁不住问道。

"有酱肉，还有酱豆腐、酱排骨、酱鸡蛋、酱面筋、酱茄子、酱辣椒……这一排酱货，就是金嫂子米饭铺的特色呀。"瘸腿吴叔并不看我，倒像是自言自语。

哦，原来是这样。我的口水都要淌出来了。

"吴叔，这些都是你做的？"

"那当然。"瘸腿吴叔瞥了我一眼，满脸的自豪，脸膛似乎更红了。

"胖墩子，别光说话，过来择菜。"瘦瘦的刘姨喊了我一声。

我忙答应。瘦刘姨和胖张姨正坐在小板凳上择菜，她们嘻哈地笑着，说着什么。我来到她们身边，蹲下来，抓起一把芹菜，学着她们的样子，笨手笨脚地开始择菜。

一把菜没择完，小翠手里提着两个不锈钢盆来到我们身边，说道："先别忙着择菜，你先把择好的菜放进盆里，每样菜一个盆，都端到水池边，接好水泡上。"

小翠说这话时，眼睛盯着旁边的刘姨。我以为她是说给刘姨听的，所以没接她的话，而是低下头继续择菜。这一下可把小翠惹恼了，她用手指着我，大声地说："难道你是聋子吗？"

我呆愣地问刘姨："她是在跟我说话吗？"

刘姨和张姨哈哈地笑起来。她们笑得前仰后合，攥着菜的手还不时地抹着眼睛，她们笑出眼泪来，一时都无法说话了。小翠更加生气，她把两个盆子咣咣地扔在我身边，气撅撅地走了。

刘姨终于笑够了，说："小翠的意思就是让你把择好的菜放进盆里，端到水管那里，接上水先泡上。"

可是……我想跟刘姨说，她说话时，眼睛看的是你呀。

我当然没有说。我怕刘姨误会。于是，我急忙站起来，按照小翠的吩咐，把不同的菜放进不同的盆里。不就是这个盆里放韭菜，那个盆里放菠菜嘛，这些我明白。我又把它们一个个地端到水管处接满水，然后一字排开。我直起腰，看着自己的劳动成果，感觉很满意。

小翠好像故意跟我过不去，她从外面进来，看到这一排接满水的盆子，接着就气炸了："有你这么接水的吗？你不知道节约用水吗？花的不是你家的钱是吧？"

小翠扭着脖子，眼珠子一翻一翻的，声音很大。

我的心一揪一揪的，不知道如何是好。我瞅瞅瘸腿吴叔。瘸腿吴叔正专注地切着葱姜蒜末，跟没听见似的。我看看瘦刘姨和胖张姨，她们正盯着我们呵呵笑。

我走到瘦刘姨和胖张姨跟前。

"我错了吗？"我问她们。

"小翠的意思是，让你少接水，水没过菜来就行了，你接满了，浪费了。"瘦刘姨说。

原来是这样啊！我想了想，小翠说的对啊。老师不是一直教育我们要节约用水吗？

我来到小翠面前说："小翠姐姐，是我错了。我下次一定记住。"

小翠没理我，而是扭着身子提来一只水桶。我马上明白了小翠的意思，忙端起泡着青菜的盆子，把多余的水倒进水桶里。小翠朝我竖了竖大拇指，可是，她的眼睛还是看着别处。不管怎么样，我总算得到了小翠的认可。

帮着小翠洗好几盆青菜，我看到瘦刘姨和胖张姨面前还剩下半捆芹菜。我又来到她们身边，坐下来帮着她们择菜。

"胖墩子，你多大了？"胖张姨问我。

我想了想说："我十三岁了。"

我撒谎了。我怕她们说我太小。

"十三岁，不小了。你看小翠怎么样？"胖张姨朝不远处的小翠努努下巴。

我不知道胖张姨什么意思。她是问我小翠多大？还是问我小翠好坏呢？

我不知道。我只好什么都不说。

"小翠十六岁。对啊，女大三，抱金砖。胖墩子啊，我看你和小翠还挺般配呢。这样，我们给你做个媒吧。"瘦刘姨说话跟爆豆子似的。

我的脸腾一下红了。我把头夹在两腿之间，半天不敢抬起头来，手里的芹菜都快被我给择烂了。看我这样子，瘦刘姨和胖张姨哈哈大笑起来。

"胖墩子啊，我们是跟你闹着玩儿。就是小翠愿意，咱也不能愿意啊。"胖张姨说。

"对啊，胖墩子，你不知道，"瘦刘姨把嘴巴伸到我耳边，低声说，"小翠是个斜眼。"

小翠是斜眼！哦，我这才恍然大悟。我终于明白，小翠跟我说话时，为什么眼睛总是看着别处。

是我误解了小翠。无法把目光落在想看的人身上，该是多么痛苦。

我把择好的芹菜放进盆里，端到水管前接好水。小翠过来要洗，我说："小翠姐姐，你歇一会儿，我来洗。"

小翠的眼珠盯着别处，笑了。我知道，此刻，她看的是我。

十一

这里的环境可比不上健身中心，除了午后的一两个小时之外，很少有闲着的时候。大家忙忙活活，说着笑着，却没有一个人偷懒耍滑。金嫂子脾气好，跟谁说话都是细声慢语，用奶奶的话讲，就是菩萨心肠。所以，工作虽然累点忙点，但我的心情很好。

这一天中午，我提着半桶脏水，穿过前面店堂，来到路边上，把脏水倒进下水道里。我并没注意那些排队买饭的人。当我倒罢脏水，直起腰，扭身往回走时，却发现面前站着一个人。

"胖墩子，你小子怎么又跑到这里来了？"

是咯嘣眼！他正龇牙咧嘴地盯着我，一只眼不停地眨巴着。我可不想理他。我提着水桶，想绕过他往门口走。咯嘣眼却伸开胳膊，挡住我的去路。

"胖墩子，我可是找了你好几天啊。你小子听我说，明天回去吧，好不好？这地方又脏又累，在这里干什么。健身中心多好，轻轻松松的，还可以打打球。"

我低着头，一声不吭。我能说什么呢？既然已经在这里干上了，我是绝对不能回去的。

"胖墩子，你小子这么犟呢？磊磊快回来了，你不回去，你让我怎么跟他说呢？"

哦，是这样。我终于明白了。咯嘣眼怕的是磊磊！

"放心吧，"我抬起头说，"前几天发生的事儿，我一个字都不会跟磊磊讲的。"

"那就好那就好。"咯嘣眼龇着牙，连连点头。

"张经理，是我不好，是我不小心戳破了台球案子，我如果赔得起，我会赔的。"

"不要这么说，都过去了。"咯嘣眼摆着手说，"好了，你忙你的，我买饭去了。"

我提着水桶，站在路边上，愣了半天。是啊，磊磊快回来了。

快到中午一点的时候，客人越来越少了。我们开始吃饭。我发现一个有趣的现象，越瘦的人越能吃。我们几个人，饭量最大的是瘦刘姨，其次是小翠。她们能吃，却不长肉。我羡慕死了。我不是不能吃，是不敢吃。

我吃饭快，总是第一个吃完。

金嫂子说："胖墩子，多吃点。"

我摇摇头说："三姨，我吃饱了。"

瘦刘姨说："这孩子，是怕吃胖吧。"

胖张姨说："怕什么胖墩子，你不是真胖，你这是奶胖。"

小翠说："你们真是的，吃饱了就是吃饱了，还让人家再吃。"小翠也不抬头，吃得喷香。

这时候，金嫂子接了一个电话。转过身来对我说："胖墩子，十字路口的春明旅社 207 房间要两个盒饭，你跑一趟吧。"

太好了。我正不想听他们唠叨呢。

来到春明旅社，找到 207 房间，门没有关。有两个瘦瘦的男人正坐在屋里说话。他们说的都是南方话。我一句都听不懂。最吸引我的还不是他们的口音，而是桌子上摆着的那一排排的小瓷罐罐。

那个年轻一点的，大概有三十多岁，他把钱递给我，看到我好奇地盯着小瓷罐，便用南方普通话跟我说："有好虫送过来呀，价格好说啦。"

说完，又顺手递给我一张名片。我接过名片，不好意思再看，就走出房间。在楼道里，我边走边看名片。名片上印着一个人名：陈社会。我一看，禁不住笑出声来。怎么叫这样的名字呢？这些南方人，连名字都是怪怪的。名字的上面还有几排小字，印着什么蟋蟀协会一类的文字。

我突然明白了。

这些南方人是来收蟋蟀的。蟋蟀也叫蛐蛐。我们雾镇，蟋蟀自古有名。我听爷爷说，雾镇最有名的蛐蛐叫红牙青。雾镇红牙青打遍全国无敌手，曾经拿过全国冠军的。所以，每年这个时候，都有一些外地人来雾镇收购蛐蛐。

可是，我并没有专门逮过蛐蛐，只是跟老鲁爷爷一起找树根时，见到过很多蛐蛐。老鲁爷爷说，两尾的是雄蛐蛐，三尾的是雌蛐蛐。老鲁爷爷还说，只有雄蛐蛐好斗，所以，能卖钱的，全是雄蛐蛐。

我边想着边朝大柳树走去。离好远，我便看到奶奶的身影。奶奶坐在马扎子上，背靠着树干，垂着头，睡着了。前面一米见方的摊位上面，铺着一块透明的塑料布，四个角被砖块压着，风一吹，有一个角上的塑料布便扬起来，像是在朝我招手。

我跟奶奶说过好多次，让她摆一上午摊儿就行了。中午回家好好休息，下午天热就不要出来了。但是奶奶不听，她是舍不得少挣那几块钱。可是，大中午的，街上走动的人都少得可怜，热风把人快烤焦的感觉，只有知了在不知疲惫地叫，这个时候，谁会来买东西呢？

我来到奶奶跟前，放轻放慢了脚步。可是，奶奶还是醒了。

"哦帅帅啊，中午饭吃过没有？"奶奶抹了抹嘴角上淌下的口水说。

"奶奶，我吃过了。"

奶奶点点头。奶奶的脸晒得黢黑，皱纹横七竖八地刻在上面，像老枣树的树皮似的。

"对了帅帅，上午你妈妈打电话了，明天她来镇上办事，顺便把春妮带来，跟你玩一上午。"

"真的奶奶？太好了！我明天不出门了，我要陪着春妮玩儿。"

无论如何，也要跟金嫂子请上一天假。金嫂子知道我有个小妹妹，那天，我可是把什么都跟金嫂子讲了。

十二

第二天一早，我们刚吃罢饭，妈妈就骑着电瓶车，带着妹妹春妮走进家门。春妮喊着奶奶，一下子扑进奶奶怀里。奶奶一撇嘴，泪便淌下来。

妈妈跟没看见似的，她带来好多自己种的蔬菜。

"帅帅，来，把这些菜提进屋里去。"妈妈说，"你和奶奶吃不了，就给老鲁爷爷送些去。"

"好的，妈妈，你放心。"

黄瓜、茄子、豆角、辣椒、西红柿……这可都是妈妈自己种的呀。

妈妈放下春妮，就到镇上办事去了。奶奶在枣树下面放上一张小桌，切开一个大西瓜。西瓜又甜又脆，我们仨啃了半天，肚子都吃饱了，也没吃上一半。

春妮笑着说："奶奶，这个西瓜太大了。"

奶奶说："这是奶奶昨天在十字路口，专门给宝贝孙女买的。奶奶用车子拉回来，中间歇了好几歇呢。"

我们都笑了。我说："奶奶，我一会儿跟春妮去给老鲁爷爷送点菜，你看妈妈种的菜多好啊。"

奶奶说："好，你们去老鲁爷爷家，我去买肉馅，中午给你们烙肉饼吃。"

我提着菜，带着春妮穿过胡同，来到老鲁爷爷家。老鲁爷爷和老鲁奶奶正在院子里晾晒衣服。我和春妮一走进院子，老鲁爷爷和老鲁奶奶都把眼睛瞪了起来，他们几乎同时说："这是春妮吗？长这么高了。"

我说："奶奶，这是妈妈自己种的菜，给你们送来尝尝。"

老鲁爷爷说："太好了，这肯定是有机蔬菜。"

老鲁奶奶接过菜说："你妈妈来了？"

我说："她放下春妮，到镇上办事去了。"

"这个可怜的人啊，"老鲁奶奶摇摇头说，"真坚强。"

"帅帅，来来，看看你晒好的树根。"老鲁爷爷呵呵笑着说。

我和春妮跟在老鲁爷爷身后，走进南屋。老鲁爷爷拿过一个篮子，说："帅帅，你的树根在这里。你什么时候有时间，想去皮，得先让清水泡上几个小时。"

几个树根躺在篮子里，跟我刚拿来时相比，完全变了样子。如今，它们结实、干净、晶莹剔透，躺在篮子里，像几个安静的孩子。

"爷爷，今天下午可以吗？"我难得今天闲着。

"可以啊，那你去院子里，接上半桶清水，把树根泡上。"

我提起篮子，来到院子里的水管旁，把一个干净水桶放在水管下面，拧开水管。

春妮紧跟着我，她指着篮子里的树根问："哥哥，这是什么？"

"这是树根啊。这还是那天我去看你和妈妈的时候，在河堤上捡到的呢。"

"哥哥，树根做什么用？"春妮扑闪着黑眼睛问我。

"我要做根雕啊！你看爷爷的屋里，摆在架子上的，全是漂亮的根雕。那都是爷爷用树根做的。爷爷是根雕艺术家。我要跟着爷爷学做根雕呢。"

"真的呀，你太厉害了哥哥。"

"哥哥不厉害，爷爷才厉害呢。"

水接好了。树根一共四个。我把三个小点的放入水中。春妮看着一串串冒起来的气泡，咧开嘴笑了。我拿起最大的那个树根，递给春妮，说："你看看，这个树根，像什么？"春妮接过去，端详片刻，龇牙笑了。

"像什么动物吗？小鸟？"

春妮笑着摇摇头。

我有些失望，说："好吧。把它放进水里吧。"

春妮捏着树根，轻轻地放入水中。树根在水里转了两圈儿，落入盆底，又漂起来。春妮突然说："像我们幼儿园里跳舞的孩子。你看，举着双手，扭着身子，单腿点地，是不是？"

跳舞的孩子？春妮的感觉好奇怪呀。我怎么没看出来呢？

我把水盆端回到南屋。老鲁奶奶拿来了点心和巧克力。春妮羞答答的，不好意思要。我说："快吃吧，奶奶都拿来了。"春妮这才接过一块巧克力来。

我领着春妮，看架子上的根雕。什么黄雀捕蝉、鹰击长空、龟兔赛跑、母子情深啊，春妮可喜欢了。我说："这些都是艺术品，只能看，不能摸。"春妮连忙点头。老鲁爷爷和老鲁奶奶听了，只是呵呵笑。我下午还要过来，不能耽误老鲁爷爷工作啊，于是，我和春妮跟两位老人告辞。

老鲁奶奶说："奶奶给春妮做什么好吃的？"

我说："奶奶买肉馅去了，烙肉饼。"

老鲁爷爷说："你奶奶烙的肉饼可好吃了。我吃过。"

老鲁奶奶说："一只老馋猫。"

我们一听，都禁不住笑起来。

可是，老鲁爷爷说的一点儿不错。奶奶最拿手的就是烙肉饼。春妮说，奶奶烙的肉饼是天底下最好吃的肉饼。我赞同。这天中午，春妮一口气吃了三个。我呢，吃了四个，不敢吃了。尽管奶奶一个劲儿让我再吃一个，可是，我坚决没吃。

妈妈回来了，一看就饿了，竟然也吃了四个。妈妈笑着说："哎呀，好长时间没吃到奶奶烙的肉饼了。"

当然，最高兴的就是奶奶了。我们吃得越多，她越高兴。我好多天没看到她这么高兴了。可是，没有不散的宴席。刚吃完饭，妈妈和妹妹要走了。刚才还高高兴兴的奶奶又抹起眼泪。妈妈头也不抬，装作没看见。

十三

第二天上午九点，我来到金嫂子米饭铺。

小翠正在扫地。我说："小翠姐姐，我来扫吧。"小翠没有理我。我伸手想接过小翠手里的笤帚。小翠推了我一把，鼻子好像还哼了一声。我稍稍愣了一下，小翠的脾气我还是琢磨不透，我并没有多想。可是我还是觉得今天的气氛有些不一样。胖张姨、瘦刘姨，还有瘸腿吴叔，他们好像都没有跟我说话。我就像一个多余的人。我站在厨房中间，挠挠头皮，心想，我只是昨天没来上班罢了。可是，我已经跟金嫂子请假了呀。

我坐在瘦刘姨和胖张姨身边，跟她们一块儿择菜。

瘦刘姨干咳了两声，说："胖墩子啊，平时听你喊三姨，多亲热啊，跟亲的似的。"

胖张姨嘿嘿地笑起来，说："人家这孩子，别看长得胖，心里可会来事了。"

我一听，觉得不对劲儿，她们说话的口气不对呀。

瘦刘姨说："胖墩子，你跟我说实话，你妈妈跟金嫂子到底认不认识啊？"

胖张姨又嘿嘿笑起来，说："这孩子还挺会抱大腿的呢。"

我不知道怎样回答她们。我只好什么都不说。我似乎明白她们话中有话。

胖张姨说："这几天啊，俺们还真相信了你是金嫂子的一个外甥呢。还想介绍小翠给你当媳妇，闹了半天，你和金嫂子八竿子打不着啊。"

我低着头，脸烫得要命。

瘦刘姨说："胖墩子，听说你在磊磊健身中心干过几天，闯了祸才跑到这里来的。是不是真的？"

听瘦刘姨这么一说，我一下子明白了，肯定是趁我不在，咯嘣眼跑过来说的。

咯嘣眼怎么能这样呢？我腮帮子嘟嘟着，跟一只生气的大青蛙似的。一上午，我一声不吭，只是拼命地干活，如同一个上了发条的机器人。

从十一点半开始，我一直盯着外面排队买饭的人。我恨透了咯嘣眼。我要当面问问他，我已经离开健身中心了，为什么还要说我的坏话？我站在厨房门口，不停地朝外张望。我等啊等，已经十二点半了，还没有看到咯嘣眼的身影。这时候，买饭的人渐渐地少了。我想，今天咯嘣眼可能不过来了。想到这里，我有些失落。可是，那股气还是堵在心口，见到什么都想咬上一口。

突然，咯嘣眼出现在门口，他吹着口哨，晃悠着脑袋，看上去心情不错。我一下子撩开帘子，迎着咯嘣眼走过去。我一把攥住他的手腕子。咯嘣眼一看是我，便咧嘴笑了。他还没来得及跟我说话，便被我拉到外面的树下面。

"胖墩子，你干什么，用这么大劲儿？"他使劲儿抖了抖手腕子。

"你知道我背地里喊你什么吗？咯嘣眼！知道了吧，咯嘣眼！"我咬牙切齿地说。

"你，你这孩子，怎么没大没小呢？"咯嘣眼眼皮子不停地哆嗦着。

"谁没大没小了？你还好意思说。你这么大了，为什么还在背后说人家坏话？"

"我，我什么时候说人家坏话了？"咯嘣眼还装出一副很无辜的样子。

"你说了，就是你说的！"我觉得非常委屈，眼泪唰地淌下来。

这时候，可能是听到了我们争吵，金嫂子从店里跑出来。有几个过路的人也停下来。金嫂子站在我们中间，问怎么回事？

"胖墩子说我说了他的坏话。我这么大的人了，什么时候说过他的坏话？"

"就是你说的！你昨天来买饭的时候说的！"我不依不饶。

咯嘣眼一听，更急了。

"你无理取闹、胡搅蛮缠，我，我昨天根本就没过来买饭！金嫂子可以作证，昨天是小王过来买的饭。"咯嘣眼都变结巴了。

　　我一听，有点傻了。小王就是鸟姑娘啊。难道是我弄错了？我看到金嫂子点点头，心里更毛了。我一时不知道说什么好了，只有眼泪哗哗地淌。

　　"你说，我这么大的人，我能说你什么坏话？"咯嘣眼脸色也变得苍白。

　　"好了好了，胖墩子，快回屋里去。有话慢慢说。"

　　金嫂子连说带拽，把我拉回到店里，推进了后面的厨房。

　　一场风波总算平息了，可我心里却更加难受。我是不是冤枉了咯嘣眼？我最怕的事情就是冤枉好人。我站在厨房里，不停地抹眼泪。

　　大堂里没了客人。大伙准备吃饭。金嫂子把我们几个召集在一起，让我们站好。金嫂子站在我们面前，脸色从来没这么难看过。

　　"你们说说吧，刚才到底是怎么回事儿？"

　　大伙都站在那里，没有人说话。

　　"都不说是吧？好，啥时候弄明白了，啥时候吃饭。"

　　金嫂子生气了。我第一次看到她生气，还是因为我。我心里很不安。我想说点什么，可是我说什么呢？

　　"哈哈，一上午，我忙得跟拉磨的驴似的，什么都不知道。你们好好琢磨吧，我在门口抽支烟。"瘸腿吴叔哈哈笑着跑到门口去了。

　　"胖墩子不诚实，张姨说，他根本就不是你的外甥，前几天他还在磊磊健身中心干呢，是闯了祸才跑出来的。"小翠肯定是饿了，先沉不住气了。

　　"昨天，我，我也是听那个小王姑娘说的。都怨我，乱传话。"胖张姨支支吾吾地说着，脸上红一块白一块的。

　　"我就知道这里面肯定有事，要不，胖墩子不会这么冲动的。胖墩子的事情我都知道，三姨也是我让他喊的。我只是想告诉大家，胖墩子是个好孩子。"金嫂子每一句话都说得很慢，但掷地有声，"好了，大家忙活了一上午，吃饭吧。"

　　怎么会是鸟姑娘呢？如果不是胖张姨亲口这么说，打死我也不相信。

　　这顿饭吃得沉闷，没有人说话，平时最爱说话的瘦刘姨也卡了壳一样，变得一声不吭。我呢，饭没吃几口就不想吃了，心里想得最多的就是冤枉了咯嘣眼。

　　要不要给咯嘣眼去道个歉呢？我心里七上八下的，很是不安。心想，世界上好多的误会，是不是都是这个样子呢？

十四

事赶事，这话一点不假。没过两天，我又出事了。

那天快中午的时候，镇南科技园区的一个工地上打来电话，让送过去二十份盒饭。外面送外卖的小哥暂时回不来。本来，金嫂子让瘦刘姨和小翠骑着电瓶车送过去。可是，瘦刘姨正在清洗小黄花鱼。于是，我自告奋勇，要求带着小翠去送盒饭。

小翠斜楞着眼睛说："你会不会骑电瓶车？"

我把胸脯拍得啪啪响，说："你就放心吧。"

我说得不错。我骑着妈妈的电瓶车带着妹妹玩过。电瓶车最好骑，比自行车和奶奶装货的三轮车好骑多了。所以，我胸有成竹。

小翠坐在车子后面，一手提着十个盒饭。

金嫂子说："慢着点，一定注意安全。"

"放心吧。"我说一声走喽。

小翠的身子前后一晃悠，还咯咯地笑了几声。

电瓶车可能是金嫂子的，小巧、漂亮，骑起来舒服极了。天气很热，我迎着太阳，脸快晒掉皮了，身上突突地冒汗。小翠戴着遮阳帽，还一个劲儿喊热。我突然明白，瘦刘姨为什么不愿意出来送盒饭了。我像是发现了一个巨大的秘密似的，忍不住哈哈笑了两声。接着一拧车把，电瓶车速度变快起来。

小翠在后边喊道："慢着点。"

我说："快点有风，凉快。"

电瓶车很快就要驶出镇子，再往南不远便是科技园区。我可能是被太阳晒晕了头，也可能是被正午的阳光耀花了眼，更可能是把电瓶车骑得太快了，反正当我看到前面那块横着的砖块时，已经来不及躲开。我只是下意识地向外一打把，但前轮还是轧上了砖块。我觉得身子猛地一颠，两手脱离了车把，然后听到小翠的一声尖叫。

过了片刻，我睁开眼，发现自己躺在路旁的水沟边上。眼前全是野草。太阳依然挂在头顶，只是镶上了金边儿。我晃晃脑袋，突然看到小翠正在低头瞧我，一副居高临下的样子。不知道为什么，这一次，我似乎看清了小翠的眼珠儿。

"胖墩子，你没事吧？"小翠的声音细细的，有点儿颤抖。

我慢慢地爬起来，胳膊腿儿的都活动了一下，好像什么事儿都没有。

"没事儿，你呢？"我问小翠。

"我只是打了个滚儿，遮阳帽都没掉下来。"一向都是凶巴巴的小翠，此时反而温柔了。

"盒饭呢？"我一下子想起了盒饭。

小翠指了指水沟。我看到两个塑料袋子还漂浮在水面上。

"这，这可怎么办？"我一下子傻了眼。

"哎呀，胖墩子，你腿上有血，胳膊上也有。"小翠的眼斜向别处，却看清了我腿上胳膊上有血。

果真有血。我右侧的膝盖和胳膊肘上都被划破了一片。看到血，我这才觉到疼。一觉得疼，我再也无法控制。我呜呜地哭起来。倒不是因为疼，是因为我又闯了祸。

"先别哭，咱们得赶快回去呀，人家工地上还等着吃饭呢。"

小翠说得对啊！我顾不得腿上胳膊上的血，抹着眼泪，来到歪在路旁的电瓶车前。我赶紧把车子扶起来。车筐摔瘪了，车把上的橡胶皮裂了。我拧一下钥匙，还好，车子竟然还没事。

小翠说："我来骑吧。"

我点了点头，这次没逞能。

小翠骑得很慢。我坐在后面，一边忍受着火辣辣的疼痛，一边想着那二十个盒饭。三百块钱哪！我如何跟金嫂子交代呢？并且，还把电瓶车摔成了这个样子。想到这些，我的眼泪便不停地往下淌。前几天惹得大家不愉快，本来是想好好表现一下，这一下可好，又丢人现眼了。

我怎么这么笨呢？

我们回到米饭铺。小翠停下电瓶车，噔噔地跑进去。我站在外面。我不想再走进米饭铺。金嫂子正忙着，听小翠一说，急忙跑出来。看到我这个样子，她一把抓起我的胳膊，上下看着，不停地问没事吧。我低着头，不敢看她，只是低声说没事的。金嫂子叹一口气，说佛祖保佑，没事就好。

金嫂子走不开，她让瘦刘姨陪我去对面的诊所包扎伤口。

实际上，伤口一点都不深，只是医生用碘酒消毒时，疼得我龇牙咧嘴。

瘦刘姨训斥我说："怎么这么不小心呢？净给你三姨添麻烦。"

我一直低着头，不管瘦刘姨说什么，我一句话也不应。

医生给我包扎好后，笑着说："只是擦破了皮，过几天就好了。再说，这小家伙肉多皮厚，这点小伤算不了什么呀。"

瘦刘姨一听，笑得哈哈响，说："对啊大夫，你知道我们喊他啥吗？我们都喊他胖墩子。他比头小猪还壮实呢。"瘦刘姨笑的声音和说话的口气都有些夸张。

从诊所出来，我径直朝十字路口的方向走去。瘦刘姨在后面喊我："胖墩子，你不回米饭铺了？胖墩子，你不吃饭了？"

我没有回头。确实，我不想再回米饭铺了。金嫂子对我这么好，可我光给她惹事儿添麻烦的。我对不起金嫂子。

我边走边自责。看吧，在磊磊健身中心，我戳破了人家的台球案子桌布；来到金嫂子米饭铺，更是麻烦不断，这一下可好，摔坏了人家的电瓶车，还浪费了二十个盒饭。我赔得起吗？我不但没给人家帮上多大忙，还让人家陪着提心吊胆。我一分钱没有，我怎么赔人家金嫂子呢？

又笨！又胖！

我不停地骂自己，心里失落极了。

十五

奶奶回来的时候，我还躺在床上。整整一下午，在电风扇嗡隆嗡隆的声音中，我睡了一觉又一觉，全是乱七八糟的梦，一会儿钻进长长的隧道里，怎么走都走不到头；一会儿陷入泥泞的黑泥中，拔不出脚来……

听到奶奶开门的声音，我心里好紧张。我害怕奶奶看到我的伤。可是，我的腿上胳膊上缠着那么多白纱布，又是炎热的夏天，奶奶能看不到吗？

我正琢磨着。奶奶推门走进屋，看到我躺在床上，奶奶说："帅帅，今天回来得早啊。你那个社会什么课，该上完了吧。"

我伸个懒腰，从床上爬起来，故作轻松地说："奶奶，真让你说对了，放假两个多星期，我们的社会实践课结束了。"

"总算结束了，赶快在家好好歇几天吧。"奶奶拿毛巾擦把脸，一下子发现了缠在我胳膊上和腿上的白纱布，哎哟一声便跑过来，说："帅帅，这是咋了？"

我向旁边躲了躲，笑着说："没事的奶奶，我同学骑自行车带着我，摔了一下子，擦破一点皮。真的，你看看。"

我说着，又是挥胳膊又是踢腿的，给奶奶打了一通拳。尽管我的肉皮疼得火烧火燎的，但我笑得咯咯响。

奶奶说："好了好了，这么不小心。记住，可别沾水。"

"知道了奶奶。"我说，"我想吃凉面了。"

我转移了话题。中午没吃饭，也确实饿了。果然，奶奶一听我想吃凉面，高兴地说："好啊，咱就吃凉面。"

饭后，奶奶在屋里看电视。我爬着梯子上了屋顶。我喜欢坐在屋顶上看天空想事情。今天晚上的月亮特别大特别亮，我想起爷爷曾经给我讲过的那些关于月亮的故事，什么玉兔啊嫦娥的，可有意思了。不过，我们老师说，月亮是地球的一颗卫星，上面什么都没有。如果人上去，会处于失重状态，只要轻轻一用力，就会飞起来。我听了特别高兴，心想哪天我一定到月球上去，试试飞起来的感觉，该是多美啊。此时，远处的几颗星星眨巴着眼睛，像相互逗趣的孩子们。可是，我心里却没有它们那么高兴。我有些伤感。对，伤感。因为我的笨而伤感。

在这个世界上，也许只有一个人不说我笨。那就是老鲁爷爷。是啊，老鲁爷爷赏识我、夸奖我，还教我制作根雕。

我想起妈妈和妹妹走后的那天中午，时间不到两点，我已经坐不住了。我走出大门，穿过胡同，来到前街。午后阳光炙热，街上难见人影，就连树叶也变得无精打采。我站在阳光下，皱着眉头，似乎是第一次感觉到孤独。学校里那么多同学，此时此刻，他们都干什么去了呢？

当我推开老鲁爷爷家大门的时候，老鲁爷爷正神采奕奕地坐在葡萄架下面，手里摇着蒲扇，桌上放着一杯刚泡上的绿茶。

老鲁爷爷刚刚刮过胡子，穿着一件白色对襟的棉布短衫，显得特别干净整洁。我跟在他身后，走进南屋，看着桌头上摆着一个长方形的棕色塑料盘子，里面放着长长细细的小刀子和小铲子。

"帅帅，你把树根捞到盘子里，开始去皮吧。一定要小心，不要伤到里面的木头，因为所有的木质都是有纹理的。纹理本身就是很美的图案。"

老鲁爷爷说得真好。我把那个最大的树根从水里捞出来。心想，跳舞的孩子，就从你开始吧。

以前，我见过老鲁爷爷给树根去皮，他拿刀的姿势，老花镜后面的眼神，我记得清清楚楚。刀子在他手里跟活的一样，轻轻点几下，拨一拨，整块的树根皮就掉下来了。此时，我也学着记忆中老鲁爷爷的样子，坐在板凳上，眼睛端详着树根。可是，当我拿起刀子，看了半天，也不知道怎样下手。

老鲁爷爷指着树根说："看到树皮上这些本来就有的裂缝了吗？用刀刃沿着一个裂缝轻轻地划，来回划，对，多划几下，然后把刀刃放在里面，再左右使劲儿拨几下，直到树皮松了、开了，对，再拿刀刃贴着树皮和木头间的缝隙，小心翼翼地划拨。对，就是这样。"

老鲁爷爷这么一指点，我立刻开了窍。只是我笨手笨脚的，汗水一会儿就淌下来。

老鲁爷爷说："不着急，这是细活，要有耐心。"

我费了九牛二虎之力，用了一个多小时的时间，总算剥完了这个树根的皮。我长吁一口气，拿给老鲁爷爷看，老鲁爷爷点点头，说："不错，再用小铲子，把一些挂着的皮屑轻轻刮一刮就行了。"

老鲁爷爷又说："过一会儿，你把去好皮的树根带回家，放在桌子上，仔细看，起好名字，你再来找爷爷。好不好？"

是的，那几个去皮剔朽的树根我拿回来了，就放在床头的桌子上。每天睡觉前，我都要看几眼。其实我心里已经有谱了，只是因为白天要去干活，没有仔细想。

那四个树根，只有两个可以用。一个是最大的那个，就是妹妹春妮说像幼儿园里孩子跳舞的那个。我得说，春妮的感觉真好。它真的越看越像一个跳舞的孩子。两条上扬的枝条如同孩子两只张开的胳膊，有头有腰身，腰身还有些旋转，很可爱的样子。遗憾的是，它只有一条腿，如果再有一条抬起来的腿就好了。另一个呢，则是需要横着放的，如果去掉那些无用的根须，它就像一个把头放在胳膊上，斜着身子睡觉的女人。关键是，它的身子那块儿正好鼓起一个圆圆的节疤，所以看上去，就像一个怀孕的女人斜躺着睡觉的样子。

太好了。我明天就去找老鲁爷爷。我得把我的想法跟老鲁爷爷说说，看看对路不对路。老鲁爷爷说，每一个根雕都要有一个合适的名字。这个就好办了。我的这两个根雕就分别叫《跳舞的孩子》和《妈妈的梦》吧。

哈哈，太棒了。我坐在屋顶上，心里特别兴奋。我忘掉了身上的伤痛，忘掉了白天所有的不愉快。我站起来，在黑乎乎的屋顶上手舞足蹈。

我是一个跳舞的孩子！

我朝满天的星星无声地喊道。

有的星星不理我。有的星星朝我眨眼睛。

我想，如果我在月亮上跳舞，会是什么样子呢？

第二天吃罢早饭，我提着树根，来到老鲁爷爷家。老鲁爷爷正站在葡萄架下欣赏葡萄，看到我进门，高兴地说：“帅帅啊，来得正好，看看爷爷种的葡萄。一会儿让奶奶挑两串熟的剪下来尝尝。”

葡萄长得真好，紫紫的，覆着一层白霜，一串串垂下来。我说：“爷爷，使不得，还没熟透呢。”

老鲁爷爷点点头说：“还差一点，再过十天半个月，就甜了。”

老鲁爷爷看到了我胳膊上和腿上缠着的白纱布，说：“帅帅，这是怎么回事？”

我挠挠头，不好意思地笑了，说：“没事的爷爷，跟同学骑自行车，摔了一跤，擦破点皮。”

“一帮臭小子，莽莽撞撞的，以后可得小心。”老鲁爷爷指了指塑料袋里的树根，问道，“想好了？”

我点点头，有些羞涩地笑了。

“太好了，”老鲁爷爷说，“来，进屋跟我说说。”

我们走进南屋。我拿出树根，摆在桌子上，把我的想法跟老鲁爷爷说了。老鲁爷爷戴上老花镜，摆弄着树根，仔细地端详着，不停地点着头。

“好！”听我说完，老鲁爷爷只说了一个字。

过了半天，他才接着说道：“帅帅，爷爷没有看错，你的艺术感觉非常好，是真的用心琢磨了。我都挑不出毛病来。按照你想的，咱们就这么干吧。《跳舞的孩子》中，增加一条腿确实很有必要：一是它可以让根雕更美观、自然、传神；二是它正好起着平衡作用啊，这样，根雕就站得住了。一条腿好办呀，从不用的树根上截下一段来，用乳胶粘上就行了，这叫补成法。根雕制作中常用的方法。《妈妈的梦》呢，你按自己的思路，去掉那些无用的根须即可。需要注意，每一刀下去之前，一定要慎重。"

说完，老鲁爷爷把工具摆到我面前，说："好了，开始干吧。今天是大集，我和奶奶到集上买些东西。你边想边做，不能着急。"

老鲁爷爷走后，我皱起眉头，小心谨慎，开始一刀一刀地忙起来。有时候，剔除一个根须，我都要费半天思量。

我忘掉了伤感，忘掉了烦恼，忘掉了时间。

当老鲁爷爷和老鲁奶奶开门进院时，我才如梦方醒。我伸了个懒腰，把两个已经有了些模样的根雕摆在桌面上。两位老人从外面走进来。老鲁爷爷的眼睛一下子盯在桌面上，跟老鲁奶奶说："老婆子，快看，帅帅制作的根雕。"

老鲁奶奶伸长脖子，认真地看了看，说："真不错，有模有样的，帅帅心灵手巧啊。"

我满脸的羞涩，不知道说什么好。老鲁奶奶离开后，我跟老鲁爷爷说：《跳舞的孩子》的另一条腿，我倒是粘好了。可是，它还是站不住啊。"

"好办，加一个木头底座就行了。这个交给我来做。"老鲁爷爷呵呵笑着说，"这两件作品，我看差不多了，等乳胶干透了，最后用砂纸打磨一下就成了。"

我立刻有一种心花怒放的感觉。我竟然在不知不觉中，完成了两件根雕作品。这可是我想都不敢想的事情啊。如今，它们就摆在我面前。

我突然觉得，我也不是那么笨。可是，我为什么就是挣不到钱呢？

十六

在家里待了三天，到了第四天，我实在憋不住了。我把纱布拽下来。伤疤还是挺瘆人的，周围是红艳艳的一圈儿，中间结的是黑乎乎疤痂。这几天我没敢洗澡，浑身都臭了。我洗了个头，来到街上。往哪里去呢？我也不知道。游来荡去的，脚不自觉地朝十字路口走去。

不知道为什么，我竟然在春明旅社的门口停了下来。住在 207 房间的那个收购蛐蛐的南方人，他还在吗？我充满着好奇，就像有人在后面推着我，推着我走上楼梯，推着我来到 207 房间门口。

门是开着的。我朝里看了看。让人感到奇怪的是，还是那两个瘦瘦的男人坐在那里说话，和我上次送盒饭来时一个样子，好像上次的话他们还没有说完。他们说着南方话，我还是一句都听不懂。

那个年轻些的男人看到我，马上用我能听懂的话问我："是来送蛐蛐的吗？"

我犹豫一下，便走进去。我挠着头皮说："我过来看看。"

我想起来了。他给过我一张名片。他有一个怪怪的名字，叫陈社会。

这个叫陈社会的人站起来，说："我见你面熟啊，你肯定来过的。"

我点点头，说："我是来过，但不是来送蛐蛐，我来给你们送过盒饭。"

"晓得了晓得了，"陈社会咧咧嘴说，"今天，我可没要盒饭啊。"

"我今天也不是来送盒饭的。我，我只是来看看。"我有些支支吾吾。

"那就看看吧。随便看了。"

我来到桌前，看了看桌子上堆着的瓷罐罐，问道："里面都有蛐蛐吗？"

陈社会说："有的有，有的没有了。"

我突然问："一只蛐蛐能卖多少钱？"

"不一定了。从三块、五块钱到五六千块钱，差好多了。还有的，一块钱都不值了。"陈社会叹一口气，接着说，"当然，我们今年来得早，再过半月二十天的，才是收虫的好季节。不过，我们必须得早来了，早来也不见得碰到好虫了。"

陈社会说的话我似懂非懂。但可以肯定的是，蛐蛐是可以卖钱的。

我声音颤抖地问："名片上的电话和名字都是你的吗？我可以找到你吗？"

陈社会笑笑说："当然了，随时来找我了。"

我离开春明旅社，脚步变得轻快起来。我似乎又发现了一个大秘密。我得去找老鲁爷爷。没有老鲁爷爷不知道的事情，关于如何捉蛐蛐，他肯定知道很多。可我不能跟老鲁爷爷说出我心里的秘密。孩子想捉蛐蛐玩儿，是天性啊，对，老鲁爷爷不会想太多。

我来到老鲁爷爷家。老鲁爷爷带着老花镜，正坐在南屋里忙着呢。看到我进来，老鲁爷爷摆摆手说："帅帅啊，来得正好，过来看看。"

哇，原来是老鲁爷爷为我的根雕做好了底座。那个跳舞的孩子单腿伫立在那里，另一条腿翘起来，扭着身子，挥舞着双臂，活生生的样子，棒极了。

"太像了，真的是太像了。"我禁不住喊出声来。

老鲁爷爷呵呵笑着说："这可是你自己制作的根雕，要好好地保存啊。"

我点着头，心里却惦记着蛐蛐。我把捉蛐蛐的想法跟老鲁爷爷一说。老人家的两眼一下子放出光来，说道："爷爷小时候啊，最着迷的一件事，就是捉蛐蛐。"

我一听，忙坐下来，急切地说："爷爷，快跟我说说，怎样才能捉到蛐蛐？"

老鲁爷爷喝一口茶，不慌不忙地说："捉蛐蛐，这里面的学问大着呢。要做到耳聪目明、脚轻手灵。要善于辨别，叫声清脆的肯定是好蛐蛐。看到了蛐蛐，手要快，手中的网子唰就过去了，等它一蹦，那就晚了。还有，要会找蛐蛐，蛐蛐喜欢在有食有水的地方，当然，还是玉米地、豆子地里最多……"

我认真地听着老鲁爷爷的话，都快听傻了。我没想到还有这么多门道。老鲁爷爷光说捉蛐蛐的学问了，我听了半天，还不明白捉蛐蛐需要哪些工具呢。

我不禁问道："爷爷，捉蛐蛐需要哪些工具呢？"

老鲁爷爷说："这太简单了，找一个挖蛐蛐洞用的小铲刀；到五金土产店里买一个捉蛐蛐用的尼龙网；再买一根竹竿，沿着骨节下面，把它截成一段段的小竹筒，捉到蛐蛐，放进竹筒里，用青草塞好。"

老鲁爷爷咂摸着嘴唇说："捉蛐蛐可是最快乐的事情，只不过我老了，捉不了了。"

老鲁爷爷的眼神里流露出一些眷恋和伤感。如果老鲁爷爷再年轻几岁，我们在一起捉蛐蛐，那可能是世界上最快乐的事情。可是，老鲁爷爷确实老了。

一回到家，我就开始忙活起来。老鲁爷爷说的几样工具，我根本不用去买。小铲刀家里有，竹竿家里有。我们家的偏房里，还有一挂废弃的渔网，网孔细密材质柔软，做捉蛐蛐的小网兜，再合适不过。我找出爷爷曾经用过的小钢锯，把竹竿截成一个个小竹筒。尽管锯条已经锈迹斑斑，但锯竹子还是绰绰有余。我又找出一段钢丝，用老虎钳子把它圈成足球大小的钢圈儿，固定在一米多长的竹竿上，把渔网剪成圆形的一片，再用细铁丝固定在钢圈上，一个不错的网兜就成了。

我吭哧了一下午，汗水不知道流了多少，但看着自己做的网兜和小竹筒，心里别提有多么高兴。我心里一高兴，就想起妹妹春妮。又好几天没陪春妮玩了，我想，反正是捉蛐蛐，要不明天我去找春妮，我们一起去田野里捉蛐蛐。

饭后，我要过奶奶的手机。电话里，妈妈的声音疲惫、沙哑。我想问她是不是病了，可张口说出的却是："妈妈，我想跟春妮说话。"

春妮高兴地叫了声哥哥。听到春妮喘气的声音，我似乎能嗅到她口里哈出来的那股青草的气息。

我说："春妮，明天哥哥去找你玩。咱们去地里捉蛐蛐好不好？"

春妮说："太好了哥哥。我们还是小桥上见吗？"

我说："还是小桥上见。上午八点，不见不散。你可得跟妈妈说一声啊。"

春妮说："好的哥哥，不见不散啊。"

十七

我跟奶奶说，明天我去捉蛐蛐。奶奶嘿嘿地笑了。奶奶这一笑，把我吓了一跳。

奶奶说："一说捉蛐蛐，让我想起你爸爸小时候的样子，也是瞪着大眼，嗡声嗡气跟我说，我要去捉蛐蛐。他生怕我不同意。我才不会呢，男孩子就应该去捉蛐蛐。你爷爷三十好几的时候，还喜欢捉蛐蛐呢。"

奶奶说完，好像又想起了原来好玩的事情，禁不住又笑起来。我也笑了。笑完后，我又想哭。两年多来，这是奶奶第一次说到爸爸和爷爷，并且是笑着说的。

这天晚上，我躺在床上滚了半天才睡着，早上醒来一看，刚刚五点钟。不过，窗外天已亮了，传来鸟的叫声。我头脑清醒，再也睡不着了。记得老鲁爷爷说，后半夜到早上五六点钟，正是捉蛐蛐的好时候，上品的大蛐蛐叫声最亮，因为它们都钻出来喝露水。喝了甘甜的露水，它们就叫得欢亮。

想到这里，我干脆从床上爬起来。我决定，现在就出发。我要一路捉到道口村去，正好带上妹妹去玩儿。我专门穿上一条长裤子。我害怕春妮看到我腿上的伤疤，回家跟妈妈说了，妈妈会担心的。

奶奶还在睡觉。我悄悄地背上书包。书包里放着一瓶水、小铲刀和几个竹筒，都是我昨天晚上准备好的。我脸都没洗，抓起小网子，走出门来。

我心里好激动，脚步迈得飞快，如同一个急着挖宝藏的人。我穿过街道，爬上鬲津河大堤。野花在清晨的朝阳中，显得尤其娇艳。白色的蝴蝶醒得比人还早，在野花间起舞。我竖起耳朵，仔细分辨各种声音，高处的是鸟叫蝉鸣，低处的可就多了，似乎所有的活物都已醒来，在用歌声迎接新的一天。

我站在河堤上，有些傻眼。我根本听不出哪是蛐蛐的叫声。我只好走进野草和低矮的灌木丛中。露水打湿了鞋子和裤腿，粘在皮肤上，凉丝丝的。我先是看到有两只蚂蚱蹦起来，弯腰仔细看，发现各种小虫竞相逃窜，显然是我惊扰了它们。

我就这么一路趟着野草和灌木，来到河堤下面。有一只绿色的大蚂蚱从我身边飞过，它闪动着翅膀，发出神奇的咔嚓咔嚓声。我还遇见一只绿色大蜻蜓，像阿帕奇直升机那么漂亮。要是以往，我会拼命地抓住它们，送给春妮当见面礼。可是现在，我心里只有蛐蛐。倒是看到过几只，但颜色偏浅，又弱又小，不适合捉，只好放弃。

阳光变白了，逐渐有了热度。我的额头上也冒出汗来。来到河堤下面的一个水洼旁，我正想喘口气歇一歇，突然看到水边趴着一只紫红色蛐蛐，头大、腰粗、腿长，双尾翘起，两根长长的须子抖动着，一看就是浑身都有劲儿的。我的神经一下子绷起来，按老鲁爷爷说的，脚轻手灵，立刻举起网子，猫起腰。来不及细想，便把网子甩过去。

成功了！蛐蛐跳起来的同时，被网子盖在下面。我激动得涨红了脸，半天都没敢动，摁着网子的手都在颤抖。蛐蛐在网子里转圈儿。我害怕伤到蛐蛐的须子，赶紧蹲下来，把手伸入网下，然后从书包里摸出一个竹筒，把蛐蛐轻轻地推进去，又顺手拽起一把草叶，团一团，塞在竹筒口。

我长吁一口气，禁不住咧开嘴乐了。

我能感觉到这只蛐蛐不错。

就这样，我沿着河边向桥的方向走，又捉到了两只蛐蛐，但都不如在水洼边捉到的第一只好。我看了看手腕上的电子表，时间已经差不多了。我穿过大桥，翻过另一边的河堤，径直朝道口村走去。

好远就看到春妮站在桥头上，穿着粉红色的细纱裙，扎着马尾辫。她看到我，高兴地蹦跶过来。看来，小丫头已经在这里等了一会儿了。

"春妮，我已经捉到三只蛐蛐了。"

"真的？我看看，我看看。"春妮蹦着高要看。

"不行的，我已经把它们装进了竹筒里，一看就跑了。一会儿，哥哥给你捉新的，哥哥一定捉一只送给你。好不好？"

"好吧。咱们去哪里捉呢？"春妮皱着小眉头问。

"你看周围，全是玉米地和豆子地。那里面啊，到处都是活蹦乱跳的蛐蛐。"我拍着胸脯，呵呵笑着说，"走，出发。"

春妮一下子乐了，她学着我的样子，说："走，出发。"

我们钻进玉米地。高大的玉米如同巨兽似的，一下子吞没了我们。刚开始，我和春妮很新鲜，嘿嘿地笑着闹着。我们钻啊钻啊。宽大的玉米叶子被我们碰得唰唰响。可是，我心里总觉得不对劲儿，但一时又说不出是哪里不对劲儿。

我朝春妮嘘了一声。我们同时停下来，猫着腰站在哪里，一动不动。春妮瞪着大眼，朝我吐了吐舌头。

我没想到，玉米地里这么安静。安静得让人心里发慌。

不对啊，玉米地里应该是杂草丛生，各种活物乱蹿乱蹦才对啊。我这才发现，我脚下的地上，一根杂草都没有，除了粗壮整齐的玉米棵子，什么都没有。我蹲下，朝周围看，能看出去好远，可是我看不到一根杂草。

我没想到，玉米地里这么干净。

干净得令人心里发毛。

周围静极了。因为没有风，所以连玉米叶子都纹丝不动。这种静有些诡异。这是一种死气沉沉的静。我突然意识到，这里没有任何虫子的叫声。别说蛐蛐的叫声，什么虫子的叫声都没有。

我感到惊恐。我被我的发现惊呆了。

"哥哥，蛐蛐呢，我们怎么一只蛐蛐也见不到啊？"春妮疑惑地问我。

"哦，蛐蛐啊，天热，它们可能都躲在什么地方睡觉了吧。"我尴尬地朝春妮笑笑说。

春妮很认真地点点头，说："它们肯定都在睡觉呢，我连只毛毛虫什么的都没看到。"

我们终于来到一块开阔地。这里有一行柳树。我们在柳树下面坐下来。胳膊被玉米叶子划出一道道红印，火辣辣地疼。春妮这才看到我胳膊肘上的紫疤，瞪着眼说："哥哥，你的胳膊怎么了？"

我笑了笑说："没事的，前几天骑车子，摔了一下，已经好了。"

我让春妮摸了摸疤。疤痂硬硬的。

"哥哥，昨天晚上，我做了一个好怪好怪的梦。"春妮说，"我梦见我走在一条黑乎乎的路上，走着走着，猛地看到从前面的树杈后面，慢慢地升起来一个大月亮。那个月亮越变越大，最后变得好大好大，到处都被照得亮亮堂堂的。我感到好惊奇，月亮里面的大树、坐在树下纺线的王母娘娘和玉兔，我都看得清清楚楚。更奇怪的是，我突然看到你从大树后面走出来。我好纳闷，哥哥怎么跑到月亮上去了？你走得很慢很慢，好像走不动似的。你扬起两条胳膊，翘起一条腿，好像要跳舞似的……"

春妮做的这个梦真是好奇怪，就跟今天在玉米地里看到的情景一样奇怪。春妮说跳舞的时候，让我一下子想起我亲手制作的那个根雕……

它们之间有什么联系吗？真的让人琢磨不透。

十八

我回到镇上，直接来到春明旅社。这一次，房间里只有陈社会一个人。一份金嫂子米饭铺的盒饭摆在桌上。他正准备吃午饭。他看到我提着网子背着书包的样子，一下子笑了。

"捉到虫了？我看看。"

我放下网子，忙从书包里拿出那三个塞着青草的竹筒。陈社会拿起竹筒，熟练地倒出蛐蛐。他只是瞅一眼，两秒钟没有，便把蛐蛐放了回去。前两个都是这样，到了第三个，也就是在水洼前捉到的那只，我看到他的眼睛亮了一下。这次，他端详了有十秒钟，才把蛐蛐放进去。我急切地望着他。他扭过头说："这只不错，值二十块钱。那两只嘛，一分钱不值了。"

我一听，有些傻眼。但我的判断是对的。我也觉得那两只不如这一只。可他凭什么说这一只仅值二十块钱呢？为什么不是二百块钱呢？

陈社会肯定看出了我的心思。他随手从桌子上拿过来一个瓷罐罐，说道："小家伙，你过来，我让你看一个五百块钱的蛐蛐。"

说着，他拿掉瓷罐上的盖子。一个个头硕大、通体黑青、背阔腿粗、两尾透明锃亮的蛐蛐出现在罐子里。我承认，这只蛐蛐的确气象不凡，一看，就比我那只威猛雄壮得多。我觉得，这个陈社会并没有骗我。

"一分钱一分货啦。"陈社会盯着我说，"怎么样？小朋友，二十块钱卖不卖？要不你去别人那里问问。"

"二十就二十吧。"我想，总比一分钱挣不到强。

我接过陈社会递过来的二十块钱，心里还是挺激动的。放暑假以来，我干了这么多活，这毕竟是我拿到手的第一笔钱。陈社会把蛐蛐从竹筒里取出来，放入一个罐罐里，然后又拿起一根草来，逗弄几下罐中的蛐蛐，咧开嘴笑了。

"为什么玉米地里那么干净？没有草，也没有蛐蛐，连别的虫子都没有。"

我突然把心里的疑惑跟陈社会说了出来。陈社会听罢，并没有很惊奇。他把竹筒递给我，说：

"一听你就是刚开始捉虫，这样的事情已经好几年了。这几年庄稼地里没什么虫了，人们都用一种叫百草枯的农药，杂草倒是不长了，同时，也把各种各样的虫子给杀死了。蛐蛐当然不能例外。"说完，陈社会叹了口气。

哦，我恍然大悟。我一下子明白了那种干净和安静。我明白了为什么它们会让我感到不安。老鲁爷爷说的那种杂草丛生、蛐蛐乱蹦的情景，早已是过去的事了。

"现在捉蛐蛐，"陈社会点上一支烟说，"就在废弃的场院里啊，麦秸垛草垛下面啊，水沟旁啊乱石堆里这些地方，不要去玉米地里，那里什么都没有。现在见到个好蛐蛐难啊。"

我跟听天书似的，原来，这里面还有这么多不为人知的秘密啊。

"你要是真想捉到好蛐蛐，最好是半夜十二点以后，拿着手电筒，到那种好久没人住的荒芜的宅院里，先仔细听蛐蛐的叫声。蛐蛐一般藏在墙根、墙缝里，叫声很好辨认了，就是蛐蛐蛐蛐的声音，你要寻找那种叫声清脆的去抓，说不上就能捉到值大钱的蛐蛐。这样的蛐蛐，你抓到一只，钱就够你花的了。"

陈社会说得头头是道，我呢，如醍醐灌顶。

我离开春明旅社，兜里揣着二十块钱，朝奶奶的摊位走去。

可是，大柳树下空荡荡的。奶奶没出摊。我心里咯噔一下子。奶奶是不是又犯了老胃病。

奶奶果然又卧在床上。家里的胃药没了。奶奶给我二十块钱，让我去买药。我悄悄把奶奶的钱放进抽屉里。我兜里有二十块钱，正好给奶奶买药用。一想到是用我赚的钱给奶奶买药，心里就有了种莫名的兴奋。前街诊所的大夫一看是我，就问，是不是奶奶的胃病又犯了？我点点头。大夫二话没说，就给我拿了两瓶药。

十九块五。我把二十块钱递给大夫。大夫找给我一枚黄澄澄的硬币。我把硬币攥在手心里。硬币在我的手心里凉丝丝的，舒服极了。

本来，我下午是想睡一觉的。早晨起得早，又跑了整整一上午，确实有些累。但是奶奶一犯老胃病，我躺在床上，又怎么都睡不着了。我想着陈社会告诉我的那些话，越想越有道理。我干脆爬起来，来到街上。我穿过一条条的街道和胡同，寻找那些荒芜的院落。

在雾镇的东北角上，我发现了一个好大的院子，门口的大铁门已是锈迹斑斑。一看就是被废弃不用的院子。不远处砖墙的高处，有一个豁口，豁口下面，还有两块石头。平时，肯定有一些调皮的孩子爬进爬出。我踩着石头，掰着砖块，身子一跃，也爬了进来。嚯，院子比我想象的还要大！远处的几排房子，塌陷的塌陷，歪倒的歪倒，还有几台农业机械淹没在荒草之中，早已锈得不像样子，有一个废弃的篮球场，只剩下了一个没有篮球筐的篮球架。这真是一个奇怪的地方，到处都是荒草、瓦砾、废铁和破房子。这是不是爷爷原来经常提到的老拖拉机站呢？不管怎么说，这里像极了陈社会所说的那种能捉到好蛐蛐的地方。

我在大院里转了一圈儿，草丛里有好多蚂蚱和昆虫，草上面还有飞着的蝴蝶和蜻蜓，跟我在河边看到的情景差不多。我似乎看到，在那些废铁和瓦砾的下面，有一些个头硕大的蛐蛐正趴在那里睡觉呢。到了半夜里，它们就会精神抖擞地跑出来高声歌唱。

今天夜里，就是这个地方了。

我没把夜里要去捉蛐蛐的事告诉奶奶。我怕奶奶不放心。晚上，我早早熄了灯，装出睡觉的样子，趴在床上不时地看表。时间突然变得慢起来，半天都不跳一个格。有一次，我真的打了瞌睡，差点儿就睡过去。我拍了自己一下子，看看表，才刚十点多钟。我决定十一点就走。还有一个小时，快了，我告诉自己，快了，就闭上了眼睛……

我背着书包，一手提着网子，一手拿着手电筒，从家里走出来。我沿着漆黑的胡同朝北走，心里被一种欣喜笼罩着。我肯定能捉到五百块钱的蛐蛐。我可以给妹妹买镇上最好的书包了。我差点大声喊出来。可是，周围的气氛有一种怪怪的感觉。

我不禁停下脚步，一抬头，惊奇地发现，胡同口变得非常明亮，似乎还传来阵阵掌声，就好像有什么演出即将开始。我心里既好奇又纳闷，噔噔地跑到胡同口。

眼前的世界让我瞪大眼睛。有一条闪光的路通在我的脚下，不远处，是一个巨大的明亮的圆形舞台，一个手拿话筒、戴着礼帽、穿着燕尾服的小丑正朝我招手。我刚踩上闪光的路，便如同通了电似的，脚下立刻变得轻飘飘，不用劲儿，就能向前轻松地走，跟踩在云彩上一样。突然，下面响起哗哗的掌声。我紧张地朝下面看，可是下面黑乎乎的，什么都看不见。

小丑突然说话了："欢迎庄帅同学来到月亮舞台！"

啊，月亮舞台？我仔细看，这明亮的圆圆的舞台，确实就像一个巨大的月亮。

说话间，我已经站在小丑身边。

小丑说："庄帅同学，你来到美妙的月亮舞台，给大家带来了什么节目？"

我面红耳赤，急得不知道说什么好。我脚下软绵绵的，几次都差点摔倒。我歪扭着身子，好不尴尬。

小丑笑呵呵地说："庄帅同学，你会舞蹈吗？"

我摇摇头。

"唱歌？"

我摇摇头。

"朗诵？武术？小品？相声？"

我一个劲儿摇头。

小丑皱了皱眉头，说："那你为什么来到月亮舞台？"

可是，我也不知道啊。我都快急哭了。

小丑说："那么，庄帅同学，你到底会什么呢？"

我挥舞着手里的网子和手电筒，突然大声喊道："我会捉蛐蛐。"

喊完，我就哭了。这一嗓子，好像把力气都用完了。我好累。

台下传来无数人的哈哈大笑声……

那个小丑，他到底想让我表演什么呢？

（原载《人民文学》2018 年第 2 期）

为深入贯彻落实《中共山东省委关于繁荣发展社会主义文艺的实施意见》，全面实施"文学鲁军提升工程"，进一步培养推介优秀青年作家，推动我省文学事业繁荣发展，在省委宣传部指导支持下，山东省作家协会启动了《山东青年文学名家文库》（以下简称《文库》）的编选工作，集中推介10位近年来创作成绩突出的优秀青年作家的作品精选集。

省委宣传部领导对《文库》的编选工作非常重视。省委宣传部主持日常工作的副部长王红勇和省委宣传部副部长程守田多次对编辑出版《文库》提出指导性意见，给予了大力支持。

为确保编选工作的质量和权威性，省作协组建了由有关领导、专家组成的编委会。编委会对入选青年作家的人员构成、文学导向的宏观把握、题材和体裁的合理布局、风格形式的丰富多样以及总体设计的协调统一等方面，进行了认真研究，确定了编选方案。

入选作家的基本标准，一是发表、出版作品数量多、质量高；二是作品格调健康、积极向上；三是年龄45岁左右，特别优秀者可适当放宽，但不得超过50岁（1967年1月1日以后出生）；四是在全国文学界有一定的影响力和知名度，获得过省级以上重要文学奖项。

编选工作正式启动后，先是下发通知，请各市、大企业、行业系统文联（作协）和省作协各文学专业委员会推荐候选人，为避免遗漏，又请省作协主席团成员和省作协签约文学评论家每人推荐10人。在汇总两次推荐意见的基础上，确定了提交评审专家讨论的候选人选。中国作协党组成员、书记处书记、中国作家出版集团管委会主任吴义勤，中国作协办公厅主任李一鸣，中国作协创联部主任彭学明，《文艺报》总编辑梁鸿鹰，《人民文学》主编施战军，中国当代文学研究会会长白烨，中国报告文学学会常务副会长李炳银，中国当代文学研究会副会长贺绍俊等领导和专家参加了在北京召开的评审会，在充分酝酿讨论的基础上，投票评选出10位入选作家。

入选的10位作家是我省近年来创作成绩突出的青年作家的优秀代表。其中，小说作家7人，诗歌作家2人，散文作家1人。《文库》收入的是能够代表其最高水平的、已经在正式报刊上公开发表的作品的精选集。需要特别说明的是，近年来我省文坛涌现出的创作成绩突出的文学新人较多，遗珠之憾肯定在所难免。

省作协领导高度重视这项工作。省作协党组书记姬德君、省作协主席黄发有牵头统筹《文库》各项工作。党组成员、副主席李军、葛长伟指导协调《文库》编选工作。省作协副主席、创联部主任陈文东带领创联部同志承担了《文库》从征集到评审、出版的各项具体工作。张学军、丛新强、贾振勇、刘照如、陈夫龙、李纪钊、李春风、刘青、赵月斌等专家学者和省作协有关业务单位负责同志参加了《文库》入选作家的补选优化论证会，提出了许多建设性意见和建议。省作协办公室为《文库》评审、出版做了许多保障性工作。山东文艺出版社对《文库》的出版工作给予了大力支持和帮助。在此，谨向所有为《文库》编选出版工作给予大力支持和付出辛勤努力的单位和个人，表示诚挚的感谢！

编者

2019 年 12 月